帕勒登杜戏剧全集

［印度］帕勒登杜 著
姜景奎 译

中国大百科全书出版社

图书在版编目（CIP）数据

帕勒登杜戏剧全集 /（印）帕勒登杜著；姜景奎译.--北京：中国大百科全书出版社，2024.1
中印经典和当代作品互译出版项目
ISBN 978-7-5202-1451-3

I.①帕… II.①帕… ②姜… III.①戏剧文学—剧本—作品集—印度—近代 IV.①I351.34

中国国家版本馆CIP数据核字（2023）第214671号

审　　校	姜景奎
责任编辑	鞠慧卿
封面设计	许润泽　叶少勇
责任印制	魏　婷
出版发行	中国大百科全书出版社
地　　址	北京阜成门北大街17号　邮政编码　100037
电　　话	010-88390636
网　　址	http://www.ecph.com.cn
印　　刷	中煤（北京）印务有限公司
开　　本	710毫米×1000毫米　1/16
印　　张	24.75
字　　数	310千字
印　　次	2024年1月第1版　2024年1月第1次印刷
书　　号	ISBN 978-7-5202-1451-3
定　　价	88.00元

本书如有印装质量问题，可与出版社联系调换

中印经典和当代作品互译出版项目
中方专家组

主　　编　　薛克翘　刘　建　姜景奎
执行主编　　姜景奎
特约编审　　黎跃进　阿妮达·夏尔马（印度）
　　　　　　邓　兵　B. R. 狄伯杰（印度）
　　　　　　石海军　苏林达尔·古马尔（印度）

总序：印度经典的汉译

一、概念界定

何谓经典？经，"织也"，本义为织物的纵线，与"纬"相对，后被引申为典范之作。典，在甲骨文中上面是"册"字，下面是"大"字，本义为重要的文献，例如传说中五帝留下的文献即为"五典"[①]。《尔雅·释言》中有"典，经也"一说，可见早在战国到西汉初，"经""典"二字已经成为近义词，"经典"也被用作一个双音节词。

先秦诸子的著作中有不少以"经"为名，例如《老子》中有《道经》和《德经》，故也名为《道德经》，《墨子》中亦有《墨经》。汉罢黜百家之后，"经"或者"经典"日益成为儒家权威著作的代称。例如《白虎通》有"五经何谓？谓《易》《尚书》《诗》《礼》《春秋》也"一说，《汉书·孙宝传》有"周公上圣，召公大贤。尚犹有不相说，著于经典，两不相损"一说。然而，由印度传来的佛教打破了儒家对这一术语的垄断。自汉译《四十二章经》以来，"经"便逐

[①] "典，五帝之书也。"——《说文》

渐成为梵语词 sutra 的标准对应汉译,"经典"也被用以翻译"佛法"(dharma)①。随着佛教在中国的传播和发展,类似以"经典"指称佛教权威著作的说法也多了起来。② 到了近代,随着西学的传入,"经典"不再局限于儒释道三教,而是用以泛指权威、影响力持久的著作。

来自印度的佛教虽然影响了汉语"经典"一词的语义沿革,但这又可以反过来帮助界定何为印度经典。汉译佛经具体作品的名称多以 sutra 对应"经",但在一般表述中,"佛经"往往也囊括经、律(vinaya)、论(abhidharma)三藏。例如法显译《摩诃僧祇律》(*Mahasanghika-vinaya*)、玄奘译《瑜伽师地论》(*Yogacarabhumi-sastra*),均被收录在"大藏经"之中,其工作也统称为"译经"。来华译经的西域及印度学者多为佛教徒,故多以佛教典籍为"经典"。不过也有一些非佛教徒印度学者将非佛教著作翻译为汉语,亦多冠以"经"之名,其中不乏相对世俗、与具体宗教义理不太相关的作品,例如《婆罗门天文经》《婆罗门算经》《啰嚩拏说救疗小儿疾病经》(*Ravankumaratantra*)等。如此,仅就译名对应来说,古代汉语所说的"经典"可与 sutra、vinaya、abhidharma、sastra、tantra 等梵语词对应,这也基本囊括了印度古代大多数经典之作。

然而,古代中印文化交流也有一定的局限性,若以现在对经典的理解以及对印度了解的实际情况来看,吠陀、梵书、森林书、奥义书、往世书等古代宗教文献,两大史诗、古典梵语文学著作等文学作品,以及与语法、天文、法律、政治、艺术等相关的专门论著都是印度经典不可或缺的部分。从语言来看,除梵语外,巴利语、波罗克利特语、阿波布朗舍语等古代语言,伯勒杰语、阿沃提语等中世纪语言,印地语、孟加拉语、乌尔都语等现代语言,以及殖民时期被引入印度并在印度生根发芽的英语都在不同的历史时期承载了印度经典的传承。

---

① "又睹诸佛,圣主师子,演说经典,微妙第一。"——《妙法莲华经》卷一《序品》(T09, no. 262, c18-19)

② "佛涅槃后,世界空虚,惟是经典,与众生俱。"——白居易《苏州重玄寺法华院石壁经碑》

二、古代中国对印度经典的汉译

经典翻译，是将他者文明的经典之作译为自己的语言，以资了解、学习，乃至融合、吸纳。这一文化行为首先需要一个作为不同于自己的"他者"客体具有足以令主体倾慕的经典之作，然后需要主体"有意识"地开展翻译工作。印度文明在宗教、哲学、医学、天文等方面的经典之作具有较高的知识水平，在不同时代对中国社会各阶层产生了独特的吸引力。中印文明很早就有了互通记录，有着甚深渊源，在商品贸易、神话传说、天文历法等方面已有学者尝试考证。[①] 随着张骞出使西域，佛教传法僧远来东土，中印之间逐渐建立起"自觉"的往来，古代中国对印度经典的汉译也在汉代以佛经翻译的形式得以展开。

1. 佛教经典汉译

毫无争议，自已佚的《浮屠经》[②]以来，佛教经典汉译在古代中国对印度经典的翻译中占有主流地位。译经人既有佛教僧人，也有在家居士，既有本土学者，也有西域、印度的传法僧人。仅以《大唐开元释教录》以及《贞元新定释教目录》的统计为例，从东汉永平十年至唐贞元十六年，这734年间，先后有185名重要的译师翻译了佛经2412部7352卷（见表1），成为人类历史上少有的翻译壮举。

---

① 季羡林：《中印文化交流史》（北京：新华出版社，1993年）及薛克翘：《中国印度文化交流史》（北京：昆仑出版社，2008年）中部分内容均介绍了相关观点。
② 学术界关于第一部汉译佛经的认定，历来观点不一。不少学者认为，《四十二章经》是第一部汉译佛经；但有学者经过考证发现，西汉哀帝元寿元年（公元前2年）大月氏使臣伊存口授的《浮屠经》应该是第一部，可惜原本失佚，后世知之甚少。目前，学术界基本倾向于认为《浮屠经》为第一部汉译佛经，并已意识到《浮屠经》在中国佛教史及学术史上的重要地位。参见方广锠：《〈浮屠经〉考》，《法音》，1998年第6期。

表1　东汉至唐代汉译佛经规模[①]

朝代	年代	历时/年	重要译师人数/人	部数/部	卷数/卷
东汉	永平十年至延康元年	154	12	292	395
魏	黄初元年至咸熙二年	46	5	12	18
吴	黄武元年至天纪四年	59	5	189	417
西晋	泰始元年至建兴四年	52	12	333	590
东晋	建武元年至元熙二年	104	16	168	468
前秦	皇始元年至太初九年	45	6	15	197
后秦	白雀元年至永和三年	34	5	94	624
西秦	建义元年至永弘四年	47	1	56	110
前凉	永宁元年至咸安六年	76	1	4	6
北凉	永安元年至承和七年	39	9	82	311
南朝宋	永初元年至升明三年	60	22	465	717
南齐	建元元年至中兴二年	24	7	12	33
南朝梁	天监元年至太平二年	56	8	46	201
北朝魏	皇始元年至东魏武定八年	155	12	83	274
北齐	天保元年至承光元年	28	2	8	52
北周	闵帝元年至大定元年	25	4	14	29
南朝陈	永定元年至祯明三年	33	3	40	133
隋	开皇元年至义宁二年	38	9	64	301
唐[②]	武德元年至贞元十六年	183	46	435	2476

自东汉以后约6个世纪中，大量佛教经典被译为汉语，其历程与佛教在中国的传播历程基本同步。在这一过程中，涌现出许多重要译师，仅译经50部或100卷以上的译师就有16人（见表2），其中又以鸠摩罗什、真谛、玄奘、义净、不空做出的贡献最为卓越，故此他们被称为"汉传佛教五大译师"。他们的生平事迹和具体贡献在许多佛教典籍中均有叙述，此不赘述。

---

① 本表主要依据《大唐开元释教录》整理而成，其中唐代的数据引用的是《贞元新定释教目录》。
② 唐代数据至德宗贞元十六年（公元800年）为止，并不完整。但考虑到贞元年后，大规模译经基本停止，故此数据亦有相当高的参考价值，至贞元十六年，唐代已经译经435部2476卷，足以确立其在中国译经史上的地位。

表2 译经50部或100卷以上的译师

时代	朝代	人名	译经部数/部	译经卷数/卷
三国西晋	吴	支谦	88	118
	西晋	竺法护	175	354
东晋十六国	东晋	竺昙无兰	61	63
		瞿昙僧伽提婆	5	118
		佛陀跋陀罗	13	125
	北凉	昙无谶	19	131
	后秦	鸠摩罗什	74	384
南北朝	宋	求那跋陀罗	52	134
	陈	真谛	38	118
	北魏	菩提留支	30	101
隋唐	隋	阇那崛多	39	192
	唐	玄奘	76	1347
		实叉难陀	19	107
		义净	68	239
		菩提流志	53	110
		不空	111	143

自唐德宗之后，译经事业由于政局等多方面因素影响而受阻，此后又经历了唐武宗和后周世宗两次灭佛，佛教在中国的发展受到冲击。直到982年，随着天竺僧人天灾息和施护的到访，北宋朝廷才重开译经院，此时距唐德宗年间已有约200年，天灾息等僧人不得不借助朝廷的力量重新召集各地梵学僧，培养本土翻译人才。在此后的约半个世纪中，他们总计译出500余卷佛经。此后，汉地虽有零星译经，却再也不复早年盛况，古代中国对印度经典的汉译逐渐落下帷幕。

2. 非佛教经典汉译

佛教经典汉译占据了古代中国对古代印度经典汉译的主流，除此之外，其他一些印度经典也被译为汉语。这些文献大致可以分为两类。一类是在翻译佛教经典的过程中无意之中被译为汉语的，尤其是佛教文献中所穿插的印度民间故事等。①一类是在翻译佛教经典之外，有意翻译的非佛教经典，例如婆罗门教哲学、天文学、医学著作等。尽管数量无法与佛教经典相提并论，但这些非佛教经典的翻译在一定程度上体现了古代中华文明对古代印度文明的关注开始逐渐由佛教辐射到印度文明的其他领域。不过从译者的宗教信仰以及对经典的选择来看，这类汉译大部分是佛教经典翻译的附属产品。

3. 其他哲学经典汉译

佛教自产生以来，与印度其他思潮之间既有争论，也有共通之处。因而在佛教经典的汉译过程中，中国人也逐渐接触到古代印度的其他哲学。有关这些哲学派别的基本介绍散见于包括佛经、梵语工具书、僧人传记等作品中，例如《百论疏》对吠陀、吠陀支、数论、胜论、瑜伽论，甚至与论释天文、地理、算术、兵法、音乐法、医法的各种学派相关的记载、注释和批判也可以在这些作品中找到。②很有可能出于佛教对数论派和胜论派知识的尊重，以及辨析外道与佛法差别的需要等原因，真谛和玄奘才分别译出了数论派的《金七十论》和胜论派的《胜宗十句义论》。③这两部经典的汉译在一定程度上拓宽了中国知识界对印度哲学的视野，但其翻译在很大程度上受到了佛教对其他哲学派别好恶的影响，依然是在佛教经典汉译的主导思路下完成的。

4. 非哲学经典汉译

除宗教哲学经典外，古代印度的天文学、数学、医学在人类科

---

① 新文化运动以来，这一领域已有多部论著问世，此不赘述。
② 宫静:《谈汉文佛经中的印度哲学史料——兼谈印度哲学对中国思想的影响》,《南亚研究》, 1985 年第 4 期, 第 52~59 页。
③《金七十论》译自数论派的主要经典《数论颂》(*Samkhya-karika*), 相传为三四世纪自在黑 (Isvarakrsna) 所作。《胜宗十句义论》的梵文原本已佚, 从内容看属于胜论派较早的经典著作。参见黄心川:《印度数论哲学述评——汉译〈金七十论〉与梵文〈数论颂〉对比研究》,《南亚研究》, 1983 年第 3 期, 第 1~11 页。

学史上也具有重要地位，其中一些著作也被译为汉语。古代印度天文学经典多以佛教经典的形式由传法僧译出。①隋唐时期，天文学著作汉译逐渐出现了由非佛教徒印度天文学家主导的潮流。据《隋书》记载，印度天文著作有《婆罗门天文经》《婆罗门竭伽仙人天文说》《婆罗门天文》。②瞿昙氏（Gautama）、迦叶氏（Kasyapa）和拘摩罗氏（Kumara）三个印度天文学家氏族曾先后任职于唐代天文机构太史阁，其中瞿昙氏的瞿昙悉达翻译了印度天文学经典 Navagraha-siddhanta，即《九执历》。③此外，印度的医学、数学、艺术经典也因其实用价值通过不同渠道被介绍到中国，其中一些著作或部分或完整地被译为汉语。

5. 落幕与影响

中国古代的印度经典汉译在唐代达到巅峰，此后逐渐走向低谷，无论是数量还是质量都难以达到唐代的水平。造成这一现象的原因主要有两个方面：一方面，唐代中后期，阿拉伯帝国的崛起以及唐朝与吐蕃关系的恶化阻断了中印之间两条重要的陆路通道——西域道和吐蕃道，之后五代十国以及宋代时期，这两条通道均未能恢复，只有南海道保持畅通。④另一方面，中国宗教哲学的发展和印度佛教的密教化这两种趋势决定了中国对印度佛教经典的需求逐渐下降。在近千年的历程中，佛教由一个依附于黄老信仰的外来宗教逐渐在汉地生根发芽，成为汉地宗教生活不可缺少的一部分，其作为"中国佛教"的独立性日益增强。甚至权威如玄奘，也不能将沿袭至那烂陀寺戒贤大师

---

① 例如安世高译《佛说摩邓女经》、支谦等译《摩登伽经》、竺法护译《舍头谏太子二十八宿经》等。

②《隋书·经籍志》，北京：中华书局，1982年，第1019页。

③ 参见 P.C.Bagchi, *India and China: A Thousand Years of Cultural Relations*. 1981, Calcutta, Saraswat Library, p.212. 此后，依然有传法僧翻译佛教天文学著作的记载，具体参见郭书兰：《印度与东西方古国在天文学上的相互影响》，《南亚研究》，1990年第1期，第32~39页。

④ 菩提迦耶出土的多件北宋时期前往印度朝圣的僧人所留下的碑铭证明，宋代依然有僧人前往印度朝圣，且人数不少。法国汉学家沙畹（E. Chavannes）、荷兰汉学家施古德（G. Schlegel）、印度学者师觉月（P. C. Bagchi）等国外学者在这方面均有讨论，具体参见周法甫：《改正法国汉家沙畹对印度出土汉文碑的误释》，《历史研究》，1957年第6期，第79~82页。

的"五种姓说"完全嵌入汉地佛教的信仰之中。汉地"伪经"的层出不穷也从某种角度反映了佛教的中国本土化进程。不空等人在中国传播密教虽然形成了风靡一时的"唐密",但未能持久。究其根本在于汉地佛教的发展受到本土儒家信仰的影响,很难与融合了婆罗门教信仰的佛教密宗契合。此外,本土儒家、道家也在吸纳佛教哲学的基础上有了新的变革。至宋代,三教合一的趋势逐渐显现,源自印度但已本土化的佛教与儒家、道家的融合进一步加深,致使对印度经典的诉求越来越少。由此,义理上的因素使得中国的知识分子不再追求印度佛教的哲学思想;再者,随着佛教在印度的衰落,以及中国佛教自身朝圣体系的建立和完善,前往印度朝圣也失去了意义。

古代中国对古代印度经典的汉译始于佛教,也终于佛教。尽管如此,以佛教经典为主的古代印度经典汉译已经在中国历史上烙下了深刻的印记,其影响是持久和多方面的。在这一过程中,译师们开创的汉译传统给后人翻译印度经典留下了巨大财富:

其一,汉译古代印度经典除早期借助西域地方语言外,主要翻译对象都是梵语经典,本土学者和外来学者编写了不少梵汉工具书。

其二,一套与古代印度宗教哲学术语对应的意译和音译相结合的汉译体系得以建立。由于佛教经典的流传,很多术语已经成为汉语的常用语,广为人知。

其三,除术语对应外,梵语作品译为汉语需要克服语法结构、文学体裁等方面的限制,其实践在一定程度上影响了汉语的一些表达法。[①] 如此等等都为后人继续翻译印度经典提供了便利之处。

更为重要的是,历史上重要的译师摸索出一套大规模翻译经典的方式方法,他们的努力对于后继的翻译工作来说具有很高的参考价值。经过早期的翻译实践,鸠摩罗什译经时便开始确立了译、论、证几道基本程序,并辅之以梵本、胡本对勘和汉字训诂,经总勘方

---

① 例如汉语中常见的"所+动词"构成的被动句就可能源自对佛经的翻译。参见朱庆之《汉译佛典中的'所V'式被动句及其来源》(载《古汉语研究》,1995年第1期,第29~31、45页)及其他相关著述。

定稿。在后秦朝廷的支持下，鸠摩罗什建立了大规模译场，改变了以往个人翻译的工作方式，配合翻译方法上的完善，大大提高了译经的效率和质量。唐代译场规模更大，翻译实践进一步细化，后世记载的翻译职司包括译主、证义、证文、度语、笔受、缀文、参译、刊定、润文、梵呗等10余种之多。

此外，先人还摸索出一套翻译人才的培养模式，隋代译师彦琮曾以"八备"总结了译师需具备的一系列条件，具体内容为：

一诚心受法，志在益人；二将践胜场，先牢戒足；三文诠三藏，义贯五乘；四傍涉文史，工缀典词，不过鲁拙；五襟抱平恕，器量虚融，不好专执，耽于道术，淡于名利，不欲高衔；六要识梵言；七不坠彼学；八博阅苍雅，粗谙篆隶，不昧此文。[①]

这八备之中，既有对译者宗教信仰、个人品行的要求，也有对梵语、汉语表达的语言技能以及对佛教义理的知识掌握等方面的要求，今天看来，依然有很大的借鉴意义。

三、近现代中国对印度经典的汉译

佛教在印度的衰落及消亡使中印失去了最为核心的交流主题。中国对印度经典的汉译停留在以梵语为主要媒介、以佛教经典为主要对象的时代，自11世纪末[②]至20世纪初，这一停滞状态持续了数个世纪之久。19世纪中后期，印度士兵和商人随着欧洲殖民者的战舰再次来到中国，中印之间的交往以一种并不和谐的方式得以恢复。中印孱弱的国力和早已经深藏故纸堆的人文交往传统都不足以阻挡西方诸国强势的物质力量和文化力量，中印人文交往便在这新的格局中，借助西方列强构建起来的"全球化"体系开始复苏。

---

① 《释氏要览》卷2，T54, no. 2127, b21-29。
② 宋神宗元丰五年（公元1082年）废置译经院，佛教经典汉译由此不再。

由于缺乏对印度现代语言和文化的了解，早期对印度经典的译介在语言工具和主题设置两个层面均在一定程度上受制于西方的话语体系。20世纪上半叶中国对泰戈尔作品的译介便是明证。1913年，泰戈尔自己译为英语的诗集《吉檀迦利》以英语文学作品的身份获得诺贝尔文学奖，这在当时的世界文坛引起了轩然大波，对当时正在探索民族出路的中国知识分子来说同样具有很大的震撼力和吸引力。陈独秀在1915年10月15日出版的《青年杂志》上刊载了自己译自《吉檀迦利》的四首《赞歌》，为此后持续了近一个世纪并且至今依然生机勃勃的泰戈尔著作汉译工程拉开了序幕。据刘安武统计，至1949年中华人民共和国成立止，"我国翻译介绍了印度文学作品40种左右（不包括发表在报刊上的散篇）。这40种中占一半的是泰戈尔的作品"。[1] 泰戈尔在中国受到格外关注固然始于西方学术界对他的重视，但他的影响如此之大亦在于他的作品恰好满足了当时中国在文学思想领域的需求。首先，从语言文学来看，泰戈尔的主要创作语言是本土的孟加拉语，而非印度古典梵语。这引起了当时正致力于推广白话文的中国知识分子的广泛关注，并被视为白话文替代古文的成功榜样。[2] 此外，泰戈尔的文学创作，尤其他的散文诗为当时正在摸索之中的汉语诗歌提供了一个重要的参考对象。其次，从思想上来说，泰戈尔的思想与当时作为亚洲国家"先锋"的日本截然相反，为当时正在探索民族出路的中国知识分子提供了另一个标杆。于是，泰戈尔意外地成为中印之间自佛教之后的又一重大交流主题。尽管中国知识分子对其思想和实践的评价并不一致，许多学者依然扎实地以此为契机重启了中国翻译印度经典的进程。当时中国尚未建立起印度现代语言人才培养机制，因此早期对泰戈尔作

---

[1] 刘安武：《汉译印度文学》，《中国翻译》，1991年第6期，第44~46页。
[2] 胡适向青年听众强调泰戈尔对孟加拉语文学的贡献时说："泰戈尔为印度最伟大之人物，自十二岁起，即以阪格耳（孟加拉）之方言为诗，求文学革命之成功，历五十年而不改其志。今阪格耳之方言，已经泰氏之努力，而成为世界的文学，其革命的精神，实有足为吾青年取法者，故吾人对于其他方面纵不满足于泰戈尔，而于文学革命一段，亦当取法于泰戈尔。"（载《晨报》，1924年5月11日）

品的汉译多转译自英语。凭借译者深厚的文学功底，不少经典译作得以诞生，尤其是冰心、郑振铎等人翻译的泰戈尔诗歌，时至今日依然在中国广为流传。

与泰戈尔一同被引介到中国的还有诸多印度民间故事文学作品。[①]如前文所述，古代翻译印度经典时就有不少印度民间故事被介绍到中国，但多以佛教经典为载体。[②]近现代以来，印度民间文学以非宗教作品的形式被重新介绍过来。这在很大程度上是因为"中国缺少创作儿童文学的传统"[③]，印度丰富的民间文学正好满足了中国读者的需求。与此同时，印度民间文学与中国文学之间的关系也日益进入中国学者的视野，"中印文学比较研究"这一新的研究领域开始初露端倪。其研究领域最广为人知的课题之一便是《西游记》中孙悟空形象与《罗摩衍那》中哈奴曼形象的渊源。当时许多新文化运动的大家都参与其中，鲁迅、叶德均认为孙悟空形象源于本土神话形象"无支祁"，胡适、陈寅恪、郑振铎则认为孙悟空形象源于哈奴曼。[④]

自西方语言转译印度经典的尝试为增进对印度的认知、重燃中国知识界和民众对印度文化的兴趣起到了积极作用，许多掌握西方语言的汉语作家投身其中，其翻译作品受到读者喜爱。然而，转译的不足也显而易见，因此，对印度经典的系统汉译需要建立一支如古代梵汉翻译团队一样的专业人才队伍。

1942年，出于抗战需要，民国政府在云南呈贡建立了国立东方语文专科学校，设有印度语科，开始培养现代印度语言人才。1946年，季羡林自德国学成回国，在北京大学创设东语系；1948年，金克木加盟东语系。1949年，国立东方语文专科学校并入北京大学东

---

① 参见刘安武：《汉译印度文学》，《中国翻译》，1991年第6期，第44~46页。
② 参见薛克翘：《中国印度文化交流史》，北京：昆仑出版社，2008年，第261~265页。
③ 刘安武：《汉译印度文学》，《中国翻译》，1991年第6期，第44~46页。
④ 参见鲁迅：《中国小说史略》，《鲁迅全集》第9卷，北京：人民文学出版社，1981年；鲁迅：《中国小说的历史的变迁》，《鲁迅全集》第9卷，北京：人民文学出版社，1981年；胡适：《〈西游记〉考证》，《胡适文存》第2集第4卷，上海：亚东图书馆，1924年；陈寅恪：《〈西游记〉玄奘弟子故事之演变》，《金明馆丛稿二编》，上海：上海古籍出版社，1982年；郑振铎：《〈西游记〉的演化》，《郑振铎全集》第4卷，石家庄：花山文艺出版社，1998年；叶德均：《无支祁传说考》，《戏曲小说丛考》，北京：中华书局，1999年。

语系。东语系开设梵语－巴利语、印地语、乌尔都语三科印度语言专业，并很快培养出第二代印度语言专业队伍。随之，印度经典得以从原文翻译。第一代学者季羡林、金克木领衔的梵语团队翻译了印度大史诗《罗摩衍那》及以迦梨陀娑为代表的印度古典梵语文学作家的许多作品，如《沙恭达罗》《优哩婆湿》《云使》《伐致呵利三百咏》等，并启动了《摩诃婆罗多》等经典作品的翻译；旅居印度的徐梵澄翻译了《五十奥义书》[①]及奥罗宾多创作、注释的诸多哲学著作。季羡林、金克木的弟子黄宝生等延续师尊开创的传统，完成了《摩诃婆罗多》、奥义书[②]、《摩奴法论》、古典梵语文论、故事文学作品等一系列著作的翻译。与此同时，由第二代学者刘安武领衔的近现代印度语言团队译介了大量的印地语、乌尔都语、孟加拉语等语言的文学作品，其中尤以对印地语／乌尔都语作家普列姆昌德和孟加拉语作家泰戈尔的作品的汉译最为突出。[③]殷洪元对印度现代语言语法著作的翻译以及金鼎汉对中世纪印度教经典《罗摩功行之湖》的翻译也开拓了新的领域。巫白慧等学者陆续将包括"吠檀多"在内的诸多婆罗门教哲学经典译为汉语。[④]文献资料是学术研究的基础，这一系列经典汉译成果打破了古代中国对古代印度经典汉译中存在的"佛教主导"的局限，增加了现代视角，并以经典文献为契机，首次较为全面系统地介绍了印度文明，奠定了现代中国印度学研究的基础。由这两代学者编订的《印度古代文学史》《梵语文学史》和

[①] 参见徐梵澄译：《五十奥义书》，北京：中国社会科学出版社，1995年。
[②] 参见黄宝生译：《奥义书》，北京：商务印书馆，2010年。
[③] 刘安武自印地语译出的普列姆昌德作品（集）有《新婚》（贵阳：贵州人民出版社，1982年）、《如意树》（上海：上海译文出版社，1983年）、《普列姆昌德短篇小说选》（北京：人民文学出版社，1984年）、《割草的女人：普列姆昌德短篇小说新集》（长沙：湖南人民出版社，1985年）等，加之其他学者的译介，普列姆昌德的重要作品几乎全被译为汉语。此后，刘安武又主持编译出版了24卷本《泰戈尔全集》（石家庄：河北教育出版社，2000年），泰戈尔的主要作品均被收录其中。
[④] 其中重要的译著成果包括巫白慧译《圣教论》（乔荼波陀著，北京：商务印书馆，1999年）、姚卫群译《古印度六派哲学经典》（节译六派哲学经典，北京：商务印书馆，2003年）、孙晶译《示教千则》（商羯罗著，北京：商务印书馆，2012年）等。

《印度印地语文学史》等著作成为中国现代印度学研究的必读文献。[①]

由于印度文化的独特之处及其在历史上形成的巨大影响力，以现代学术研究的方式开展的印度经典汉译所产生的影响进一步辐射了包括语言、文学、哲学、历史、考古等多个学科领域，并形成了一些跨学科研究领域：

其一，中印文化比较研究。由胡适等老一辈学者开创的中印文学比较研究取得了新的进展，其中一部分研究形成了中印文化交流史这一新的学术研究领域；另一部分研究成为东方文学研究领域最重要的组成部分，东南亚、西亚等区域文学研究也受益于印度文学研究的开展和所取得的成就。此外，从具体作品到文艺理论的印度文学译介也从整体上进一步拓展了比较文学研究的视野。

其二，佛教研究。现代中国对印度经典汉译的范围不再局限于传统的汉语系佛教传统经典，在许多领域都取得了新的突破。在佛教文献来源方面，开拓了对巴利语系和藏语系佛教的研究。[②] 由于梵语人才的培养，中国学者得以恢复梵汉对勘的学术传统。[③] 对非佛教宗教思想典籍的译介也使得对佛教的认识跳出佛教自身的范畴，对其与其他宗教思想之间的互动与联系有了更加全面的认识。

其三，语言学研究。对梵语及相关语言的研究推动了梵汉对音，以及对古汉语句法的研究。一些接受了梵语教育的汉语言学学者结合古代语料，尤其是汉译佛经，对古汉语的语音、句法等做出研究。

---

① 单就印度文学翻译而言，据不完全统计，1950~2005 年，中国翻译印度文学作品（以书计）约 400 余种，其中中印关系交好的 1950~1962 年约有 70 种，关系不好的 1962~1976 年仅有 4 种，关系改善后的 1976~2005 年则有 300 余种。不过，2005 年之后，除黄宝生、薛克翘等少数学者仍笔耕不辍外，其他前辈学人逐渐"离席"，这类汉译工作进入某种冬眠期。

② 相关成果包括郭良鋆译《佛本生故事选》（与黄宝生合译，北京：人民文学出版社，1985 年）、《经集：巴利语佛教经典》（北京：中国社会科学出版社，1998 年），以及段晴等译《汉译巴利三藏·经藏·长部》（上海：中西书局，2012 年）等。

③ 自 2010 年以来，黄宝生主持对勘出版了《入菩提行论》（北京：中国社会科学出版社，2011 年）、《入楞伽经》（北京：中国社会科学出版社，2011 年）、《维摩诘经》（北京：中国社会科学出版社，2011 年）等佛经的梵汉对勘本，叶少勇以梵藏汉三语对勘出版了《中论颂》（上海：中西书局，2011 年）。

四、现状和汉译例解

尽管取得了上述成就，但由于印度文明积累深厚、经典众多，目前亟待翻译的印度经典还有很多。其中，以梵语创作的经典包括四部吠陀本集、梵书、森林书、往世书、《诃利世系》、《利论》、《牧童歌》等；以南印度语言创作的经典包括桑伽姆文学、《脚镯记》、《玛妮梅格莱》、《大往世书》、《甘班罗摩衍那》等；以波罗克利特语创作的经典包括《波摩传》等；以中世纪北印度地方语言创作的经典包括《地王颂》《赫米尔王颂》《阿底·格兰特》《苏尔诗海》《莲花公主》，以及格比尔、米拉巴伊等人的作品等；以现代印度语言创作的经典包括帕勒登杜、杰辛格尔·普拉萨德、般吉姆·钱德拉·查特吉、萨拉特·钱德拉·查特吉、拉默金德尔·修格尔、默哈德维·沃尔马、阿格叶耶等著名现当代文学家的作品以及迦姆达普拉沙德·古鲁、提兰德尔·沃尔马等人的语言学著作等。此外，20世纪以来，一些印度思想家、政治家、文学家以英语创作的作品也可列入印度现代经典之列，目前中国仅对圣雄甘地、贾瓦哈拉尔·尼赫鲁、辨喜、纳拉扬、安纳德、拉贾·拉奥、奈都夫人等人的个别作品有所译介，大量作品仍然处于有待翻译的名单之中。

这些经典汉译的背后离不开相关学者的努力。进入21世纪以来，中国大致有两支队伍从事印度经典汉译工作。第一支是自20世纪四五十年代以来成型的印度语言专业队伍，其人员构成以高等院校和研究机构从业人员为主，兼有相关外事机构从业人员，他们均接受过系统、专业的印度语言训练。第二支是20世纪初译介包括泰戈尔作品在内的印度文学作品的作家和出版业者，80年代改革开放以来，越来越多接受过英语教育的人或全职或兼职地参与到印度作品的汉译工作之中。相比第一支队伍，这支队伍的人员构成较为复杂，水平也参差不齐，但在市场经济的推动下，一些能够成为市场热点的著作往往很快就翻译过来，例如两位与印度相关的诺贝尔文学奖得主——泰戈尔和奈保尔的作品一版再版，四位印度裔布克奖得主——萨尔曼·拉什迪、阿兰达蒂·罗伊、基兰·德塞、阿拉文德·阿迪加的作品也先后译出；此外，由于瑜伽的普及，包括克里希那穆提在内的一些现代宗教家的论著也借由英语转译为汉语。一方面，随着市场化改革的需求，第二支队伍日益蓬勃发展，但其翻译质量往往难以保障。另一方面，由于现行科研体制对从事翻译和研究的人员不利，第一支队伍也面临着诸多问题。如何在接下来的实践中取长补短，或者说既要尊重市场机制的要求，又要以学术传统克服市场失灵的状况，这也是需要进一步思考的问题。

应该说，印度经典汉译主要依靠第一支队伍，原文经典翻译比通过其他语言转译更为重要。20世纪80年代以来，这支队伍勤勤恳恳，笔耕不辍，为印度经典汉译做出了巨大贡献，取得了丰硕成果。然而，就现状看，除黄宝生、薛克翘等极少数学人外，这支队伍的第一代和第二代学人已然"离席"，后辈学人虽然已经加入进来，但毕竟年轻，经验不足，加之现行科研体制自身问题的牵制，后续汉译工作亟需动力。好在已有些年轻人在这方面产生了兴趣，其汉译意识很强，对印度梵文原典和中世纪及现当代原典的汉译工作的理解也令人刮目。可以预见，印度经典汉译将会迎来又一个高潮，汉译印度经典的水平也将有新的提升。

从某种角度说，在前文罗列的种种有待翻译的印度经典中，印度中世纪经典尤为重要。中世纪时，随着传统婆罗门教开始融合包括佛教、耆那教等在内的异端信仰与民间的大众化宗教传统，加之伊斯兰教的进入，印度进入了一个新的"百家争鸣"时代。这一时期留下了许多经典之作，它们对后世印度的宗教、社会、文化均产生了重要影响。长期以来，中国对印度中世纪经典的译介几乎一片空白，仅有一部《罗摩功行之湖》和零星的介绍。近年来，笔者组织团队着手翻译印度中世纪经典《苏尔诗海》，并初步总结了以下心得：

第一，经典汉译并非简单的语言转换，除需要精通相关语言外，还需要译者具备与印度文化相关的背景知识，以便能够精准地理解原文含义。例如，在一首描写女子优雅体态的艳情诗中，作者直接以隐喻的修辞手法描述了包括莲花、大象、狮子、湖泊等在内的一系列自然景象和动植物，若不熟悉印度古代文学中一些固定的比喻意象，则很难把握这首诗的含义。① 由于审美标准不同，被古代印度诗人视为美丽的"象腿"在当今语境中已经成为足以令女子不悦的比喻。此类审美视角需要辅之以例如《沙恭达罗》中豆扇陀国王对沙恭达罗丰乳肥臀之态的称赞才能理解。

第二，古代中国对古代印度经典汉译的传统在很大程度上为现代翻译经典提供了以资借鉴的便利，譬如许多专有词在汉语中已有完全对应的词可供选择，省去了译者的诸多麻烦。但是，这也要求译者了解相关传统，并能将其中的一些内容为己所用；同时，还应避免由于古代中国对古代印度经典翻译在视角、理解上的偏差所带来的问题。例如，triguna 这一数论哲学的基本概念已由真谛在《金七十论》中译为"三德"，后来的《薄伽梵歌》等哲学经典的汉译也已沿用，新译经典中便不宜音译为"三古纳"之类的新词。此外，由于受佛教信仰的影响，一些读者在看到"三德"时往往容易将之与佛教中所说的法身德、般若德、解脱德等其他概念联系起来，对此需要给出注释加以说明以免误解。

第三，现代中国对现代印度经典的汉译虽然已经取得了不俗的成绩，但由于时间、人员等条件的限制，在翻译体例、内容理解等方面依然存在不少可改进之处。

笔者以《苏尔诗海》中黑天的名号为例予以说明。黑天是印度教大神毗湿奴最重要的化身之一，梵语经典中通常称之为 Krsna，字面义为"黑"，汉语之所以译为"黑天"，很可能是因为汉译佛经将婆罗门教诸神（deva）译为"天"，固在 Krsna 的汉语译名"黑"之后加上了"天"，大约与 Brahma 被译为"梵天"、Indra 被译为"帝释天"，以及 Sri 被译为"吉祥天"等相当。后世对相关经典文献的介绍都沿用了这一名称。然而，若实际对照各类经典，可以发

---

① 参见姜景奎等：《〈苏尔诗海〉六首译赏》，载《北大南亚东南亚研究》（第一卷），北京：中国青年出版社，2013 年，第 261~262 页。

现毗湿奴名号繁多。①中世纪印度语言继承并发扬了这一传统，在伯勒杰语《苏尔诗海》中，黑天的名号有数十种之多，其中仅字面义为"黑"的常见名号就有四个，分别是 Krsna、Syama、Kanha、Kanhaiya。这四个名号之中只有 Krsna 是标准的梵语词，且使用最少，只用于黑天摄政马图拉之后人们对他的尊称；其他三个均为伯勒杰语词，多用于父母家人、玩伴女友对童年和少年黑天的称呼。因此，汉译中如果仅使用天神意义的"黑天"一名就违背了《苏尔诗海》所描述的黑天的成长情境。为此，结合不同名号的使用情况以及北印度农村生活的实际情况，笔者重新翻译了其他三个名号，即将多用于牧女和同伴对少年黑天称呼的 Syama 译为"黑子"，多用于父母和其他长辈对童年黑天称呼的 Kanha 和 Kanhaiya 分别译为"黑黑"和"黑儿"。此外，还有一些名号或表明黑天世俗身份，或描述黑天体态，或宣扬黑天神迹，笔者也重新进行了翻译，例如：nanda-namdana"难陀子"、madhava"摩图裔"等称呼说明了黑天的家族、家庭身份，kesau"美发者"、srimukha"妙口"等以黑天身体的某一部分代指黑天，giridhara"托山者"、manamohana"迷心者"等以黑天在其神迹故事中的表现代指黑天，等等。

  结合以上几方面的思考，《苏尔诗海》汉译实际上兼具深入而系统的研究性质，包括四部分。第一，校对后的原文。到目前为止，印度出版了多个《苏尔诗海》版本，各版本虽大同小异，但仍有差异，笔者团队搜集到影响较大的几个主要版本，并进行核对比较，最后确定一种相对科学的原文进行翻译研究。第二，对译。从经典性和文献性出发，尽可能忠实于原文，在体例选择上尽量保持诗词的形态，在内容上尽量逐字对应，特殊情况则以注释说明。第三，释译。从文献性和思想性出发，尽可能客观地阐明原文所表现的文献内容和宗教思想。该部分为散文体，其中补充了原文省略的内容并清楚地展现出情节的发展、人物的心理变化以及作品的思想内涵。

---

① 参见葛维钧：《毗湿奴及其一千名号》（载《南亚研究》，2005年第1期，第48~53页）及相关著述。

第四，注释。给出有关字词及行文的一些背景知识，例如神话传说故事、民间信仰、生活习俗、哲学思想等，以及翻译中需要说明的其他问题。

试以下述例解说明：

【原文】略①

【对译】

此众得乐自彼时

听闻诃利②你之信，当时即刻便昏厥。
自隐蔽处蛇③出现，欣喜尽情吸空气。
鹿④心本已忘奔跃，复又撒开四蹄跑。
群鸟大会高高坐，鹦鹉⑤言称林中王。
杜鹃⑥偕同自家族，咕咕欢呼唱庆歌。
自山洞中狮子⑦出，尾巴翘到头顶上。
自密林中象王⑧来，周身上下傲慢增。
如若想要施救治，莫亨⑨现今别耽搁。
苏尔言，
如若罗陀⑩再这般，一众敌人大欢喜。

【释译】

黑天离开牛村很久了，养父难陀、养母耶雪达以及全村的牧人牧女都非常思念他，希望他能回来看看。牧女们对黑天的思念尤为强烈，其中又以罗陀最甚。罗陀是黑天的恋人，两人青梅竹马，两

---

① 由于原文字体涉及较为复杂的排版问题，这里仅呈现该首诗的对译、释译和注释三部分，原文略。本诗为《苏尔诗海》（天城体推广协会版本）第4760首，参见 Dhirendra Varma, *Sursagar Sara Satika*, Sahitya Bhavan Private Ltd., 1986, No. 181, p.334.
② 诃利，原文 Hari，"大神"之义，黑天的名号之一。
③ 此处以蛇代指罗陀的发辫，意在形容发辫柔软纤长、乌黑发亮。
④ 此处以鹿的眼睛代指罗陀的眼睛，意在形容眼睛大而有神、灵动美丽。
⑤ 此处以鹦鹉的鼻子代指罗陀的鼻子，意在形容鼻子又挺又尖、美妙可爱。
⑥ 此处以杜鹃的声音代指罗陀的声音，意在形容声音甜美悠扬、清脆嘹亮。
⑦ 此处以狮子的腰代指罗陀的腰，意在形容腰身纤细柔顺、婀娜灵活。
⑧ 此处以大象的腿代指罗陀的腿，意在形容腿脚步态从容、端庄稳重。
⑨ 莫亨（原文 mohana），黑天的名号之一。
⑩ 罗陀（原文 Radha），黑天最主要的恋人。

小无猜，曾经你欢我爱，形影不离。可是，黑天自离开后就再也没有回来过，甚至连信也没有寄过一封。伤离别，罗陀时刻处于煎熬中。为了教育信奉无形瑜伽之道的乌陀，也为了看望牧区故人，黑天派乌陀来到牛村，表面上让他传授无形瑜伽之道，实则置他于崇尚有形之道的牛村人中间，让他迷途知返。乌陀的到来，打乱了牛村人的生活。一者，牛村人沉浸在思念黑天的离情别绪之中，乌陀破坏了气氛，于表面的宁静之中注入了不宁静。二者，牛村人本以为乌陀会带来黑天给予牛村的好消息，但适得其反，乌陀申明自己是为传授无形的瑜伽之道而来，甚至说是黑天派他来传授的，牛村人对此不解、迷茫。他们崇尚有形，膜拜黑天，难道黑天完全抛弃了他们？他们陷入了更深一层的痛苦之中。三者，对牧区女来说，与黑天离别本就艰难，但心中一直抱有再次见面再次恋爱的期望，乌陀的到来打消了她们的念头，从精神上摧毁了她们。其中，罗陀尤甚，她所遭受的打击要比别人更甚。由此，出现了本诗开头提及的罗陀晕厥以及晕厥之后乌陀"看到"的情况，具体内容是乌陀向黑天口述的：

乌陀对黑天说道："黑天啊，你的恋人罗陀非常思念你，她忍受离别之苦，渴望与你相见。可是，你却让我去向她传授无形的瑜伽之道。唉，她一听到是你让我去的，当即就昏了过去，倒在地上，不省人事。唉，真是凄凉啊！这边罗陀昏迷不醒，那边动物界却出现了一派喜气景象：黑蛇从洞里出来了，它高兴地尽情享受空气；此前，罗陀的又黑又亮的长发辫曾使它羞于见人，认为自己形体丑陋，不得不躲藏起来。已经忘记奔跑的小鹿出来了，它撒开四蹄，愉悦地到处奔跳；此前，罗陀那明亮有神的大眼睛曾使它羞于见人，认为自己的眼睛丑陋，不敢出来乱逛。鹦鹉出来了，它参加群鸟大会，坐在高高的枝丫上，声称自己是林中之王；此前，罗陀又尖又挺的鼻子曾使它羞于见人，认为自己的鼻子丑陋，躲藏起来。杜鹃鸟出来了，它和同族一起，咕咕叫个不停，欢庆胜利；此前，罗陀那甜美悠扬的声音曾使它感到拘束，认为自己的声音难听，不敢开口。狮子从山洞中出来了，他得意扬扬，悠闲自在，尾巴翘到了头顶上；此前，罗陀纤细柔软的腰肢曾使它羞于见人，认为自己的腰肢粗笨僵硬，不敢示人，躲进山洞。大象从茂密的森林里出来了，它一步一昂头，傲慢自大，目中无人，盛气凛然；此前，罗陀稳重美丽的妙腿曾使它自惭形秽，认为自己的腿丑陋不堪，羞于展露，躲进森林。唉，黑天啊，你快救救罗陀吧，如果再不行动，稍后想要施救就来不及了……"

"此众得乐自彼时"是本诗的标题，意思是罗陀晕倒之时，即是众动物高兴之时。它们羞于与罗陀相比，虽然视罗陀为敌，却不敢直面罗陀，纷纷逃遁躲藏。听说罗陀遭到黑天抛弃，晕厥不醒，它们自然高兴，便迫不及待地恢复了原来的自由生活。"如若罗陀再这般，一众敌人大欢喜"，是诗外音，是苏尔达斯的总结性话语。在这首诗里，苏尔达斯主要展现了罗陀的美，但整首诗中没有出现任何对罗陀的溢美之词，没有提到罗陀的名字，更没有提到她的发辫、眼睛、鼻子、声音、腰肢和腿等，甚至没有提到蛇、鹿、鹦鹉、杜鹃鸟、狮子和大象的相关部位，仅以这些动物对罗陀晕厥不醒后的反应进行阐释，这就给听者和读者留下了巨大的想象空间，似形似景，情景交融。这种手法似乎是印度特有的，其审美视角值得深入研究。

上述例解仅为笔者及笔者团队对于印度中世纪经典汉译的一己之见，希望能开拓印度经典汉译与研究的新视角、新路子，以期印度经典在中国能得到更为深入系统的翻译与研究。

五、中印经典及当代作品互译出版项目

2013年初，笔者与时任中国大百科全书出版社社长龚莉女士、副总编辑马汝军先生和社科分社社长滕振微先生合作，提出了"中印经典和当代作品互译出版项目"的动议。该动议得到相关单位的

积极回应。2013年5月李克强总理访印期间，国家新闻出版广电总局和印度外交部签署合作文件，决定启动"中印经典和当代作品互译出版项目"，并写入两国发表的联合声明（第17条）。2014年9月，习近平主席访问印度，该项目再次被写入两国发表的联合声明（第11条）。该项目成为中印两国的重大文化交流项目之一。双方商定，双方各翻译对方的25种图书，以5年为期。2016年5月，国家新闻出版广电总局印发"关于实施《"十三五"国家重点图书、音像、电子出版物出版规划》的通知"，该项目被列入"'十三五'国家重点图书出版规划"。在此期间，笔者与薛克翘先生商量组织翻译团队事宜。我们掰着指头算，资深的老辈学人几乎都不能相扰，后辈学人又大多刚刚走上工作岗位，有的还在求学，翻译资质存疑。我俩怎一个愁字了得！然，事情得做，学人得培养。我们决定抓住机遇，大胆启用后辈学人，为国家培养出一支新的汉译团队。因此，除薛克翘、刘建、邓兵等少数几位前辈学人外，我们的翻译成员绝大多数在40岁左右，有的还不过30岁。两三年的实践证明，我们的决定完全正确。新生代学人知识全面，学习能力强，执行能力更强。从已完成待出版的成果看，薛克翘先生对审读过的一本书的评价最能说明问题："字里行间，均见功夫。"译文质量是本项目的重中之重。除薛克翘、刘建和笔者外，我们邀请了黎跃进教授、石海军研究员和邓兵教授作为特约编审，约请了尼赫鲁大学的狄伯杰（B. R. Deepak）教授以及德里大学的阿妮达·夏尔马（Anita Sharma）教授和苏林达尔·古马尔（Surinder Kumar）先生作为印方顾问，对译文质量进行全面把关。译者完成翻译后，译稿首先交予编审审校，如遇大问题时向印方顾问咨询，之后返予译者修改。如有必要，修改稿还需经过编审二次审校，译者再次修改。这以后，稿件才会交予出版社编辑进行审读，发现问题再行修改……我们认为，唯如此，译文质量才能得到保障，译者团队才能得到锻炼。

本项目是中印两国的重大文化交流项目之一。因此，印度方面也有相应团队，负责汉译印的工作，由上文提及的狄伯杰教授领衔，由印度国家图书托拉斯负责实施。需要指出的是，双方翻译的作品并非译者自选，而是由双方专家通过充分沟通磋商确定。汉译作品的选定过程是这样的，笔者先拟定了50多种印度图书，这些书抑或是中世纪以来有重要影响的经典巨著，比如《苏尔诗海》《格比尔双行诗集》和《献牛》等，抑或是印度独立以后获得过印度国家级奖项的作家之名作，如默哈德维·沃尔马、毗什摩·萨赫尼、古勒扎尔的代表作等。而后，笔者请相熟的印度学者从中圈定出30种。之后，国家新闻出版广电总局的相关领导、中国大百科全书出版社的龚莉社长和滕振微先生以及笔者本人专赴印度，与印方专家组进行面对面的交流探讨，最终确定了25种汉译印度图书名录。印度团队的印译中国图书名录的选定过程与此类似。具体的汉译书单如下表：

序号	书名	作者	备注
1	苏尔诗海 Sursagar	苏尔达斯 Surdas	诗歌
2	格比尔双行诗集 Kabir Dohavali	格比尔达斯 Kabirdas	诗歌
3	献牛 Godan	普列姆昌德 Premchand	长篇小说
4	帕勒登杜戏剧全集 Bhartendu Natakavali	帕勒登杜 Bhartendu	戏剧
5	普拉萨德戏剧选 Prasad Rachna Sanchayan	杰辛格尔·普拉萨德 Jaishankar Prasad	戏剧、诗歌、短篇小说
6	鹿眼女 Mriganayani	沃林达温拉尔·沃尔马 Vrindavanalal Verma	长篇小说
7	献灯 Deepdan	拉默古马尔·沃尔马 Ramkumar Verma	独幕剧
8	灯焰 Dipshikha	默哈德维·沃尔马 Mahadevi Verma	诗歌
9	谢克尔传 Shekhar: Ek Jeevani	阿格叶耶 Ajneya	长篇小说
10	黑暗 Tamas	毗什摩·萨赫尼 Bhisham Sahni	长篇小说
11	肮脏的边区 Maila Anchal	帕尼什瓦尔·那特·雷奴 Phanishwar Nath Renu	长篇小说
12	幽闭的黑屋 Andhere Band Kamare	莫亨·拉盖什 Mohan Rakesh	长篇小说

续表

序号	书名	作者	备注
13	宫廷曲调 *Raag Darbari*	室利拉尔·修格勒 Shrilal Shukla	长篇小说
14	鸟 *Parinde*	尼尔莫勒·沃尔马 Nirmal Verma	短篇小说
15	班迪 *Aapka Banti*	曼奴·彭达利 Mannu Bhandari	长篇小说
16	一街五十七巷 *Ek Sadak Sattavan Galiyan*	格姆雷什瓦尔 Kamleshwar	长篇小说
17	被抵押的罗库 *Rehan par Ragghu*	加西纳特·辛格 Kashinath Singh	长篇小说
18	印度与中国 *India and China*	师觉月 P. C. Bagchi	学术著作
19	向导 *Guide*	纳拉扬 R. K. Narayan	长篇小说
20	烟 *Dhuan*	古勒扎尔 Gulzar	短篇小说、诗歌
21	那时候 *Sei Samaya*	苏尼尔·贡戈巴泰 Sunil Gangopadhyaya	长篇小说
22	一个婆罗门的葬礼 *Samskara*	阿南特穆尔蒂 U. R. Ananthamurthy	短篇小说
23	芥民 *Chemmeen*	比莱 T. S. Pillai	长篇小说
24	印地语文学史 *Hindi Sahitya ka Itihas*	罗摩金德尔·修格勒 Ramchandra Shukla	学术著作
25	棋王奇着 *The Chessmaster and His Moves*	拉贾·拉奥 Raja Rao	长篇小说

毫无疑问，这些作品均是印度中世纪以后的经典之作，基本上代表了印度现当代文学水准，尤其反映出印地语文学的概貌。我们以为，通过这些文字，中国读者可以大体了解印度现当代文学的基本情况。

就本项目而言，笔者在这里需要表达由衷谢意：

首先，感谢原国家新闻出版广电总局的相关领导，没有他们的认可，本项目不可能正式立项。其次，感谢中国大百科全书的前社长龚莉女士、前副总编辑马汝军先生和前社科分社社长滕振微先生，没有他们的奔走，本项目不可能成立。再次，感谢中国大百科全书出版社社长刘国辉先生及诸位编辑大德，没有他们的付出，本项目不可能实施。感谢另两位主编薛克翘先生和刘建先生，两位前辈不仅担当主编、审校工作，还是主要译者；他们是榜样，也是力量。十分感谢黎跃进和邓兵两位教授，两位是特邀编审，邓兵教授也是译者，他们认真负责的精神令人起敬。感谢印度尼赫鲁大学的狄伯杰教授以及德里大学的阿妮达·夏尔马教授和苏林达尔·古马尔先生，他们的付出为本项目的实施提供了某种保障。特别感谢石海军研究员，他是特邀编审之一，可惜天不假年，他于2017年5月13日凌晨突然辞世，享年仅55岁，天地恸哭，是中国印度文学研究的一大损失！最后，感谢翻译团队的诸位译者，他们是新时代的精英，是中国印度研究领域的后起之秀，他们的成就由读者面前的文字可见一斑。

祝福诸位，祝福所有为本项目的立项和实施有所付出的先生大德们！

自《浮屠经》以来，汉译印度经典已有两千多年的历史。这一人类历史上少有的浩大文化工程背后既有对科学技术的追求，也有对宗教信仰的热忱；既有统治者的意志，也有普通民众的需求。印度经典汉译一方面极大地丰富了中华文化，另一方面也保存和传播了印度文化；既形成了自己的学术传统，又推动了许多相关领域研究的发展。时至今日，在中印关系具有特殊意义的大背景下，继续推进对印度经典的汉译在两国关系层面有助于加深两国之间的认知和了解，构建更为均衡、更为深厚的国际关系，在学术研究层面也有助于推动相关领域研究的继续发展。

姜景奎
北京燕尚园
2017年12月31日
2019年12月25日修订

目　录

001 | 总序：印度经典的汉译

001 | 按《吠陀》杀生不算杀生

026 | 信守不渝的赫利谢金德尔

083 | 爱的修行者

113 | 金德拉沃里

166 | 印度惨状

199 | 印度母亲

216 | 尼勒德维

242 | 黑暗的城邑

259 | 烈女的威力

287 | 第五位先知

292 | 以毒攻毒

302 | 附录一　论戏剧

335 | 附录二　印度近现代印地语戏剧之父帕勒登杜

363 | 译后记

按《吠陀》杀生不算杀生

献词

亲爱的朋友们!

　　我今天为你们表演什么呢?是的,我要感谢你们。无疑,你们的表现使我忘乎所以。啊哈,抑或是有关男人女人的,抑或是有关智者、愚者的,又抑或是有关你我他的,还有大小之别的,你们啥没见过!不过,我到底给你们表演哪一出呢?就表演鲜有人关注的吧,你们没有看重,我也没有在意,就这个吧!

赫利谢金德尔

颂词

双行诗

宰牲利他,无凭无据。
神之虚幻,万世之幸。

（舞台监督和女演员上场）

舞台监督：啊哈！今天傍晚的景色真是特别，到处都被晚霞映成了红色，好像有人正在举行大祭，以至于牲畜的血染红了大地。

女演员：请问，今天要演什么戏啊？

舞台监督：牺牲！你提醒得对，咱们今天就演杀生吃肉大戏。

（后台）喂，我的行为关你什么事？滚，否则我把你也吃掉！

（舞台监督和女演员害怕）：啊？贪婪大王听到我们的话了！快跑，否则大难临头。

（两人下场）

第一幕

地点：被血染红的王宫

（后台）请快点！鹌鹑消灭者，吠陀及宗教崇尚者，吃神咒净化羊肉者，以他肉增己肉者，社会之主大贪王！

（国王、侍从、祭司和大臣上场）

国王：（坐下）今天的鱼太好吃了。

祭司：确实美味，好像浸了甘露似的。

或曰甘露隐天堂，或曰甘露蔽女唇；

当世达刹[①]聪慧我，柠檬鱼中见甘露。

国王：啊？身为婆罗门，你敢这么说？你可是穿着修行者的衣服噢，能这么说？

祭司：当然，当然，不光我这么说，"吠陀"、经书、"往世书"和密咒也都这么说呢：

"生物之命存于生物。"[②]

---

① 达刹（दक्ष），梵天之子，为社会伦理道德规则的制定者及通晓一切的婆罗门。
② 意即：生物有生物的宿命，生物即是生物的食物。

国王：对，确切无疑。

祭司：如果有疑问，经书肯定会写明的。对了，如果事先不向迦梨和陪胪献祭①，则会出现问题。

大臣：能有什么问题呢？《薄伽梵歌》有云：

食色世常有，酒肉勿节制。

祭司：说得对，要经常礼敬女神。而礼敬女神时，吃肉的机会就来了。祭祀就有牺牲，有了牺牲，就有了神赐，我们自然要接受并享用神赐食物。《薄伽梵歌》里写了献祭的事，献祭是毗湿奴派信徒的至上品行：

以光以物以牺牲，礼敬圆满拜女神。

大臣：还有"万物皆可食"，这样的句子经典里也有。

祭司：对的对的，如果有疑问，可以看看摩奴②说的：

"吃肉无罪，喝酒无罪，性交无罪。"

摩奴还说：

"以他肉增己肉乃天性。"

所以，他又说：

"不敬祖先和神灵。"

而平白吃肉是罪过的。《摩诃婆罗多》有云，因为敬奉祖先而吃牛肉的婆罗门无罪。

大臣：说真的，什么罪都不会有，不管是祭祀之后吃肉，还是不事祭祀平白吃肉。

祭司：是的。罪不罪的都是虚假说教，尽情地大块吃肉、大口喝酒吧，享受当下的安逸吧！人总会死的，像毗湿奴派信徒那样在生活中徒增烦恼有什么意义呢？有什么好处呢？

---

① देवी，指女神，这里应指迦梨女神；भैरव，指湿婆怒相陪胪。
② 印度教神话传说中的人类始祖，为梵天之子。

按《吠陀》杀生不算杀生　　003

国王：好！那咱们明天就举行大祭，大吃一顿。准备足够[1]的羊和鸟吧。

侍从：好，遵命！

祭司：（起身并跳起舞来）啊哈！太好了，明天可以大吃大喝了！（坎赫拉拉格[2]、杰尔杰里塔拉[3]）

食肉之人大幸！

杀鱼宰羊炖群鸟，大吃大喝日复日；

一顿过后念神咒，再吃快意满整天；

此世即如天堂美，此样规范日常行。

（后台传来颂歌声）

（索拉特拉格）

聪慧情人请听真，无肉进食是虚度；

不吃鱼肉不喝酒，此生此世似无生；

不亲美唇和面颊，浪费夜色无意趣；

不摸胸脯不窥探，仿若兽类无作为。

（双行诗）

如此虚幻现世中，真理乃是物欲流；

赌博美酒与肉食，另有美女供消遣。

因为：

食肉乃是至上业，食肉乃是美形态；

食肉乃是上瑜伽，食肉乃是圣苦行。

大王啊，用臂力征服恶行的湿婆神、日日愈发强健的湿婆神、

---

[1] लाख，十万，此处为实词虚指，与其后的बहुत से一样，都表示多。

[2] 拉格（राग）是印度音乐中与调式有关的旋律程式，一般通过5~7个固定不变的音组成音群，形成特定的调式和旋律风格。印度音乐中有数百种拉格，目前常用的60余种。坎赫拉（कान्हरा）为拉格中的一种。

[3] 塔拉（ताल）是印度音乐的节拍或节奏体系，代表音乐节拍的基本计数时间或循环周期，印度音乐的节奏一般是根据塔拉的固定模式进行循环往复。杰尔杰里（चर्चरी）是塔拉中的一种。拉格和塔拉共同构成了印度音乐的两大要素。

用骷髅串作为项链的湿婆,愿他赐福予您!除您之外,还有谁能举行这么隆重的祭祀呢!

(坐下)

国王:哈哈,美!说得太对了!

(后台)

摩奴大神表真言,

寡妇鳏夫交无错。

(众人惊诧)

好像那个主张再婚①的孟加拉人来了。

(披散着头发、穿着长拖地②的孟加拉人上场)

孟加拉人:不论字母结合有无意义,也不论单词有无意思,也不论诗韵存在与否,只要是从杜尔迦女神和湿婆嘴里发出的声音,都能使诸行遂愿。大王啊,愿杜尔迦女神和世界师尊湿婆赐福予您!

(国王给孟加拉人行触脚礼,之后坐下)

国王:大师,您又要再婚?

孟加拉人:哈,再婚算什么!我是一定要再婚的。所有经典中都是这么说的,否则会有大麻烦,达摩会大受损伤。无夫的女人容易堕落。想想看,跟寡妇结婚就是把她从地狱里拯救出来。经书里也这么说:

丈夫去世或失踪,

丈夫阳痿或堕落,

女人陷入不幸中,

与之结合属正法。

国王:这些话出自哪里?

---

① 这里的"再婚"不是真正意义上的再次结婚,为"私通"之意。
② 即围裤。

孟加拉人：这是波罗沙罗仙人①的话，也是当世符合达摩之真言，即《波罗沙罗法经》。

国王：哦，是吗？祭司大师，您怎么看？

祭司：许多事情都是这样的，做了无罪过，不做更圣洁，比如吃午饭，不吃无罪过，斋戒更圣洁。同理，再婚无罪过，但独身更圣洁。《波罗沙罗法经》有云：

夫死坚守贞洁身，

本时②天堂得位置。

由此，而且不少经典中都有记述，寡妇再婚无罪过，守身如玉更圣洁。但不守妇道的女人，就是结婚了也仍然是个不良人。您问我，所以我想到什么就说什么。不过，说真的，想做什么就做什么的女人并无过错：

"女人不因通奸而有罪""女人的面颊永远圣洁"，

"世间女人个个通艺术""从良之女一定获圣洁"。③

因此，想做就做，不用有所忌惮。想结婚就结，结多少次都可以，不是什么大事儿。

所有人：（异口同声）真理啊！是这样的，确实如此。

侍从：时已傍晚，大王。

国王：散朝！

第二幕

地点：神庙里

（国王、大臣、祭司和前述的大师们上场，各归座位）

---

① 波罗沙罗是史诗《摩诃婆罗多》中的一位仙人，他与鱼香女生了毗耶娑。鱼香女即贞信，毗耶娑是史诗中的人物，也是史诗的作者。

② 本时，意指当下这个时代。

③ 这是祭司分别引述的"名言"。

侍从：（上前）有个吠檀多派信徒来了。

国王：敬请前来。

（丑角上场）

丑角：啊，愿神祝福这位喜欢空谈的国王！有他，我们永远衣食无忧。啊，婆罗门，你虽颂扬神明，却有口无心！啊，祭司大人，你经常当着女神（像）的面宰杀动物，并以神赐之名大块吃肉！

（说着席地而坐）

国王：喂，笨蛋，你又来了！

丑角：你称呼婆罗门"笨蛋"！唉，我真不知道你会遭到什么报应！

国王：滚！我无所畏惧，谁能惩罚我！

丑角：哼，会知道的。

（吠檀多派信徒上场）

国王：请坐！

丑角：祝愿放射不二论之光的湿婆大神把你从这个迷幻世界中拯救出来！对了，吠檀多先生，您吃肉吗？

吠檀多派信徒：啥意思？

丑角：没，没什么意思。我之所以这么问您，是因为您是吠檀多派信徒，没有牙齿，您怎么进食呢？[①]

（吠檀多派信徒斜视丑角，沉默。所有人大笑。）

丑角：（跟孟加拉人说）你看什么？你倒安逸，孟加拉人吃鱼哦。

孟加拉人：我是孟加拉人中的毗湿奴派信徒，在尼迪亚难陀上师门下。我们从不吃肉，鱼不在肉食之列。

吠檀多派信徒：鱼不是肉！有什么证明？

---

① 此处是丑角玩弄的一个文字游戏：吠檀多派信徒（वेदांती）一词由前缀（वे）和单词牙齿（दांत）加后缀（ई）组成，前缀（वे）有"无"之意。因此，丑角说吠檀多派信徒（वेदांती）没有牙齿。

按《吠陀》杀生不算杀生

孟加拉人：证明就是，鱼不是精卵结合而生，它生于水，属于水果类，所以可食。

祭司：妙！鱼当然属于水果类，真理啊！

吠檀多派信徒：你竟然是毗湿奴派信徒，属于哪个支派？

孟加拉人：我属于耆坦亚支派尼迪亚难陀上师门下[1]，耆坦亚圣师本人就是黑天大神，《薄伽梵歌》中有明证：

肤色黝黑身体美，[2]

虔信徒众乐舞颂。[3]

吠檀多派信徒：毗湿奴派共有四位大师，你这支派比其他四支特别，是哪来的？毕竟，在这黑暗时代毗湿奴派只有四个支派啊。[4]

国王：得，够了，说这么多废话有什么用。

（后台）

礼敬与乌玛[5]在一起的、遍布寰宇的、有三只眼睛的、脖颈青色的、慈悲为怀的至高神[6]！（另有）礼敬黑天、那罗延和摩陀沃大神[7]！

祭司：有毗湿奴派信徒和湿婆派信徒来了。

国王：侍从，去请他们进来。

（侍从到外面，领毗湿奴派信徒和湿婆派信徒上台）

（国王起身请二位坐下）

二人：

法螺妙轮持手中，另有头骨三叉戟；

---

[1] 耆坦亚是印度教毗湿奴派的耆坦亚支派的创始人，以黑天神为至高存在。尼迪亚难陀是耆坦亚的徒弟。
[2] 根据上下文逻辑，估计耆坦亚本人肤色黝黑，被信徒视为黑天的化身。
[3] 印度教黑天神的追随者顶礼黑天的最佳方式是音乐舞蹈，即如"黑天本事剧"中黑天和众牧区女子一起跳的圆圈舞。
[4] 这里，吠檀多派信徒是在否定孟加拉人说的话，而非否定耆坦亚支派。
[5] 乌玛（उमा），湿婆大神妻子雪山神女（पार्वती）的闺名。
[6] 指湿婆大神。
[7] 黑天、那罗延和摩陀沃都是毗湿奴大神的名号。

宝石颅骨为项链，大神光芒照十方。

罗陀神女伴左侧，护持世界灭罪恶；

檀香骨灰抹身上，二位大神除忧痛。①

孟加拉人：大王，湿婆派信徒和毗湿奴派信徒不是《吠陀》的皈依者和追随者。

萨克蒂信徒皆再生，

毗湿奴湿婆分外除；

吠陀之母迦耶德丽，

萨克蒂信徒礼敬神。②

还有，"世间一切出于萨克蒂"③，下面几句是当下时代④的经典真言：

圆满时代敬《吠陀》，

三分时代遵《法经》，

二分时代崇《往世》，

黑暗时代疑《吠陀》。⑤

大王，湿婆派信徒、毗湿奴派信徒、串珠、念珠、杜勒西草环和宗教符志⑥等都不是什么正法信神的证明。

---

① 此处四句把毗湿奴和湿婆两位大神放在一起描述，法螺和妙见神轮是毗湿奴的法器，头骨和三叉戟是湿婆的法器；毗湿奴胸挂宝石项链，湿婆则挂着头骨串成的项链；罗陀是毗湿奴化身黑天的情人，神女（指雪山神女）是湿婆的伴侣；毗湿奴身抹檀香粉，湿婆身涂死人灰；毗湿奴护持世界，湿婆毁灭罪恶，两位大神都能为世人除却痛苦和忧愁。
② 这里说的是印度教三大教派的区别，即萨克蒂派、毗湿奴派和湿婆派的区别，是剧中孟加拉人的个人理解。他认为萨克蒂派信徒是再生族，而毗湿奴派信徒和湿婆派信徒不是；实际上，毗湿奴派信徒和湿婆派信徒也属于再生族。这里的迦耶德丽（गायत्री）指杜尔迦女神（दुर्गा）。
③ 此句是省略句，是《摩诃婆罗多》中的一个句子，本剧只保留了原句的最后两个词。萨克蒂（शक्ति），通常译为性力，不可取，译为原力或原初之力更准确。
④ 指现在所处的时代，即黑暗时代。
⑤ 这里说的是印度教四个时代的事情：圆满时代最好，一切以《吠陀》为据；三分时代，真理失去了四分之一，一切以《法经》即相关传承为据；二分时代，真理失去了一半，一切以《往世书》为据，往世书是传说类文献，经典性不高；黑暗时代，真理仅存四分之一，人们信仰不坚，对《吠陀》有所怀疑。
⑥ 印度教徒在眉心点画的吉祥标记，属于印度教宗教礼仪的一部分。

湿婆派信徒：想清楚再说！搞清楚那个句子的意思：据说，所有的萨克蒂派信徒都是再生族，但并非所有的湿婆派信徒和毗湿奴派信徒都是再生族。那些只敬奉迦耶德丽女神的是萨克蒂派信徒，以《往世书》颂扬大神的是湿婆派信徒和毗湿奴派信徒，《吠陀》之赞就是湿婆神。

孟加拉人：

誓言遵大神①，成为其信徒，

探究圣经典，皆是伪善者。

这句话是什么意思？

湿婆派信徒：这句话说得对，应该把这句话和它前面的那句话连起来理解。这几句写的是巫师，他们算不上湿婆派信徒：

无德愚昧披散发，

身涂骨灰湿婆样，

端坐专候甘露酒。

他们好酒，是通晓咒语的巫师，哪是湿婆派信徒？我们才是纯正的湿婆派信徒。

国王：那么，毗湿奴派信徒和湿婆派信徒到底吃不吃肉？

湿婆派信徒：大王，毗湿奴派信徒不吃肉，湿婆派信徒也不应该吃肉，但坏了脑子的湿婆派信徒吃肉。

祭司：大王，毗湿奴派信徒的观念是耆那教观念的一支，圣者达耶难陀却毁了一切。他甚至说要毁掉女神像。这怎么行，否则怎么进行牺牲祭祀呢？

（后台）顶礼那罗延

国王：有修行者来了。

（图尔德希罗摩尼·根德格达斯上台）

---

① 大神（महादेव），指湿婆神。

国王：请，根德格达斯大师。

祭司：根德格达斯大师是我的好朋友。他没有和其他毗湿奴派信徒一样深陷世俗泥淖，能够惬意地享受世间乐趣。

根德格达斯：（慢慢地跟祭司说）唉，别在这里坏我名声，那是咱俩私底下说的话。

祭司：嘻，这有什么不可告人的！

根德格达斯：（慢慢地）可这里坐着毗湿奴派信徒和湿婆派信徒呢。

祭司：毗湿奴派信徒跟你有啥关系？难道你怕谁吗？

丑角：大王，根德格达斯的名字改为寡妇达斯更合适哦。①

国王：为什么？

丑角：他本来就是寡妇的达斯啊。

神记②犹在身，室中拥童孀③；

黑暗时代里，愚者更轻狂；

卑鄙毗信徒④，倾情寡妇欢。

湿婆派信徒、毗湿奴派信徒和吠檀多派信徒：我们得走了。待在这里实在有违我们的信仰。

丑角：给你们触脚，请便！

（所有人下场）

丑角：大王，太好了，这些人都走了。我们也走吧，祭祀的时间到了。

国王：好。

---

① 这里又是丑角玩的一个文字游戏：达斯（दास）意奴仆，寡妇达斯意与寡妇私通。

② 法螺（शंख）和法论（चक्र），毗湿奴大神随身携带的法器，法论又译为妙见神轮。出于翻译方便，此处合译为"神记"。

③ 童孀，童年寡妇（बालरंडा），指童婚情况下，双方结婚不久便丧夫的童年女孩子；失去未婚夫（订婚）的童年女孩子也是寡妇。一般情况下，印度教社会不允许寡妇再嫁，包括童年寡妇。

④ 指毗湿奴派信徒，特指根德格达斯。

（幕布落下）

第三幕

地点：国王大道

（脖子上挂着花环，额头上点着吉祥痣，手里拿着酒瓶，祭司醉醺醺地走来。）

祭司：（走着）哈哈，大神保佑，愿天天举行这样的祭祀！这么遵从宗教，国王伟大！今天家里满是肉和酒，哈哈！今天的祭祀太豪横了，几乎同时，这边婆罗门在唱诵《吠陀》经文，那边在宣扬宰羊献祭清净可食肉，另一边是羊在挣扎嚎叫，再有一边在觚筹交错，牺牲血流成池，火花噼里啪啦，烤肉香气扑鼻，血横流，酒四溢，酥油香，奶酪黄。婆罗门喝酒后癫狂，仿若密咒成真：

吃啥成啥，饮酥油者成酥油，吃奶酪者变奶酪。

哈哈，这就是女神大祭：

此一享乐器，实乃上神①口，

与酒密不分，庸人视为阴。②

哈哈，用不着细说，这里应有尽有：

祭祀所需，万千饮食，风吹河流。

是啊，美酒飘香，似水流长。（停顿了一下）这里有的，皆是我的福缘。在我的信仰面前，其他信仰均低贱不堪。那些不吃肉的，绝不是印度教徒，而是耆那教徒。《吠陀》里到处都写着杀牲献祭。有哪个祭祀不杀生？有哪个大神不爱肉？算了吧，在这个世界上，有谁不吃肉？干吗要藏着掖着？难道要把肉藏到内裤里？把酒藏到经书筒里？只要多少读过点英文的，或者家里藏着穆斯林女人的，

---

① 指创造之神梵天。
② 此处描写的是吃肉喝酒的嘴。

都不算事儿，自由罢了！（双手抱头）嗯？头怎么这么晕？哦，酒劲上来了！

（站起来唱）

酒劲来了，酒劲来了，

今儿我豪饮，

从昨天傍晚到今儿拂晓，

我豪饮……

（跌跌撞撞地跳舞）

老兄饮用甘露吧！

饮后不朽与神同，

腹空挨饿家无物，

此种生存远离去。

老兄饮用甘露吧！

羊吃树叶无变化，

人吃羊肉能如何？

老兄饮用甘露吧！

神造虚幻饮酒颠，

以物易物磊落行。

老兄饮用甘露吧！

欲往上爬反坠落，

酒后倦怠又有何。

老兄饮用甘露吧！

宰鱼净食多洋葱，

期望故去如朋友。

老兄饮用甘露吧！

丰盛鱼宴经声唤，

满载满量运送来，

牛肉美酒供量足，
可力恭波迦罗那①。
老兄饮用甘露吧！
信众躯痛尽消除，
满饮之后不再生。
老兄饮用甘露吧！
信徒不在厨房苦，
处处皆可做饭食。
老兄饮用甘露吧！
吃斋何能成愚笨，
抛却肉食与鱼鲜。
老兄饮用甘露吧！
黑白十一食鱼鲜，②
何时死去入天堂。
老兄饮用甘露吧！
食鱼献牛千千万，
乘坐天车进天国。
老兄饮用甘露吧！
管它念珠与恒河，
喝酒吃肉细嚼品。
老兄饮用甘露吧！
稀有纯稠酸奶享，
半醉不醉宁离世。
老兄饮用甘露吧！

---

① 恭波迦罗那是十首魔王罗波那的弟弟，以力大著称。
② 根据印度教规定，教徒在印历白半月和黑半月的第十一天不能进食，更不能吃肉喝酒。

（跳着跳着倒了下去，失去知觉）

（国王和大臣醉醺醺地上场）

国王：大臣，祭司先生晕过去了。

大臣：大王，祭司正高兴呢，这样可以得解脱。

国王：确实哦。俗话说：

一喝再喝持续喝，

人不倒下不停歇；

倒下坐起继续喝，

此种人能得解脱。

大臣：大王，世界的本质就是酒和肉。

酒肉世之珍馐。

国王：真实无疑。

无有差异吠陀言，

嘴不沾酒不解脱。

大臣：大王，神明就是为此才造出羊来的，否则有啥意义呢？羊为牺牲酒为喝。

国王："祭祀即是毗湿奴""祭祀使神愉悦""祭祀使雨水丰盛"，等等，法经中有对祭祀的这类颂词。"生物过着生物的日子。"生物就是为祭祀而生的。"人不吃肉难道要吃草？"

大臣：大王，还有，如果有罪过，也是愚蠢者有罪。那些内心有神之美的吠檀多派信徒不会有什么的。不是有这样的记述吗？

我被杀死亦凶手，

如此揽责乃自傲。

事过慧人不过虑，

武器不伤火不烧。

不腐不干烧不坏，

不朽之身无人毁。

这与你我这样的有识之士没有任何关系。对了，听说现在有人在申请建立品酒协会，以此提倡喝酒。哈，哈哈！

国王：还有，《薄伽梵歌》中有对喝酒的表述："向酒先生致敬！"

大臣：这个世界上比肉和酒更好的东西还没有出现呢。

国王：哈，有什么能与酒相比？它能让人放弃自己的信仰。听！

美酒神饮料，信徒弃信仰，

众原婆罗门，因此族生变。

白兰地不朽，婆罗门首选，

婆罗门达摩，德高无罪过。

大臣：大王，谁是婆罗门？咱们信仰吠陀教，举行因陀罗神祭祀之后是能喝酒的。

国王：说得对。听！

美酒罗摩两同名，①

个中无错此思量。

时时饮酒不堕落，

仿若女神怒杀魔。②

毗湿奴饮完主住③，

湿婆神饮完主灭④。

毗湿奴神好饮酒，

卓越黑天同嗜好。

湿婆神并迦梨神，

---

① 文字游戏，酒（मदिरा），罗摩（राम），两个词均含字母 ra（र），所以说二者同名。又因罗摩为神，因此喝酒无罪。

② 原句又可译为：迦梨女神发怒，在战场上诛杀循帕魔（शुम्भ）。

③ 主住，毗湿奴神的职责，即护持世界日常运转。

④ 主灭，湿婆神的职责，即毁灭世间邪恶势力，并在劫尽时刻毁灭整个世界。

即如白兰和婆罗。①

大臣：是啊大王，谁不喝酒？如果我们这些按照《吠陀》的规矩喝酒的不好，那谁好呢？再者，现在谁不是在藏着掖着喝酒？

婆罗门刹利②吠舍，

萨义德谢赫帕坦，

谁不饮酒请告知。

拉贾斯坦林里喝，

乔达阿难师徒俩。③

大力黑天两兄弟，④

双双饮酒享乐趣。

婆罗窃饮谁不晓，⑤

酒瓶藏于经筒中。

胸前串珠手持印，

毗湿奴众背人饮。

宾馆中酗不觉羞，

坐着站着随时饮。

国王王子并官员，

偕同女子于园中，

兴致勃勃共畅饮。

国王：确实如此，毋庸置疑。

大臣：大王，我头晕，想唱歌，想跳舞。

国王：好，我也跟你一起唱，你起个头吧。

（大臣站起来，拉着国王的手，歪歪倒倒地跳了起来，唱道。）

---

① 白兰：白兰地；婆罗：婆罗门。
② 指刹帝利。
③ 乔达，指乔达摩（गौतम），即佛陀。阿难，指阿难陀（आनन्द），佛陀弟子。
④ 大力，指大力罗摩（बलराम），即文中的乌格尔（उग्र）。
⑤ 婆罗，指婆罗门。

按《吠陀》杀生不算杀生　　017

圣者神饮爱之杯，
叮叮咚咚唱之道。
尼尼塔塔自由控，
提提哒哒鼓声大。
圣者神饮爱之杯，
尽情饮用无需器，
眼中红光现醉意。
圣者神饮爱之杯，
脸若玫瑰手亦红，
酒意闪耀溢满目。
圣者神饮爱之杯，
春来玫瑰满酒杯，
愿汝酒吧千万年。
坐正稍许清醒来，
侍者手奉酒杯至，
摇摆不停望一切，
圣者神饮爱之杯。
哼哼哼！

这是八调曲，人们只用四调唱。哪里来哪里来，酒满杯上——喝透杯中酒，否则诗歌出不来。

圣者神饮爱之杯！

（两人相互敲脑袋，打着拍子跳舞。接着，一人抓着祭司的头，一人拽着他的腿，继续跳舞）

（幕布落下）

第四幕

地点：阎王城堡

（阎王坐着，主簿官站在一旁）

（四个使者推搡着国王、祭司、大臣、根德格达斯、湿婆派信徒和毗湿奴派信徒上场）

使者一：（敲了一下国王的脑袋）走，快走，这里可不是你的王国，这里没有华盖，没有佛尘，没有鲜花铺路！快点，到阎王神面前去接受自己罪恶的果报吧！你杀害了多少生命，又喝了多少酒，这次阎王陛下会跟你一次性算清！

（又敲了两下国王的脑袋）

使者二：（拽着祭司）请，祭司老爷，请接受施舍，你在那边祭祀，也到这边来吧。看看牺牲有什么样的回报。

使者三：（揪着大臣的鼻子）走，走，你管理国家的日子结束了，挨鞋底的日子到了。走，接受业报吧。

使者四：（揪着根德格达斯的耳朵，推搡着）走，流氓，快走！这里可没有给人点符志的工作①，看，前面伺候流氓的蛇正张着大口等着你呢。

（所有人都来到阎王面前）

阎王：（跟毗湿奴派信徒和湿婆派信徒说）请你们过来坐下。

毗湿奴派信徒和湿婆派信徒：遵命！（两人到阎王身边坐下）

阎王：主簿官，看看国王都干了些什么？

主簿官：（看看簿册）陛下，这个国王自生下来起就和罪恶结下了不解之缘，他把正义当作非正义，把非正义当作正义，为所欲为。

---

① 印度教寺庙或者其他宗教场所有专门给普通信徒点符志的婆罗门，点符志时会收取一定的钱财。

他和祭司们相勾结,在正义的幌子下杀死了数千万头牲畜,喝了数千坛美酒。不杀生、讲信用、圣洁、同情、维护和平、苦修等正义的事情他一件也没干过,干的尽是可以满足酒肉欲望的毫无意义的事情。他从不真心敬奉神灵,对他来说,敬奉神灵只是为了捞取名声和荣誉。

阎王:什么荣誉?正义和荣誉有什么关系?

主簿官:陛下,英国政府给那些按他们的意思行事的印度人授予"印度之星"的称号。

阎王:噢!那这个国王是个非常下贱的东西了!"根据经典,你恶行果报由我阎魔见证。"主簿官,你再说说这个祭司都干了些什么。

主簿官:陛下,祭司是个纯粹的无神论者,佩戴圣线[①]只是装模作样。他是:

内在萨克蒂,外表湿婆派,

中间毗湿奴,贱人游于世。[②]

他从不虔信神灵,国王说什么,他就附和什么。为了钱财,他会抛弃正义,随心所欲。你只要给足钱财,他就会同意一切。他就这样为钱财度日,并和国王一起吃肉喝酒,还亲手杀死了上千万条生命。

阎王:哦,太下贱了!哼,该我出手了。这龟孙子会得到应得的下场。你再说说大臣老爷的德行。

主簿官:陛下,大臣老爷的事您还是别问了。他从来没有做过对主人有益的事情,只会随声附和,当面甜言蜜语,背后诅咒陷害。

---

① 印度教徒中的婆罗门、刹帝利和吠舍三个种姓属于再生族,到一定年龄后举行仪式,佩戴圣线,表示宗教上的"生",成为真正的再生族。圣线,白色粗线,可一股,也可由多股拧成。

② 印度教有三大教派,即毗湿奴派、湿婆派和萨克蒂派,此处是说祭司有时冒充萨克蒂派信徒,有时冒充湿婆派信徒,有时冒充毗湿奴派信徒,在世间游荡,是个大骗子。

为了自己小家，可以为主人"上刀山下火海"①，以受贿度日。除了吃肉喝酒，他既不知道正义为何，也不知道正业为何。他啊，积极主张增加赋税，却没有做过一件对老百姓有利的事情。

阎王：哦，根德格达斯先生也来了，说说吧，他的业绩也许能够令人满意。他额头上点着长长的教派符志，看起来像个好人。

主簿官：陛下，他可是个大师级人物。别问他的德行如何，符志、手印是他骄傲自满的标记，祭祀是他欺世盗名的行为，他从来没有在神像面前虔心礼拜过。但是，只要庙里来了妇女，他就会不怀好意地窥视。陛下啊，他能使人愉悦，说自己是罗摩和黑天的奴仆，可等妇女来了，便说自己就是罗摩，对方是悉多；自己就是黑天，对方是牧女，那些女人也很愚蠢，任他摆布！唉，陛下，您准备把这个罪恶的骗子投入哪个地狱？

（后台发出混乱声）

阎王：谁出去看看怎么回事？

使者一：遵命！（出去之后又回来）陛下，森耶摩尼布尔的老百姓非常痛苦，他们知道，今天肯定有罪恶之人到我们这里来了，他们说罪人们带来的空气让他们头疼，并灼烧他们的身体。百姓们呼吁，请陛下赶快把罪人们投入地狱，否则他们会失去生命。

阎王：确实如此。告诉百姓们，让他们不要紧张，我这就惩罚这些罪人。

使者一：遵命！（出去之后又回来）

阎王：(跟国王说) 你是有罪的，自己说说，应该遭到什么报应？

国王：(双手合十) 陛下，我终生行善，没有做过任何错事，我吃的肉都是先敬过神灵和祖先的。您看，《摩诃婆罗多》中有载，饥

---

① 意思是不择手段地讨好主人。

饿的婆罗门宰牛吃肉后,只要举行祭祀便算无罪。

阎王:啥都不懂,抽鞭子!

使者二:遵命!(抽鞭子)

国王:(举手躲避)啊,啊,救命啊!您请听:

林中猎人山中鹿,①

湖中天鹅战中仙,②

四人一起走迷途,

何以三人遭罪受。

这是人们在祭祀之前为了使祭祀圣洁而唱诵的。既如此,我又犯了什么罪?您知道的,英国殖民统治下,杀牛事件层出不穷,印度教徒都吃牛肉,您干吗不惩罚他们?唉,我遵从正法却遭到这样的对待!"吠陀"、宗教经典和毗耶娑大仙③都应该拯救我,我是信了他们才遭到您的惩罚的。

阎王:够了,闭嘴!来人,一会儿把他投入黑暗地狱,先把他单独关起来。

使者一:遵命!(拖着国王站到一边)

阎王:(跟祭司说)说说吧,大婆罗门,你会遭到什么恶报?

祭司:(双手合十)陛下,我能说什么呢?"吠陀""往世书"都已经明示过了。④

阎王:抽鞭子!坏东西,还敢提"吠陀""往世书"!

使者二:遵命!(抽鞭子)

祭司:救命啊,救命啊!请听我说。如果吃肉是罪过,喝牛奶呢?牛奶也是肉啊。还有,人们为什么要吃粮食?粮食中也有生命

---

① 德夏尔纳森林中的七个猎人,伽楞竭尔山中的鹿。
② 谢尔岛上鸳鸯湖中的天鹅,俱卢战场上精通"吠陀"的婆罗门。
③ 史诗《摩诃婆罗多》的作者,也是史诗中的重要人物之一。
④ 意思是根据"吠陀""往世书"的记述,自己不是罪人。

啊。另外，如果喝酒是罪过，那"吠陀"中为什么有喝苏摩①的记述？陛下，我吃的肉是敬献过世界之母②的，我从来没有为了自己杀过生，也没有像王族那样打过猎。救命啊！冤枉，婆罗门无过遭灾！对了，陛下，我有证言，拉简德尔拉尔先生写过两遍文章，里面有吃肉和喝酒不是罪过的论述。如果必要，您可以找来亚洲协会的会刊看看。

阎王：够了，下贱东西，闭嘴吧！竟敢提世界之母，你在她面前宰杀山羊，就是在她面前宰杀她的儿子！唉，卑鄙，你干吗不提你自己的母亲，为什么还要提世界之母？难道山羊在此世之外？……来人，把他投入针刺地狱。卑鄙小人，竟敢以"吠陀""往世书"做幌子！吃肉也罢，喝酒也罢，怎么把正法经典扯上了！捆起来！

使者二：遵命！（捆上，站到一边）

阎王：（跟大臣说）喂，说说吧，你该遭到什么样的报应？

大臣：（自言自语）我能说什么呢？这里的一切都是您说了算！看到这些令人恐怖的雕像我命都没了，还能说什么话？唉，唉，这些雕像嘴大齿尖，一口就能把我吞噬。

阎王：快说！

使者三：（抽了一鞭）说不说？

大臣：（双手合十）陛下，让我想想。（想了一会儿，对主簿官说）请您让我去执政，我把费尽心机通过不正当手段获得的钱财都给您。我是一个没有罪过的有家有口的人，放了我吧。

主簿官：（生气地）喂，下贱东西，这里可是死界的法庭，你还想贿赂我！难道我跟你们那里的法官一样，不知道你们这些卑鄙小人的情况？和你一样状况的受贿者会跟您有一样的待遇。

---

① "苏摩"，《梨俱吠陀》等文献中记载的一种植物，其汁似酒，一般译为苏摩酒。
② 世界之母（जगदम्बा），指杜尔迦女神。

阎王：（生气地）这个无耻之徒还在炫富！唉，下流！来人，把他投入油锅地狱。

使者三：遵命！（拖拽到一边）

阎王：该你发言了，大人！您该遭到什么报应？

根德格达斯：我说什么呢？是恶是善，都是神的行为，人类有什么罪过呢？

啊，阿周那，

所有命中皆有神，

虚幻之因奔忙苦。

迄今为止，我一直在行善。

阎王：来人，用鞭子狠狠抽打这个恶棍，让他尝尝"善果"！唉，这些坏蛋表面上称他人的妻女为母亲和女儿，背地里却在为人点符志的时候欺骗他们。

使者四：陛下，把他投入哪个地狱？（抽打根德格达斯）

根德格达斯：唉，啊，救命啊！念珠、符志，啥都没用了！唉，这个时候怎么没人救我啊！

阎王：这个恶棍应该去恐怖地狱，让他尝尝被骗的滋味。带走，都带下去！

（四个使者拖着、打着四个人，四个人嘶叫）

四个人：

唉，"按《吠陀》杀生不算杀生"，

唉，"火祭需要杀牲献祭"，

唉，"因陀罗祭有酒喝"，

唉，"我可以使你道业圣洁"。

（一边叨叨一边嘶叫，使者边拖边打，把他们带下场）

阎王：（跟湿婆派信徒和毗湿奴派信徒说）由于你们真诚虔敬，

大神赐予你俩居住在凯拉室①和威贡特②的恩惠,请你们去享受善行的果报吧。你们看到了作恶者的情况,也清楚了大神欣赏你们的善行并给予你们直接解脱的果报,接受大神赐予你们的至高地位吧。祝贺!请问,我还能为你们做些什么吗?

湿婆派信徒和毗湿奴派信徒:(双手合十)神啊,还有什么比这更好的呢。谨祝戏剧大师婆罗多仙人教诲成真:

行自私人即偏离正道,

不恶行人皆虔心颂神。

恶人灭善人即无苦痛,

无赋税雨云降水及时。

离乐舞人皆口吟正言,

闻正言周身洒满光芒。③

(所有人下场)

(幕布落下)

全剧终

---

① 凯拉室（कैलास），湿婆大神居所,天堂。
② 威贡特（वैकुंठ），毗湿奴大神居所,天堂。
③ 意思是听了颂神正言后,听者白天有阳光相伴,夜晚有月光相陪。

信守不渝的赫利谢金德尔

献词

世尊！

请欣赏这部新戏。我在其中展示了那些走在求证您的真理之路上的人遭受的诸多痛苦。我到底该说些什么呢？赫利谢金德尔所做的，如今没有任何一个印度人做得到。但是，作为他的后代，我们理应认可他。我做的不算什么，你们的作为意义重大。好，这就够了。奉上《信守不渝的赫利谢金德尔》，请予接受。别以为我是在骗你们，我并非因本书"献词"而作，"真理"一词意义重大。

你们的
赫利谢金德尔
1933年印历3月5日[1]

---

[1] 即1876年3月5日。

前言

我的朋友伯勒斯瓦尔·伯勒萨德先生对我说，您应该写一部适合教育男孩的剧本，因为您所写的那些艳情味的剧本是给成年人看的，男孩子们从中学不到什么东西。遵从他的意见，我写了这部名为《信守不渝的赫利谢金德尔》的剧本。

这部剧讲述的是太阳世系桑布特国国王赫利谢金德尔的故事。赫利谢金德尔是比太阳世系的第28代国王拉姆金德尔还要早35代的国王陀哩商古的儿子。他建立了一座名为绍普布尔的城市，是一位伟大的供奉者。他的故事在经典中非常有名，在梵语文献中，马希波尔国王时代的诗人阿尔耶·格舍密什瓦尔以赫利谢金德尔为主角创作了一个名为《金德侨尸迦》的剧本。据推测，这个剧本创作于400多年前，因为维什瓦纳特·卡维拉杰曾在他的作品中提到过这部剧。侨尸迦是众友仙人的名字。赫利谢金德尔和众友仙人这两个词在语法上都是不言而喻的。众友是曲女城的刹帝利国王，一次他碰巧去了极裕仙人的静修林，后者和其他仙人们一起用名为舍波罗的如意神牛施予的食物热情款待了他。众友想拥有那头神牛，提出用上万头大象、马和牛换取神牛，但极裕仙人拒绝了他的请求。于是，众友便直接抢夺。极裕仙人命如意神牛摧毁了众友的所有军队，还通过诅咒把众友的100个儿子都烧成了灰。众友因这次失败十分沮丧，便开始修炼苦行，通过苦行他从湿婆神那里获得了许多武器，之后再次前去与极裕仙人战斗。结果，极裕仙人用婆罗门咒语让众友的所有武器都失去了功能。这次失败后，众友想，婆罗门力量如此强大，我应该修行成为婆罗门。于是，他进行持续苦修，最终成为一名婆罗门仙人。这个故事在蚁垤仙人所写的史诗《罗摩衍那》的"阿逾陀篇"的第52~60章中有详细的描述。

当赫利谢金德尔的父亲陀哩商古请求极裕仙人帮他肉身升天时，

极裕仙人拒绝了他，回答说这是不可能的事，我们不会帮忙。然后陀哩商古去求极裕仙人的100个儿子，他们也拒绝了他。陀哩商古生气地说，你们的父亲和你们都不愿意帮我实现愿望，拒绝了我，现在我要去找别的仙人帮忙。极裕仙人的儿子们对此感到十分愤怒，他们诅咒陀哩商古变成旃陀罗。可怜的陀哩商古变成旃陀罗后，找到众友仙人并悲伤地向他讲述了自己的遭遇。众友仙人得到了一个向自己的宿敌报仇的好机会，他向陀哩商古承诺，他将召集所有的仙人举行一场盛大的祭祀助他以肉身升上天界。在众友仙人的召集下，仙人们都来了，但极裕仙人的100个儿子却一个也没有来，还说，谁要去一个旃陀罗和刹帝利祭司那里呀。愤怒的众友仙人一气之下，通过诅咒把极裕仙人的那100个儿子化为了灰烬。可怜的仙人们见此情景纷纷战战兢兢地开始祭祀，但是没有一个天神听从咒语的呼唤赶来。众友仙人见此愤恨地说道："陀哩商古，祭祀不管用，您通过我的苦修之力升天吧！"他这么说时，陀哩商古的身体就飘了起来，并飞向天空的方向。天神因陀罗看见陀哩商古要以肉身进入天界，便微笑着说："啊呀，您不能来这里，下去吧！"之后，陀哩商古的身体就翻转向下坠落，他连声向众友仙人喊救命，众友仙人便用法力让他停在了半空。名为卡马纳萨河的河流就是陀哩商古流下的唾液形成的。愤怒的众友仙人对天神十分不满，决心造一个新的天庭。他在南极的附近造了新的七仙人和二十七星宿，还创造了许多许多飞禽走兽、瓜果植物等，当想造出类似因陀罗等众天神时，众神害怕了，赶紧去请求他的原谅。他们达成一致保持现在自然界的稳定，同时允许陀哩商古停在南天宫，像星座一样发光。这个故事在《罗摩衍那》里有。之后，有一次，很长时间没有下雨。众友仙人去一个旃陀罗的家里接受供养，得到了一块狗肉，便将其献给了众神。众神吓得心惊肉跳，因陀罗赶紧安排下了场雨。这一幕出现在史诗《摩诃婆罗多》"和平篇"的第141章里。听闻众友仙人的恶行，极裕仙人十分愤怒，他诅咒众友仙人说："您变成白鹭吧。"众友听后也诅咒极裕仙人变成鹰[①]。变成了飞禽的两人进行了激烈的战斗，整个三界都因此颤抖。最终，梵天出面调解，两人终化解怨恨。

《摩根德耶往世书》第9章里的相关记载是这个故事的缘起：婆利古仙人听说自己的儿子杰温仙人结婚了，十分高兴，到儿子家来看望儿子、儿媳。两位新人向仙人敬拜，双手合十地站在他面前。仙人对儿媳说："孩子，向我求一个恩典吧。"萨蒂亚瓦蒂依言向仙人求赐恩典，求仙人赐给她一个知识渊博的孩子，赐给她母亲一个懂得战争的儿子。婆利古仙人唵声之后进入冥想，从他的呼吸中生出两种颜色仙米。仙人把它们交给儿媳，说让你母亲在受孕期抱着榕树吃这个红色的，你也如她那样抱着优昙婆罗树吃这个白色的。听从仙人的话，萨蒂亚瓦蒂将一切都告诉了她的母亲——卡瑙吉国王加迪的妻子。她的母亲觉得仙人给自己儿媳的一定是更好的孩子。于是，到了受孕期的时候，她把红色的仙米给女儿吃了，自己却吃了白色的。婆利古仙人以法力得知了这件事后，就过来告诉儿媳说，你们吃错了各自的仙米，因此你的儿子即使是婆罗门也会持有刹帝利的业力，而你的兄弟作为刹帝利最终会变成婆罗门。萨蒂亚瓦蒂向公公道歉并请求原谅，仙人说："好吧，不是你的儿子，那就让你的孙子持有刹帝利业力吧"。就这样，加迪国王得到了众友仙人，杰温得到了阁摩陀尼，阁摩陀尼生了持斧罗摩。这个插话在《迦尔吉往世书》的第84章中有清楚的描述。

了解这些插话，对读者阅读这部戏剧会有很大帮助。伟大的国王赫利谢金德尔，出生于我们婆罗多族，他是我们的先人。读者如果能理解这一点，并能通过阅读这部戏剧提升自己的修养，那我这

[①] 某个种姓的鹰。

个诗人就没有白辛苦。

吉祥颂词
双行诗

祝福

仁慈可爱坚持真理远离罪恶的再生幸福主

舍己为人顶礼湿婆神的王者诗人赫利金德

（颂词之后，舞台监督上场）

舞台监督：啊哈！今天晚上很幸运啊，这么多善良和热情的人聚集在一起，每个人都希望看到一部新的印地语戏剧。知识之光是有福的，那些地方，之前人们连戏剧是什么鸟的名字都不知道，现在竟也喜欢上戏剧了。但是，令人痛苦的是，那些大人物都被困在盲目的传统中，他们如此冷漠和狂妄，以至于根本不尊重真正的德行。他们只关心自己的愿望，只关注自己的事情，虚情假意，大话连篇。（想了想）怎么回事？继续这样下去，也会发生很多事情。时间的力量很强大，慢慢地一切都将自我实现。但是今天，我究竟应该演什么给这些人看呢？（想了想）好吧，也问问他们吧？这些好奇者中，女人的智慧比男人的更敏锐。（看向幕后）莫哈娜！把你嫂子送到这里来。

（女演员一边说"我自己来了"，一边从幕后走上场）

女演员：我可是自己来的。来了一个首饰匠的妻子，和她纠缠了半天，耽搁了一会儿，不然我早来了。说吧，今天您要表演的戏剧若是我早就已经知道的，那就让我告诉大家并做一些提示吧。

舞台监督：今天的戏剧我只为让你高兴才表演的。

女演员：最近我们对《信守不渝的赫利谢金德尔》那部剧念念不忘，不论老少都喜欢。

舞台监督：好，那就这部吧！再没有比这更部好的戏剧啦。一来这些人都还没有看过，二来这个故事是关于慈悲的赫利谢金德尔国王的，三来他的诗人，代表的正是我们的人生呀。

女演员：（长叹了一口气）对啊！亲爱的赫利谢金德尔的世界可不是什么美好的世界，发生了什么呢？

多年之后人们忆起依然热泪盈眶，

仁爱赫利谢金德尔故事世代流传。

舞台监督：无疑，去世如此，迦尸的智者如是说：

世上圣贤都因这赫利金德[①]而有美名，

如这白天黑夜轮转因这恒定的月亮。

再者，他的朋友学者希德拉·伯勒萨德先生也将他等同于这部戏剧的主人公。正因为如此，在他创作的戏剧中，我今天只想表演这部《信守不渝的赫利谢金德尔》。

女演员：怎么个等同法，说来我听听？

舞台监督：

竖耳聆听国王赫利谢金德的那些益世品行，

所有人都知晓诗人赫利谢金德的诸般功德。

（幕后）

啊！这里真理至上，整个神界为之颤抖，

唯有赫利谢金德，让因陀罗神心惊忧虑。

舞台监督：（听到后看向幕后）看啊，我们说着话，摩亨就扮成因陀罗上场了。走吧，我们去准备一下。

（两人同下）

[①] 此处的"赫利金德"即为"赫利谢金德尔"，印地语同样有此省略表达。下文的"赫利谢金德"同此，为"赫利谢金德尔"的简写。

第一幕　因陀罗大会

（幕布升起）

地点：因陀罗大会堂

（坐垫上放置着靠枕，居家装饰）

（因陀罗[①]上场）

（念诵"真理至上"双行诗的声音再次四处回响）

（看门人[②]上场）

看门人：大王！那罗陀仙人来了。

因陀罗：让他进来吧，来得正好。

看门人：遵命。

（往外走）

因陀罗：（自言自语）那罗陀仙人在天地之间到处漫游。从他那里一定能知道所有事情。我认为赫利谢金德尔国王可能没有上天界的愿望，但他的德行仍然应该受到一次考验。

（那罗陀[③]上场）

因陀罗：（双手合十）请进，请进，有福的人啊，您今天到哪儿了？

那罗陀：我还能有什么事？就只是这里那里、那里这里地闲逛罢了。除此之外什么事没有。

因陀罗：仙人们生性仁慈，尤其是像您这样的仙人，还要到像我这样卑微的人家里来，让我得以一见。因为在俗世中忙碌的人天生受缚于凡尘俗事，做梦都难得与仙人一见；他无法从俗务中解脱，

[①] 身穿短上衣，戴着耳环首饰，手持金刚杵。
[②] 戴着帘帽，系着腰带，穿着围裤和背心，手里拿着一根长棍。
[③] 穿着围裤，浑身抹着檀香粉，系着脚铃，披散着头发，手里拿着维纳琴，随时口诵"罗摩克里希纳戈温德"的颂神语。

不能去任何别的地方。

那罗陀：您这么客套就不合适了。您是天神之首，受您召见是大仙人们常常渴求的事啊，有谁是您难得相见的呢？您这会儿说话的样子，就像国王们之间说话那样假惺惺地一本正经。

因陀罗：很遗憾，您将我说的话看作是客套话。请原谅，我跟您可不能虚伪。好吧，请坐，不过，话可都是实在话啊。

那罗陀：请坐。

（两人坐下）

因陀罗：请您告诉我，这会儿是从哪里来？

那罗陀：从阿逾陀国来。啊！赫利谢金德尔国王有福。我对他真诚质朴的品性感到非常满意。虽然太阳世系出现过许多伟大的有德之人，但赫利谢金德尔只有这一个。

因陀罗：（自言自语）那罗陀仙人也在为他唱赞歌了。

那罗陀：王上，赫利谢金德尔就像是真理的模范。毫无疑问，这样一个人的诞生，就算在被征服而受苦受难的情况下，也能让印度大地上的人们，只要想起他就能将头高高昂起。

因陀罗：（自言自语）啊哈！心啊，神用什么把你造出来的啊？虽然本性自然是有德的，但若他人名声过盛，也会生出嫉妒。这其中越是伟大的人，他的嫉妒心也就越大。对我们这些位居高位的人而言，敌人带来的愤怒，都抵不过别人的财富和名声带给我们的怨愤那样大。

那罗陀：您在想什么？

因陀罗：没什么。我在想，最近无论老少人人都在赞颂赫利谢金德尔的美名，这是不是就能印证赫利谢金德尔毫无疑问是一个伟大的人呢？

那罗陀：为什么不能呢？无论老少都崇拜的人，他就堪当伟大的美名。那些坚定不移地行有德之事的人，会永远享誉伟大这个美称。（自言自语）因为大人物可以嫉妒他，但是不能伤害他，因此您这样的人也认为比他差，这也是他伟大的一个很好的证明。

因陀罗：好！那他在家的品性如何呢？

那罗陀：能够成为他人的榜样。那些连自己和自己家人的品性都不能净化的人，他的话还有什么可以相信的呢？品性是身体的主要部分。无论言语和行为上多么虔诚，倘若没有圣洁的品格，人们就不会认为他是博学的，也不会相信他说的话！圣雄和坏人之间的区别就是，圣雄的心灵、言语和行为是一致的，而坏人则心与言行不一。无疑，赫利谢金德尔是伟大的贤人。他的内心崇高伟大，这一点毋庸置疑。

因陀罗：究竟什么样的人您称他崇高伟大呢？

那罗陀：表里如一，内在博学，又拥有仁爱等好品德。有权威，能宽恕，在逆境中能忍耐，在金钱面前有傲骨，在战斗中能保持坚定，他是上天创造的珍宝，是母亲的荣耀。赫利谢金德尔天生具有这所有的品性。付出让他感到快乐，且无论奉献多少都不满足，到现在为止，他都认为自己并没付出多少。

因陀罗：（自言自语）心啊！变成一块石头吧，你竖起耳朵听听这一切！

那罗陀：在这些品德中，对神不可动摇的爱是一切的装饰，没有它一切都会失去光彩。这一切事情的独特之处还在于，他在国家管理方面也表现得如此完美有力，以至于人们都怀疑，他是什么时候得空去管理国家的。确实，小人物们很少有这样的烦恼，无须担心整个世界的重担都在他们身上；但对那些伟大的人来说，他们总是承担很多责任，但他们的脸上并没有表现出任何不安，因为一方面他们开阔的头脑中有很多耐心和闲暇，另一方面他们不浪费时间，反而善于管理和分配时间，从不会让自己处在匆忙的窘迫之中。

因陀罗：仙人啊，他真是个大贤人，那么他怎么保证自己有稳定的财富呢？

那罗陀：这就是我们所说的。毫无疑问，毫无思虑、不节制地布施，直到败光了自己所有财富的人，是王族的污点。他们不赚取财富，反而将曾经拥有的东西全部都毁没了。管理得当的话怎么会缺少财富呢？布施者会给多少钱，受施者会拿走多少钱？

因陀罗：但是，如果有人向他索取财力范围之外的东西，或者索取的东西会导致布施者失去一切，那么他给还是不给呢？

那罗陀：为什么不给呢？他可以瞬间付出自己的一切，如果受施者需要的话。获得财富后没有高尚地舍弃它们的能力，如何能变得慷慨呢？

因陀罗：（自言自语）天啊，你看。

那罗陀：王上啊！生命和财富在圣人面前什么都不是。他们天生只对真理、思想和坚定的意志倾注全力，遇到高尚的人或谈论高尚的事时，摆在面前的金山对他们来说也像一粒粟米。赫利谢金德尔就是这样——他对真理如此热爱，超越对土地、宝藏、王后，甚至是宝剑的热爱。不热爱真理的人，如何能伸张正义？而没有正义感的人，怎么能做国王？无论处于怎样的危机与灾难中，无论得失福祸，都不放弃正义，这就是贤者，这就是君王，真理是这种正义感的基础。

因陀罗：所以他会布施给任何向他乞求的人，或者去做任何他被要求做的事情？

那罗陀：您是在嘲笑他吗？这种对伟大的人的怀疑，是对他的亵渎。您有没有听说过他自然抒发的豪迈之言？

世事无常，日月交替，

赫利金德，真理不移！

因陀罗：（自言自语）那么这个真理的背后也将是毁灭，我有好办法了。（对那罗陀）是的，但他是不是为了上天界才这样的呢？

那罗陀：哎，在如此慷慨的人面前，天界算什么！圣人难道是为了进入天界而修行的吗？在满足于自身纯洁品格的人面前，天界算什么！心地纯洁、行为单纯的人，难道是贪恋名利和天界而修行的吗？他们可以轻易地把您的天国赠予别人。而那些虔诚于神脚下的人，难道是因为某种心愿而行正法之事？此世的付出以求来世获得更多，对他们来说这也是一件小事。

因陀罗：（自言自语）我认为他可能没有上天界的愿望，但是通过他的修行，他将有权上天界。

那罗陀：对那些从他们所进行的吉祥仪式中得到满足的人来说，在他们的无限幸福面前，您这天上的甘露和天女，都是非常微不足道的。善良的人做善行会要回报吗？

因陀罗：不过，如果能用一次考验来检验一下他的真理就更好了。

那罗陀：王上啊！您这想法非常不合适。神让您变得伟大，您就应对他人的进步和卓越感到满意。嫉妒是小人物才做的事，伟人往往能从他人的伟大中认识到自己的伟大。

因陀罗：（自言自语）这些都行不通。（找借口对因陀罗说）不，不，我只是希望我也能亲眼看到他的品质。好吧，我一点也不想弄这些可能会给他带去麻烦的考验。

那罗陀：（自言自语）啊哈！伟大的人不是因为获得高位而伟大，而是因为心胸宽广才被称为伟大。权力大，但是内心狭隘且总想一些卑鄙的事，他就不值得尊重。只有那些无论多么贫穷仍心胸宽广的人，才算得上伟大，才值得尊重。

（看门人上场）

看门人：大王！众友仙人来了。

因陀罗：（自言自语）对，对，他可以做这件事。来得正好。这件事正需要他那样朴实的人去做。（对看门人）好，好，请他进来。

看门人：遵命。（离开）

（众友仙人①上场）

因陀罗：（恭恭敬敬地）请，请，仙人啊，您请坐下。

（众友仙人向那罗陀仙人致意并祝福因陀罗后坐下）

那罗陀：那么我先走一步了，父亲②那里还有一些紧急的事要我去处理一下。

众友仙人：怎么回事？怎么我一来您就要走，什么事惹您这么生气？

那罗陀：啥！您这说的什么话，老天爷！怎么会是因为您来了我就要离开呢。只不过我正要走的时候您进来了。

因陀罗：（笑）如您所愿，想走便走吧。

那罗陀：（自言自语）怎么是我想走了，现在不是您想让我走吗？好方便您撺掇这位宇宙不友好先生给赫利谢金德尔国王找麻烦，那我为什么还要在这里碍他的事呢？但是我确信恶人越是给君子带去痛苦，君子坚持真理的名声就越会像金子一样更加闪耀，因为真理的考验从来都是伴随着逆境出现的。（对因陀罗说）尽管"如您所愿"您说得很轻松，但是，相互之间不要说这种没意思的话，因为这些句子显得特别生硬无趣。我就当没听见，只是以朋友的口吻说一句：那，我走了，希望您不要去伤害任何人，因为仗着持有的权力给别人带去痛苦不是伟大之人的美德，给予幸福才是美德。

（因陀罗有些羞愧地向那罗陀致意，那罗陀告辞，离开）

众友仙人：这是怎么回事？为什么那罗陀仙人今天说话这么犀利，您说他了什么？

因陀罗：没有什么啊。这不是赫利谢金德尔国王的事传出来了嘛，他对他非常推崇，我们身居高位受人尊敬的天性无法忍受一个

---

① 驴皮短裙，长胡子，仙人的发式，手上戴着草戒，拿着水罐，穿着木屐拖鞋。
② 那罗陀仙人的父亲是三大神之一梵天大神。

刹帝利有那么大的名声。就这样，说话间透漏出了点儿信息，他就生气了。

众友仙人：那这个赫利谢金德尔到底有哪些美德呢？

（不自觉地皱起了眉毛）

因陀罗：（见仙人皱眉十分高兴，意欲挑起他更大的怒气）仙人啊，想抬高还是打压谁的名声，阿谀奉承的人往往随心所欲。但坚持真理修行难道是一场搞笑的游戏吗？那是只有像您这样舍弃家园的圣雄才能达成的业报啊。难不成一个人一边统治着国家，一边待在家里过着世俗生活，还能坚持什么达摩修行？所以，接受一些考验磨难不是应当的嘛。就因为这个，那罗陀仙人啥也没说就不高兴了。

众友仙人：不是还有我在这里看着嘛！赫利谢金德尔要是没有堕落，我众友的名字倒着写。看看在我面前他怎么装诚实，扮演仁慈。

（生气地站起来要走，幕落下）

第二幕　赫利谢金德尔大会

地点：赫利谢金德尔国王的王宫

（王后莎维娅[①]坐着，一个宫女[②]站在她旁边）

王后：啊！我今天做了一个噩梦，被吓醒后我的心就一直在发抖。神明保佑啊！

宫女：在虔诚的国王陛下庇护之下，一切都会好起来的，您别担心！来，您梦到了什么，说给我听听？

王后：我梦到国王浑身涂灰、披头散发，（泪水涌出）看到罗希塔什瓦王子被蛇咬伤了。

[①] 穿着沙丽、长罩衫，佩戴许多珠宝，精心装饰，编着辫子。
[②] 穿着沙丽，装饰朴素。

宫女：罗摩大神保佑！罗摩大神保佑！天神会眷顾我们的。愿天神保佑罗希塔什瓦王子长命百岁，只要恒河和贾木纳河水不断流，您的福运就恒定不变。王后啊，您也想想办法，乞求天神保佑诸事平安。

王后：好，我已派人去告诉国师这件事了，看看他能做点什么。

宫女：天神啊，请保佑我们的国王和王后诸事安好，我向您祈求这个恩惠。

（婆罗门上场）①

婆罗门：（祝福）

愿您健康吉祥，长寿无恙；

愿您拥有财富，牛马大象。

愿您强盛安全，敌人灭亡，

愿您与神同在，子孙繁衍。

（王后双手合十敬礼）

婆罗门：国师送来了攘灾做法事的圣水，请王后您先涂一些在眼睛四周，然后喝一点。国师还送来了这保护绳，请您把它系在罗希塔什瓦王子的右臂上。然后我再用这圣水做一个净化仪式。

王后：（在眼睛上涂抹圣水并抹了抹脸）玛拉蒂，你把这个保护绳随身带着放好，等见到罗希塔什瓦的时候，把它系在他的右手上。

宫女：遵命！

（把圣线放在自己身边）

婆罗门：那么现在请您做好准备，我来做净化仪式。

王后：（提起精神）听您的！

婆罗门：（用杜尔瓦草做净化）

致礼梵天、毗湿奴和湿婆大神！

---

① 身穿围裤，披着披巾，头上编着发髻，散着头发，留着胡子，手上戴着草戒，额间宗教符志，着木屐。

乾达婆、紧那罗和太阳神保佑！

致礼祖先、夜叉、圣人母亲神！

他们全部保佑您维护您祝福您！

愿您得幸运，吉祥天女喜欢您！

愿您丈夫儿子俱全成为有德女！

（向地上洒圣水）

罪孽、疾病和厄运统统远离去！

（向王后洒圣水）

如意美满幸福无恙子孙绵延长！

天神为您降恩婆罗门为您诵经！

（净化仪式后把供米、供花放在王后的手里）

王后：（双手合十向婆罗门奉上祭祀酬金）代我向国师大人顶礼叩拜并传达问候。

婆罗门：好的。

（祝福王后，离去）

王后：今天国王还没有上朝吗？

宫女：正来着呢吧。可能在敬神仪式上耽误了一点时间。

（幕后传来宫廷诗人的歌声）

夜去花开人欣喜，欢迎太阳族人大王来，

黑暗消逝恐惧散，诸般不适如星光暗淡。

盗窃奸淫邪恶人，因您英明觉醒弃罪恶，

歌者仆役并欢鸟，齐聚一堂颂扬称颂您。

颂歌犹如凉风抚，您心赛如玫瑰花蕾绽，

大王祝福福无限，获得女子手弯心发颤。

婆罗门祭祀尽职，您治下臣民安居乐业，

敌人见您脸煞白，臣民见您如鸟盼清晨。

诸多国王致敬您，手捧礼物站立路两旁，

高低贵贱不区分，王上平等对待诸臣民。

（幕后传来乐器的旋律）

王后：看，大王从神庙里离开了，乐器的声音传来了，宫人们也唱起来了。

宫女：您说他离开了？您看看，国王是要来了还是已经离开。

（王后慌忙站起来致敬）

（赫利谢金德尔国王[①]与随从[②]一起走了过来，王后行礼，所有人就座）

赫利谢金德尔：（亲切地对王后说）亲爱的！怎么了？你脸色这么难看！

王后：我昨晚做了一个噩梦，正心烦意乱。

赫利谢金德尔：亲爱的！女人虽说天性怯弱，但你是个勇敢的女人、勇敢的妻子、勇敢的母亲，怎会这样胆小？

王后：夫君啊！爱会让人失去耐力。

赫利谢金德尔：国师没有做点什么让你安心？

王后：夫君，国师把问题化解了。

赫利谢金德尔：那还有什么好担心的，相信经典和神明，一切都会好起来的。如果一直真诚地行善积德还是不能免灾，那就安心地把这灾难当作是来自神的旨意好了。

王后：夫君！关于梦境的福祸之说，您曾在经典中看到过吗？

赫利谢金德尔：（无视王后的话）我也做了个噩梦。（担忧地回忆）是的，我看到一个愤怒的婆罗门拉着一群修行的人，一群修行的大师，我看到她们都是女人时，准备去救她们。结果婆罗门很生

[①] 国王的随行人员里第一大臣身穿里衣、长袍，系着腰带，披着披肩，戴着头巾，装饰发带。两名普通人打扮的侍从，一名举旗的人着仆人打扮，旗上太阳下写着"真理在皆无惧"几个字。另有四个拿武器的保镖和两个仆人。

[②] 穿白色或藏红花色的里衣、外衫，束腰带，佩戴男性饰物，头上是头巾、发带、头饰，手持剑，披着披巾或其他精美的披肩。

气，我非常谦虚地想说服他时，他要我把整个王国献给他，为了取悦他，我就献出了我的王国。

（说到这里，表现出非常不安的神情）

王后：夫君啊，您怎么也和我一样如此心神不宁？

赫利谢金德尔：我在想，我可以去哪里找到那个婆罗门？没给他供奉、没把他安排好之前，我寝食难安。

王后：夫君，您把梦里的事情当作是真的了吗？

赫利谢金德尔：亲爱的，作为赫利谢金德的妻子，你这么说可不合适。啊，这样的话怎么能从你嘴里说出来呢！谁做的梦？是我对吧？然后呢？有什么证据可以证明当时的梦境不是真实的呢？你现在说不是真的，那么死后的那个世界也不是真实的，那为什么在这一世，人们还在为来世而修行呢？看到了就是看到的，哪管是在梦里还是在眼前。

王后：（双手合十）夫君，原谅我，女人见识浅薄。

赫利谢金德尔：（担心地）可是我现在该怎么办？好，这样吧！首先，在全城昭告，从今天开始，全民须知，我们的国家属于一个不知名的婆罗门仙人；因为他不在场，所以赫利谢金德尔以仆人的名义代他治理这个国家，以作为对他的供奉。此外，叫人准备两个用于政务的玉玺，一个刻上"未知名讳的婆罗门仙人国王的仆人赫利谢金德尔"，另一个刻上"未知名讳的婆罗门仙人国王陛下"。从今天开始，所有政务文件上都要盖上这个国王的章。还要向各国的国王和各地的君侯们签发诏令，就说赫利谢金德尔国王陛下在梦里将国土献给了"未知名讳的婆罗门仙人"，因此从今天开始，赫利谢金德尔会像臣属一样管理这个国家。

（看门人上台）

看门人：国王陛下！有一个婆罗门愤怒地站在门口，无缘无故地辱骂我们。

赫利谢金德尔：（惊慌地）马上把他恭恭敬敬地请进来。

看门人：遵命！（离去）

赫利谢金德尔：如果正是那遵天神之意而来的婆罗门仙人，那就是大事啦。

（众友仙人与看门人一起登场）

赫利谢金德尔：（走到前面恭恭敬敬地行礼）仙人！您请，这是您的座位。

众友仙人：坐，坐，坐下了。现在你说，你认没认出我来？

赫利谢金德尔：（惊慌地）仙人！我之前好像见过您。

众友仙人：（愤怒地）哼，刹帝利。你怎么能认识我？哼，太阳家族的有罪之人！你为什么会认识我？你这该死的虚情假意，你这样的人站着不过是给大地增加负担。啊，你这邪恶之人，你忘了昨天已把国土给了谁？你不知道我是谁？

自认是种姓少见的婆罗门，

被森林之子极裕激怒的人，

苦行受识整个世界都惧我，

我就是那称作众友的仙人。

赫利谢金德尔：（非常谦卑地匍匐在他脚下）仙人啊！是的，三界中有谁不知道您是谁啊。

锦衣玉食出生但求精神修行，

对王国继承权不屑一顾之人，

您所获至宝整三界为之颤抖，

世人有谁不识您智慧修为者！

众友仙人：（愤怒地）对啊，你这罪过虚伪之徒！怎不称我为

"接受王国布施的讨厌之人"[①]呢?因为你昨天把整个王国都布施给我了,等等,来看看这个谎言会结出什么果。对!见此情景,我的右臂想要怒起诅咒,左臂依刹帝利本性又想举起宝剑(大怒,深吸一口气,举起右手)。啊,梵天大神啊!留心您所创造的吧,不然整个世界都会被我今天这种无法承受的愤怒所摧毁,毁了世界又怎样?梵天神的骄傲在于,他可以毁灭一切,但当天他就能重新创造出另一个世界。今天,我将粉碎这位以虚假之面成为名扬四方的仁慈之人、这个国王世家英雄的美名。

赫利谢金德尔:(倒在仙人脚下)仙人,对不起,我说的不是这个意思。整个王国都是您的,我也是您的,这样一些小事何须您亲口说出呢。(带着嫉妒的愤怒)不要一次又一次地称我为骗子。您且听,这是我的承诺:

世事无常,日月交替,

赫利金德,真理不移!

众友仙人:(愤怒而且很不客气地大笑)哈哈!真的,这是真的,你这个白痴!当然,毕竟出自太阳世系。那么,把你的王国给我吧。

赫利谢金德尔:给您,这有什么可犹豫的,在您到来之前我就已经放弃了我的权利。

(看向土地)

这片土地属于伊克什瓦库由太阳世系掌管,

今天国王赫利谢金德尔将它托付众友仙人。

大地啊!我做国王时您给了我非常多福乐,

原谅信守正法的赫利谢金德尔转您予他人。

众友仙人:(自言自语)好!现在尽管表现出你的傲气,我的名

[①] 此处是一个谐音双关。赫利谢金德尔国王在上句诗中说众友仙人是"राजप्रतिग्रह पराङ्मुखमानसं"(राजप्रतिग्रह:接受王国;पराङ्मुखमानसं:转脸过去的人),是指他对继承王国财富不屑一顾。但众友仙人故意将其曲解为"接受王国布施的讨厌之人"。

字是众友，是不遗余力地迫使你破功的人，并且已经被财富给腐化了。（对赫利谢金德尔）祝福你，今天这场布施仪式的酬金在哪里？

赫利谢金德尔：仙人！遵您所令，酬金马上送来。

众友仙人：这么大的一场仪式，酬金不能少于一万金币啊。

赫利谢金德尔：遵命！（对大臣说）"大臣，献上一万金币！"

众友仙人：（怒）"大臣，献上一万金币！"金币从哪里来？国库是你的吗？你对大臣下令？骗子就是骗子，既然不想给，干吗嘴上说！算了，我不接受你这种人的酬金。

赫利谢金德尔：（双手合十）仙人，好的，国库财富现在都是您的，我忘记了，很抱歉，请原谅。没什么，国库没了，但我的身体还在，可以换来酬金。

众友仙人：好吧，给你一个月期限，如果一个月之内拿不到酬金，那么我会给你一个严重的婆罗门诅咒。记住！你只有一个月时间！

赫利谢金德尔：仙人，比起婆罗门的诅咒，我更害怕不信守真理的惩罚。

我会卖掉自己和妻儿，成为您愚蠢的仆人。

骄傲的赫利谢金德尔，坚持真理信守不渝。

（花雨从天而降，音乐声中伴着喝彩声）

（幕布落下）

第三幕　迦尸卖身

预告篇

地点：瓦拉纳西郊外——池塘。

（罪孽来了[①]）

[①] 脸色乌黑，眼睛通红，十分丑陋，手里拿着一把赤裸的剑，穿着蓝色拖地（围裤）。

罪孽：（跑来跑去，喘着粗气）啊，死亡吧死亡吧，燃烧吧燃烧吧，我该去哪里啊？这片土地上的每个地方都因赫利谢金德尔的美德而变得纯净圣洁，我们无所遁形。听说因为献祭酬金的事，赫利谢金德尔国王来了迦尸，众友仙人说："你把整个王国都献给了我，那么王国内的所有财富都是我的了。你不能在这片土地上的任何一个地方卖身抵债。"赫利谢金德尔听了仙人的话非常恐慌，想了想说："好的，仙人，我去迦尸卖身，因为经文上写着迦尸在大地之外，在湿婆的三叉戟上。"听到这个消息，我们也跟着来了迦尸。没有赫利谢金德尔统治的地方就是我们的容身之地，这里会更加混乱。放眼看去，人们都在忙着沐浴、祭祀、诵经、念诵、施舍、修行、守家等，在那样的地方待下去真是会要了我们的命根。不论白天黑夜，随着海螺和法铃的悠扬声音，吠陀氛围渐起渐成，就像是我们最具挑战的敌人正法在庆祝胜利。无论人们如何因我们而备受煎熬，混着巴格瓦蒂、巴吉拉蒂河水的凉风一吹就能瞬间抚慰他们焦灼的心。然后"嘘——嘘——嘘"的声音会把我们一个个杀死。哎呀，去哪里呢？该怎么办？就好像我们尘世的根被斩断了一样。总有一个地方我们可以去吧，但是这里好像不是我们的天下，在这里我们好像没有任何秘密，无论怎样的罪孽，来到这里都会被发现。

（幕后）

  真的，未获解脱之人，

  到瓦拉纳西定得解脱。

罪孽：啊呀！这位披着恐怖伪装的孙子是谁？头发垂到脚后跟，红红的眼睛鼓出来，像真的三叉戟般不停旋转。命啊！如果你想保护自己，就往冥界跑吧，现在这个时候世间已经没有你的容身之地了。（跑起来）

(陪胪①走了过来)

陪胪:"真的,未获解脱之人,到瓦拉纳西定得解脱。"看,如此伟大的贤王赫利谢金德尔,也得来这里出卖他的灵魂和妻儿。啊哈!祝福你啊真理。今天,当阎罗王开始向妻子讲述赫利谢金德尔国王的事迹时,他的三只眼睛都充满了泪水,并且汗毛直竖,浑身打战。我接到命令,要始终暗地里作为贴身保镖保护赫利谢金德尔国王。我伪装一下,去执行天神的命令去。

(两人同下。幕布落下)

正文篇

地点:迦尸河堤边的路上

(赫利谢金德尔慢慢地走来)

赫利谢金德尔:看啊,迦尸到了。啊哈,祝福迦尸!圣地瓦拉纳西,我向您致敬。啊,迦尸,多么无与伦比,多么独特美妙!

四种姓并摩尼仙安居此处,
金碧辉煌宫殿光芒耀天空。
美丽光彩美妙无法描述它,
造物主所造城中属于上乘。
托山大神黑天也居此圣地,
欢愉享受圣河岸边花园中。
神圣美德且罪恶消逝无踪,
迦尸之美让心灵充盈喜悦。
吉祥圣洁诸位天神全居此,
得其眷顾一瞥便幸福满面。
圣地神圣无比五河汇聚处,

---

① 湿婆神一样的装扮,三只眼睛,一只手拿着蓝色三叉戟,另一只手拿着杯子。印度教神明,外形凶猛,相传是湿婆神的化身。

七重遮挡盖不住迦尸光彩。
托山者城恒河段光芒四射，
奔腾水溅起无数业力浪花。
诸多种姓住在这如月圣城，
圣城美如剑驱除一切罪孽。
一座座神庙这里建造矗立，
宝石和雕像耀映在天空里。
仆人居士隐士在这里穿行，
贤德圣城再无它处可寻觅。
虔诚信徒在此地欢愉嬉戏，
欢声笑语如焰火一样明媚。
光辉像满月般广袤无边际，
此为无罪之城湿婆居住地。
看啊，天神把这座环形城市的美也赋予了河流。
祝福恒河！
口诵恒河就可忘掉死亡恐惧，
眼望恒河就能消除所有罪孽。
掬水入口便可打败如敌欲念，
疯狂之人能像湿婆神般平静。
恒河伟大，恒河水也同样光彩无比，令人舒畅。
啊，恒河！
清澈河水如钻石项链般美丽，
其间飞溅水滴即是链上珍珠。
清风徐来微波荡漾涟漪骤起，
若人心湖之欲念起伏不停息。
通往天界恒河令人心旷神怡，
瞻仰沐浴濯饮使人消除恐惧。

毗湿奴足甲光美月亮甘露贵，
如梵天神罐上饰天女遗地宝。
似湿婆神头上缕跋吉罗陀果①，
似神象飞落雪山绕湿婆脖颈。
化身无数溪流奔腾汇向大海，
萨伽尔的六万儿子得以净化。
爱恋她的迦尸诱她大地相会，
拥抱她于怀中从此不再分离。
时有新建河堤仿如高山壮美，
另有亭台庙宇魅力让心沉迷。
圣洁神庙四周插满飘扬彩旗，
钟声鼓声诸般乐声交织响起。
这边甜美旋律那边男女歌唱，
婆罗门诵经修士们冥想沉寂。
这边女郎沐浴那边妙人掬水，
玉指仿如莲花触摸晶莹珠滴。
妙女水中清洗身体无限美丽，
如海中莲花为月亮清洗污迹。
明月于水中如妙女面庞闪耀，
仿若莲藤吐蕊使人心旷神怡。
且行且住且看且思目不暇接，
赫利谢金德尔说不尽恒河美！

（想了想）但是，唉！一个生活悲惨的人，看到的世界似乎也是荒凉的。

对于败落穷困之人来说，

---

① 跋吉罗陀，भगीरथ，因他修行之故，恒河才降临凡界造福人类。"跋吉罗陀果"，指跋吉罗陀修行得到的善果。

衣食无着落住行无场所。

美迦尸亦仿如摩揭陀国，

恒河也是折磨痛苦之所。

尽管将王国的土地捐赠给了众友仙人，我赫利谢金德尔并不怎么伤心，但没有钱给仙人酬金却让我痛苦不已。唉，太糟糕了！荣华富贵已成过往烟云，现在从哪里去弄得给婆罗门的酬金呢？我该怎么办？我永远不会放弃坚持真理正法，仙人如此愤怒，得不到酬金他就会就向我发出诅咒。但即使是他不诅咒，那又如何呢？不还清婆罗门的债务，我连自己的身体皮囊都没有资格放弃。该怎么办？去跟有钱人打仗抢夺财富？但我没有武器啊。或者我应该向别人乞讨一些钱吗？可向别人伸手要东西不是刹帝利的正法啊。或者去借？谁会借给我呢？哈，看，人们来到迦尸，便意味着摆脱了俗世的种种束缚，但我却在这里诉说不幸。啊，大地啊，您为什么不开个口让我钻进去？这样我就不用再向任何人展示我羞愧的脸了。（害怕地）怎么？这算什么！出身太阳世家，在没有还清婆罗门酬金的情况下想着融入大地，这是罪过啊！（思考）唉，我理性全无，想不出什么办法了。该怎么办呢？尘世在我看来一片暗淡悲凉。（忧心忡忡，突然高兴起来）对哦，我现在有一个妻子、一个儿子和我自己，三个人，都是可以换钱的啊。把我们卖掉了不是能得到一万金币吗？那还有什么事要这么痛苦呢？不知道智慧在哪里沉睡了这么久。我之前就已经告诉了众友仙人：

我会卖掉自己和妻儿，成为您愚蠢的仆人。

骄傲的赫利谢金德尔，坚持真理信守不渝。

（幕后传来声音）那为什么不赶快把你自己卖掉？以为我没事干了吗，要一直跟在你身后转来转去等酬金？

赫利谢金德尔：啊呀，仙人来了！怎么办？今天还得向他请求宽限一两天。

（众友仙人上）

众友仙人：（自言自语）我已经圆满的认知因为这个邪恶的人再次陷入混乱了，一方面是因为因陀罗所说的话，另一方面也因为我自己对此感到不满。怎么办？在他的真理、耐心和谦逊面前，我的愤怒好像也不起什么作用。现在已然毁掉了他的国家，但如果不把他的真理信念毁掉，我是不会满足的。（向前看去），啊呀，这个邪恶之人，（停顿一下），或者说伟大之人赫利谢金德尔？（大声地对赫利谢金德尔说）哎，怎么样了，这个月还剩多少天？说，酬金什么时候给啊？

赫利谢金德尔：（慌张地）啊！圣雄憍尸迦！神啊，我向您致敬！（伏地行触脚礼）

众友仙人：好了，够了。说吧，你怎么给付酬金啊？今天是月末最后一天，我一刻也不想等了。现在就给，否则……（从下诅咒用的水罐中倒一点圣水在手上。）

赫利谢金德尔：（扑倒在他脚下）老天爷，不要啊，不要，请再宽限宽限吧！今天日落之前如果我还不给，您就想怎样便怎样吧。我现在就去卖自己换钱。

众友仙人：（自言自语）啊哈，伟大的天神！（对赫利谢金德尔说）好吧，就延到今天晚上，说定了。如果到晚上还交不出来，我不仅要给你下咒，还要直接向三界广而告之，说你赫利谢金德尔不守信用，毫无真理信念。

（众友仙人下）

赫利谢金德尔：总算保住了性命！现在我得想法把自己卖出去。唉，债就是这么坏的东西！在这个世界上，能够对欠债者不生愤懑、不怒目相向的债主是真正功德圆满的人。（继续往前走）呀，市场到了！好吧！（在头上插一根稻草）哎，有钱的兄弟，放债人，好心人，店主啊，我因陷入困境标价5000金币售卖我自己啦——如果您有需要，请把我带走吧。（一边这么说着，一边四处走来走去）看啊，曾几何时，我还因某些人买卖不公平而对他施以惩戒，但今天我自己也在制造这样的恶业。神的力量大啊！（"哎，兄弟，请听我说"这样说着走来走去。抬头看）你说什么？"你为什么要做这样坏的事？"不要问了，好心人啊，这都是业报。（抬头往上看）你说什么？"你能做什么？你懂什么？怎么生活？"这哪需要问？主人说什么我就做什么呗，我什么都懂，但在这种情况下，光懂是行不通的。主人怎么安排就怎么办吧。卖掉自己之后，你怎么还能有自己的想法？（抬头往上看）你说什么？"便宜一点儿。"大人，我可是刹帝利啊，我哪懂买卖啊，我已经说出了我觉得对的。

（来自幕后）

夫君，您这种时候为什么把我抛弃了！如果您成为别人家的奴仆，我如何能享受自由？女人被称作男人的另一半啊，您要卖掉您自己，那在此之前先卖掉您的左半边吧。

赫利谢金德尔：（听到之后很伤心）唉！我怎能让王后的那双眼睛看到这样的境况！

（看到王后莎维娅和儿子在路上走着）

莎维娅：哪位圣人行行好把我买走吧，这对我来说将是莫大的恩惠。

王子：行行好，把我也买走吧，也是大大的恩惠。

莎维娅：（满眼含泪）儿子，作为月亮家族杰出国王雄军的外孙和太阳世系伟大国王赫利谢金德尔的儿子，你怎么能说这种懦弱的话呢。我还活着呢！

（王后哭泣）

王子：（抓着妈妈的衣角）妈妈！如果有人买了您，他也会买走宝宝啊。对不对？也会带走我的，对不对？

（脸上做出要哭的表情，拽着妈妈的裙角摇晃）

莎维娅：（擦掉眼泪）儿子！看我的命吧！

赫利谢金德尔：哈，命运！你也要认命了吗？唉！阿逾陀的人民一直在哭泣，我甚至没有给他们一点安慰就出来了。他们现在是什么情形？是的，放弃了王国并不能获得解脱，反而不得不直面这一幕！心啊，看到有能力为转轮圣王服务的孩子和女人卖自己，你怎能不破碎啊？

（不停地长叹流泪）

莎维娅：（嘴里说着"哪位圣人能买走我啊"向上看去）说什么？"你会做什么？"除了和丈夫之外的男子说笑、同桌共吃剩食之外，我什么都能做。（抬头向上看去）您说什么？"这么贵，谁买？""大人，不管哪位圣贤婆罗门圣雄，发发善心，把我买走吧。"

（乌帕迪亚耶和巴杜克上）

乌帕迪亚耶：呀，小贡[①]，真的有女子要卖身为奴吗？

巴杜克：是的，师父，我又没说谎，您自己看。

乌帕迪亚耶：啊，那快走，分开前面拥挤的人群往前走。看，这些勤劳的人们熙熙攘攘、川流不息，这么多人挤得连放脚的地儿都没有，喧嚣嘈杂中什么都听不见。

巴杜克：（在前面走）让让兄弟，让让（走在前面）。师父，她可能就在人多的地方。

乌帕迪亚耶：（看见莎维娅后）啊，你在卖身为奴吗？

（莎维娅一边哭着，一边说着"行行好，把我买走吧"。孩子也咿咿呀呀地学着妈妈的话）

乌帕迪亚耶：姑娘，告诉我，你都会做些什么？

莎维娅：除了和丈夫之外的男人说笑、同餐吃剩食，主人说什么我就干什么。

[①] कौडिन्य，小贡，贡迪仙人的后裔，指文中的巴杜克。

乌帕迪亚耶：哈，很好！好吧，拿着金子。我家女主人因为要为火祭的祭火服务，无暇管理家务，请您帮我们管吧。

莎维娅：（伸出双手）贵人，您帮了大忙。

乌帕迪亚耶：（仔细地看了看莎维娅，然后自言自语）嗯，毫无疑问，是来自某个大家族。顺从，含羞低眉，眼睛一直盯着自己的脚面，说话轻声细语且有分寸。唉，她怎么会陷入此种境地！（跟莎维娅说）孩子，你丈夫还在吗？

（莎维娅看向国王赫利谢金德尔）

赫利谢金德尔：（伤心地自说自话）现在不在了。丈夫在的话，这样的女子何能沦落至此！

乌帕迪亚耶：（吃惊地看着国王）啊，这大眼睛、阔胸膛，能保护世界的长臂之人是谁？为什么在配得上王冠的头上插根稻草？（跟赫利谢金德尔说）大人，把我看作是愿分担你痛苦的伙伴，慷慨地向我讲述你所有的故事吧。

赫利谢金德尔：圣人，没机会详述敬告，我只能说自己是因为欠了婆罗门的债而沦落至此。

乌帕迪亚耶：那马上从我这里拿点钱去还清债务吧。

赫利谢金德尔：（手放在两只耳朵上）罗摩！罗摩！天神饶恕！欠的是婆罗门的债务，向您要钱我算怎么回事呢？

乌帕迪亚耶：好，那我出5000金币，你们俩当中谁愿跟我走，我就带谁走。

莎维娅：（抓住国王的手）夫君，有我在您就不要卖自己，我不想亲眼看到您被卖掉，请您接受我的这个要求吧。

（哭）

赫利谢金德尔：（忍住眼泪）好，你去吧。（自言自语）是的，赫利谢金德尔的这颗铁石心肠，即使现在也不会被摧毁。

莎维娅：（把金子绑在国王的衣服上）夫君，从现在起咱俩就难再相见了。（哭着对乌帕迪亚耶说）贵人，请您容我片刻，让我好好地看看我的丈夫，此后我们就将天各一方，不知所处。

乌帕迪亚耶：好，好，我先走了。小贡留在这里，你一会儿跟她一起过来。

（离开）

莎维娅：（哭着）夫君，请原谅我的罪过。

赫利谢金德尔：（惊慌不已）啊，造物主啊，你为什么要这么做？（对自己）啊！先封她为王后，现在又让她成为女仆。这也是命中注定的吗？今天太阳家族的家神都会因我们的悲惨境地而蒙羞吧。（哭着对王后说）亲爱的，全心跟着乌帕迪亚耶，为他服务去吧，莫要惹恼他。

莎维娅：（叹气）好的夫君，我听您的！

巴杜克：师父已经走了，现在我们也快点走吧。

赫利谢金德尔：（眼含着泪水）女神啊，（然后停下来沉思自语）唉，既然造物主已经让她成为女仆，我为什么称她为女神呢？（耐心地）女神，服务好乌帕迪亚耶，爱护他的弟子，用爱心伺候婆罗门女主人，尽可能地照顾好他们的孩子，维护好自己的正法，好好活着。不要去解释什么，一切都是神的安排，神让显现的，我们耐心地接受便是。

（泪流不止）

莎维娅：遵命，夫君！

（哭倒在国王脚下）

赫利谢金德尔：（耐心地）亲爱的，别耽误了时辰，巴杜克在催你呢。

（莎维娅站起来，哭着回头看着国王的方向，慢慢离开）

王子：（对国王说）父亲，母亲要去哪里？

赫利谢金德尔：（含泪耐心地说）去我们的命运让她成为奴仆的

地方。

王子：（对巴杜克说）啊呀，你不要带走我妈妈。

（抓住妈妈的衣角，拉住她）

巴杜克：（推搡孩子）去，去。快走，太晚了。

（孩子被推倒在地，哭着爬起来，无比愤怒，悲伤地看向父母）

赫利谢金德尔：婆罗门，神啊！不要因孩子的罪过生气（抱起孩子，擦拭他脸上的灰尘，亲吻）儿子，为什么要这么生气？不论何时，都应该容忍婆罗门的愤怒。去吧，和妈妈一起去吧，和倒霉的我在一起能做什么？（对王后说）亲爱的，学会忍耐啊。记住你的门楣姓氏。走吧，已经晚了。

（王后和男孩哭泣地跟着巴杜克离开）

赫利谢金德尔：有福的赫利谢金德尔啊，除了你，谁还会有这么硬的心肠？刹帝利们抛弃钱财和人民，为的是保护自己的女人，而你却连自己的女人也抛弃了！

（众友仙人上场，赫利谢金德尔匍匐在他脚下，向他致敬）

众友仙人：拿来，交酬金。已经到晚上了。

赫利谢金德尔：（双手合十）仙人，给您一半，我现在只能给一半。

（递上金子）

众友仙人：一半怎么行？要给就给全部。

（幕后）

诅咒苦行诅咒斋戒诅咒知识诅咒智慧和德行，

大德婆罗门啊你将变得像赫利谢金德尔一样。

众友仙人：（大怒）啊，哪个恶人在那诅咒我？（抬头看）噢，神啊！（愤怒地掬水在手）啊，刹帝利的偏袒者啊，我诅咒你从天宫中掉下来，出生在刹帝利家族，童年时代就被婆罗门杀死。①

（洒水出手）

（幕后伴随着痛苦的声音一片哗然）

（听到声音抬起头高兴地说）

哈哈，哈哈，好！看，这些没有胜利王冠和耳饰的天神，因我的愤怒从天上摔下来，头倒悬着往下坠落。

赫利谢金德尔：（惊恐地抬起头）啊，巨大的苦修神力！（自言自语地）到现在为止赫利谢金德尔还没有被诅咒，这是一个天大的恩典。（对众友仙人说）仙人，我卖掉了自己的妻子，得到了一半的钱，给您，另外一半等我卖掉自己就马上给您。

（幕后声音：啊呀，现在真是不忍看下去了。）

众友仙人：我不要一半，要给就给全部。

（赫利谢金德尔一边说着"哎，听着，兄弟，有钱的人啊"，一边走来走去。伪装成旃陀罗②的正法神和真理神上场。）

正法神：（自言自语）

我是最高神的化身世界依我之力运行，

因我天空大地江河湖海稳固秩序井然。

我乃是凡间世人的朋友永远带来福运，

与抛弃妻儿的信守正法之人同在同行。

我永远坚守真理信念之力让万物永生，

为考验国王对真理的信念我如此装扮。

（惊奇地自语道）在当今三界中，类似这位的贤达国王还真找不出第二个呢。

（出场现身）

---

① 该传说见于史诗《摩诃婆罗多》。由于受到众友仙人的诅咒，五个天神下凡成为黑公主的五个儿子，在童年时参与俱卢之野大战，被德罗纳仙人的儿子马勇所杀。

② 穿着拖地围裤，黑色面孔，红色的眼睛，短短的卷发，光着上身，显得痴傻呆板。

哎，各位！装金币的箱子带来了吗？

真理神：是的，主人！金币拿来干什么用呢？

正法神：问这个干什么？别多嘴。

（两人来回走着）

赫利谢金德尔：（一边喊着"哎，听着，兄弟，贵人啊"，一边转来转去）哎，没人搭话，今天太阳世系的家神恐怕要被我气得跑往西山了吧。

（表现出恐慌状）

正法神：（自言自语）啊呀，啊呀！现在这位大人十分痛苦。我们继续吧。（向前走去）哎，我们买你。给你2500金币。

赫利谢金德尔：（十分高兴地向前走去）啊，仁慈的贵人！您来得正好。请您拿来。（确认后）是您要买吗？

正法神：是的，我们买。

（准备给金子）

赫利谢金德尔：您是谁？

正法神：

我是乔特里·多姆大人，

纯净圣洁与我们不相干。

火葬场就是我们的王国，

索要裹尸布是我们职责。

是疾病神普尔默迪奴仆，

敬奉萨蒂在火葬场居住。

印历八月的排灯节夜晚，

供奉迦利女神要行祭祀。

今天我们要买你带走你。

打开钱袋拿走你的金子！

（动作像个傻子一样）

赫利谢金德尔：（非常悲伤）啊！最惨的事情出现了。（对众友仙人）仙人啊，我跪伏在您脚下，我想终生做您的奴仆，别让我成为旃陀罗[①]啊。

众友仙人：切，傻瓜！我要奴仆干什么？你自己的奴仆职责自己要遵守。

赫利谢金德尔：（双手合十）您盼咐做什么我就做什么。

众友仙人：任何事都会去做？（举起手）那些见证正法的天神听着，他说会做任何事。

赫利谢金德尔：是的，您说什么我都会照做。

众友仙人：那么把你自己卖给这位客人，马上把剩余的酬金给我。

赫利谢金德尔：遵命。（自言自语）想什么呢？（对正法说）我卖自己有个条件。

正法神：什么条件？

赫利谢金德尔：

无论我在哪里都得让那里的施舍和衣物远离我，

如神所愿我将成为您的仆人遵守您的任何命令。

正法神：好的，没问题，给你金子。

（远远地把金子扔到国王的衣角边）

赫利谢金德尔：（拿到钱，高兴地对自己说）

遵守诺言偿清债务避免了婆罗门的诅咒，

信守真理成为旃陀罗今天仍觉骄傲自豪！

（对众友仙人说）仙人啊，给您金币。

众友仙人：（气得咧嘴）真的给我？

赫利谢金德尔：是的是的，给您。

[①] 最低级的一种人，属于不可接触者。

（递过金币）

众友仙人：（拿着钱）祝福你！（自言自语）好，够了，考验够多的了。

（想离开）

赫利谢金德尔：（双手合十）仙人，延迟奉上酬金的罪责已被赦免，是吗？

众友仙人：是的，免了。现在我得走了。

赫利谢金德尔：好，仙人，向您致敬！

（众友仙人祝福后离去）

赫利谢金德尔：那么，主人（羞愧地停了一下）现在听您吩咐。

正法神：（像疯子一样跳起舞）

走，南面的火葬场，

收取裹尸布的布施。

不给布施的那些人，

不为他们举行葬礼。

走，住河堤边上去，

今天起你是我仆人。

赫利谢金德尔：遵命。

（幕布落下）

第四幕　火葬场

地点：南部火葬场

（河流、树、柴堆、死人、乌鸦、豺狼、狗、骨头等）

（身披一条毯子，拿着一根粗木棍，赫利谢金德尔国王来回走着）

赫利谢金德尔：（叹了口气）唉，我余生都要这么度日，遭受这样的痛苦。

种姓是旃陀罗卑贱人，黑暗的火葬场是家。

工作乃是索要裹尸布，对所有人一视同仁。

我已沦落至此，不知道造物主的怒火是否平息了？长辈们说得对，痛苦会指向痛苦。酬金还清后，我不得不承受这样的生活。我还能幻想什么？是自己孤独的人生？可怜的亲人？还是失去依靠的仆人？哭泣的宫女们？抑或是被遗弃的阿逾陀？成为奴仆的王后？那个天真无知的孩子？又或自己这旃陀罗的身份？唉，被巴杜克推倒的罗希塔什瓦的满脸怒气以及王后离开时看向我的那悲伤的眼神，至今仍然难以忘怀。（恐慌地）女神啊，作为太阳世系的儿媳，月亮世系的女儿，却被卖为奴仆！唉，您那连花环都编不成的纤细的手，如何清洗碗碟！（想沉浸在悲伤中，但又平静下来）这是怎么了？没有人会说赫利谢金德尔不信守真理：

我会卖掉自己和妻儿，成为您愚蠢的仆人。

骄傲的赫利谢金德尔，坚持真理信守不渝。

（天上降下花雨）

呀，这不合时宜的花雨是怎么来的？一定是某个死去的神圣灵魂到了，所以我要提起精神。（肩上扛着木棍走着）注意，注意，没有问过我们或者没有给我们半匹裹尸布的，不能举行葬礼。（说着，无畏地环顾四周）（听见幕后传来的喧嚣声）唉，天哪，多么可怕的诅咒！那边，张开翅膀从遥远的地方盘旋着飞过来的秃鹰，伸着长喙像乞丐一样降落在死人身上，为争夺尸肉而互相打斗和鸣叫。这边，豺狼一个接一个地用同一个声调嚎叫，像痛苦邪恶的鼓声一般。还有，柴堆噼噼啪啪地燃烧断裂，火焰中不时迸出肉块、血液或油脂，火的颜色因肉脂燃烧变成了蓝黄色，火苗向外窜出来；柴堆有时烧得旺，火光冲天，有时又熄了，浓烟四处弥漫。（恭敬地看向前方）啊！这种令人毛骨悚然的生意也有其意义。尸体，你还是幸运的，为这些畜生带来了食物！所以说：

客死在外也不错那里没有自己人，
飞禽走兽能享尸体盛宴大吃一顿。
啊，看啊：
乌鸦坐在尸体头上正挖出两眼吃，
豺狼垂涎三尺高兴地拉扯出舌头。
秃鹫敲开大腿挖出里面的肉享用，
野狗在高兴地吃着尸体的手指头。
许多老鹰正在剥皮动物都很幸福，
仿佛主人为乞丐布施了一顿斋饭。
啊，身体是多么无意义的东西：
这嘴这内脏这双手这双脚，
现在成了它物没人想触碰。
这骨头这皮肉这鲜血如故，
但是尸体散乱散发着恶臭。
令胆小鬼恐惧婆罗门厌恶，
欲望装饰的此世毫无意义。
啊，死亡又算什么东西呢：
那曾经被称作月亮的脸，
那曾经受到爱抚的身体。
那曾经拥抱爱人的手臂，
那曾有无穷威力的臂膀。
那曾被触碰祈福的双脚，
曾看一看便能带来快乐。
那曾经甜言蜜语的舌头，
曾让美女听到把心交付。
那曾涌起感情的一颗心，
那曾从未屈折低下的头。

那曾精心打扮好的身体，
如今躺在地上了无生机。
那些美丽光芒去了哪里，
活着时曾让所有人着迷！
那曾经想要延续的生命，
如今要历一场火的洗礼。
连花都无法承载的身体，
如今在上面堆满了木头。
那未曾感知过疼痛的头，
如今要忍受这颅骨分离。
那从未曾分开过的家人，
如今要独留尸体在这里。
那曾经凝望国王的双眼，
如今已成为乌鸦的食物。
那世界无法承受的手臂，
如今在此覆盖着裹尸布。
国王或百姓相看无区别，
一个或多个命定都一致。
美丽或丑陋甘露与毒药，
如今丧葬礼仪同一个价。
天界和仙人谁都不存在，
只有名字停留在经典里。

啊哈！看，那曾被密语加冕过的头颅，那曾披戴过装饰着九种宝石的王冠的头颅，曾是多么自豪，甚至连因陀罗都不放在眼里，那曾充满战胜无数大国的美梦的头颅，今天却变成了一颗恶人的魔球，人们甚至懒得用脚去触摸它。（向前看去）啊，这是火葬场的女神。啊，女神多么喜欢残酷的招待。看啊，点火人从恒河中死人的脖子上取下腐烂的花环，戴在女神身上，为她插上裹尸布的旗帜。死去的公牛和水牛脖子上的铃铛，被挂在榕树的枝杈上，铃铛里面，一根胫骨被当作钟摆。从埠头的河水中，为女神加冕致敬的圣水从四面八方洒过来，树干上沾满了鲜血，树底下祭祀的地方，狗和豺狼正在争夺祭品，拉扯撕咬，呜哇乱叫。（双手合十）"帕格瓦蒂！旃迪！布勒德！布勒德维玛勒！拉萨普雷特！布勒达斯蒂瑙德卢贝！普雷特沙尼！陪罗维！向您致礼！"。

（幕后）国王啊，我们只配得到旃陀罗的致礼。你对我们行礼我们感到难为情。说吧，你想要什么恩惠？

赫利谢金德尔：（听后惊讶地）帕格瓦蒂！如果您乐意，就请您为我的主人祝福吧。

（幕后）修道者，伟大的赫利谢金德尔修道者！

赫利谢金德尔：（抬头）啊！没有什么是一成不变的。太阳一升起，就作为人间大地所有业力的创造者，一直到正午时分，都在一刻不停地增加自己的炙热，那天庭中的灯和头顶蛇形辫的宝石，这一刻光彩暗淡，像一只失去力气的秃鹰想要坠入大海。

或者：
　　晚霞如同红色的围腰布，
　　太阳是他手上的骷髅钵。
　　傍晚时鸟儿鸣叫的声浪，
　　如他那索要生命的咒语。
　　狂欢中颅骨不停奔跑着，
　　是去追赶那新月的影子。
　　死亡之神疯狂跳起舞蹈，
　　为死去之人献上牲畜祭。
　　如无烟的柴堆投入水中，
　　跟着夕阳最后随水漂流。

密林中树上端坐的鸟儿,
哭泣犹如坟场上的男女。
浓烟入天空颅骨似月亮,
尸骨若星群霞红如血地①。
为魑魅魍魉特设的狂欢,
死神带来了这样的黄昏。

啊!鸟儿叽叽喳喳地从四面八方飞回自己的巢穴。因为下雨,河里的水流变得更加湍急恐怖。黄昏时分,火葬场的榕树上乌鸦聚在一起发出"嘎——嘎——嘎"不祥的声音,夜幕降临时的静寂,在心中生发出悲凉和恐惧。下雨天时节,天越来越暗,这些住在火葬场的青蛙们"呱呱"叫着,听上去更加令人毛骨悚然。

四周的哭泣悲鸣让人听后心生恐惧,
猫头鹰扑腾着双翅发出嗷呜的鬼鸣。
夜晚降临的乌鸦老鹰发出嘈杂之声,
秃鹰雀鸟四散逃开如恐怖之神降临。
豺狼嚎哭流水潺潺天鹅叫声扰人心,
青蛙蟋蟀嘶声交织噪声让人心烦恼。

此时,焚烧尸体的柴堆看起来也十分恐怖,有的里面人头倒悬在柴堆下面,有的里面人的手脚被烧断掉到地上,有的人的身体被烧了一半,有的人完全没烧透,有的就那样被扔进了水里,还有的人被丢在了岸边,有的人嘴被烧掉牙齿掉了出来十分恐怖,还有的被不知道从哪里来的烈火燃着。啊,这身体皮囊,看你这悲惨的境遇!实际上,人死后焚烧身体是可取的,因为让这具有如此形体和德行的身体被昆虫或鱼类啃噬,或者任其腐烂发出恶臭是非常糟糕的事。什么都没留下,也再没有恶业。走吧!让我们继续。(嘴里说

---

① 古代时候,罪犯一般都会被拉到火葬场砍头,所以这里对火葬场用了"血地"这样的描述。

着"注意！当心"四处走动)(好奇地看着)

赫利谢金德尔：鬼魅们的把戏也值得好奇地看看。看，头发高高竖起，像黑色的扫把头一样，长长的胳膊和腿，可怕的牙齿，许多长长的舌头吊在外面，晃来晃去互相碰撞，仿佛一支恐怖大军显形在这里自由嬉戏。天啊！他们的嬉戏、行为动作也特别恐怖。有的在嚼碎骨头，有的用颅骨盛着血畅饮，有的把脑袋当球踢，有的掏出小肠挂在脖子上，有的把脂肪和血当檀香一样往身上抹，跑来跑去互相争抢尸肉，一个把烧焦的肉塞进渴望的嘴里，感觉到烫又赶紧"噗噗"吐出来，另一个又急不可待地重复同样的动作。啊，看啊，这个女鬼把一个女人的鼻子连带着鼻环一起取了下来，四周一群鬼围在一起，惊讶地看着热闹。笑声中不时发出"呼噜呼噜"喝血的声音，相互争抢燃烧的木头和尸块，抢到的拿着它们手舞足蹈。若是稍有不悦，就抓住焚尸场的狗撕咬大吃起来。啊，湿婆大神真是在一个恶劣的环境下修行啊。(四处走动，嘴里念叨着"请注意""请注意")(看向上面)，夜深了，下雨的缘故四周更是一片黑暗，伸手不见五指。这焚尸场之上，黑暗如同点火人一样成为坟场的大王。(回忆地)啊，这样悲惨的情境下还与心爱的人分开。要是亲人在身边，那不管境况如何糟糕，都不会感觉烦恼。真是"破房破床破家不用慌，只要有爱人的臂膀，幸福就在身旁啊"。

造物主让我们在这样悲惨的时刻分开，是啊，这雨，还有这悲伤。赫利谢金德尔如此铁石心肠可以忍受这样的悲伤，可是那做梦都未曾见过悲伤模样的王后啊，她如何能忍受，将是多么心伤？啊，王后啊，耐心，忍耐，您爱上了一个如此不幸的人，和他一起除了痛苦还是痛苦。(看向上方)啊呀，下雨了。(披上斗篷)这雨中，坟场和雨幕浑然一体，什么都看不见了。看啊！

点燃的柴堆如闪电忽忽闪闪，

火花如萤火在空中星星点点。

乌云如苍鹭的队列笼罩大地，

英勇的妻子流下血色的泪滴。

赫利谢金德尔的眼泪如雨水，

青蛙一声连着一声仿若痛哭。

分离的痛苦煎熬着我的心扉，

无情人变成了雨季中的坟场。

（沉默了一会儿）谁？（嘴里念叨着"注意，请注意"四处走动）

因陀罗统治时但有哪位抗命者，

这有力的手给敌人以我的惩罚。

啊呀，没人在说话。（向前走了几步）谁？

（幕后）我们！

赫利谢金德尔：哎，谁答我的话茬了？走，去那边看看，那边有声音传来。（走过去，看向幕后）喂，谁呀？

身体涂满尸灰，

佩戴骨头饰品。

手里持头盖骨，

楼陀罗般走来。

（装扮成嘎巴利卡①的正法神走了过来）

正法神：嘿，是我！

抛弃所有尘世快乐走在自己的路上，

我们扮成幸福的苦修者走在火葬场。

（向前走去，看到国王赫利谢金德尔自言自语道）

我是最高神的化身世界依我之力运行，

---

① 嘎巴利卡，कापालिक，印度教湿婆教派中通晓和运用咒语术的出家人，他们喝酒吃肉，手中经常拿着死人的骨头作吃喝用的器具。此处正法神打扮的嘎巴利卡形象为：裹着赭色拖地围裤，披着橙色裹尸布，散着头发，额上是新月的图案，颈上挂着没有鞘的剑，一手拿着陶罐，一手拿着三叉戟，身上涂满尸灰，喝醉一般，眼睛红红的，戴着红色的花环和骷髅骨饰。

因我天空大地江河湖海稳固秩序井然。

我乃是凡间世人的朋友永远带来福运，

与抛弃妻儿的信守正法之人同在同行。

我永远坚守真理信念之力让万物永生，

为考验国王对真理的信念我如此装扮。

（想了想）国王赫利谢金德尔的痛苦令子孙后代悲伤，他的品性令人震惊。或者说，伟大灵魂的本性就是这样的——

尝遍尘世千般苦历经人间万种难，

宁弃自我不弃真理他是真正的人。

纵是日自西方升温迪亚山沉水底，

诚实的人也不会背弃自己的诺言。

或者说，他的心胸如此广阔，以至于不计较痛苦或快乐。走吧，去他身边看看。（向前走去，看了看）天啊，那是伟大的赫利谢金德尔吗？（跟赫利谢金德尔说）伟大的国王！祝福您！

赫利谢金德尔：(致敬) 请，请，修行之王。

正法神：国王！我有求于您。

（赫利谢金德尔表现出羞愧和不安）

正法身：国王，别不好意思。我通过法力了解了一切。您在这种情境下仍能满足我们的许多请求，就像月亮在遭受罗睺的吞噬时仍然奉献布施让求助者幸福一样。

赫利谢金德尔：听您吩咐，我能做什么？请您吩咐。

正法神：

魔力眼膏，隐身丸，木屐，冶金分离，念诵，雷劈，炼金，女瑜伽术，我在炼这八种法术。①

赫利谢金德尔：无论什么，请您吩咐我做。

正法神：我的吩咐是，我修炼这些法术的时候，总有一些破坏者捣乱，所以请您帮助我清除这些破坏者。

赫利谢金德尔：您已经知道，我现在是别人的奴仆，所以只要所要做的事情不违背我的正法，我都准备好了去做。

正法神：（自言自语道）国王啊，要是哪天您的正法不存在了，那这地球将依靠谁的力量运行？（对国王说）国王，让您去做的事情不会让您有违正法，因为不会让您有违主人的命令。修行的道场在这个火葬场附近，现在我要去做一些准备工作，您帮忙阻止破坏者。

（离开）

赫利谢金德尔：（警示说）走开，走开，一切鬼怪，我禁止你们向四面八方扩散。

（幕后）遵命，大王。谁能违抗像您一样的信守真理的英雄的命令呢。

今天苦行圆满见证幸福的大门开启，

法术瑜伽和苦行三种知识在您心里。

赫利谢金德尔：（高兴地）鬼魅们听从我的话，这真是一件令人高兴的事。

（三位女神②乘着坐骑而来）

女神：国王赫利斯金德尔！感谢您！当众友仙人大修苦行要抓住我们时，我们通过大神幻象托梦给您，您听到我们的哭声之后救

---

① 通过魔力眼膏术（Anjan Sidhi）可发现地上的财宝；隐身丸（Kutika Sidhi）放在嘴里穿上木屐（Paduka Sidhi）可以随心所欲到任何地方而不被人发现；冶金分离术（Dhatubhed Sidhi）可以发现草药成分；控制念诵（Baitala Sidhi）之术可以达成任何事情；雷术（Vajra Sidhi）劈向哪里就能让哪里倒塌；炼金术（Rasayan Sidhi）可以冶炼出金银；女瑜伽行者术（Jogini Sidhi）可以看到过去，预知未来，满足所有愿望。这就是八法术。

② 她们分别披戴着梵天、毗湿奴和湿婆的服饰。

了我们。

赫利谢金德尔：（自言自语）啊，这不是掌管宇宙创造、维持和毁灭的三位女神嘛，纵是众友仙人也无法抓住她们。（双手合十）向三界的胜利女神们致敬。

女神：国王，我们听命于您。请接受我们的祝福。

赫利谢金德尔：女神们！如果你们对我感到满意，那么就请臣服于众友仙人成为他的妻子，因为他为了获得你们修了很大的苦行。

女神们：（惊讶地互相看了看）好的，国王，祝福您！如您所愿。

（女神们离去）

（正法神让一个尸鬼头上顶着一个罐子走了过来）

正法神：国王陛下安好。承蒙您的恩惠，我的修行大业已经完成，感谢您，现在请您接受炼出来的这罐金水。

有了它可以让人长生不老，

可在须弥山顶上无惧行走。

赫利谢金德尔：（敬礼）仙人，这有违身为仆人的正法。这个时候未经主人允许拿别人的东西是欺骗主人的行为。

正法神：（惊讶地自言自语）哇，真是伟大的人啊！（对赫利谢金德尔说）您把它变成金子，就能赎回您的奴仆之身了。

赫利谢金德尔：您说得没错。但是，当我成为别人的奴仆时我并没有求情，所以我在这种情况下，无论得到什么，都属于主人。因为我已经把我的所有权连同身体一起卖掉了，所以请把这个金水交给我的主人吧，不要给我。

正法神：（吃惊地自语）赫利谢金德尔，祝福您！祝福您的耐心和忍受！祝福您的智慧！祝福您的慷慨！真是——

须弥山遇洪水或飓风尚且能撼动，

真英雄的内心纵被诱惑也不动摇。

那么，我还在这里干什么呢？（直接对外）尸鬼！去，按照国王的吩咐去做吧。

尸鬼：遵命。

（离开）

正法神：国王，天快亮了，您对我还有什么吩咐吗？

赫利谢金德尔：修行者之王啊！请不要忘记我，时不时想起我。

正法神：国王啊！伟大的天神也都会时常记挂您，并将一直记得您，更何况是我呢。

（离开）

赫利谢金德尔：夜晚即将过去了吗？今天倒是还没有新的尸体送来。夜幕降临之后墓地也变得十分安静。愿天神保佑每天都能这样。（听到幕后传来钟声、铃声）咦，怎么会这么喧嚣吵闹？

（八成就、九宝和十二咒术等天神一起乘飞车到来）[①]

赫利谢金德尔：（吃惊地）啊，这么多天神！今天怎么都高兴地到这火葬场来了？

天神：伟大的国王赫利谢金德尔永胜！因您的恩典我们摆脱了魔鬼的控制。现在，我们归顺于您，听从您的命令。我们八成就、九宝和十二咒术尽在您的掌握中。

赫利谢金德尔：（致敬）如果你们对我感到满意，那就请回到大成就者、财富神以及修行圣人身边去吧。

天神：（惊讶地）有福的仙王赫利谢金德尔！除了您，还有谁会舍弃来到家里的财神拉克希米？为了得到我们，伟大的修行者摩尼甚至丢失性命，但您却将我们弃如草芥，只为给世界带来福祉。

赫利谢金德尔：你们是我梦寐以求的珍宝，但我怎么能那样做呢，我现在身为奴仆，有一个请求，就是做六场好的法事，我们的

[①] 伪装成普通的天神。八成就指阿尼玛、摩西玛、拉齐玛、格里玛、布拉伯蒂、布拉卡魔亚、伊什德威和沃希德维；九宝指莲花、大莲花、海螺、鱼、龟、红宝石、蓝宝石、茉莉花和混合法器；十二咒术是六恶和六善，六恶指杀、勾、剐、钉、嗔、灭欲六善指惊、惑、吸引、解脱、如意、语颂。

功德立刻就能圆满，而坏的业力就会延迟圆满。

天神：国王，如您所愿。我们走了。您坚守真理的功力甚至让湿婆神的毁灭之力都减弱了呢。国王啊，祝福您！

（离去）

（幕后说着话，好像赫利谢金德尔国王没有听到一样）

一个声音：那现在派飞天仙女去？

另一个声音：傻瓜！八成就和九宝都没有毁灭的，飞天仙女能毁灭吗？

一个声音：那现在让我们采取最后的手段？

另一个声音：是的，命令龙蛇塔克沙卡去。没有其他办法了。

赫利谢金德尔：啊，朝霞即将升起，东方天空泛红了。（吸了一口气）

  鸳鸯想起爱人四处张望欢欣起舞，
  月光暗淡，夜光仿若阎罗在巡逻。
  恶鸟声声叫唤"神啊"互相会面，
  喝血的离鸟面如东方吸血的女魔。

啊，亲爱的，这漫长的雨夜您一定是在哭泣中度过的吧！啊，爱儿罗希塔什瓦啊，我毕竟是卖掉了自己的身体才变成了奴仆，你没有被卖掉，怎么也成了奴仆了呢！

  曾经受千百女仆爱护簇拥在怀，
  现在却和仆人的孩子滚在尘土。
  大地之王一声令下万千人低头，
  其儿子却要听命于婆罗门之子。
  孩子还不谙世事也没有被卖掉，
  虽没被送人却是被迫陷入此境，
  还要被有毒之蛇噬咬满身伤痕，
  何其遭罪此种不幸到何时结束！

（惊慌地）那罗延！那罗延！从我嘴里说出了什么。愿众神保佑他。（展示左眼跳动）为什么会在这个时候发生这么大的不幸？（展示右臂抖动）啊，一起来的还有这个吉祥的征兆！不知道还会发生什么，或者这时候还能发生什么，似乎应该发生的事情已经发生了。现在还有什么比这更糟糕的情况吗？现在只剩下死了。真希望在失信并变得贫穷之前先弃掉这副身躯，因为这个邪恶的想法无处安放总冒出来，但是能有什么办法呢？

（幕后）

赫利谢金德尔，我的儿啊。这是最后的考验。从你祖先甘蔗王到国王帝胜伽，天空中满是眼睛的星群正注视着您。到现在为止，这个王朝还没有人遭受过如此的艰难和痛苦。别让他们灰心失望，想想你的忍耐和坚韧。

赫利谢金德尔：（惊恐地抬头）哦！谁？家族师尊太阳神正在用他炙热的荣耀来教导我。（向上看去）父亲，我会小心的，我会像花环一样接受所有的痛苦。

（幕后传来哭声）

赫利谢金德尔：啊，天亮了，有死人运来了！旃陀罗家族的福祉永存，我们能怎么办？

（四处走动嘴里念着"注意，请注意"）

（幕后）

啊，兄弟啊！啊，儿子啊，您丢下哭泣的我们去了哪里啊！啊，老天爷啊！

赫利谢金德尔：唉，这是一个卑微的女人说的话，正为她儿子的死去伤心呢。唉，唉！命运给我的是何等无情的恶业！还要向她要裹尸布。

（哭泣的莎维娅带着罗希塔什瓦的尸体走来）

莎维娅：（哭）啊！儿啊，你父亲走了，你也走了！呜呜呜，我的不幸和衰老，你甚至连看都没看过一眼！呜呜呜，现在我该怎么办啊！

（哭）

赫利谢金德尔：唉，唉！她的丈夫也离开了她。是啊，无情的命运给这位苦行者多大的痛苦啊！

莎维娅：（哭）唉，儿啊！啊，今天谁从我身边抢走了你啊！啊呀，我的会说话的鸟儿啊，飞到哪里去了啊？啊，现在我该看着谁的脸活下去啊！啊，儿啊，谁会再拿走了我窗上的木头？谁会再去弄坏我那漂亮的玩具啊？啊，儿啊，你即使死了看起来也是那么漂亮！啊，啊，你怎么不说话啊？儿啊，你快说话啊，你要让妈妈唤你多久啊！儿啊，以前我一叫你，你就跑过来抱住我的脖子，今天怎么不答应我啊？

（一次又一次地拥抱、凝望和亲吻尸体）

赫利谢金德尔：唉，唉！这悲伤的场景我不忍心站在旁边。

莎维娅：（疯狂状）啊，这是怎么回事儿？我的儿子去哪儿了？快回来吧！唉，独自一人活在这个世界上，我很害怕啊。咦，谁把我带到这里来的？儿啊，儿子快来啊。嗯？你说什么？我去给大师取花的时候，有一条黑蛇咬了他！啊，啊，天啊，咬了哪里？哎呀，快来人啊，去叫大师来救救孩子。咦，那条蛇去哪儿了！它为什么不咬我？咬啊，咬啊，啊啊啊！为什么要向那个无辜的孩子展示力量呢？你咬我啊，呜呜呜，你为什么不咬我？什么？没有蛇，是吸血鬼！我的孩子从什么时候开始学会撒谎了？嗯？我叫了你那么多回，你都玩得不想回！儿子啊，大师叫你了，他家的钟要响了。看，他已经在你身边坐了很久了，快给他草和贝叶。喂，喂，我喊了你那么多遍，你怎么还不答应啊！（大声）儿啊，太阳落山了，所有的学生都回家了，您怎么还没回来？（看着面前的尸体）啊，啊啊！我的孩子真的被蛇咬了！啊，儿啊！谁夺走了我眼中的光芒！啊，我多话的鹦鹉飞到哪里去了！儿啊，刚刚还在说话，到底发生了什么？啊，今天谁毁了我住的房子！啊，谁放火烧了我的幸福！啊，谁把我的心掏出来了！（大喊大叫着哭）啊，儿啊，你去哪儿了！儿啊，我现在看着谁的脸来活下去啊？儿啊，现在谁会叫我妈妈！儿啊，今天哪个敌人的胸口凉了啊，死神对你柔软的身体没有半点怜悯！儿啊，睁开你的眼睛！啊，以前都是看着你的脸忍受痛苦灾难，现在我还怎么活下去啊！啊，儿啊，你说话啊！

（哭泣）

赫利谢金德尔：不知道为什么，见到她哭泣我的心都碎了。

莎维娅：（哭）啊，夫君啊！在您腿上玩耍的孩子那么悲惨，您怎么看不到啊！啊！您把他交给我，让我好好养育他，我却让他变成了这个样子！呜，呜呜！都这个时候了，您也不来帮忙！好歹来看看孩子的脸啊！啊，我现在要靠什么活下去啊？

赫利谢金德尔：唉！唉！她的话让灵魂都要出窍了，我感觉天旋地转，还是从这里走开一些吧。

（离开一段距离，站着看着她）

莎维娅：（哭着）呜呜！这片灾难的大海是从哪里开始涌起的！呜，呜呜，骗子，你把我骗来后跑到哪里去了！（看了看）年龄线这么长，那现在这闪电从哪里开始断的？漂亮的脸蛋、大大的眼睛、长长的手臂、宽阔的胸膛、玫瑰色的肤色！啊，你身上到底有什么迹象招致死神杀你？孩子，我的儿啊！伟大的占星师曾告诉我说，您的儿子将是一个非常威严的转轮王，他会长命百岁，这一切都是谎言！啊，儿啊！占卜、祭祀、诵经、施舍、念咒、苦行、什么作用也没起！呜呜呜，你父亲最严苛的美德都帮不到你，你还是走了！啊，夫君啊！

赫利谢金德尔：天啊，这些话让我很是怀疑。（仔细地看了看尸体）啊，在这个男孩身上可以看到所有转轮王的特征。唉，不知道今天哪个大族的灯会为它熄灭，也不知道今天他放弃了哪座城池。唉！罗希塔什瓦也一定很害怕。（沉思中）唉，唉！我嘴里说出了什么不吉利的话？神啊！（思考着）

莎维娅：众友大仙，今天您所有的愿望都实现了。啊？您满意了吧？

赫利谢金德尔：（惊慌地）啊，什么？（哭着仔细地看了看）啊，天啊，到现在我还在怀疑吗？天啊，我的眼睛哪里去了，没有认出儿子罗希塔什瓦？耳朵哪里去了，还没有听出王后的声音！啊，儿呀！我的儿子啊！太阳家族的幼苗！赫利谢金德尔无妄之灾的唯一支柱！啊，你在这如此艰难的时刻抛弃你悲伤的母亲去哪里了啊？啊，你柔软的身体怎么了？你玩了什么？吃了什么？产生了什么欲念以致丢了性命？儿啊，天国有那么可爱吗？你告诉我，我会用我全部力量把你以此之身带去天界。或者，现在还要这尊严做什么？天神给我尊严的结果就是给予我这一切吗？儿啊！（哭）

啊，还有谁会比我更悲惨！国家没了，财富没有了，家人性命都被抛在了身后，还要加上失去儿子的痛苦。我现在有何脸面到王后面前？毫无疑问，再没有谁会比我更加不幸。不知道我哪一世造了罪孽，如果说我如今所做的一切都是美德，那么我就不应该看到这种痛苦。我坚守正法的结果是一场空，因为这不是黑暗时代，不是做好事得到坏结果的时代，我无疑是非常不幸的，也是一个大罪人。

（剧场中大地震动，幕后传来说话声）末日来了吗？不是，肯定发生了极大的不祥之事。其结果不会是什么好事，或者说现在即将发生的事，除了坏事还是坏事。啊，不知道什么样的罪过惹来了神灵如此大的怒火！（哭）啊，太阳家族的小幼苗！啊，赫利谢金德尔国王的心头肉！莎维娅的支柱啊！啊，爱儿罗希塔什瓦，爸爸妈妈灾祸的受难儿啊！你这样丢下我们去哪里了！今天我真的成了旃陀罗了！人们会说，他都不知道自己做错了什么以至于亲历儿子的葬礼。啊，我该向世人展示什么样的面孔啊？（哭）或者说，在这件事情告之众人之前，我应该先放弃自己的生命吗？啊，不要脸的生命，你为什么现在还不离开？啊，铁石样的心肠，都这样了，你为何还不破碎？啊，眼睛啊，你为什么还睁着，还想看到什么？或者，这种虚幻的妄想能有什么结果？时间在流逝，最好在面对任何人之前结束自己的生命。（走到树边，找到一根可以吊上去的树枝，在上面系上一条披巾）正法神啊！我一生都在做好事，但不知道为什么我所有的行为都与您相悖，如果是那样请原谅我吧。（想把披巾套在脖子上，同时吓了一跳）神啊，神啊！我这是什么恐怖有违正法的想法啊？作为一个奴仆，我对自己的身体有什么权利，如何能放弃自己的生命？太阳神曾因这样的瞬间而不断被管教。那罗延，那罗延啊！我如何能从这种意志控制的精神罪恶中获得救赎？哦，无所不知的因陀罗啊，宽恕我吧，悲伤让人失去理智。现在我是旃陀罗，是奴仆，莎维娅她不是我的妻子，罗希塔什瓦也不是我的儿子。走吧，赶紧去为主人工作，或者去看看，伤心的莎维娅在做什么。

（走到莎维娅身后站着）

莎维娅：（像之前一样大哭）啊！现在我该怎么办？现在我看着谁的脸在这个世上活下去？啊，从今天开始我就是一个没有儿子的女人！有子之妇不会再让我的影子落在她们的孩子身上。啊，现在每天早上起床后我还能为谁忧心？吃饭的时候谁还会坐在我怀里向我要这个要那个？看到放满食物的餐盘空了之后我再如何准备？（哭）啊，谁会在外面玩耍回来后抱着我的脖子"妈妈妈妈"地叫，因为一点点小事就跟我坚持半天，还要这样要那样的？啊，现在我用裙边替谁擦去脸上的灰尘，将他抱入怀里？就算身在困境，也会因为他充满自豪。（哭）罗希塔什瓦不在了，我还活着干什么！（捶胸）啊，我这条命啊，你怎么还不去死？啊，我是多么自私的人啊，因为害怕自杀进地狱，现在还不把自己杀死！不，不，我不要活了。我去死，要么吊死在这棵树上，要么跳进恒河。

（像疯子一样想要站起来跑）

赫利谢金德尔：（隐藏着）

卖掉身体唤作仆人，

决心赴死未受夫命。

你需三思勿破正法，

此身受缚梦里也悲。

莎维娅：（叹气）啊？谁在这痛苦的时刻传讲正法？没错，我是这个身体的谁啊，可以杀死它？神啊！您也看不到我死后还能不能得到幸福吗？（稍许做平静状）让我冷静一下，现在我去准备葬礼吧。（哭着选木柴做柴堆）啊！这双从前每天都拍着他，哄着他睡觉的双手，今天如何能放在这柴堆上，怕他嘴里烫起水泡，我甚至从来没有喂过他热牛奶。

（哭得很厉害）

赫利谢金德尔：女神，祝福你，你毕竟是月亮家族的女人，如果你没有忍耐力，还有谁能够忍耐呢？

（莎维娅做好柴堆来到儿子身边，哭着想把他抱起来）

赫利谢金德尔：走，现在去向她要半块裹尸布。（走上前去，用力忍住眼泪，对莎维娅说）施主，火葬场主人的命令，不给半块裹尸布，不许任何人焚烧尸体。所以，你得先把裹尸布给我，之后才能举行葬礼。

（伸手讨要裹尸布，从天空中降下一阵花雨）

（幕后）

啊，耐心真理仁慈力量，

啊，赫利谢金德尔国王，

你之所为已然超越三界！

（两人惊讶地抬头看去）

莎维娅：啊，谁在这个时候赞美我的夫君？这溢美之词是从哪里来的？所有的经典都不是真理，不然以夫君的修为，何至于出现如今这么悲惨的状况？这只是天神和婆罗门的伪善罢了！

赫利谢金德尔：（把手放在耳朵上）那罗延，那罗延，大神恕罪，恕罪！施主，你别这么说，经典、婆罗门和天神是三世的真理。这么说你会后悔的。想想你的正法吧！拿来，给我半块裹尸布，然后开始做你要做的事吧。

（伸出手）

莎维娅：（看到赫利谢金德尔手掌中转轮王的标记，并通过声音和身形认出了她的丈夫）啊，夫君，这么多天您躲到哪里去了？看看曾在在您怀里玩耍的心爱的儿子吧，这境况！看看您心爱的罗希塔什瓦，现在他像孤儿一样躺在地上。

（哭）

赫利谢金德尔：亲爱的，忍耐，忍耐。现在不是哭泣的时候。看，马上就是清晨了，别等到有人来要走我们的命，连这仅存的一点体面都不得。来，缝上破碎的心，为罗希塔什瓦举行葬礼，给我半块裹尸布。

莎维娅：（哭）夫君啊！我连一块布都没有，我把自己的裙子撕破了才把他裹起来带到这里，要是再给您一半，那他就没有裹身体的了。老天爷啊！转轮王的儿子今天连一块裹尸布都没有！

（大哭）

赫利谢金德尔：（强忍泪水，耐心地）亲爱的，别哭了。在这种时候，要有耐心和毅力。我是别人的奴仆，主人的规定是不给一半裹尸布就不让举行葬礼。要是因为你们是自己的妻儿而不向你索要这半块裹尸布，那我就极大地违背了正法。赫利谢金德尔自大地产生至末日来临都不会丢弃正法，你千万不能因为半块裹尸布而让他违背正法。快撕掉半块裹尸布给我吧。看，马上就到清晨了，别让家主太阳神看到家族后代这等惨状而心忧难过。

（伸出手）

莎维娅：（哭）夫君，如您所令。

（正要去撕罗希塔什瓦尸体上的裹尸布时，剧场内的大地震动起来，有炮声一样响亮的声音和闪电一样辉煌的光芒发出。幕后传来乐器声、祝福声和呼喊胜利的声音，天空降下花雨，天神那罗延显形并握住赫利谢金德尔的手）

那罗延：好，好，国王！正法和真理在你这里已经终结了。看，因恐惧您的美德，大地一次又一次地颤抖，现在快去保护三界吧。

（眼中流下泪水）

赫利谢金德尔：（哭着顶礼膜拜，抽噎着说）神啊！您为我付出了这么多努力！这个火葬场在哪里，死亡之界在哪里，我身为人的皮囊就在哪里，至高无上的神，您是真正的仁慈者和赐予福乐者，您显形现身，圆满至极！

（因爱而激动，哭泣着说不出话来）

那罗延：（跟莎维娅说）孩子，不要悲伤了！有赫利谢金德尔这样的丈夫是你的大幸！（看向罗希塔什瓦）罗希塔什瓦，起来吧，看，你的父母都急于要见到你。

（罗希塔什瓦站起来，惊奇地向天神致敬，看向父母的脸；天空中再次降下花雨，赫利谢金德尔与莎维娅因为惊奇、喜悦、慈悲和爱，什么都说不出来，眼里噙满泪水凝视着天神的脸，湿婆神、帕尔瓦蒂、陪胪、正法神、真理神、因陀罗和众友仙人走来。）

众神：祝福你，伟大的国王赫利谢金德尔！你做了了不起的事情，以前没有人做得到，将来也不会有人做得到。

（赫利谢金德尔、莎维娅和罗希塔什瓦向大家致敬）

众友仙人：国王，为了在月亮和太阳世系保持你的荣光，我才欺骗了您。所以，原谅我，并拿回您的王国吧。

（赫利谢金德尔看着那罗延和正法神的脸）

正法神：国王！王国属于您，我作为见证人，别犹豫，接受吧。

真理神：好，让我们显形于这个世界上的人是这片大地上的国王。

湿婆神：赫利谢金德尔，孩子啊，在天神那罗延的恩典下，你已经证得梵境。因此，我祝福您，您的名声将与大地同在，罗希塔什瓦将长命百岁，成为威武的转轮圣王。

帕尔瓦蒂：莎维娅，孩子啊！天女们将唱诵你与你的丈夫的荣光，祝你婚姻幸福，财富女神拉克希米永远不会丢弃你家门楣。

（赫利谢金德尔和莎维娅敬礼）

陪胪：凡是赞颂你、听到你威名，并遵从你行为的人，都将免受陪胪之罚。

因陀罗：（拥抱国王，双手合十）国王，请原谅我。这一切都是我的恶行，但您从中得到了福报。天国里人人都说您以自己真理的力量证得了解脱果报。看，湿婆神命令陪胪成为您的助手保护您，那罗陀仙人化身为巴杜克，正法神为了您直接伪装成旃陀罗和嘎巴利卡，真理神因为您扮演成旃陀罗的追随者和起尸鬼。您既没有被卖也未成为奴仆，这一切都是按照天神那罗延的意愿进行的，都只是为了您的威名和荣耀。

赫利谢金德尔：（愉快地说）还有谁能增加我身为仆人的荣耀？

陪胪：国王，您可以要一个愿望。

赫利谢金德尔：（致礼，愉快地说）尊神啊！在您的见证下我已经实现了所有的愿望。但如您所令，我请求您，恩准我的臣民和我一起前往天国，祈求真理在这片大地上永固。

那罗延：祝福，你是如此有德，因你阿逾陀的昆虫、飞鸟及所有的生灵都将进入至高无上的居所；虽然在迦利时代所有正法都将崩塌，但如你所愿，真理仍将永存留在大地上。这样祝福我仍不满足，再向我求些什么吧。我将给你任何东西，因为我已经把自己给了你。但我还是想给你一些其他的恩典，在给你恩典这件事上，无论怎样我都觉得不够。

赫利谢金德尔：（双手合十）我的神啊，现在我还有什么愿望呢？我还能要求什么恩典呢？愿婆罗多的这句话达到圆满：

大地的侍奉者贤人啊不要悲伤，到神的脚下来祈愿，

愿罪恶消除，痛苦消逝，您的婆罗多大地充满生机。

愿智者远离仇恨，男女平等共相居，世界充满和谐，

愿尘间世人放弃粗鄙的诗歌，传唱优秀诗人的甘露。

（伴着吉祥的花雨和乐声，幕布落下）

爱的修行者[1]

坐在家中畅游全国，

书中观此奇妙戏法。

序幕

（南迪唱诵颂词）

真爱至上，唯爱至乐；

如孔雀开屏，如喜鹊呦鸣。

更有

世间烦恼众多，烦如草芥难以修平。

《爱的修行者》的作者，因带来欢愉而值得称颂。

（一脸沮丧的舞台监督[2]和帕里帕西瓦戈上场）

---

[1] 原剧作未完，仅含第一幕四场内容。本剧使用印度各类语言或方言较多，前三场在印地语的基础上混合了阿沃提语（Awadhi）和博杰普尔语（Bhojpuri）等方言；第四场则用早期马拉提语（Marathi）创作而成。

[2] 印度传统戏剧的开篇都会设置舞台监督，由他来介绍主要内容。

舞台监督：（擦着眼中的泪水唉声叹气）啊！我们为什么要信神？

帕里帕西瓦戈：朋友，这是怎么了，说什么胡话呢？为何如此沮丧？（舞台监督泪流不止）

帕里帕西瓦戈：（将舞台监督揽入怀中，为他擦拭眼泪）究竟是怎么了？怎么这样？难道今天就让大家看你流泪？

舞台监督：你且听，看我所言是否虚假——令我无比悲伤的，是我对神失去了信仰，世上如果真有神的存在，又怎么会有人失望呢？如果世上真有神，他为何会让世界变成这个样子？若没有他的旨意，世界又会是什么样子？人们不是尊称神为"大慈大悲者"吗？儿子死于父母眼前、丈夫逝于妻子面前、亲人在彼此身边离世，若没有神的旨意，这些会发生吗？是不是因为神的旨意，饱含学识而备受敬仰的善良之人遭到愚昧之徒的羞辱，他们因此散尽千金甚至丧失性命？充满不幸的印度遭受摧残毁坏，如同大象踩踏土地，若没有神的旨意还会如此吗？如果没有神的旨意，现在印度的子民还会如此不争而不幸吗？啊！（流着泪）人们说人间不过是他的游乐之地。如此残暴的神，人们怎还唤他"大慈大悲者"呢？

帕里帕西瓦戈：不必如此愤怒。一切皆苦，欢乐皆是虚假。

舞台监督：世界太虚伪。制造混乱传播麻烦的人，却也被称为正义和仁慈的赐予者。

（泪流不止）

帕里帕西瓦戈：你今天是怎么了？因何事如此愠怒？来这里究竟是为了给神明判罪还是为了演戏？

舞台监督：演戏或者不演，都得先听我说。希望给世人带来欢乐的那位，我们满怀爱意的兄弟、父亲、朋友、儿子，爱的唯一具象，真理的唯一容所，真诚的唯一所在，印度的良知、印地语之父、印地语戏剧之父，赫利谢金德尔能够幸福快乐（眼中充满泪水）。先生啊！什么都不用担心，相信"苦即是乐"，当你放下欲望，舍弃名利,与世俗背向而行,你便获得了爱的价值。事实是,无情的神并未通过在你面前现身或存在于你身体中的方式来展示对你的爱,恶毒的人们却不停地侮辱你,所以你无法感知世界的美好。那些爱你的人将你视为全部,不论何时总是为你的名字而骄傲,将你的生活方式视作楷模。(掉眼泪)朋友!不论他人的过错还是自己的过错,都忘了吧,你从那些羞辱中获得了什么呢?情绪为何如此愤懑?记住,这些臭虫永远都只能如此,而你出人头地后终将把他们踩在脚下。你忘了你自己的诗是怎么写的了吗?

泪眼盈盈都过去,

赫利金德①故事留。

朋友,我知道关于你的指控都是不实的,你不过是走霉运罢了。(流泪)

帕里帕西瓦戈:朋友,你所说的都是真理,但是时间的力量很强大。不按照时间的规律办事,终将一事无成。

舞台监督:没错,我们都要按照时间规律办事,但是一些超凡的存在却并不需要。

帕里帕西瓦戈:但是那有什么后果呢?

舞台监督:难道现在还需要什么其他结果吗?现实的模样就是结果。

帕里帕西瓦戈:所以今天这些人过来就是为了听这些牢骚的吗?

舞台监督:在座的都是作者的朋友,即使不是朋友,也一定会对他的故事感兴趣。大家不妨带着兴趣听一听。

帕里帕西瓦戈:但是朋友,空说无益。他们是为了看印地语戏剧而来,请您开始表演吧。

舞台监督:我今天将完全沉浸在角色中而心无旁骛。

---

① हरिचंद(赫利金德),即हरिश्चंद्र(赫利谢金德尔)。

帕里帕西瓦戈：那么就按照角色开始表演吧。

舞台监督：那该演哪一部剧呢？这些剧的角色总是大同小异，哪里有什么新鲜之处。

帕里帕西瓦戈：朋友，让我们用印地语表演《小泥车》[①]吧，因为这部剧的主角善施虽然与其他戏剧主角相似，但是春军和国王的角色却很特别。

舞台监督：但总归还是没有新意，我们不该给观众唱旧戏，应该演新剧。

帕里帕西瓦戈：（做回忆状）那就表演那天你在公园里听来的那出戏吧——这部戏反映了现世的苦难，通过它观众能够正确认识我们这个时代。而且，它融合了新与旧两种风格。

舞台监督：是的，《爱的修行者》——很优秀的作品——那就让我们共同欣赏这部戏吧。

帕里帕西瓦戈：走。

（两人离场）

（序篇结束）

第一幕

第一场的人物

德科金德：巴尼亚人[②]领袖

切古吉：同上

马肯达斯：毗湿奴派信徒巴尼亚人

谭达斯：名义上的毗湿奴派信徒[③]

---

① 《小泥车》是古典梵语戏剧名作，作者是首陀罗迦。

② 巴尼亚（Bania）种姓是印度的主要种姓之一，属于吠舍阶层。圣雄甘地属于该种姓。

③ 姓名直译为"财富的奴隶"，取嘲讽之意，是本剧的丑角之一。

博迪塔达斯：名义上的毗湿奴派信徒①

米谢尔：圣歌吟诵者

恰帕提亚：挥舞着鞭子驱散寺庙中人群之人

贾拉塔瑞亚：送水人

巴拉姆贡德、莫拉吉：来自木尔坦的两兄弟、毗湿奴派信徒

拉姆·金德尔：主角

两个古吉拉特人

第一场

地点：寺庙的院子里②

（恰帕提亚来回踱步）

恰帕提亚：今天这是怎么了？都到这会儿了一个人都没有，米谢尔也没来，他一定是睡过了头。这位大哥昨天半夜还在窸窸窣窣地折腾，早上又怎么起得来？

（裹着头巾的米谢尔，揉着眼睛走了过来）

恰帕提亚：米谢尔，你还没睡醒吗？祭祀主持从法螺声③响起的时候就在找您。

米谢尔：来了来了。清晨寺庙法螺声响起的时候，我们也像你一样出发了。但我路远，从别的村庄赶过来，出发的时候天都没有亮呢。

恰帕提亚：兄弟，敬神就是很难，如同咀嚼铁片，不容易哦。

米谢尔：做好自己该做的事情罢了。（坐下）

（两个古吉拉特人走过来，他们刚刚完成沐浴，眉心画着符志）

---

① 姓名直译为"女人的奴隶"，取嘲讽之意，是本剧的丑角之一。

② 根据后文内容推测，本场的背景是寺庙的祭祀开始前，寺庙的主持戈文德上师到来之前众人的对话。

③ 印度教寺庙中的僧人会在祭祀时吹响螺号，象征着神圣音节"OM"。此处指天亮之前，僧人晨祭时吹响法螺。

第一个古吉拉特人：米谢尔先生，礼赞毗湿奴大神[①]，吉时到了吗？

米谢尔：时机正好，吉时已到，请坐下。

第一个古吉拉特人：好的，马图拉达斯[②]，坐下吧。（两人坐下）

（切古吉穿着拖地裤[③]进来，舞台同一侧马肯达斯入场）

切古吉：（看向马肯达斯）马肯达斯，到这边来。

马肯达斯：（双手合十上前）礼赞克里希纳！

切古吉：室利克里希纳吉祥！坐下说说拉姆·金德尔先生近况如何。

马肯达斯：正如您了解的那样，最近废寝忘食地搞创作呢。昨天半夜我们出发的时候，冬不拉琴声还在响着。不论昼夜，总是传出"哆来咪发"的声音，应该已经写了两三首诗歌了吧。

切古吉：他的父亲以前也一直写诗歌，但是吟诗作赋并非我们这个阶层该干的事情。这是诗人的事情。

马肯达斯：的确如此，他们父子俩总觉得世人愚昧，自傲地认为自己才是肚子里有点墨水的大师。

切古吉：他虽然看过几本书，但真学问怕也没有，道听途说地学了一些基督教的知识。对自己的信仰却一无所知，愚昧得像昨天刚出生的婴儿。

马肯达斯：来了啊。

（巴拉姆贡德和莫拉吉入场）

二人：（看向切古吉的方向）室利克里希纳吉祥，先生。

切古吉：室利克里希纳吉祥，来这边坐下，你们刚沐浴了吗？

巴拉姆贡德：是的先生，我们弟兄俩的习惯是早起沐浴完毕后

[①] 印度教徒互相问候的方式是称颂神号，后文"室利克里希那吉祥""礼赞克里希纳"等表达与此相似。
[②] 此处应指的是另一位古吉拉特人的名字，在角色表中未列出。
[③] 印度传统男士下装。

再去庙里礼敬帕尔瓦蒂女神①，回到家后再冲洗一遍身体。现在是八月②，我根据时令沐浴拜神。

切古吉：你们能严格遵守礼仪真是太好了，不知道拉姆·金德尔有没有遵守八月沐浴的规矩。

巴拉姆贡德：怎么会不呢？我们经常一起去沐浴，有时并肩而行，有时前后随行；有时天还没亮，得拿着火把照路，有时他比我早，我刚到，他就沐浴结束了。

切古吉：他拿着火把是为了去看女人的脸吗？③

巴拉姆贡德：(笑)这我就说不好了。

切古吉：老兄，今天怎么还没有去寺庙，就在这里一直坐着吗？

马肯达斯：今天迟点去，做完祭祀后再去。

切古吉：今天已在家中唤醒家中的神④了吗？

马肯达斯：没有，还在进行着准备工作，家中的女人们正在准备吉祥的贡品。今日祭祀完成后，我会回去亲自供奉贡品并且诵经祝祷。

切古吉：你和拉姆·金德尔有沟通吗？

马肯达斯：有过沟通，但是现在没了。以前所有节日的祭祀都会邀请我，但是现在都不叫我了。他有两兄弟，他大哥人不错，小的太虚伪。

(后台)拿一杯热水来。

恰帕提亚：(看着街上大喊)谁是送水的人，怎么这么慢？拿杯水怎么这么久？

---

① पार्वती，印度教萨克蒂信仰的主要女神之一，在印度神话中是湿婆大神的妻子。
② 印度历法的八月(कार्तिक)是吉祥的月份，传说中这是毗湿奴大神化身为鱼拯救世界的月份。所以信徒在这个月要进行八月沐浴仪式(कार्तिक स्नान)。
③ 嘲讽拉姆·金德尔祭祀心不诚，是为了去河边偷看女人。
④ 指祭祀家神，即每日早上供奉贡品，祭拜供奉的神灵。

（贾拉塔瑞亚拿着一杯热水走了进来）

恰帕提亚：你说说，你究竟是不是从法螺声响起就开始勤奋工作的？

贾拉塔瑞亚：啊！我也没有偷懒睡觉，我不可能扛着这水罐走来走去的，这不是来了嘛。水罐把我的肩膀都磨破了。（边走边说）

（穿着破烂衣服、裹着头巾的德科金德[①]进来）

德科金德：（看向马图拉达斯）马图拉达斯先生你好吗？

马图拉达斯：我挺好的，兄弟。说说，那么大的节日，您干吗不从加尔各答赶过来？这里可是一片欢腾，很多大人物都来了。六季节，各种吃食，满汉全席，很让人享受哦。

德科金德：老兄，我们这种人出趟门很不容易。首先坐火车出门很麻烦，另外俗务缠身的我也没有那么多闲暇。对了兄弟，格里拉吉先生在场的活动该是梦中都见不到的吧？还有，戈文德上师亲临现场，大家的高兴肯定无以言表吧。

（谭达斯和博迪塔达斯入场）

谭达斯：朋友，你在看什么呢？

博迪塔达斯：老兄，我在这里找了半天了，还没找到能带来吉兆的鸟[②]。

谭达斯：兄弟，那只鸟可是会给我们带来食物和工作的吉兆。

博迪塔达斯：老兄，照这么说，我们可能找不到吉兆了。

谭达斯：所以你需要在眼里上点眼药，多眨眨眼睛，对，这样眨眨眼。

博迪塔达斯：（笑）毗湿奴信仰的理论，只对毗湿奴信徒有效。

谭达斯：您把那件事报告给国王了吗？

---

① 角色表中无此角色。
② 印度教的祭祀开始前要等"吉兆"，可能是一片树叶、一阵风或者一只飞鸟。此处，应该指的是等候一只作为吉兆的特定飞鸟。

博迪塔达斯：哪件事？

谭达斯：城里那些丰乳肥臀的风骚烂事①。

博迪塔达斯：这就是高赛因种姓②的业啊，这是他们获得解脱的必经之路。

谭达斯：这些人都很有钱，他们杀人抢劫，欺辱妇女。

博迪塔达斯：老兄，这些人倒是很出名，但是实际上他们不会写字也不会念书，除了没日没夜地游手好闲还会做什么呢？

谭达斯：无非就是四种活法。一是做战士，二是做强盗，三是做祭司，四是做娼妓。

博迪塔达斯：无须多言，生活在庙中宛如活在天堂。一旦成了祭司，不管怎么活都活得好，饭来张口，衣来伸手，还可以享用信徒的供养和尊重。

谭达斯：怎么说呢？我们要有这种命该多好！

博迪塔达斯：大哥，那些身无分文的女人在街上游荡，你只能坐着哭泣，他们再便宜你也消费不起。有钱的富人手中却有着花不完的钱。

谭达斯：那如果我想逆转一下命运该如何呢？

博迪塔达斯：命里有时终会有。你看，拉德利·普拉萨德和巴楚，一个找到了蛇女王，一个只找到了小母蛇③。

谭达斯：大哥，如果我们把头给剃了，嘴里一颗牙齿都没有④，也像高赛因人一样苦修，是否就能取得成就呢？

博迪塔达斯：你我见解不同。

---

① 原文是迦尸（瓦拉纳西）当地方言，大致意思是说城中的低贱女性四处卖弄风骚，招摇过市。

② 高赛因种姓（Gosain）是印度教种姓的一支，类似于吉卜赛人，他们以苦修者的形象示人，四处流浪、行乞、抢劫，该种姓的女子也会在城中以卖淫为生。

③ 原文如此，出处未知，应是当时的民间故事，在此寓意不同的人有不同的命。

④ 意指效仿流浪的高赛因人一样的生活方式。

（拉姆·金德尔从二人身后开门进来）

切古吉:（慢慢揉揉脸说）进来吧。（向众人致意礼赞克里希纳）

巴拉姆贡德:（请拉姆·金德尔在身边坐下）别来无恙，好久不曾接见我们了，是对我们有什么不满吗？

拉姆·金德尔：对你们这样的朋友怎么可能有不满，您这说的什么话？

巴拉姆贡德：八月沐浴仪式完成了吗？

拉姆·金德尔:（笑着）那可就说不好了。

巴拉姆贡德：哈哈哈，我知道您决定要做的事就一定会做的。
（握着拉姆·金德尔的手笑着说）

拉姆·金德尔：兄弟，这两人（指着谭达斯和博尼塔达斯）挺坏啊。我站在门后听了好一会儿，他们这工夫光聊女人了。

巴拉姆贡德：这里是一片鱼龙混杂之地①，有人说这个，有人说那个，您在乎他们做什么。话说，您最近上庭了吗？

拉姆·金德尔：有时会去。我不喜欢在那里被逼着和哈里达斯老爷争执，像狗一样互相撕咬，关于孟加拉问题的辩论让人焦头烂额。互相咒骂、互相唾弃，满是仇恨的滋味。苏利耶难陀这人……

巴拉姆贡德:（笑）您这说法真生动，那些愚蠢的法官们都怎么样？

拉姆·金德尔：能怎么样？大家都是自顾自地活着罢了。迦希·普拉萨德还在用格提瓦利字母写作，写一句话要3个小时，里面却有上百处错误。拉克希米·辛格和希瓦·辛格工作很努力，普拉雅格拉尔也干得不错，但他却总是与警察作对。毗湿奴达斯还是如同魑魅②一般，迪万·拉姆最近不在岗，其余的法官都是英国人。但是兄弟，这些蠢货都很狂妄，和他们说话稍有不慎，他们就会威胁

---

① 原文为"海洋、大洋"，此意译为"鱼龙混杂之地"。
② 原文为英语"Cunning Chap"。

要送你坐6个月的牢。

巴拉姆贡德：我不知道魑魅是什么意思。①

拉姆·金德尔：就是说他老奸巨猾！

（后台）

戈文德上师主持的祭礼开始了（所有人跑下台）

（幕布落下）

第二场

第二场中的演员

代理人②

耿伽布德尔：恒河夜祭的祭司

潘迪亚：艺术家

店主

苏塔卡尔：坐在拉姆·金德尔旁边的人

楚利·辛格：无赖

外地人

地点：圣树、水井、池塘旁

（代理人、耿伽布德尔、潘迪亚、店主、楚利·辛格坐在一起）

代理人：近来生意如何，我的朋友们？

取得了一些成果，或空度了一些光阴？

赚到了银子，还是两手空空饿着肚子？

耿伽布德尔：

怎会两手空空，恒河母亲赐予我财富。

抑或好人抑或坏人，全都不会饿肚子。

---

① 巴拉姆贡德没听懂。
② 指代将信徒介绍给祭司和神庙的中间人，戏称为神的"经纪人"。

无人饥饿中睡去，此乃迦尸城的魔力。①

店主：您一直待在外地吗？

耿伽布德尔：有一些年了。

潘迪亚：祖先祭和从前的老规矩不一样了。

楚利·辛格：还是和以前一个样。你又知道什么？你个蠢货。

潘迪亚：我不知道谁知道？我从出生开始就参加祖先祭。

代理人：不管怎样，今年的祖先祭还是很成功的。

耿伽布德尔：无人饥饿中睡去，此乃迦尸城的魔力。

楚利·辛格：但是所有人都有躁动的下体。

耿伽布德尔：辛格，休得胡说。

楚利·辛格：那您说吧，叔叔。

耿伽布德尔：

你也靠打打杀杀为生②，

各类生计人生③都值得。

楚利·辛格：那样的日子一去不复返了，现在这座城市只有罪行。

耿伽布德尔：无人饥饿中睡去，此乃迦尸城的魔力。

楚利·辛格：新的法官来了以后，麻烦也来了。我们像蝼蚁一般四处躲藏。

店主：这倒是实话，老兄。

楚利·辛格：

他倒是聪明，知道贿赂法官。

法官控迦尸，我等四处逃亡。

---

① 此句诗歌出自乌尔都语著名诗人纳泽尔·阿克巴拉巴迪（Nazeer Akbarabadi），原诗为乌尔都语。

② 楚利·辛格角色的介绍是"无赖"，在此指他是靠违法犯罪为生。

③ 此处原文是诗句，原句表意不全，原文为"有些人的食物、有些人的娼妓、有些人的头巾"，在此指迦尸城的各类人生，意译为"三教九流"。

从前罪全露，现只低调行事。

耿伽布德尔：无人饥饿中睡去，此乃迦尸城的魔力。

楚利·辛格：

你乃蜈蚣①，肥头大耳太贪婪，

狂妄异常，你如此自视甚高，

私吞财物，此生得不到解脱，

自认神牛亲戚②，实蠢不可言，

你这样的人，无资格谈论迦尸。

无人饥饿中睡去，此乃迦尸城的魔力。

（一个外地人唱着歌入场）

外地人：

看看你们的迦尸，看你们的迦尸，

众神之神之地，不可摧毁的圣地。

一半属于诗人、婆罗门和艺术家，

另一半属于光头寡妇和不良娼妓③。

低种姓人、贱民、瘾君子和无赖，

游手好闲的他们都很不值得信赖，

皆是懒惰、虚伪、残暴的大恶人。

不参与俗世，禁食禁言的修行者，

皆是嘲弄讥讽追求名利的世俗者。

富人都是骗子，他们皆亵渎神明，

他们大话连篇，行为却放荡猥琐。

---

① 在印度文化语境中蜈蚣是有毒、对人类有害的害虫。

② 原文中称祭司为"小牛的叔叔""牛的伯伯"。牛在印度教中是圣物，在此指祭司凭借其婆罗门种姓的神圣地位而居高位，仿佛与牛沾亲带故一般。

③ 印度文化传统中寡妇和妓女会聚集在迦尸等圣城，这也是迦尸城隐秘的一面。光头则是因为按照印度教传统，寡妇在丧夫后要将头发剃光以表忠贞。

街道肮脏，查马林种姓①女子清扫，
下水道恶臭如同地狱的第十八层②。
恶犬朝人狂吠，正如冲公牛咆哮，
长须流浪者，若猴子奔跑和吵闹。
恒河岸边，耿伽布德尔掐脖勒索，
岸边收费沐浴的人们也会欺骗你。
路边的乞丐会尾随，追着你乞讨，
庙中舞者舞蹈歌者歌唱永不停歇。
贪婪的代理人坑你钱财骗你人品，
商品价格昂贵，店主却给你破布。
警察不去抓贼，却只会勒索于你，
告到法院无用，律师眼里只有钱。
盗贼和强盗如同豺狼野兽劫掠你，
即便被捕入狱，他们也毫不知耻。
朋友家里求助，你只会被赶出来，
寺庙带来无它，只有病痛和悲伤。
老婆和孩子，如同奴仆任人欺负，
妓女富有过市，人们认她做舅妈。
早上大事藏好钱财，以免人窥探，
父亲忌日，腐烂食品献给婆罗门。
人成了钱的奴隶，做事只会看钱，
小心藏好的钱财终会被搜刮出来。
表现虔诚又纯洁，实际并非如此。
嘴中不称颂罗摩，听到神号咳嗽③。

---

① 不可接触者的一种，负责清扫街道。
② 原文为84层，无特殊含义，仅为押韵。在此为顺应中文语义，翻译为18层。
③ 指信仰不纯洁。

看看你们的迦尸，看你们的迦尸。

楚利·辛格：你们说点什么啊，傻子们，他如此贬低我们的城市，大家为何哑口无言？

耿伽布德尔：即使他说10倍于此的恶毒话，我们都不会言语，因为他会付钱给我们进行祭祀。

潘迪亚：你想说就自己说吧。

代理人：我们都收了钱。

店主：多亏了他，我们才能赚点小钱。

楚利·辛格：你们是认真的吗？你们都是圣人，只有我能反击了。（看外地人）你这个乡巴佬，不要批判迦尸的贪婪，哦不，富硕，我大哥可是个法官，随时可以把你赶出城去。

外地人：凭什么赶我走，你是何方神圣？

楚利·辛格：哈哈，老子是这里的老大。

外地人：难道我刚刚说得不对吗？

楚利·辛格：罗摩在上，你为何要说谎？你说这话是要对圣典起誓的[①]。

外地人：什么圣典？[②]

楚利·辛格：意思是别在这里瞎说话，我也可以用阿拉伯-波斯语[③]骂你。

外地人：你这老兄真是奇怪，咄咄逼人。我说的不过是事实，有人觉得好，有人觉得不好。这有何可恼怒的？

楚利·辛格：你说得对，你个外地佬，你说的话就和疯老太婆说的一样对。

[①] 当时的印度法院仿照英国法院的模式设立，证人做证之前要对着圣典起誓。基督教徒对着《圣经》宣誓，印度教徒通常对着《薄伽梵歌》宣誓。

[②] 此处外地人没有听懂"圣典"一词。

[③] 此处意为，针对前文外地人没听懂他说的印地语方言，他也可以用外地人的语言（波斯-阿拉伯语）来骂他。

外地人：真是个奇怪的城市，一言不合就要吵架。

（苏塔卡尔入场）

（所有人互相问好祝祷）

耿伽布德尔：这光鲜亮丽的大人物来了，他是富人们的宠儿啊。

楚利·辛格：不仅是宠儿，他还为富人们赚钱，又提供各种服务，他就是万能的。

苏塔卡尔：你可真是个大明白啊。

楚利·辛格：你个无赖，我难道在说谎吗？你为富人搞到了女人和财富，为他们改变祭祀的流程，按摩他们的脚，保管他们的钱，却疏远自己的朋友。你说的都是真的，我说的都是假的。

耿伽布德尔：哎呀，可怜的婆罗门也得讨生活嘛，他们不是坏人。

潘迪亚：对啊，他既不支持坏人，也不支持好人，只是一贯如此中立罢了。

耿伽布德尔：他侍奉在富人身边，同时关照四处的普通人，这一点已经表现得很清楚了。

店主：他还在市场里帮忙捆扎蔬菜呢。

苏塔卡尔：别在这里吵了，这位新朋友是谁呀？

楚利·辛格：老兄，我们本来在这里抽烟、聊天，然后这位怪人骂骂咧咧地进来了。

似那笼中鸟，愚笨又痴傻，

花园风拂过，忘记甩尾巴。

（冲着外地人打响指戏弄他）

外地人：兄弟，你的城市就是你的城市，这里的鬼把戏无穷无尽。

楚利·辛格：你才是玩把戏的人。

外地人：什么？

楚利·辛格：你不是为了供奉罗摩神戏①而来的吗？

（所有人笑了）

外地人：（双手合十）你赢了我输了，对不起。

楚利·辛格：（唱道）你赢了我输了，你赢了我输了。

苏塔卡尔：你啊你，唉！难道这个城市会一直这样下去？人们如此愚昧，这个城市还如何向前发展？这些人什么也不懂！无缘无故地说别人坏话，以为信口雌黄就是男子汉气概。想到什么就乱说什么，却没人去学点什么或写点什么！唉！神灵什么时候才能来拯救他们！

楚利·辛格：大哥，你在啰唆什么呢？

苏塔卡尔：没有什么，只是称颂神号。

楚利·辛格：是的，这样呓语不该说给罗摩神听，我们走吧。

所有人：走吧

（幕布落下）

第三场

地点：木格斯拉耶车站

（甜点贩子、玩具贩子、苦力和邮差四处游荡。苏塔卡尔与一位外国牧师和代理人坐着）

代理人：（吃着槟榔）罗摩神啊，你何时降临？

外国牧师：（看向苏塔卡尔）你是谁？你从哪里处来？

苏塔卡尔：我是婆罗门，我住在迦尸，我从拉合尔来。

外国牧师：你的家在迦尸吗？

苏塔卡尔：是的。

---

① 此处使用了双关语，前文中的把戏（लीला）指的是双方的口舌之争，罗摩戏（राम लीला）指的是供奉罗摩的祭祀仪式的一种，也称"罗摩本事剧"，这也是外地人来迦尸请祭司的目的。

外国牧师：迦尸是个什么样的城市？

苏塔卡尔：哇！你不知道迦尸是什么样的城市吗？三界之中，唯有此处无与伦比。

外国牧师：给我讲讲它的美好吗？

苏塔卡尔：听好了。迦尸是瓦拉纳西的别称。这里，乌特尔瓦希尼河①，也就是跋吉罗蒂河②，围绕城市呈弓形三面环流，仿若女神因湿婆之美而与其相拥一般。这里，河水能够祛除痛楚，使人圣洁。这里，圣洁之人在高高的恒河台阶上建起来的2层、4层、5层、7层等房子耸入云霄，仿若在与天空闲聊，又仿若喜马拉雅山的所有雪峰为了听命于恒河而汇聚一起。这里，摩陀罗耶③神庙的双塔远远可见，就像迦尸城在张开双臂欢迎外乡人。这里，无数男女早晚沐浴礼神，祭司傍晚唱诵经文，就好像众多紧那罗④和仙人一起跃入俱毗罗城的阿勒格南达河，鼓、笛、法螺、铃铛等乐器之声与欢呼胜利之声融合，仿若孔雀的鸣叫声在山谷中回响。这里，有时候是傍晚，有时候是清晨，突然会从远处传来或好或歹的声音，入耳瞬间，人会感觉好像受到了某种冲击。这里，河岸上早晨太阳的光芒和傍晚水中河岸倒影的光辉不同凡响，令人发呆。这里，令人着迷的上神黑天以牧童及其他形象恩示众恋人，使人追忆、想象和思考其亲临现场的壮观。

这里，神庙里清晨和傍晚信众聚集，或听神迹故事，或唱神明颂歌，或念神仙名号，或看神灵戏剧，或赏根据大神下凡事迹改编的种种本事剧，其乐融融，沉醉怡人。

这里，湿婆神的教义得以宣扬，众神之神、宇宙的主宰、难近

---

① 即恒河，本义指恒河向北流的一段。
② 即恒河，传说中跋吉罗陀（भगिरथ）向湿婆祈祷，引领恒河从雪山降临人间。因此恒河也被称为跋罗蒂河。
③ 克里希纳神的称号之一。
④ 紧那罗（किन्नर），印度神话天国里的歌手、乐人。

母之夫以离欲弃世和自我牺牲之训，使人、兽、虫、蛾等累世积累的诸多大罪得以消除。这里，瞎子、跛子、无手者、聋子、傻子和懒人等也会得到女神安娜普尔纳①的祝福，她像母亲一样赐予他们食物和衣服等日用品。

这里，神、魔、半神②、饱读诗书的祭司、最虔诚的信徒，或明或暗，或以其他方式藏身。这里，神、罗刹③、干达婆④、苦行僧、歌手、乐师、梵仙、王仙以及所有的至上圣人，抑或现身，抑或隐身，抑或化身，皆常驻于此。

这里，有一位湿婆大神十分青睐的圣人，他是虔诚的信徒和富有教养的学者，他拥有平和的内心，他供养智慧的人们，他是迦尸的主人，勇敢的室利玛迪·伊希瓦尔·普拉萨德·那罗延·辛格·巴哈杜尔阁下，还有他的儿子室利·布拉普·那罗延·辛格·巴哈杜尔，他俩鼓励宗教发展，并如太阳驱散霜雾一样消除虚伪，如看顾子女一样眷顾着自己的子民。

这里，受人爱戴的转轮圣王维多利亚女王的行政长官、法官、税务官忠诚地履行职责，他们时刻关注着百姓，使之始终警惕受到可怖惩罚而能够幸福地安睡。⑤这里，受人尊敬而富有的尚普那罗延·辛格、法特赫那罗延·辛格、古鲁达斯、马陀达斯、维西韦西瓦尔达斯·罗耶、那罗延·达斯，以及比巴布德沃·夏斯德里和巴尔·夏斯德里，还有著名的学者拉贾·西沃·伯勒萨德和赛义德·阿哈默德·汗·巴哈杜尔这样的优秀人物，像摩尼坎德一样富有创造力的建筑师，像瓦杰帕伊一样的西塔尔音乐家，像潘

---

① 是萨克蒂女神的显像之一，象征着食物和营养。
② 即"乾闼婆"。
③ दानव，印度神话中的罗刹、恶神、阿修罗。
④ गंधर्व，印度神话中在天上主管歌舞音乐的神。
⑤ 这是作者对当时社会现实的讽刺。迫于压力，作者无法明确书写真相，只能采取这类逻辑似乎混乱的方式进行文学创作。这也是帕勒登杜文学创作的最大特征之一。

迪·贝昌、塔拉查拉一样的梵语学家，像赫利谢金德尔一样优秀的诗人——巴布·阿姆里拉尔，像蒙希·格奴拉尔和蒙希·夏姆孙德尔·拉尔一样的法经学家，像斯瓦米·维希沃卢巴南德一样的修行者，像斯瓦米·维修塔南德一样的优秀宣教者，像达德里格奈伽格尔根耶·维查耶纳伽尔拉提博迪一样的外乡人，他们常驻迦尸城，为城市增光添辉。①

这里，有女王学院（其里外四面墙上都刻有骈句诗篇），有比吉尔·那罗延大学更大的孟加拉语师范学校，有和伦敦教会学校一般大小的学校，有比哈利希·钱德拉学校更小的学校，还有克什米尔国王学校和达班加国王学校等，这些学校教授梵语、英语、印地语、波斯语、孟加拉语、马拉提语，很多学生在其中学习并获得荣誉。除此之外，有些学者家中设有私塾，教授印地语和波斯语，不少学生在其中受教。另有诸多阅览学习场所，如罗耶·商戈塔·普拉萨德劳动公共图书馆、蒙希·西达普拉萨德艺术学校、卡尔玛亦给勒图书馆、孟加拉文学社、儿童艺术宫、赫刊谢金德尔艺术书库等，普通人在其中可以学习阅读到各类知识的书籍。

这里，有天文台类的天文馆，有鹿野苑的遗迹，有世界之主神庙的公牛雕塑和金色大顶，有国王杰特·辛格的恒河岸神庙，有克什米尔宫殿和女王学院的工艺学部，有摩陀罗耶的高塔，这些建筑总能令外乡人惊异。

这里，有维查耶纳伽尔王公和政府建立的女子学院、药物学院、盲人学院和疯人医院等，这些机构利于民生。这里还有鸠勒瓦拉等贵人捐建的接济所以及摩哈拉贾提拉吉·森提亚等大人物捐建的永久赈济所，这些机构是穷苦人的避难场所，他们从那里很容易就能获得衣食帮助。

---

① 以上皆为迦尸的各类名人。

这里，是那罗延·帕德即其他诸多宗教上师的家族所在地，阿霍博勒·夏斯德里、贾格纳特·夏斯德里、戈斯瓦米·格里特尔、卡卡拉姆、马亚德特、西拉难陀·乔贝、迦尸难陀·夏斯德里、婆瓦提婆、苏科拉尔，以及更多我一时记不起名字的优秀上师都诞生于此地，他们的学识使婆罗门的传统得以完善持续。这里，还有许多外国的哲学家和宗教家，他们抛弃家人、离开故国来到此地，看到迦尸城的现实，便忘却了欢喜或忧愁，幸福地居住于此。阿德马南德和杭斯先生就是例证。

这里，大师们教授学生《梨俱吠陀》《耶柔吠陀》《娑摩吠陀》《阿达婆吠陀》《摩诃婆罗多》《罗摩衍那》"往世书""森林书""传承经""正理论""语法""数论""钵颠阇利学""胜论""弥漫差""吠檀多""湿婆派经学""毗湿奴派经学""修辞学""文学""天文学"等经学知识，当今大师和毗耶娑大仙等使辉煌的迦尸城成为知识和真理的圣殿。

这里，不同地区的虔信神灵的学生，在神庙里、河岸上、老师家里、学者集会上、路遇途中等场所，使用梵语大胆辩经，自由阐释，相互取长补短。

这里，走在路上或坐在家中，就能听到曲调、声调、韵律、颤音等极为纯正的吠陀经文的吟诵声，感觉仿佛享受到了净修林中的光芒。

这里，达罗毗荼、摩揭陀、曲女城、马哈拉施特拉、孟加拉、旁遮普和古吉拉特等许多地区的人们相聚一堂，相互交流。不同种姓的人居处有序，各安其所，他们的起居如此分明，就好像自己到了拥有孟加拉地区的达卡、拉合尔地区的阿姆利则和布拉哈姆卡德的浦那的国度一样。

这里，绝食者、苦修者①、自控者、乞讨者、赭衣出家人、白衣出家人（耆那教白衣派）、蓝衣出家人、穿兽皮出家人、天衣出家人（耆那教天衣派）、持棍钵修行者、禁欲者、梵行者、瑜伽行者、遁世者、塞沃拉修行者（耆那教）、求布施修行者、苏特累修行者（锡克教）、破耳修行者、手臂上举修行者、敬山岭者、敬城镇者、婆罗地修行者、敬森林者、拜高山者、敬婆罗斯伐底河流者、敬河岸者、格比尔派信徒、达杜派信徒、那纳克信徒②、旃陀罗信徒③、罗摩奴阇信徒、少食修行者、骷髅派信徒、湿婆派信徒、毗湿奴派信徒、萨克蒂派信徒、象头神信徒、太阳神崇拜者等印度教徒，以及众多派别的穆斯林修行者，他们经常在城中游历，从这头到那头，行乞传教，志满意得。此外，这里还有众多盲人、跛子、无手者、穷人、残疾人以及无依无靠者，他们也在城中乞讨衣食。可以说，半个迦尸城都是依赖施舍者而生活的。

这里，有钻石、珍珠、卢比、拜沙、衣服、粮食、酥油、油、香精、发油、书、玩具等各类物件，商店众多，整日熙熙攘攘，成千上万人在这里谋生供职。

这里，出产各种精美的锦缎丝绸，有条纹的、质地不一般的，还有贝拿勒斯纱丽、围裤、头巾、披肩、胸衣、金银丝带、围腰等诸多质地上乘的商品，畅销国内外，很受欢迎。此外，这里的甜食、玩具、额饰、槟榔包等物品也非常好，其他地方连做梦也生产不出来。

这里，比花还圣洁的杜勒西草编制的花环和用来涂抹身体的檀香、麝香及香精等混合香料使人心情愉悦，给人带来清凉，即如触摸恒河圣水能够消除各类痛苦一样，佩戴和擦涂这类圣物能消除三

---

① पयाहार，靠饮水、喝牛奶生活的苦修者。
② नानहक 同 नानक，指锡克教创始人那纳克。
③ उदासी，锡克教祖师那纳克的儿子旃陀罗（चन्द）创立的一个教派。

大痛苦[①]，使人平静惬意。

这里，放荡的女人身穿各色衣裳，佩戴多达16种色彩的32种饰品，嘴里嚼着槟榔，唇上涂着彩粉，上身扭捏，活力四射，以娱乐膜拜神灵、医疗占星益家、与情人相会、五月望日林中漫步等各种借口，在路上到处闲逛，眼神流动，蒙骗可怜的男人。

唉，我还能说些什么呢？迦尸就是迦尸，像迦尸这样的城市在三界中独一无二。您走走看看，慢慢就了解了。多说无益。

外国牧师：哇！哇！你的描绘激起了我游览迦尸的兴趣。原本我计划直接前往加尔各答，但是现在我要先在迦尸游览一番。你生动的描述，就像画面在我眼前呈现。请告诉我，我应该到哪里？拜访哪些有德之人？

苏塔卡尔：我刚刚已经说过，迦尸是有德和有钱人云集的地方，但是，不仅见那些已经过世的大师很困难，就是见在世的值得拜访和铭记的人也很困难，见善人们就更不用说了。为了让卡卡拉姆大师还债，朱勒的商号共同给他捐了2万卢比。伯德尼摩勒王公为宗教目的修建了格尔木纳夏河大桥，他几乎在印度的所有圣地都修建了福舍、水井、水池、桥梁等惠民设施。商人戈巴尔达斯的兄弟婆瓦尼达斯同样乐善好施，另有诸多官宦如盖瓦勒·克里希纳、昌布德拉耶·阿明等也在此百年的名人之列。我朋友拉简德尔资助的规模巨大的女神祭祀每年都会在朋友古鲁达斯的家里正常举行。德沃·那罗延王公品德高尚，人们从不会空手离开他家。科技爱好者赫利谢金德尔等人就像精美的装饰品，给这个城市带来荣光；拉拉·比哈里拉勒和蒙希·拉姆伯勒达伯为文书种姓做出了非常高尚的贡献，以助其发展。您再看我的朋友拉姆金德尔，他在少年时期就花费巨大，为公益事业做了好事。哈尔坎昌德老爷刚去世不久，

[①] तापत्रय，三种痛苦，宗教术语，指精神上的、天灾的和物质上的痛苦。

他在世时慷慨大方，不布施一头牛不吃饭，修行者在他那里从不会空手而归。在这些人的赞助下，迦尸每年都要上演十多次罗摩本事剧，另有成千上万件善事在这里发生。迦尸城您是来对了，我会帮您约见所有人。

外国牧师：那你为什么要去拉合尔？

苏塔卡尔：（一声叹息）别问了，不过是去走走。

代理人：（朝向苏塔尔卡尔）师父！如果你在大师们那里有什么工作或者赚钱的机会，我也想一起去。

苏塔卡尔：联系倒是有一些，但是没有什么特别的。

代理人：运作运作，共同发达。

苏塔卡尔：优哉优哉，幸甚至哉。①

外国牧师：他这是在说什么语言？

苏塔卡尔：这是迦尸方言，这人是个代理人，他问您要到哪里去。

外国牧师：我有个亲戚住在尼尔坎德，我要先去那里。

苏塔卡尔：好的，不过我请您一定要到我家里来做客。

外国牧师：哈哈，毫无疑问，我一定会去的。

（车站的铃声响起，幕布落下）

第四场

地点：布普克希德·迪克西德家的会客厅

（布普克希德·迪克西德、戈伯·潘迪特、拉姆珀德、戈巴尔·夏斯德利、金布珀德、马特沃·夏斯德里等嚼着槟榔叶，吸着大麻坐在那里。这时莫哈什·戈德瓦尔，就是那个去邀请人的走了过来，从院子里跟迪克西德打招呼）

---

① 以上两句非印地语，根据后文解释，应为迦尸方言。

莫哈什：嘿，是布普克希德·迪克西德吗？

布普克希德：（听到声音连忙放下手里的槟榔）谁呀？（莫哈什向前走了一步）哇，莫哈什，是你吗？啊呀，老天爷，今天你会给我们带来多少个婆罗门？主人家说多少？（稍顿了一下）大餐会在谁家举办，谁供奉招待？

莫哈什：迪克西德先生！如今婆罗门的状况已经变得我都没法说了。谁想无端惹上麻烦？

布普克希德：真的，变成什么样儿了？来，到屋檐下凉台这儿来，咱们怎么就陷入了这么个境地了呢？你带来了婆罗门，还是只是两手空空地来打个招呼的？

莫哈什：（来到人群中坐下，要水喝）迪克西德先生，给点儿水喝，渴死了。

布普克希德：好的，老兄，稍等一下，我刚从太阳地里回来。槟榔茶正在做着呢，想喝水的话，可以先喝点儿椰子水。来，告诉我，你找到了多少个婆罗门？

莫哈什：大师，我今天找到了25个，他们都是您的徒弟啊。

金布珀德：（非常高兴地）呀，老兄，你说的是真的吗？找到了25个婆罗门？

莫哈什：是的，大师！25个婆罗门只够大餐会，但今天我们还要做春祭，而且，其他法事也都需要婆罗门。

戈巴尔、马特沃：（惊慌地）什么，莫哈什？其他的法事谁负责？下一场是什么时候啊？

莫哈什：没什么，就是有一位住在辛马加尔的客人，他有个女儿，成了寡妇，但还留着头发，所以要在圣地剪掉他女儿的头发。但是呢，剪掉头发又会破坏她的美貌。所以说，他想，如果谁能为他找出不剪头发的经文依据，他愿意出1000卢比，大旺财夏斯德利能管这个事儿。

戈伯：哦豁，这种小事！经文里可以找到很多依据。

马特沃：是的，潘迪特先生，您说得对，因为我们这些人说的话等同于神说的话。有道是："婆罗门之言同神言""婆罗门是神。"

戈巴尔：好吧，即使我们可能会因为这些坏事而受到公开谴责，我们仍然是正义的，因为往世书里写："任何人都不应该对婆罗门心生不满，即使他犯了罪。"

戈伯：是的，但是为什么有人会谴责这种行为呢？这里有很多经文可以引用，也就有办法了呀。首先，看这个，有两个人，就是说那个女孩和她的亲人因为这个头发业而感到痛苦，所以呢，如果不守这个业，大家都会非常高兴。看看这里的这节经文：

通过任何具身任何方式，

敬拜神者应该得到满足。

布普克希德：而且，迦尸这里有很多这样的例子。另外"吠陀""往世书"里也有记载：

之于众多无所依者，

瓦拉纳西乃可依处。

金布珀德：《痴人海》里也有一句话："寡妇人生不应该像彩虹那样虚幻"；《幸福海》里还有这样一句："如果头发能让男人满意，就应该留着头发"。

莫哈什：迪克西德先生，槟榔茶好了吗？快倒茶吧，我快渴死了。我还要找更多的婆罗门呢。

布普克希德：（拿来大麻饼、水、洗干净的罐子、碗）夏斯德利先生，往前来一步。

马特沃：迪克西德先生，这不是我的事，我是玩儿的，做不来。（指着戈巴尔·夏斯德利说）他在这方面非常专业。

戈巴尔：好吧，迪克西德先生！我来弄。

金布珀德：（看到他们全神贯注于自己的事情）好吧，莫哈什，说说，一共到底有多少个婆罗门？

莫哈什：今天包括迪克西德先生在内有25个婆罗门，大餐会那儿15个，剩下的10个参加春祭。

马特沃：其他人呢？

莫哈什：大旺财夏斯德利是负责管事儿的，他会在三天内做出安排。

戈伯：莫哈什，这次法会里有没有来自高拉地区的婆罗门？

莫哈什：嗯，潘迪特先生，先别管这个，这些人里只有德克西纳迪亚的婆罗门和德拉维尔纳的婆罗门，可能还有戴楞伽的婆罗门。我听说被允许参加的人都是法会的会员。

戈伯：就这些了，是吧？我早就说过，马特沃，老兄啊，办好这个法会现在就看你的了。

马特沃：好的，潘迪特先生，我一定尽力而为，因为大旺财夏斯德利叔叔通常将他要做的所有事都委派给我。（停顿片刻）对了，潘迪特先生，我记得很清楚，你和New Fond（查姆·维达卡达·夏斯德利）很熟，您让他加入进来吧，因为他和叔叔交谊深厚。

戈伯：夏斯德利先生，什么？新什么？我之前从没听说过这个名字。

戈巴尔：我也从没听说过这个New Fond。

戈伯：老兄们！别笑话我。我不懂你们的语言。这是某个人的名字吗？我知道这什么诸如戴维德、德利林格等地方的人的名字。因为我听过那里的语言，里面经常有很多奇奇怪怪的字母。

马特沃：好的，潘迪特先生，现在你的逻辑解读已经成功一半了。其实他是那个和你一起去拉姆那格尔的那个人，在家里举行了戏法表演的那个人。

戈伯：哦，对，对，我想起来了，但他的名字叫大善人夏斯德利，而你说的什么Pond？

戈巴尔：那个，潘迪特先生，没有说Pond，说的是New Fond，说的是新潮。简单来说就是，老古董指的是那些，享用古人创造出来的东西、品味传统精华的那些人。人们也这么称呼我们，从故纸堆里扒拉出精华的人，是吧，夏斯德里先生，是这个意思吧？

马特沃：老兄，把扯我进来干什么！

戈伯：好吧，随便，他的名字跟我有什么关系呢。我认识这个人。马特沃先生，您刚说"我也很了解他"，他确实和他的名字挺相符合的，不过老兄，他虽是个大人物，但也很吝啬。你和他的友谊不比我跟他深厚得多吗？甚至睡榻前他也不把你当外人。

马特沃：潘迪特先生，你说得都没错儿，但都是过去的事儿了。清者自清！

布普克希德：是的，潘迪特先生！还是喝口茶吧，来，给您。

（给一碗，又给一碗）

戈伯：哇，迪克西德先生，这茶做得真好啊。

金布珀德：（眼看着轮到自己了）好了，好了，迪克西德先生，我宁可渴死也不喝这个。

戈巴尔、马特沃：说什么呢，珀德先生！够了，从哪里学来的这些讥讽话，这茶凉了就白搭了。

金布珀德：不，老兄，我说的是实话，无福消受啊。您可能觉得我在讥讽，迦尸本地人才那样呢。您最好去教教那些穿着白衣服的孤儿们。

（大家坚持让他喝）

莫哈什：迪克西德先生，现在要把所有茶包都收起来吗？

布普克希德：是的，老兄，拿过来一分二，再二分为四。

莫哈什：（一边嚼着槟榔，一边对迪克西德说）迪克西德先生，安排15名婆罗门到大餐会处，圣草会被放置在火堆旁；今晚早点安排10名婆罗门参加春祭，届时第二批婆罗门也会到来。

（说着下场）。

布普克希德：（叫住他）莫哈什！酬金是多少？

（莫哈什站在那里伸出四根手指，嘴里说着"现金"，然后下场。）

马特沃：迪克西德先生，去外面别的地方看看吗？

戈巴尔：（对迪克西德说）是啊，大师，走吧，出去看看，今天那里既热闹又好玩。

布普克希德：老兄，我要是出去的话，这里一摊子事谁来管？

戈巴尔：哦豁，大师，15个婆罗门在呢，有什么可担心的？让萨尔瓦普生来管，他也是婆罗门了！走吧，有New Fond的花园呢。

戈伯：什么大善人的花园？只是一个空空的花园，还是还有什么其他东西？我也去看看？

马特沃：空花园算什么热闹？是有一场盛大的表演和各种样式的舞蹈，不一样的精彩。

戈伯：是嘛，夏斯德利先生，我觉得很新奇呢，看起来有点搞笑，因为在他那里跳舞取乐简直就是太阳打西边出来。

戈巴尔：潘迪特先生！就因为这样，他的名字才叫New Fond呀。而且这其中还有一个绝密的原因。我另找时间告诉您，或者路上跟您说。

布普克希德：（交代自己名为萨尔瓦普生的儿子看管这边的事情，然后放回茶包和绳子，拿上一把扇子）是的，老兄，我都准备好了。

马特沃、戈巴尔：来吧，潘德特先生，咱们到大旺财夏斯德利先生那里去吧。

（大家都站起身来。）

金布珀德：老兄，我要回去了，都到晚上了。

（往外走）

戈伯：去哪里？

马特沃：尚科提亚拉呀，如今在这雨季的五月，还有哪里会有热闹看？传统的游戏、诗词、歌舞小调、笑话等那儿都有。

戈伯：好的，夏斯德利先生，我现在知道了，现如今尚科提亚拉非常出名。毕竟现在家里哪会听得到这些个东西？其中还特别加入了传统的东西哦。

戈巴尔：啊，我们的马特沃在哪里，那里的一切就会好起来的。他的终极庇护所、挚爱的拉姆·金德尔老兄，你知道吗？对他来说这里发生的所有事情都是日常小事。

戈伯：又不是我一个人的拉姆·金德尔！但是亲爱的，通常对不知道的事，才会提出这样的小问题。特别是对好玩的东西，我可是对它们很精通哦。

戈巴尔：有段时间夏斯德利先生每天也和我们在一起，但怎么说呢？如今好多年不见那样的场景了，真是太不幸了。拉姆·金德尔老兄曾经像亲兄弟一样追随他，非常爱他。事实上，简单来说，就是潘迪特先生将到拉姆·金德尔老兄的花园里去。那里能够看到所有的一切热闹，而且也能在那儿见到他。

布普克希德：嘿，我们就先去那儿吧，看看那里有什么新潮的东西，然后再向拉姆·金德尔先生致敬。

马特沃：完全正确，如今新潮的夏斯德利非常慷慨。很多鸟儿在那里吃东西，所有人都在看着，但是老兄，我们别闯进去，因为看到我们他们会很不安。

戈巴尔：好的，我们现在过去，到前面看看。

（所有人下场，幕布落下）

金德拉沃里

献词

亲爱的读者：

我为您献上这部《金德拉沃里》。也许您早已看过，或者听说过这部短剧。剧中为您描写的那份爱，并非为世间所推崇。诚然如此，即便是犯下了错误，也将会得到原谅。我将这份爱的来龙去脉出版成册，使其流传于世。它一旦流传起来，将使得那些不具备这份爱的权利[①]的人们，也能够理解此番情感。

您也许有过与众不同的生活状况，那么请看看这部剧。每当您回想起曾经犯下的罪过，或将感到无言以对，抑或觉得片刻难活，在世间无处踏足、无颜示人的时候，那么请看看这部剧中主人公的深情意愿，以及她的所言所行。她的鲁莽无礼，正是您心中所想的言说。正因如此，您一定了解那如牛乳般甜美与如酸果般苦涩彼此混杂的状况的缘由。毫无疑问的是，凡此种种，皆为您自己所赐。

[①] 原文为अधिकार，意为"权利"，此处指毗湿奴教派瓦拉帕支派中为大神黑天服务的权利。

因此，万分抱歉！请您原谅我！关于这一点，以上即为我所言。

此致！

印历六月十四日

1933年

赫利谢金德尔

金德拉沃里
开场白

地点：剧院

（婆罗门诵着经上场）

满怀常新的爱意，播撒充足的情感。

致敬超凡的黑天，我的心随之悦动。

还有言，

永恒的大梵的显化者黑天神啊，

赐福于金德拉沃里般的鹧鸪鸟。

（舞台监督上场）

舞台监督：甚好，甚好！再没有比这更好的演出了。致敬大梵！致敬大梵！走起，走起，今日此番天时难遇。待我们大展才华，今日定会得偿所愿，大获成功。

（监督助手走上前来）

监督助手：请讲，您请讲，您今天为何如此喜悦？这是在构思着什么剧目？剧中又是何种情味让您这般欣喜若狂？

舞台监督：啊，你到现在还不知道吗？我正在构思着当今新的本事剧。因为之前我们已经多次把梵语戏剧改编成自己语言的剧本来上演，我已经不想一次又一次地再排演这些剧目喽。

监督助手：您想得真好！那么请您说说这部剧是由谁创作的呢？

舞台监督：那可是我们最好的朋友赫利谢金德尔。

监督助手：（转过身来）我看您有时候也会昏了头啊。他怎么会写剧本呢！在创作方面，他可是个有头无尾的人啊。有那么多伟大的诗人，您可以排演他们中任何一位的剧目。

舞台监督：（笑了笑）这么说不是你的错，毕竟你没有经常和他见面。即便是整日与他一起生活的人，也并不了解他，更别说是你了。

监督助手：（惊讶地）好吧，我确实不太了解他，那么您能否为我讲讲他的优点呢？

舞台监督：为什么不能呢？请你洗耳恭听。

监督助手：我定将全身毛孔都化作耳朵细细听来，您请讲。

舞台监督：（满怀喜悦地）请听：

他是博爱的化身，文艺审美极佳，品格高尚无二。

他是幸福的使者，出口即刻成诗，赫利谢金德尔。

黑天诗歌由他创作，编纂成文凡四十集。

玫瑰花水沐我颜面，方唤诗人尊贵大名。

月朝没来日已夕沉，纵使万物规则多样。

我对赫利谢金德尔，坚定恒久钟情不变。

监督助手：哇，太棒了！我之前是不了解他，现在要是再不赞美他，那岂不是我的失职。

（后台传来）

苦乐情思尽付出，意欲牺牲已无物。

纵使为之身负罪，毗湿奴神终救赎。

凡夫俗子非我等，修得正果正当时。

黑天故事美妙音，终将唤醒我心灵。

舞台监督：（听过之后喜悦地）啊哈！你看，我亲爱的弟弟已经装扮成苏迦仙人①来到剧场了,我们俩却还在这里聊天。致敬大梵!走吧,我们也去装扮好各自的角色吧。

监督助手:请您再稍等片刻。我先欣赏一番他这苏迦仙人的华美扮相再走。

舞台监督:说真的,他那模样真是俊美!啊,我英俊的弟弟!为什么不呢?那可是我风度翩翩的弟弟呢。

体态翩翩柔似水,肤色黝黑若黑天。

两鬓卷曲臂如玉,两眼恰似月光辉。

走吧,我们也去装扮后再回来吧。

(两人离开舞台)

幕前剧②

(苏迦仙人兴高采烈、大摇大摆地登场)

苏迦仙人:(吟唱)啊哈!这世上的人们各自有着多么彼此不一样的追求。有人追求正法的道路,有人醉心于积累知识,有人沉醉于不同宗教之间的纷争。人们互相指责,都认为自己是正确的。有人将现世当作一切而厌恶解脱之道,有人又将解脱视为人生"四要"③的最高目标,断然决然地抛弃家庭。每个人都按照自己的颜色为世界着色,将自己所接纳的价值观融入生命当中,并在为此进行的辩护中度此一生。然而,只有那来自绝对自足的内心的虔诚之爱,才能使人们碍于知识与科学带来的无明得以消除。这虔诚之爱,比不死甘露一般最高的爱更加自足,它一旦萌发,人便将获得自由,世间所有的牵绊将自然而然地为您解除。然而没人能获得这虔诚之爱。从哪里能够获得呢?人们连敬奉黑天神的权利都没有。再者,

---

① 苏迦,广博仙人之子。
② 印地语戏剧的幕前剧用于剧情说明。
③ 法、利、欲、解脱。

即便是那些自称为信徒的人,他们的思想、他们的意识、他们心性的形成,是通过理性思辨而建立的;而那些可怜的酒色之徒,又总是欲望缠身,更无机会向神谦恭。(思考)啊哈!这美酒[1]只有湿婆神曾喝过,除此之外谁又喝过呢?[2]喝过这酒,连与他半身同坐[3]的雪山女神都难以令他改变。真是大神的福德啊,真是大神的福德。除此之外,另有何人呢?(想了想)不,不!那伯勒杰的牧女也有这份福德。啊哈!那是怎样与众不同的爱,它既难以言述又不适时宜。但凡有最高真理存在之处,就没有情爱的容身之地;但凡有这自足的虔诚之爱存在之处,就没有最高真理的容身之地。而这两者在她的身上同时具足,否则为何像我这样的遁世之人也要日日夜夜地歌颂、赞美她呢?

(后台响起维纳琴[4]的琴声)

(苏迦仙人向天空中望去,听见了维纳琴声)

啊哈!这天空多么明媚啊,这维纳琴的琴声多么甜美入耳。这一定是那罗陀仙人[5]来了。啊哈!这维纳琴的曲调多么的悦耳。(看向后台)啊哈,正是他来了。荣幸啊,听到这美妙绝伦的琴声!

> 肤色黝黑发光,面庞俏丽俊美,
> 脖上戴杜勒西花环,令人心动。
> 腰若狮子般强壮,脚上铃铛响,
> 那罗延啊,黑天名号响彻牧区。
> 不多言啊,待我奏响七音之乐[6],

---

[1] 此处"美酒"指"如美酒一般的虔诚之爱"。
[2] 此句的含义是指,在黑天支派看来,湿婆是毗湿奴的虔信者,而黑天是毗湿奴的化身。湿婆饮下"美酒"意指获取虔诚之爱。
[3] 此处指,湿婆神为了创造世界,将"萨克蒂"即"力量",与自身分离。"萨克蒂"其后成为雪山女神。因此在湿婆与雪山女神的合身像(अर्धनारीश्वर)中,两者各占半身。
[4] 印度的一种传统弦乐。
[5] 那罗陀仙人,在天上以及人间传递信息,是个爱拨弄是非的仙人。
[6] 原文为"सात सुर",指七个音符,分别为सा、रे、ग、म、प、ध、नि。

令您摆脱罪恶与这世间的纷扰。

维纳双琴腹，正如心爱两个人，

待我奏响琴弦，你们心灵相遇。

随着音调的升降身体摇摆不停，

伴着曲调的强弱心灵怦然相撞。

罗陀于黑天情，似美德的海洋，

我的琴身悠扬，将他们俩连接。

黑天大神将在琴音中显化现行，

天地之间便忽然如此一片晴朗。

维纳琴弦奏出三界真理与智慧，

虔诚之爱令他们俩合二为一体。

葫芦般的琴腹传出甜美之乐声，

犹如情味之海，鸣绕在天空中。

梵与我、虔诚之爱与个人情感，

不二论与一元论、永恒与刹那，

都在维纳琴的声音中得以确立。

听此曲调一遍，等修世间百年，

奏响美妙乐，待我一一为您献。

那么，我现在就去与他见面，以享这美妙之音。

（那罗陀仙人上场）

苏迦仙人：（走上前去，相互拥抱）快请，快请。您请讲，您诸事顺遂吧？您这是从何处而来？

那罗陀仙人：见到您这样的大人物，我还有什么事会不顺遂？那定是不可能的。您又何苦要费力问我呢。

苏迦仙人：确是如此。您从何处来？

那罗陀仙人：我从沃林达温森林那边来。

苏迦仙人：啊哈！从那圣洁的地方而来，真是福气。（行触脚礼）能去那儿，真是有福。快告诉我您在那儿都看到了什么？

那罗陀仙人：您要是看见伯勒杰那里的人们是何等的虔诚，自身也将得到净化。看见他们因虔诚之爱获得的满足，您也将流连忘返。啊哈，那些虔诚爱神的牧区女子啊，这是她们的福德。没有人能将她们的美好品德一语言尽：

没有人能像伯勒杰的牧区女一样，
不受世俗羁绊和家庭阻碍爱黑天。
抛弃怨恨满心欢喜去与黑天拥抱，
她们隐藏焦灼之情终夜耐心等候。
伯勒杰的花花草草以及树木啊，
都会静心倾听她们那整夜的诉说。
她们渴望去森林中畅饮会神甘露，
就像美女罗陀一般与黑天神相见。

（那罗陀仙人感怀虔诚之爱，眼中流下眼泪）

苏迦仙人：（擦拭着眼泪）啊，大神保佑，大神保佑。刚才要不是我帮您接住，这维那琴就从你手中滑落，掉到地上了。这毫不让人吃惊，您扮演起敬爱大神的角色，自己也就成了黑天神的爱人。

那罗陀仙人：（控制激动之情）啊哈！刚才的片刻时光是多么得令我愉悦，这是"我"融入"梵"的结果啊。

苏迦仙人：请告诉我，这些牧区女郎中谁的爱最为真切？

那罗陀仙人：这些牧区女郎的爱，谁也不特殊一分，谁也不少分毫，只能说一个更胜另一个。罗陀就不用说了，她与黑天本是一体，就是"梵"与"我"的融合。然而，金德拉沃里的爱却在最近传遍了伯勒杰的大街小巷。啊哈！那是怎样非凡的爱啊。尽管一方面她的父母兄长百般阻止，另一方面罗陀也为之忧虑，她依然似水乳交融一般渴望着与黑天相见。世人的闲话、长辈的忠言都无法阻止她。她始终千方百计地寻求与黑天相见。

苏迦仙人：大神保佑，大神保佑！这一切都将令她这本就纯洁的爱变得更加圣洁。

（后台响起笛声①）

啊哈！这笛声让人不禁想起伯勒杰地区的黑天本事剧。走吧，走吧，我现在忍不住要去伯勒杰了。快到伯勒杰去，看看金德拉沃里的那份爱的故事。看过这部本事剧，人们的眼睛将会再无奢望。

（两人离去）

第一幕　倾心之言

（幕布升起）

地点：沃林达温森林②，牛增山③远远可见

（金德拉沃里和勒丽达登场）

勒丽达：亲爱的，你为何平白无故地如此忧愁呢？

金德拉沃里：没有啊，我的女伴④！我有什么事好忧愁的呢。

勒丽达：好吧，那就是我傻，不了解你的心思。

金德拉沃里：不是啊，女伴！我说的是实话，我并无任何忧愁。

勒丽达：好极了，女伴！难道就你够聪明，我们都是傻瓜吗？

金德拉沃里：不是啊，女伴！如果我有什么忧愁的话，又怎么会不告诉你？我哪有什么事情瞒着你呢？

勒丽达：这样说就是我们生分了，如果你把我视为亲密的女友，又为何会隐瞒？

金德拉沃里：你就别伤我的心了，如果你不是我最亲密的女友，

---

① 笛声在毗湿奴教派瓦拉帕（वल्लभ）支派中象征"梵"的声音。瓦拉帕支派创立于15世纪，主要崇拜黑天。

② 印度北方邦马图拉附近的印度教圣地，印度神话中为大神黑天的嬉戏地。

③ 原文为 गिरिराज，指 गोवर्धन पर्वत，即"牛增山"。是沃林达温森林地区的一座名山，相传大神黑天为免于山洪，用手将该山托起。

④ 原文为 सखी，特指文学作品中女主人公的女伴。

那谁会是呢？

勒丽达：但这只是嘴上说说，并非你的心里话。

金德拉沃里：你为什么这样说呢？

勒丽达：如果你是发自内心所言，那为什么要向我隐瞒？

金德拉沃里：我没有，女伴！你这只是毫无根据的猜想。

勒丽达：我的女友，我就生活在伯勒杰啊，我可是用眼睛看着每个人的喜怒言笑。你就想这样哄我吗？你是不是怕我将你的秘密告诉别人？你可别这样想。我的女伴，你就是我的生命，我又会把这秘密告诉谁？

金德拉沃里：女伴！大神保佑，你我之间可别为任何事而心生怀疑。一旦有了疑心，就再难消除了啊！

勒丽达：好吧！那你发誓。

金德拉沃里：行，我的女友！我为你发誓。

勒丽达：为什么是为我发誓？

金德拉沃里：就是为你发誓，并没有为什么。

勒丽达：怎会没有为什么，你是想继续一条路走到底吗？谁不知道你是在说谎？你何必毫无意义地隐瞒啊！女伴！你的脸涨得通红，这就说明你心里又在想着什么呢！

金德拉沃里：你怎能这样说？我的女伴！我的表情又能说明什么？

勒丽达：它此刻说明，你陷入了对某个人的相思中呢。

金德拉沃里：天哪，我的女友！你可真让我难堪。

勒丽达：你这样惊慌也没有用，最终还得靠我来帮你，你也还得把一切都告诉我，因为你这相思病的良药不在其他任何人手中，就只在我的手里。

金德拉沃里：但我的女伴啊，谁又会不生病呢？

勒丽达：但我还是要说，尽管我现在了解得还不够多，我的女伴，神也是给了我眼睛的，我也有头脑，并且我的心又不是石头做的。

金德拉沃里：谁说你的心是石头做的了，你为什么要这样讲？

勒丽达：我这样讲是因为，只要住在伯勒杰这个地方，只有心是石头做的人才能避开他的魅力。

金德拉沃里：避开谁？

勒丽达：就是你这"病情"背后的人啊。

金德拉沃里：谁是我这"病情"背后的人？

勒丽达：女伴！你怎么还在说这样的话？我的宝贝哦，当你对一人心怀爱意时，你的眼睛就透彻地表露了一切，你再如何说谎也是藏不住的。

藏也藏不住的眼睛，

秘密被发现，为人所知，沙丽也难藏你的眼睛。

任你再努力，遮遮掩掩，难掩坠入爱河的眼睛。

鼓足那勇气，掀起沙丽，面庞已涂上黑天颜色。

金德拉沃里：啊呀，女伴！人为什么要说谎啊？你这是说的什么话！现在你可是避免了说谎被发现的危险了。好吧，那你可别再说谎了，还怕神怪罪呢。

勒丽达：要是怕神怪罪，那你刚才说什么谎话呢？哎，我的女伴！你现在可真是狡猾啊，为了掩盖自己的罪过，怎么就先把我说成了说谎的人呢？（双手抱于胸前）我可得祝福你，你真适合让我顶礼膜拜一回。请伸出你的左脚，让我对你行触脚礼。算了，今天我啥也不再问你了。

金德拉沃里：（稍显害羞地）那可不是，女伴，你怎么会说谎呢，说谎的可是我。你要是不问我，谁又会问我这些呢？女伴！就是靠你的信任，我才一直如此任性，你现在怎么能生气呢！

勒丽达：不，我现在可是什么都不问你了。就问了刚才这一回，我就已经自食其果了。

金德拉沃里：（双手合十）别啊，我的女伴！你可别说这样的话。本来我就快要愁死了呢，听了你这番话我就已经死了一半了。（眼含泪水地）

勒丽达：亲爱的！我为你发誓。请别沮丧，我整个人都是你的，也做好准备为你的事情献出生命。所以我才逗你啊。难道我会不知道你不会对我说谎？如果说谎了，事情还真会不好办呢！

你我毫无半分嫌隙，
你无须向我来隐瞒。
快说说你为谁动情，
我将竭力帮你实现。
不说又有何种办法，
这份苦无有他人分。
请勿哭泣啊可怜人，
待我医治好你这病。

金德拉沃里：那么，我的女伴啊，那你为何要指出我对你说谎呢？你又为何一次次地故意问我呢？你这就是逗口舌之快，你这样问我就是平白无故地提醒我，只会让我更加痛苦。哼！

勒丽达：女伴啊，你这心思我一早就知道了。这样问你还不是因为你一再嘴硬，否则我怎会不知道这样问来问去会让你难过呢？

金德拉沃里：女伴啊，我该怎么做呢？我是多么想让自己忘记这份相思之苦啊。然而，他那冷酷的样貌一旦记住，就会在脑海中挥之不去，这一点可是所有人都知道。

勒丽达：女伴，你说得对。
目光所望皆是他，
顷刻之爱我蒙羞。
沙丽难遮痴迷眼，

不遮何安我贞洁。

金德拉沃里：女伴啊，正是如此。要说有错的话，都是这眼睛的错。是这着了迷的双眼，这难以掩饰的眼神，这悲伤的尽头终会流泪的眼睛。

女伴啊我这可恶的眼睛，
看到那人目光再难移开。
片刻间不见就令我渴求，
为这难舍之爱美德无存。
万般阻碍难使动摇丝毫，
眼睛痴望内心刺痛无比。

勒丽达：这毋庸置疑，我早已经历过这一切。我十分了解这双眼睛发挥的作用，这百般忍受的眼睛正如此啊。

女伴啊我这凝视的双眼，
不知想什么不知如何做。
疯牛再痴迷也难配大象，
告诉我这目光何去何从。

金德拉沃里：这双眼睛是如此执拗，无法忘记那令它们着迷的身影。又怎会忘记，何以忘记呢。

眼睛难以忘记那光彩的面容，
这眼神深陷其中而迷茫不堪。
他那一言一笑令人魂不守舍，
那举手投足让目光恋恋不舍。
他的光辉让这眼神难以移开，
他的光辉令其他都黯然失色。

勒丽达：我的女伴啊！我也经历过这艰难的处境，所以我又能说你什么呢！换成是其他人，定会为你担忧并且阻止你的。

金德拉沃里：女伴啊！换成其他人，我肯定只字不提。你我不分彼此，你是想消除我的痛苦，还是反过来更加提醒我这份凄苦呢？

勒丽达：不过，我的女伴啊！令我惊讶的是，难道你要像此刻这般永远痛苦下去吗？

金德拉沃里：不会的，女伴！我不会这般痛苦下去，我内心深知，这样的黑夜终将过去。

想起他那迷人的样貌啊，
我的双眼始终流着泪水。
皎洁的月光像施了诡计，
让我失魂落魄丢失一切。
白天在痛苦神伤中度日，
夜晚忍受分离思念苦楚。
回归自己的方向啊女伴，
不多想也不再为之哭泣。

勒丽达：即便你这样讲，但每当我向你望去的时候，你始终都身处同样的状态。你照着镜子，镜子里映照出的却是黑天神的面庞。

让我细细想来告诉你啊，
你照着镜子难忘那面容。
你虽然与黑天相分离啊，
镜中目光却让你们相会。
听了你这份爱的故事啊，
虔诚挚爱让我难以忘记。
用你那双眼啊我亲爱的，
日夜在镜子中寻寻觅觅。

女伴啊！你是幸运的，这份爱如此深沉。你诠释了"爱"这个词的意义，你是黑天众多爱恋者中最虔诚的那一位。从这一点上讲你是幸运的。

金德拉沃里：不，我的女伴！并非如此。我之所以照镜子，是另有原因。唉！（长叹一口气）每当我照镜子，看到自己憔悴的面庞，我便会双手合十向神祈求：神啊，我多么心念着那冷酷的人，然而他却并不想接受我，啊！（泪如雨下）

勒丽达：女伴，叫我如何安慰你啊！但我请求你不要太难过，我已经做好十足准备，要帮助你实现心愿。

金德拉沃里：啊，女伴！让我惊讶的是，我既没有任何心愿，也不抱任何希望，但仅仅只是与他分开，我就感到无比痛苦。

勒丽达：女伴，正如我刚才所说，你是幸运的。世上有多少爱，都是抱着希望去爱的。所有人都将自己的幸福视为幸福，但你却与之相反，你对这份爱不抱希望，你将所爱之人的幸福视为幸福。你这份爱世间少有。因此我说，是你令那些处于这份爱之中的人们变得纯洁。

（金德拉沃里饱含泪水低下了头）

（女仆上场）

女仆：啊呀！妈妈都生气了呢，家里还有很多活要干，你们还在这里嘻嘻哈哈的。快走吧，天都要亮了！

金德拉沃里：这就来，你废什么话。（对勒丽达说）听到了吗？女伴！听到她说的了吗？快走吧。（长叹了一口气，起身）

（三人离去）

第二幕　寻觅爱人

地点：香蕉林

黄昏时分，天空中云层笼罩

（金德拉沃里忍受着与相思之人分离的痛苦走上前来）

金德拉沃里：（在一棵树下坐下来）啊，我的爱人！啊，你以及你赐予的爱，二者都神圣不凡。没有你的恩赐，谁也无法知晓其中的奥秘。人们连为你服务的权利都没有，又怎会知晓呢？那些知晓了的人，一定会认同。啊！你那圆满的爱，通过它能够实现梵我合一的奥义，从而带来至高无上的快乐；你赐予的知识，使得苦修变得徒劳无用，让人求得最终的解脱。然而，人们受困于个体的快乐与骄傲，对这爱的形式毫无知晓。人们遇见俊美的男子或女子，心思萌动，千方百计想要与之见面，有人将这称之为爱。有人长时间地、以多种仪式祭拜大神，并将这称之为爱。然而，我的爱人啊！你的爱比这两者都更为神圣，因为你赐予的爱是不死甘露。（停顿了一下）啊！我能说与谁听呢！我又能说什么呢！人们即便是能够听到，谁又能理解呢！唉！

清醒着感受你播撒的爱，
刚一见面却又彼此分离。
在哪儿啊我亲爱的主人，
你为何默默地听我诉说。
黑天神啊我每日呼唤您，
请赐予我哪怕片刻信心。
凡我所问您皆沉默不语，
亲爱的请你快为我作答。

因为：
为何不感受我的心痛，
正是有你啊身处其中。
为何不了解我的焦灼，
你这无情又冷酷之人。
我跨越了俗世的界限，
你又为何啊依然如故。

然而，我的爱人，你听见我的话了吗？令人惊讶的是，我之所以身处这种状况，正是因为你啊！我的爱人！那些没有被爱人接受的人，将被人唤为孤寡之人。（眼中流下泪水）你又为何令我置身此番境地呢？

你笑着接近了我，

为何又转身离开。

你眼里充满了爱，

为何不履行诺言。

我的心归属于你，

自己却污名远扬。

爱人啊，你真是冷酷无情！啊，你难道不懂爱吗？（眼含泪水地）爱人，你为何此前给了她幸福，现在又令她深受折磨呢？因为：

守着我纯洁的心愿，

内心又常充满怒火。

不再笑着唤你名号，

羞愧而又一无所得。

你的怜悯从未显露，

冷酷无情是你本性。

从前令我多么幸福，

如今让我不堪忍受。

啊！难道你不懂得羞愧吗？行过七步礼，人们就会终生履行誓言。难道你不履行这爱的誓言吗！不，不！这并非你的本性，对你而言，这些习俗是全新的事物。但习俗是全新的，难道你也是全新的吗？你真应该为之感到羞愧！

那炽热的爱去了哪儿，

如今陌生又这么冷漠。

黑天啊你在哪儿游荡，

莫要让我祈求你开口。

再遇见你定守好界限，

见你面容我随即躲藏。

从前的温情几番热切，

如今却自己暗自羞愧。

亲爱的，既然要如此作为，为何不从一开始就考虑好！

我的话里全都是你，

这言说你充耳不闻。

如你这般所作所为，

于你名誉毫无益处。

我的主人啊！（眼里涌出泪水）啊，我的眼睛，让你自食其果。

我忍着那羞愧之情，

何以说出心中渴望。

心绪繁杂皆我所致，

黑天神难仁慈以对。

我的眼睛为何流泪，

它又怎不自食其果。

啊！

痛苦之中幸福难寻，

慌乱忧虑忧心忡忡。

眼中浮现你的样貌，

两眼从此再难闭上。

然而，我的爱人，现在有谁比你更让我牵挂在心呢？有谁能让我耗尽一切耐心呢？喝过了甘露，酪乳就变得索然无味。

眼睛啊你看一看，

他这幸福的源泉。

双眼欣赏过钻石，

又如何去看玻璃。

看了你耀眼光辉，

眼里再无其他人。

好吧，我的眼睛，现在请你闭上吧！（用纱丽遮起双眼）

（森林女神、黄昏女神、降雨女神走上场）

黄昏女神：哎呀，森林女神！是谁遮着眼睛，独自坐在这了无人迹的森林里啊？

森林女神：啊，这你是怎么知道的？那是牧区之主月日王之女金德拉沃里。

降雨女神：那她为何坐在那儿呢？

森林女神：天知道！（思索片刻后）啊哈，知道了！她坐在那儿还能干吗，一定是等待着森林之主呢。

降雨女神：那我们去问问她。

森林女神：走吧。

（三人来到金德拉沃里身旁）

森林女神：（贴在金德拉沃里的耳边说）啊呀，我这森林的公主金德拉沃里！（停顿了片刻）大神罗摩赐福你！你没有听见吗？（提高嗓门说）啊呀，我亲爱的女伴，金德拉沃里！（又停顿了片刻）啊呀，你怎么这样神情恍惚呢！你怎么还听不见呢！（又提了提嗓门）啊呀，听我说，我那神的宠儿金德拉沃里啊！

金德拉沃里：（依然闭着眼睛）我在，我在，哎呀，你吵什么？把那小偷都吓走了。

森林女神：什么小偷？

金德拉沃里：偷黄油的小偷呢，偷衣服的小偷呢，偷走了我的心的小偷呢！[①]

森林女神：那他跑到哪里去了？

[①] 指黑天神偷走母亲厨房里的黄油以及偷走在叶木拿河里洗澡的众牧区女的衣服的故事。

金德拉沃里：他肯定又跑了，我遮着眼睛坐着，本来他在这儿，谁知你这样大喊大叫把他吓跑了。

（森林女神将手放在金德拉沃里的背上）

金德拉沃里：（快速地站起身，抓住森林女神的手）你说，我的好姐妹！现在他跑到哪里去了呢？

（森林女神甩开手，退到降雨女神和黄昏女神身边，在树下站着）

金德拉沃里：好啊！你这是怎么回事？你要是心里想走就赶紧走。我还没放开你的手呢，你倒是先松手了。呵，你可真是个信守诺言的爱人！①

（森林女神吹着口哨）

金德拉沃里：看啊，你这可恶的人！放开我的手就跑了，谁知道你现在在哪儿吹着竹笛。好啊，你又能躲到哪里去？曾经一遍遍地言说，现在怎么不吭声了！（停顿片刻）那就别说了，我可知道你了。（金德拉沃里向森林中的树问道）树啊，告诉我，我那偷心贼躲到哪儿去了？啊，我的树啊，现在你们怎么不说话了？难道你总在夜晚言说，偷去我的心吗？快告诉我他躲到哪里去了？

（唱起歌来）

噢噢噢，满林中的树儿，

说说你是否看到了我的爱人，

撒开我的手，他这会去了哪。

噢，乌檀树，噢，芒果树儿，

噢，槭树，噢，塔玛拉树儿，

你们有没有看到俊美的黑天？

噢，林中沙沙作响的小树苗，

---

① 金德拉沃里与森林女神的对话，实则是说给黑天听。

你有没有看到我迷人的爱人？

噢，林中的飞鸟和走兽们啊，

你们是否看到我心爱的黑天？

（金德拉沃里走上前去，与树拥抱。森林女神再次吹响口哨。）

金德拉沃里：啊！看啊，我的心爱之人站在那儿，正唤我去呢。走，我们去那边吧。（整了整头饰）

（降雨女神和黄昏女神一同走上前来）

降雨女神：（握住金德拉沃里的手说）女伴，你这是去哪儿？

金德拉沃里：去见我的爱人。

降雨女神：你现在身处何地？

金德拉沃里：身处这满怀爱意之地。

降雨女神：你为何而来？

金德拉沃里：为与所爱之人见面而来。

降雨女神：正在与你说话的是谁？

金德拉沃里：难道不是我的爱人吗？

降雨女神：那么你是谁？

金德拉沃里：是你最亲爱的人。

黄昏女神：（惊讶地）你再问下去，她也是给出同样的答案。在她口中，现在"黑天"和"罗陀"都被说成了同一个词。①

（森林女神走过来，从背后蒙住金德拉沃里的眼睛）

金德拉沃里：是谁，是谁？

森林女神：是我啊。

金德拉沃里：你是谁？

森林女神：（绕到面前）我啊，你的女伴，沃林达。

金德拉沃里：那我又是谁？

---

① 此处，代表"黑天""罗陀"的词为 श्याम 和 श्यामा。

森林女神：你不就是我的好朋友，金德拉沃里吗？你都忘记自己是谁了呀！

金德拉沃里：我们俩怎么会独自在森林里？

森林女神：那不是因为你正在寻找自己的爱人嘛。

金德拉沃里：啊，爱人！啊，我亲爱的！你抛下我一个人，自己跑到哪里去了呢？我的爱人，一定是这样的！你难道是为了让我饱受与你分离的痛苦，才带我来这森林中玩耍的吗？啊！

你既然如此这般对待我，

为何亲口说出那甜美词。

像从前一样我来到这里，

没有看到你的一丝身影。

黑天啊，你快快回答我，

我要走了哪里也不再去。

（哭泣）

森林女神：（眼含着泪水）亲爱的！你为何如此张皇失措？看到我这位女伴站在这里，你就说了这样一番话！

金德拉沃里：这位是谁呢？

森林女神：这是我的女伴降雨女神。

金德拉沃里：啊，原来是降雨女神啊！我那心心念念的黑天在哪里？！我的爱人！你在哪里玩耍游荡？你在我这儿打了雷，却让雨水降在了哪里？

英俊黝黑的脸庞，让人迷醉的身姿，

如何浮现在我的眼中。

我像那杜鹃鸟啊，口渴着四处寻觅，

而你就是那解渴的水。

就像那闪电般啊，我将水一饮而下，

黑天闪耀着无尽光辉。

你何时才现身啊，我那赐福的主人，

饮下你的爱沐浴雨中。

我的爱人！纵使有电闪雷鸣，若是没有你，我这杜鹃鸟儿也无处安身。谁曾听说过杜鹃去别处饮水呢。我的爱人，你是博爱的海洋，为了满足人们的愿望，你能让水灌满江河，何况是一只杜鹃鸟口渴的喙。爱人啊，杜鹃不似其他的鸟儿，千方百计地去饮水解渴。我只等着我的黑天！您才是我的依靠。啊！

（三人眼含泪水，互相看着对方）

森林女神：女伴，从你这里看见的，从你这里听到的，对我而言都是全新的。

黄昏女神：女伴，如果看不到这虔诚之爱，那我们就成了没有价值的奴隶。你真是博学，你展露出了真正的知识。

金德拉沃里：我的爱人啊！看啊，大家都笑了，你也一定高兴地笑了吧。你快出来啊，你藏在哪里啊？请显露出你的尊容，让她们开怀一笑吧。

给了我耐心和一切，现又将其毁灭；

你令我蒙羞又受辱，如今污名遍野。

我所受那闲言碎语，皆是拜你所赐；

可我不顾世间所有，等待你的注视。

你听！

忧伤痛苦中我哭泣，你给的快乐不再有；

谎言诽谤我都承受，只为看见你的面容。

黑天啊你舍我而去，令我独享巨大痛苦；

何时救赎我性命啊，哪怕远见你的面颜。

（哭泣）

森林女神：（用纱丽擦去泪水）女伴，你这样满怀耐心地等待多时，待我们离开，你想哭就哭吧。

金德拉沃里：啊，女伴们，请原谅我！你们来到我的身边，而我却未曾行礼。（眼中含着泪水，合起双手）女伴，请您原谅我。我这样一个不幸之人，却仍有这么多的朋友。

黄昏女神和降雨女神：不，不，我们的女伴！你是我们挚爱的朋友。说实话，朋友，我们从未见过像你这样的恋爱之人，能够这样去付出爱，也是你的福运啊。

金德拉沃里：是的，朋友。（面向黄昏女神）请问这位女伴的姓名？

森林女神：她是黄昏女神。

金德拉沃里：（惊讶地）黄昏女神来了吗？她带来什么消息了吗？你快说，快告诉我，我的爱人他都说了些什么？女伴啊，你为何去了那么久？（稍顿了顿）天要黑了吗？天要黑了吗？[①]那他就要从森林中来到这儿了。我的女伴啊，走吧，我们到那边去坐着等他，为什么要坐在这儿呢？

（月亮从后台升起，看到月亮之后）

哎呀，哎呀！快看哪，他来了。（用手指着）

女伴你快看啊，目不转睛地看。

我们快去看啊，看过可解千愁。

月光凉爽无比，我亦心花怒放。

笛声响彻星辰，名节灿若莲花。

走吧，快走，到那边去。（朝那边跑去）

森林女神：（抓住金德拉沃里的手）唉，疯子，月亮都出来了，他会从森林里来吗？

金德拉沃里：（慌张地）太阳出来了吗？[②]天快亮了呀！天哪，天哪，天哪！我怎受得了白天的炎热，怎受得了这可恶的阳光的炙

---

① 此句为一语双关，既指黄昏女神的到来，又指日暮西沉。
② 此处为金德拉沃里激动下听错了话。

烤！啊，天快亮了，天快亮了！整整一夜就这样过去了！我又得回家去了，又要去洗漱，去吃饭，去做那些惯常的事。啊！

  我未曾想犯下错误啊，
  为何陷入犹豫与焦灼。
  告诉我黑天在哪儿啊，
  没有他我何以下决心？
  倘若没有这份决心啊，
  我又将何以存活于世？
  我整夜整夜地等待啊，
  每到清晨又悲伤无比。

那就回家去吧。哎呀，哎呀！我拿什么借口来跟妈妈说呢？我一回去，她就要问我整夜独自一人在森林里干了什么。（停顿片刻）但我的爱人啊！你这一夜在哪儿待着呢？你为何要骗我呢！你真是个大骗子，哼！你别再骗我了。快来吧，快来吧，现在你快来吧。

  快来吧我的偷心贼，
  你的骗术高超无比。
  我为何鲁莽又无知？
  不被接受暗自羞愧。
  走吧，滚得远远的，你这大骗子——
  快来吧我的大骗子，
  你的诺言匿身何处。
  心灵染上你的颜色，
  如今我将何处归属？

不过，爱人啊，你说说，你还没到来，今夜为何就这样过去了？

  整夜思念是如此徒劳啊，
  夜晚何时在幸福中度过。

无论如何怎样作何思考,

快请让我听到您的回答。

夜越深痛楚随之越深啊,

太阳升起终又无处思念。

走吧,走吧,我不再诉说。(在夜晚的树影下跑了起来)

三位女伴:唉,像疯子一样。走吧,我们去树荫下坐会儿吧。

(三人去树荫下坐在一起)

金德拉沃里:(惊慌失措地走来,沙丽和头发有些凌乱)你去哪儿了啊?你去哪儿了啊?快回答我啊!你就这样逗我吗?难道我这样做不对吗?好吧,是我犯了错,那请你原谅我。请你快来吧,快现身吧,快显露出你的面庞。你这玩笑可开够了。不让他人感到痛苦的玩笑才是好的玩笑。(想了想)神不应该让一个人去依赖任何人。看看,我现在不得不忍受这依恋之情。你一直不来,就这样戏弄我,但我却深陷其中,我该如何是好?好吧,我就这样白白地忍受着吧!("哎呀,哎呀,林中的树啊。"金德拉沃里一边唱着,一边向森林中的树木问话)没有其他人可以询问?唉,我的伙伴们啊,请给我些支持吧。

你开心快乐四处游荡,

树啊你告诉我他为何对我沉默不语。

我对他发下爱的誓言,

树啊你告诉他我处境如何非常不堪。

他笑容多么光彩夺目,

树啊你告诉他我内心所想以及悲伤。

月亮你了解我的痛苦,

为什么不让他知道我的痛苦和凄凉?

杜鹃你了解我的虔诚,

你为什么不让他感受我的幸福快乐?

杜鹃你叽喳叫个不停，

却为什么不去将我的爱人召唤过来？

太阳你四散发出光芒，

又为什么不能消除我的痛苦和黑暗？

啊！

你们都沉默不语问而不答，

那就告诉我哪儿能找到他！

（云层遮月，乌云笼罩）

（回过神来）嗐！是我弄错了，将夜晚当成了白天。嗐，我在这儿寻找谁呢？哈，看到我这般愚蠢，我那三位女伴都会说些什么啊！原来藏在云层中的是月亮，并非我的爱人。啊，这是令人心碎的雨季，我都忘了这一点。如此黑夜之中，连路都看不见，我又能去哪儿呢？我又怎么能回得了家呢？爱人啊，你看，前来与你相见本是令人心悦之事，现在却变得如此让人害怕。在我眼中那原本看起来美妙的森林，现在是多么的可怖。看啊，这里什么都有，就是没有你。（眼里流下泪水）我的爱人，你抛下我跑到哪里去了呢？我的主人啊，你何时才会在我痴痴的眼里注入幸福？何时才会松开我绑起的发辫？（哭了起来）主人啊，除了你没有谁能擦去我眼中的泪水。啊！身处这番境遇，我并非心无所属。嗐，神啊！您是赐予了我何种幸福，反倒令我如此痛苦呢。每当我一听到这幸福的名字，就会全身颤抖，我始终耐着性子向神祈求，日复一日，时来运转，赐予我那美好的一天吧！我的爱人，我控制着我的心，如今却已难以再控制。我愿付出生命去与你相遇。啊！即便只是目不转睛地看着你，我内心这份情感也会溢出。见不到你的时候，我是如此渴望着你的面容。每当梦见你，我都会惊慌失措于梦中惊醒，因而始终无法在梦中与你相拥。嗨！我多少次在家人和外人的身后暗自流泪，却无法言说我这难言之隐，这令我羞愧难堪。听我说，家人以及那些外人们，我要对伯勒杰地区的人们说，我现在的状况是……（开始呜咽起来）啊，你这冷酷无情的人！你若不让我感到这般不堪，就从这乌云后面出来与我相见吧。在这雨季，连出门远行的人都会归家，而你还是没有让我见到。啊！你就这样一直看着我，任我痛苦下去。下了一场雨，没有等到你。又下了一场雨，树木变得绿油油，人们充满欢声笑语，而我依然没有等到你。我的爱人！女伴们伴着这雨欢快地嬉戏玩闹，而我能与谁一起玩闹呢？我一直在找寻那与我一同嬉戏的人啊。现在淋透了雨，我将如何与那拯救我的人，与那被我称为"亲爱的"的人相见啊！（哭着）啊！我可真是羞愧万分。哈，我的爱人！让我成为你的爱人，想必也会令你蒙羞吧。这爱遮挡了你的光芒，否则你为何还不出来呢？啊，让人们看看，我的心也不是石头做的，到现在还……（说到这里，金德拉沃里失去意识，将要昏倒，三位女伴前来照顾她。）

（幕布落下）

幕间　秘密泄露

地点：路上，林间

（黄昏女神跑着上场）

黄昏女神： 神啊，神啊！我一直跑啊，一直跑，跑得快没命了。这伯勒杰的牛！那头公牛，它翘着尾巴一路追着我跑啊。苏巴尔这没儿子的死鬼，他骑在牛背上，真是可恶！我正要弹维纳琴，他就风一般地骑着牛朝我冲了过来。一个音还没弹呢，牛就猛扑过来，要是我没跑掉，不知道会怎么样。你瞧瞧，这苏巴尔整出多大的混乱场面。谁会拿人的性命开玩笑！好吧，今天是星期一，南德村里有集市，我到集市上去吧。我去看看苦苦思念爱人的金德拉沃里，劝她别再忧伤了。（惊慌地）呀，乌鸦怎么又"咕咕"地叫着呢。

（跑着离开，有封信从上衣里掉在地上。金波迦尔达上场）

金波迦尔达：（看到掉在地上的信）呀！这是谁的信啊，是谁的？要不我来看看里面都写了什么？（捡起信看了起来）神啊，大神！不知道这是哪个痛苦之人所写，信纸被眼泪打湿，粘到了一起，没法看。我一打开纸又被撕破了。

（小心翼翼地打开信念了起来）

亲爱的！

我写什么呢！你太可恶了，总是向我展示着你的英姿。哼！我不顾世俗与宗教，舍弃家人和朋友，只为得到你。你抛下我能有什么好处？你用道理劝导人，殊不知遵守了你的道理，就应该有相应的结果，而不是先看到结果，再去讲道理。你真无耻，不知羞耻为何物。用手捂住了我的嘴，可你也沉默不言。你这份爱可真好！你是什么样的人，你自己知道。我也不会就这样一直忍受了。到我死的时候，我会以自己的名义死去。这可不是我的错。此致。

只属于你的

（长叹了一口气）哎！这痛苦之情好似恶疾，让人头疼。读了这封信，我的心都在颤抖。造孽！信里女子的处境何等恶劣，她独自忍受冷落，又无法说出口。这恶疾的名字就是爱。神啊！她张开嘴，却叫不出声。这无助的感受除了我谁能体会？"没有经历过痛苦的人就无法理解她人的痛苦。"但这封信是谁的呢？我也不知道。（想了想）啊，我知道了！这一定是金德拉沃里写的信。字迹是她的，这个符号也代表她。啊！我的女伴正身陷痛苦之中。即便我早就看出了端倪，却也不知道这么多。啊！这隐秘的爱如此不凡，但又不被世人理解，人们不会支持她。你抛弃世间的幸福，亲手把自己变成傻子。即便如此，我也要去把信还给你，并请你与我见面。

（后台传来像是老妇人的声音）

"是，你什么事儿都干得出来。"

金波迦尔达：（听见之后想了想）这是谁啊？（望了望）不知是哪个搬弄是非的老妇人。可别让她们煽风点火，先别跟她们说那么多了。走！

（下场）

（幕间剧《秘密泄露》到此结束）

第三幕　雨季的离愁别绪

地点：池塘边的花坛

正午过后[1]，乌云密布

（树上挂着秋千，有些牧区女子在荡秋千，有些在追逐嬉戏）

（金德拉沃里、玛特维、卡玛曼杰丽、维拉希尼等人在一处坐着；金德勒甘达、沃尔玛、夏姆拉、帕玛等人在荡着秋千；卡米尼和玛图利手牵着手在散步）

卡米尼：女伴你看，这轰隆隆突如其来的暴雨，就像是爱神派来的大军，来拯救这无助的牧区女子。爱神摇旗呐喊，忽然之间四面八方乌云笼罩、电闪雷鸣，瓢泼大雨好似射出的箭一般。爱神为了拯救这痛苦之人的生命，一遍遍地吹响战歌。在如此的疾风骤雨中，她如何能顾得上自己家族的荣辱呢？爱欲让心随之颤动，这爱一旦萌动，将充满身体的每一分每一寸，这爱得不到释放，生命就将始终处于焦灼之中。看过这般风驰电掣，谁能保得住羞怯的窗户纸，谁又能守得住贞洁之身呢！

玛图利：特别是你，卡米尼[2]啊！（笑了起来）

卡米尼：算了吧，就你会笑话我呢！你看，大地变得一片绿油油。河流和池塘里都蓄满了水。鸟儿悄悄地躲在人们头顶的树上，

---

[1] 原文为 तीसरा पहर，指午后1点至4点的时间。
[2] "卡米尼"原文为 कामिनी，词的本义有"欲望之女"或"风情万种的女子"的意思。

惊慌地停在枝头。白天红色的瓢虫四处可见，夜晚萤火虫随处飞舞。河堤决了口，河水八面泄流。蛇也都跑了出来，毫不躲藏地到处窜动。大雨把路都冲垮了。路断了以后，外面的人进不来，里面的人也出不去。这离愁别绪就更加萦怀于心。

玛图利：千里之堤何以溃于蚁穴，这雨水却是从四面八方汹涌而来。如果连心中的羞怯都难以保持，那生活中又有什么能够留存，所有的一切都将消失殆尽。

卡米尼：那是因为你没有黑天作为依靠啊，难道那天你没有听到她站在森林里的榕树下的诉说吗？

玛图利：你是说金德拉沃里？

卡米尼：是啊，金德拉沃里这可怜人仍在经受这一切。她到现在还受困于心。她紧闭着双眼，一丝希望也看不到，现在她该怎么办呢？

玛图利：看看这轰鸣的诉说吧。你看，风一刮起来，这些缠在树上的藤蔓就随之摇摆。沙丽的头纱和裙摆也被风吹了起来。人们立刻喧嚷不停。看这漫天乌云，刚刚翻转不停，现在又打起雷来。

卡米尼：女伴，春日的凉风或秋天的月光或许可以拯救这相思之人的性命。但今日这样"滚滚"的乌云、"嗖嗖"的疾风以及"哗哗"的雨水可是救不了她啊！

玛图利：那你可是卡米尼啊，你一定知道如何救她。

卡米尼：你可真是可笑！你的眼里现在还是充满了那天的醉意。你别觉得别人都不知道，你自己知道你也是为之失了理智昏了头脑的。

玛图利：我是昏了头了，但我可没那么不堪一击呢，会为了个人情感置礼教章法于不顾。

卡米尼：呵，好一个没有置礼教章法于不顾！有多少遵守世俗章法的女子在这雨季里失了心志！她们有的虽然仍在苦修，但暗自情动；有的松解了发辫悄然诉说；更多的则是打破戒律耽于享乐。

玛图利：那你肯定也是听了那笛声，打破了戒律吧。

卡米尼：天哪！你怎么知道这个奥秘的？女伴，你瞧瞧这大地，看看这正一步步变化的四周，就知道是有什么在发生着。这"滚滚"的乌云也在心里唤醒着什么。如果你身处爱之中，一定就会明白。在这悠扬的笛声中，你一定能感受到，世界变成了另一个世界，一个如此美妙的世界，而你也自然而然在其中觉醒。

玛图利：卡米尼身上背负着爱的誓言呢，由此一来，她可是很会煽动情思啊！

（后台传来孔雀的"咕咕"叫声）

卡米尼：好啊，好啊！现在她想要排解这困惑心绪的唯一办法就只有服毒了。这遭天谴的孔雀的"咕咕"叫声，还有这藤蔓随风的肆意摇摆，让她的心绪更加繁杂了。瞧瞧那些人，她们在这雨季中，身着绚丽的沙丽，同自己的爱人登上高高的阁楼，一起看着天空中的乌云，欣赏眼前绿意丛生的景象。或是在花园里，或是在山顶上，或是在草原上，她们随意嬉闹游荡。她们跟爱人互相为彼此挡雨，沙丽湿了以后，爱人将她们那本就绚丽的沙丽拧出了多于四倍的色彩。她们时而坐上爱人的秋千，时而为爱人荡起秋千；时而开怀大笑，时而哄得爱人开怀大笑；时而湿了沙丽，时而弄湿了爱人的衣服；时而唱起歌来，时而让爱人为自己唱歌；时而投入爱人怀中，时而被爱人拥入怀中。

玛图利：怎么会没人帮你挡雨呢，没人为你拧干沙丽呢？你的沙丽也能拧得出四倍的颜色呢！

卡米尼：你这恶婆娘！你别跑，谁知道你是怎么明白了这些事的呢！

（一边说着话，两人走到树下）

玛图利：（对金德拉沃里说）女伴啊，你看夏姆拉，她是多么愉悦啊。沙丽的头巾拂过脸颊，发丝披至脖颈，裙摆垂在脚踝。被雨淋湿后，她那脸蛋和上了眼影的眼睛更加美丽动人了。

金德拉沃里：那可不嘛！我最亲爱的女伴。我要是在她身旁，就忍不住伸出双手抱住她，把她搂进怀里了。

卡米尼：女伴，这黑漆漆的乌檀树下，今天可真是流光溢彩啊。大家荡着秋千，就像时钟的钟摆一样。秋千一荡起来，女伴们五颜六色的沙丽看起来就像一道道彩虹。有人坐着秋千快乐地在风中飞驰，有人在一旁拍着节拍，有人唱着歌。有人荡得太高，惊慌失措都抱住身边人的脖子了呢。有人从秋千上下来，欢快无比，其他人又跑过来逗她。

玛特维：荡的可不是秋千。如果心里有想要见到的爱人，他的样貌就会在眼里荡来荡去。女伴你看，她的指甲和沙丽都染上了桃金娘花①的颜色。雨季的闪电也将她娇美的面容映照得更加动人。风儿一次次地将她沙丽的披巾吹起。请看！

喧闹声中与恋人荡秋千，
心儿在绽放秋千在摇荡。
那歌声甜美那笑容迷人，
令这渴望之情更添几倍。
哗哗地摇着她开怀大笑，
她们眼着油彩附耳低言。
彤云密布暴雨顷刻袭来，
她们依旧让风吹起裙裾。

金德拉沃里：女伴啊，看这天空黑压压的，多么得不同寻常。在这雨季里，万物都在恣意地满足自己，而我却依旧如此痛苦。没有人能感受到我的心绪了。

---

① 桃金娘，印度妇女用其叶研成粉末染指甲，该花颜色为红黄色。

（眼中充满泪水）

玛特维：女伴，你为什么悲伤呢？人们都说，你是这虔诚之爱的奴仆，你的爱是有归属的，他总会回应你的。

卡米尼：女伴，你怎么这样跟她讲？她可是这爱的小主人呢[①]。

维拉希尼：是啊，女伴！这虔诚之爱有两个主人[②]。女伴，如果有错，也是我们这些人的错。爱的两个主人终将合为一体。她们就像是水，即使人们用木棍击打水面，水也难以彼此分开。不过，此时，其中一个丢下了金德拉沃里，让大家看到了这样的状况。

玛特维：是啊，女伴。我刚才那样说，是完全错了。我的女伴，这爱之主的主人又是谁呢？正是你自己。金德拉沃里，你是爱的主人，这份痛苦的施加者和经受者都是你自己啊。

金德拉沃里：（自言自语地）啊！爱人哪，我身处这样的境地，你却毫不在意。爱人哪，以后我这副身躯将安放何处？我们的未来在哪里？爱人哪，一时的相逢造成了我们现在的状况，然而再次相逢却如此之难。啊，我的主人！我热切的心愿、我萌动的心绪，能与谁人说！夜晚如此短暂，却给了我太多假意。生命如此短暂，值得为之快乐的事又如此之多。啊，生活没有地方留给我，让我沉迷于爱之中。我整日整夜在哭泣中度过。没有任何我可以去问的人，因为在这世界上，人们都注视着表象，没有人看到心的存在。啊！我成了自己的观念里最有罪的人，自己都不认识自己了。我抛弃一切追随你，而你却毫不领情。啊！我将以什么身份存活于世，又将与什么样的人相守一生？亲爱的，在我之后，你再难遇到这样的追随者了。亲爱的，请你点亮明灯找到我！啊！你没有遵守誓言。亲爱的，你这般无情的故事也将广为流传。我独自默默忍受屈辱。啊，

[①] 此处两层含义，一指金德拉沃里是虔诚之爱的主人而非奴仆，二指在一众女伴中金德拉沃里年龄最小。

[②] 指罗陀和金德拉沃里。

说谎的人无权让人们称其为高尚之人。山羊即使献出了自己的性命，吃客也并没有感到它的美味。啊！我不明白你做出的决定。啊！你这完全是逃避。就算是杀人犯杀了人，他也会回想起这件事，而你则不会想起我。啊，你快来拥我入怀吧！只要活着，人的心又怎会不明白？啊，看看是谁在渴望着与你见面，是谁在哭泣？啊，我既无法离开这个世界，又始终忍受着这令我深陷其中的痛苦。啊，我的主人啊！你为何让我四面楚歌，陷入这徒劳的境地？亲爱的，我就这样整夜地哭泣。造物主啊！我这番心意是完完全全地发自内心。爱人啊，你为何不出现，并以此来让整个世界闭上嘴巴，不再有闲言碎语？你为什么要让充满疑惑的大门始终敞开？爱人啊，你的慈悲都去哪儿了！爱人啊，快让我从这个世界解脱吧。现在我已经无法再继续忍受。爱人啊，你是什么样的，我就会是什么样的。爱人啊，请别让我一个人的庇护所变成整个世界的庇护所啊。我的主人啊，为什么我学会了一切，却依然没有学会去回避这份爱？啊！现在我既不再属于这个世界，又没有被你所接受。爱人啊，你赐予我的那一切，请你来付诸实践吧。爱人啊，所有人都在阻止我。啊！我多么的痛苦，而你却看着这热闹。我既不被大家接受，又不被你认同，这是什么事儿！人们都瞪大眼睛看着我，无论我走到哪儿，他们都远远地议论纷纷！啊！都是你，令我倍受侮辱，令我自甘堕落，让我一蹶不振！我对你满怀愤怒，不吐不快。好吧，现在我可得说说你的坏话。让我说什么呢？每句话里都是你。就是指责你，也还是我在痛苦。谎话连篇、冷酷无情、铁石心肠、惹是生非、不知羞耻，这些可都是可以用来骂你的话呢。你既然不想付出，又为何说出那些谎话呢？谁欠你的吗？大吹大擂地许下诺言，又为何不去履行？骗子！骗子！！骗子！！！你不仅仅是个骗子，而且还背信弃义。你何以又是捶胸顿足，又是举手发誓，来让人们相信你呢？你死了肯定得下地狱，因为不管一个人怎么痛苦，都难以激起你一丝的同情。啊，你是多么可悲的人啊。可笑的是，你既然对所有人都一视同仁，但当你看到她们因你的爱而痛苦，或受困于情思的欲望之中，你却又不闻不问。你真是诠释了"铁石心肠"四个字。看你干的事儿，激起了多少纷扰，引起了多大的混乱。而你毫不在意，自顾自地波澜不惊。你的世界里只有开心快乐，那你又为什么让这个世界混乱不堪？你这惹是生非的人！这个世界的界限有多大，你做的恶就有多么大！你大名远扬，人们也被你迷惑，跟着说谎，满嘴谎言再无其他，毫无羞耻之心。你本就如此无耻，让我还能说什么！你的羞耻之心早就破成了碎片，有你在的地方就毫无羞耻可言！你如此冷酷，我们却如此为之着迷！啊！人们原本有着同样的信仰，可每当你一显露真身，也会为了你而争吵不断，陷入无尽的羞耻、无端的耻辱，忍受谩骂。让人承受耻辱，在这一点上你是如此成功。你可知道，为了你我也备受耻辱，说谎不断。有什么样的新郎，就有什么样的迎亲队伍！归根结底还是在于你那光彩夺目、引人注目的魅力。然而除了我，没有人对你如此坦诚而言无不尽。那请你说一说，我这痛苦的世界就这样一直持续吗？会有什么变化，还是不会？我该怎么做啊？请你让我从这痛苦的世界解脱吧。哎，我这是在跟谁诉说呢？连个倾听的人都没有。谁能看见森林中孔雀独自跳的舞呢。不，不，他全部都看到了，既然都看到了，为什么不接受我的心声？石头永远都只会是块石头。不，不，是我在这份爱当中犯了错。爱人啊，你什么错都没有，这都是我的业。主人啊，在你面前，我永远都是罪人。爱人啊，原谅我吧。你无须关注我犯下的罪过，请你还是关注你自身吧。

（哭泣着）

玛特维：哎呀，女伴啊，你怎么又哭起来了？

卡米尼：女伴，我亲爱的！你别哭，想哭就抱着我哭吧。

玛特维：女伴，让我牵起你的手，别再哭了。我们都是来听你诉说的。

维拉希尼：女伴，你说，要我们做什么，我们就做什么。我们也曾白白地受过罗陀的怒气，又怎么会将你的事儿往外说呢？

玛特维：啊呀，啊呀！你别多想了。（擦拭过泪水）我亲爱的，让我们双手合十去祈求吧，

卡米尼：女伴，请别再诉说。来，让我们一起为你出出点子，想想办法。

维拉希尼：女伴，让我们做你救命的稻草，一起为你想个办法。

金德拉沃里：（哭着说）女伴，如果我想到了一个办法，你们会不会接受？

玛特维：女伴啊，我们为什么不接受？你快说是什么吧。

金德拉沃里：女伴，那就把我独自一人留在这里吧。

玛特维：自己一个人在这儿，那你要做什么？

金德拉沃里：做我想做的事。

玛特维：好，那你给我们说说，什么是你想做的事？

金德拉沃里：女伴，我这个办法不能说。

玛特维：那么，你是想献出你的性命吧。女伴，我们可没有那么傻，会抛下你自己在这里。

维拉希尼：女伴，你想白白地献出这条命吗？你可不能不要这条命。要是你不要了这条命，哪里还有你这么美丽动人的身躯呢！

卡米尼：女伴，我们既然这样说了，就一定会做到。我们会帮你实现心中的愿望。既然神赐予了你生命，你就别放弃它。我们不会抛下你，让你就这样去死的。

金德拉沃里：（哭完说）哎！求死也不成。真是不公平啊！

玛特维：女伴，这并不是不公平，反之，这恰恰是公平的体现啊。

卡米尼：玛特维说得对啊。来吧，跟我们一起，让我们来为你

出谋划策，告诉你现在该怎么做。

维拉希尼：是啊，玛图利。你最机灵了，你来想个办法。

玛特维：女伴，我脑子里有个法子。我们有三个人，那就刚好可以干三件事。我去说服罗陀，这可是最难的一件事。你们两人呢，一个去跟金德拉沃里的家人解释，消除疑虑；另一个去见黑天，好好跟他说一说。

卡米尼：我去跟黑天说。我看足了金德拉沃里的羞怯之心，我去一五一十地告诉他。

玛特维：女伴，就按你说的。我可一点也不怕罗陀呢。

维拉希尼：好嘛，那罗陀就交给你了。

玛特维：好的，好的。说服罗陀这事儿是我的。

维拉希尼：那么去说服家里人就是我的事儿了呗。

玛特维：女伴，我们都分好了。你别多想了，快起来吧。

金德拉沃里：女伴们啊！你们为何做这些毫无意义的事啊。我就没有那命，我的命运从来都是百般曲折。

玛特维：女伴，我们的命可是一直很顺。我们会用自己的运气去尽力为你实现。

卡米尼：女伴，你为什么又无缘无故地说丧气话？人只要会呼吸，最终一定能吸得到气。

玛特维：女伴，这个计划现在已经成熟了。即使没有成功，也不会有其他人知道。

维拉希尼：肯定不会，其他人怎么会知道呢？

卡米尼：（拉起金德拉沃里的双手）来，女伴，起来吧，我们去荡秋千。

玛特维：是啊，女伴，别再灰心丧气了。

金德拉沃里：女伴啊，这会儿我是解脱了一些，但我就不荡秋千了。就让我看着你荡秋千吧。①

秋千的绳索荡起又落下，
那柱子却依然纹丝不动。
那美好热情和爱被荡起，
污名也一同散播到四地。
黑天的爱让我泪流不止，
我在雨夜一遍遍地高歌②。
看着这秋千摇荡不止啊，
想见他的心绪随之愈烈。
女伴们啊，看着这秋千我愈发地心灰意冷了。

玛特维：好了，女伴。你要开心起来，有我们去维护你的幸福呢。

金德拉沃里：啊！看着这满天的乌云，我更加痛苦了。
看看啊！
乌云滚滚雷声轰轰，
彻底击碎我的内心。
雨后纵使出现彩虹，
也没有属我的颜色。
黑天啊！
让这笛声响彻云霄，
次次显现在云层里。
看看啊！
这闪电的风驰电掣，
让心飘摇在太空中。
啊！这场雨让整个世界如此愉悦，却让我悲伤万分。

---

① 指金德拉沃里的眼中，秋千上始终是黑天的身影。
② 原句中为"मलार"，特指在雨季的夜晚吟唱的歌曲。

玛特维：别再难过了。走，快起来，我们回家吧。

卡米尼：是啊，走吧。

（众人离去）

（幕布落下）

第四幕　终成正果

地点：金德拉沃里家的起居室

（窗外可以看到叶木拿河。床铺铺开，挂着窗帘，桌上放着槟榔盒等装饰物）

（女苦修者上场）

苦修者：神啊！无形的神啊！[①]显明您的旨意吧！哎呀，这家有人在吗？连个说话的都没有。一个人都没有吗？那我在这干吗？我且坐下，有什么好担心的。谁会阻拦我这出家人？怎么说我也是虔诚之爱的修行人，让我唱来听。

（坐下唱了起来）

有这样一位女修行人，

她眉毛弯曲眼耳相连[②]。

她光彩耀眼舍弃一切，

她携着琴并且唱着歌。

聪明机智仿如那爱神，

让我变成那女修行人。

脖子上戴着瑜伽经带，

头上发辫披散闪光芒。

那一双红眼令人着迷，

[①] 原文为"अलख"意为"无形的、不能觉察的"，此处指"神"。

[②] 此处形容眼睛很大。

眼神足以骗过所有人。

手拿萨兰基琴唱着歌，

为你唱出那分离之痛。

这女修行人为爱而来，

大大的眼睛让你迷醉。

她知晓爱的全部奥秘，

在爱城唱出分离之歌。

她眼中充满爱的醉意，

灵动的双眼涂着油烟①。

她唇若丹霞娇艳无比，

携琴为爱人弹奏乐曲。

她的面颊上垂着发丝，

全心注视着自己所爱。

发辫令她的美貌加倍，

眼里皆是爱人的模样。

（后台传来脚镯"叮叮"的响声）

哎，有人来了。那我躲起来，悄悄地听。看看到底是怎么一回事。

（女苦修者下场，勒丽达上场）

勒丽达：嘻！金德拉沃里到现在还没回来。这都傍晚了，家里女伴和女仆都不见人影，要是来个贼可怎么办？（看向窗外）啊哈！你看，这时候的叶木拿河多么美啊！在这雨季即将结束秋天快要到来的季节，微风带着沃林达温森林中百花的芬芳而来，水面上微波荡漾，多么美丽宜人、动人心魄啊！啊哈，叶木拿河此刻的美景到哪儿都看不到呢。要是金德拉沃里在的话，我就让她也看一看。她

---

① 原文为"काजल"，指印度妇女涂眼圈用的油烟。

看了会做什么呢？会更增加她的离愁别绪吧。（看了看叶木拿河）这无疑是风景最美的时刻啊！

太阳的女儿叶木拿河闪耀光辉，
河水滋润着蜿蜒河岸边的生灵。
河面镜子一般映照两岸的光辉，
向这养育万物的生命之河致敬。
人们在那清凉的岸边苦修冥想，
眼睛享受美景感受内心的喜悦。
岸边圣洁的莲花绽放何样光彩，
那睡莲边伴着的水草游弋多姿。
人们目不转睛看着伯勒杰美景，
此景都是虔诚之爱的无尽光辉。
人们多么地想体验这爱的荣光，
人们多么地想去祈祷为之服务。
人们多么想寻求毫无二致的爱，
人们多么想去诉说这虔诚之爱。
爱让伯勒杰绽放莲花般的光彩，
爱让财富女神驾临我们伯勒杰。
伯勒杰精神在这爱中得以传播，
财富女神令这片土地焕发生机。
白日的灿烂与夜晚的柔美相织，
雨季的暴雨掀起河面汹涌波澜。
叶木拿河的光彩永远令人心怡，
清凉了人的双眼身心得到欢愉。
没有诗能书写叶木拿河的恢宏，
没有人能歌颂河岸之人的光辉。
皎洁的月光能够映照她的荣光，

流淌的河水能够诉说她的华美。
人们欣赏月亮光辉及河水波澜，
自身也焕发出光彩灿烂的荣光。
黑天同牧区女郎在此嬉闹歌舞，
叶木拿河的河水将这快乐记下。
月亮啊照耀着他们幸福的身影，
风儿在河水中唰唰地记录一切。
人们焕发出虔诚之爱无尽光芒，
欢笑盈盈地在秋千上恣意摇荡。
风筝在牧区的上空自由地飞扬，
小纸船河面上来来回回地游动。
人们在那斑驳的树影中捉迷藏，
那点点星光在枝头中时而可见。
叶木拿河①的河水在为他们喝彩，
河水依旧那样缓缓地流动向前。
月光映照的叶木拿河波光粼粼，
月亮为叶木拿河洒下无尽力量。
布谷鸟、天鹅、鸽子沐浴其中，
鸭子和水鸟在河水中欢快游弋。
成双成对鸳鸯在水中亲昵低语，
成群的黑蜂们在岸边嗡嗡作响。
孔雀在岸上起舞叫声牵动人心，
叶木拿河两岸的人们何其幸福。
细细软软的沙子充满整个河岸，
家家户户门前的台阶泛着金光。

---

① 原文为 कालिंदी，为叶木拿河的发源地。此处指叶木拿河。

门前铺上地毯①迎接这虔诚之爱,

家家铺满宝石迎接那无上圣光。

叶木拿河流淌着清幽幽的河水,

映照着伯勒杰人珍珠般的美德。

(金德拉沃里突然回来了)

金德拉沃里:哇,哇,你今天变成大诗人了。一句句地张口就来,暗地里我全都听到了呢。

(苦修者悄悄地走出来站在角落里)

勒丽达:我的好妹妹。要是听了我的诗,能让你回想起他来,那就值了。

金德拉沃里:(一听到这话,若有所思地叹了口气)

女伴啊你为何让我想起他?

我想着他连家务都忘了做。

先填满我的心又让我焦灼,

唯有忘记才能维持这生活。

勒丽达:算了,让我们说点别的。

苦修者:(自言自语地)现在,她这份爱无疑是成熟了。看,刚才她一回忆起我的样子,脸颊一下子就失去了血色,眼中涌出了泪花,嘴唇也发干抿了起来。啊!她的表情一瞬间就发生了这么多的变化。就像这歌里唱的:

柔柔弱弱懵懵懂懂正是她,

惊慌失措让人怜爱这女子。

睁大眼睛坐那儿默然不语,

一眼望去好似玩具般可爱。

她把我黑天想得如此之坏,

---

① 原文为 पिवड़ा,指接待贵宾时铺的地毯或厚布。

却因与我分离而暗自呜咽。

让我回想她哭得多么伤心，

为寻幸福曾哭至昏迷不醒。

现在我也忍不住了。想到要跟她见面，竟然让我如此激动而浑身颤抖。

金德拉沃里：（似乎听到了勒丽达的话，又似乎没有听到。感到左眼皮跳了起来，自言自语地说）哎，情绪这么糟的时候，怎会有这么好的预兆？（停顿片刻）有时候，有了希望也不一定就是好事，就像有了爱也可能让人陷入无尽的黑暗。哎，他在他的地方，而我在我的地方。但是，这毕竟是个吉兆，我且相信他一定会来吧。（笑了笑）我的脑子里怎么到现在还想着他？"管你认不认可，我都是你的客人"，心自然会明白。"心毫无缘由地始终相信着"。（长长地吸了口气）听听心里爱的律动，它从未放弃过希望。如果你正想着一个人，只要他不对自己说谎，那他一定也跟你一样，在做着同一件事。（把手放在心口）你为何"咚咚"狂跳，你为何不能平静一些？难道他会从墙里走出来吗？

苦修者：（自言自语）会啊，亲爱的，就是会这样。亲爱的，我就在这儿呢。正是我这颗心，这颗众人所称的"自持之心"，它为了想见之人而姗姗来迟。（现身走了出来）神啊！无形的神啊！

（两人互相致意之后坐了下来）

勒丽达：神都来我们这儿赐福了呢。

金德拉沃里：（自言自语）不知道为什么，我的心自然而然地被这位女苦修者牵动。

苦修者：我这个无名的僧人，怎么用得上"赐福"这两个字，我只是这样挨家挨户地拜访乞食罢了。

勒丽达：你的家在哪里？

苦修者：在爱之城当中的爱之村。

勒丽达：师父，您尊姓大名？

苦修者："爱人"，这就是我的名字。

勒丽达：那您是为何修行？

苦修者：为了自己的爱。

勒丽达：那么您修持的经文[①]呢？

苦修者：毗耶那摩唧嚣[②]。

勒丽达：修持何内容？

苦修者：羞耻心的觉醒。

勒丽达：修持的途径呢？

苦修者：爱。

勒丽达：修持的方式呢？

苦修者：爱的相遇。

勒丽达：苦修的同伴是谁？

苦修者：我的爱人。

心在哪眼睛就看到哪，

抛舍一切而四处云游。

金德拉沃里：（自言自语）啊！这一定也是位伟大的寻爱[③]之人，我的心一直自然地被她吸引。

勒丽达：世间的爱分为两种[④]，您这份爱属于第二种。让我问问你，世上其他的寻爱之人都是在徒劳吗？

苦修者：这是我的理解，您请听。

（弹着萨兰基琴，唱了起来）

焦灼不已饱受指责苦苦寻觅，

深陷分离苦海为了爱而苦修。

---

① 以下对话均为瑜伽修行内容的问答。
② 此处为咒语。
③ 指"虔诚之爱"。
④ 指世俗之爱和虔诚之爱。

面前星点的火花①向四面传播，
身着粗布戴上苦修者的耳环。
滴滴泪水浸湿了胸前的丝带②，
周身涂满湿婆神祭火的灰烬③。
她头发凌乱发丝垂于脸颊边，
深陷分离苦海为了爱而苦修。
听听神的箴言伯勒杰的女儿，
收起那痛苦打开幸福的画卷④。
手中数着爱的念珠不断祈祷，
与爱分离她行走在无尽荒漠。
她笃定的冥想无人能够打破，
深陷分离苦海为了爱而苦修。
她期待着爱带来的恒久幸福，
始终不让不详污名沾染自身。
眉心点上朱砂她将发髻分开，
她用朱砂磨出红粉涂满双唇。
那渴望饮下爱的甘露的女子，
深陷分离苦海为了爱而苦修。
她那虔诚之爱的修持之路啊，
即便是一直到死也不会舍弃。
湿婆神教导苦行者苦修之术，
让她在爱的希望中等待黑天。
千万苦行者献身于虔诚之爱，
深陷分离苦海为了爱而苦修。

---

① 在身前点火，代表苦修。
② 指瑜伽修行者或苦修之人戴在胸前的丝带或花环。
③ 原文为 भभूत，指在湿婆林伽前燃烧的祭火中的灰烬。
④ 原文为 मृगछाला，指鹿皮。

金德拉沃里：（自言自语地）啊！这歌声多能触动我的心。句句歌声仿佛给了我十分奇妙而又难以言表的力量。这歌声深深地打动了我的心。啊！这歌声仿如我生命中爱人的声音。（强忍着眼泪和颤抖）让她再唱一曲吧。（大声地）诸位不要打搅她，苦修者啊，您再唱一段吧。（说完时而满怀期待地看着对方，时而低头想着什么）

苦修者：（笑了笑）好的，亲爱的，你听。

（唱了起来）

苦修者模样的寻爱①之人啊，

她找不到爱人在林中游荡。

抛弃享乐与财富为爱寻觅，

她一遍遍地唤起神的名号。

为了黑天的爱于林中苦修，

她日日身渐消瘦意渐模糊。

遍寻条条大路与你相见啊，

我的爱人黑天啊你快现身。

金德拉沃里：（自言自语地）这首歌唱出了爱人所有的心声，深深地抓住了我的心。啊！你听："我的爱人黑天啊你快现身！"

苦修者：那现在轮到你来唱了。我是来你这儿乞讨的。我为你唱了歌，你难道不为我唱一曲吗？（自言自语）让我来听听她那如潮水一般的爱的心声。（大声说）好吧，别让我这第一次来乞讨的人一无所获啊，虽然是乞讨，我难道不懂羞耻，不要面子吗？

金德拉沃里：好好地，怎么让我唱呢？再说，我今天心情不好，嗓子也哑了。（顿了顿，目光低垂）而且，这会让我害羞呢。

苦修者：（笑了笑）哈，你可是会害羞的人！我能让谁害羞？你如果不按我说的做，我就生气了。

---

① 此处指虔诚之爱。

金德拉沃里：（自言自语地）呀！她可真会说好听的，一下子就击中了我的心。我稍稍地说了个谎，她就说要生气，她怎么会知道呢。呀，我命中的主人，你不会是扮成这女苦修者了吧。（大声地说）别，别啊。你别不高兴。我为什么不唱呢？无论来人高低贵贱，我都会为她唱歌，但我还是想说，听了我的歌你不会感到喜悦的。唉，我双手合十请，求你别让我唱了。

（双手合十）

勒丽达：哎呀，客人第一次到家里做客，你必须满足她的心愿。别合十你的手掌了，为什么不唱一首呢？谁不知道你是在找借口。

金德拉沃里：那你怎么不唱？就知道让别人做事，你可真机灵。

苦修者：是啊，是啊。女伴，要不你先唱吧。我用萨兰基琴为你伴奏。

勒丽达：你看看，我真是自作自受。那我来唱吧。

（唱起歌来）

我为那一双眷侣[1]唱赞歌，

赞颂他们爱的付出与牺牲。

他们虔诚之爱的欢声笑语，

为爱献身的光辉照彻三界[2]。

金德拉沃里：（自言自语地）呀！不知道今天我是怎么了，我不会是在做梦吧。今天呈现在我眼前的完全是另一个世界。我都不知道我现在看到的是什么，听到的又是什么。可我一点儿酒也没喝啊！呀，这苦修者可别是个女巫吧。

（惊慌地四处望去）

（看到金德拉沃里的表情，勒丽达惊讶万分，而苦修者笑了起来）

---

[1] 指黑天和金德拉沃里。
[2] 原文为 रति, गति, मरि, 分别指 स्वर्ग, पृथ्वी, पाताल, 即天堂、人间、地狱。

帕勒登杜戏剧全集

勒丽达：怎么了，您笑什么？

苦修者：没有啊，我只是想听她唱歌而已，她刚才答应了我，一会儿要唱的。

金德拉沃里：（惊慌地）好，我肯定会唱，请您先再唱一曲。

（金德拉沃里陷入沉思之中）

（苦修者弹着萨兰基琴唱了起来）

（声音高扬）

苦修者：

为何心绪不安，好似小鹿一般？

眼睛寻寻觅觅，像要发现秘密。

谁让你心躁动，谁令你失了魂，

呆呆地坐在那，好似醉意萌生。

看着惊慌失措，热切期盼爱人，

就像小鹿一样，心丢去了何方。

不顾内外纷扰，何时得偿所愿？

苦苦念着黑天，听我为你歌唱。

金德拉沃里：（陶醉地呓语）摇晃着摇晃着，我听着这歌声。（回过神来，害羞地自言自语）啊！呀！我这是怎么了？我守着自己的秘密，无论谁来谁往、家里家外，谁都没有告诉。这第一次来的苦修者怎么一下子全说了出来？即便是忍了又忍，我都无法说出心里的羞愧之情。我一遍遍地祈求，一次次地忍受，我悄悄地言说，谁也没有听到啊。啊！音乐和文学的魅力真是大，这是怎样的诗歌？让人身心都沉醉其中。这真是往伤口上撒盐啊。嗨，我的主人！我们的感受、我们心中的爱，以及我们愈发强烈的心愿，应当向谁去诉说？诗歌的每个节律，音乐的一个个曲调，使得这些情感更是增强了万倍。伴着它那多彩的形式、甜美的曲调，这些情感更加可爱感人，听一遍就好像每个人都亲身经历了一样。最后曲调在悲悯[①]之中结束，身体也恢复了意识，整个人一下子陷入孤独的海洋之中。

　　苦修者：嗨，你这是在想什么啊！唱吧，这次可不能推辞了。

　　勒丽达：是啊，女伴，这回轮到你了。

　　金德拉沃里：（迷迷糊糊地）好的，好的，我来唱。

　　（时而流着眼泪，时而拖着声音，时而停顿下来，时而倾诉心绪，时而唱跑调，时而准确合拍，时而嗓音破碎好似疯子一般。金德拉沃里唱着歌）

　　请你们让我吟唱我那内心呼声，
　　白白地付出名声扫地广受责备。
　　万分的痛苦次次碰壁不断蒙羞，
　　知晓我心的人啊为何还不现身。
　　眼睛耳朵毛孔和心都专注于你，
　　没有黑天我将对谁诉说我的爱？
　　我又能如何对知道的女伴言说？
　　黑天啊你快同我相见听我诉说。

　　（唱着唱着，金德拉沃里失去意识，快要倒地。好似一道闪电一般，苦修者显身为黑天，将她抱入怀中。后台开始奏乐）

　　勒丽达：（十分欣喜地）女伴啊，祝福你啊！万分祝福。快醒过来，看看是谁抱着你呢！

　　金德拉沃里：（痴醉在黑天神的怀中）
　　我的目光热切与你相拥，
　　爱人啊终于得到你的爱。
　　身体和心灵均与你捆绑，
　　黑人啊让我们别再分离。

---

　　① 指"悲悯情味"，梵语诗学的十种"情味"之一。

亲爱的，你为何要逗我？
你这样做令我多么痛苦。
睁眼闭眼脑海中都是你，
这爱我怎能隐藏在心中？
将我纳入你的一部分吧，
黑天啊你为何与我躲藏？
亲爱的，你为何抛下我？
为何不给我幸福的情味？
你的言语令我欣喜万分，
满怀着希望我期待已久。
终日望见你俊美的身姿，
黑天啊别让我受分离苦。
亲爱的，你为何要这样？
你在哪我的目光就在哪。
所想所行请你与我同在，
让我们拥抱永世的幸福。

黑天：亲爱的，抛下你我能去哪儿？你就是我真实的样子啊。你唱的歌①正是教育我这乞讨之人虔诚之爱的意义。

勒丽达：啊哈！此刻我所感受到的幸福之情，是谁都未曾感受过的！我也体验了同金德拉沃里一样的美好。如果没有那二者合一②的慈悲，谁能感受到这无尽的幸福？

金德拉沃里：但我的主人啊，你为何如此冷漠？你没有看到我是多么的痛苦吗？我想出了千言万语，等着见面的时候向你诉说。但是当你出现在我面前的时候，其他的我都不问你了，就问这一个！

黑天：亲爱的啊！我并不冷漠。见不到我的爱人，我就只是个

---

① 原文为"लीला"，指本事剧中的折子戏。
② 原文为"युगल"，指黑天和罗陀两人。

没有价值的奴隶。当我与所爱之人在一起的时候，才能得到解脱。然而，这份爱倘若尚未成熟，我只能保持冷漠克制。所以，我的爱人，我的冷漠是另有原因的。你、我，以及你的这份爱本为同一物。你和我无法分离，你我的爱也无法分割。这一切，都在我们刚才的歌声里表露了。（牵起手）爱人啊，请原谅我。我永世欠下了你的债，对你永远无法还清。

（眼中充满了泪水）

金德拉沃里：（激动地握住双手，泪满眼眶）好了，别说了，我的主人。你说的这些令我无法承受。当我看到你眼中充满泪水的时候，我再也无法保持平静。

（两人相拥）

（维沙卡上场）

维沙卡：女伴！恭喜你。罗陀主人命我来告诉你，她满心欢喜地到你金德拉沃里生活的森林来祝贺你。

金德拉沃里：（激动地颤抖起来，对勒丽达和维沙卡说）朋友们，都是靠你们，我才得到了我的爱人！（拉起手来）你们的美德我将永世传颂。

维沙卡：女伴，爱人本就是你的，你本就是你爱人的，我们只是这爱的仆人。你们一同上演了这部本事剧，一同写就了这虔诚之爱的故事：一段不可言说的爱的佳话。你的爱赋予了爱新的诠释，因此你找到了最佳的爱人。这是你的福分，是你这份爱的福分，是寻爱之人的福分，也是成就爱的人的福分。对此，我跟罗陀主人想法一致，是你滋养了这份爱。好，现在让我代表罗陀主人，请你跟她拥抱吧！目睹今日你们相拥两者合一，是我这双眼睛的荣幸。

（拥抱过后，两人[①]一同站着）

[①] 此处"两人"指金德拉沃里和维沙卡代表的罗陀。

两人：

今日我们亲眼所见这爱寻得正果，
两人合二为一光彩之姿恢宏闪耀。
虔诚之爱寻觅路上她终日苦求索，
求得正果我们歌颂她的纯洁名德。
业困扰常理缚令她身陷俗世之网，
她苦不堪言虚弱无力行走于世间。
用力量打破约束用爱消除了罪恶，
她为虔爱奉献一切世人备受鼓舞。
罗陀美金德拉沃里甜克里希纳神，
伯勒杰牧区叶木拿河沃林达温林，
这些字眼人们口中反复不断念颂。
金德拉沃里履行誓言始终追寻爱，
这一故事人们将在口中世代传颂。

黑天：亲爱的！你若还有什么心愿就告诉我，你的心愿就是我的心愿。

金德拉沃里：主人！我再无心愿，您的出现，填满了我所有心愿的界限！

把世人的利益视若己出此世间无二，
你是无上的师尊通晓一切宇宙规律。
你在沃林达温林驻足带来无限欢乐，
你是这里所有生命的主人虔诚之最。
人们不顾约束寻求为您服务的权利，
您就像那宝石一般绽放永恒的光芒。

（空中下起花雨，乐声响起，幕布落下）

印度惨状

颂神祷文

创建胜利之时代，痛击异族使毁灭，

手持宝剑利刃锋，黑天化身迦尔吉①。

第一幕

地点：街头

（一位瑜伽修行者用拉沃尼拉格唱诵）

印度兄弟齐嚎啕，

啊！印度惨状未曾见。

最早神赐财与力，

---

① 迦尔吉（कल्कि）是毗湿奴的第十个化身。根据印度教传说，世界将在"迦利时代"末期走向黑暗、暴政和失序。届时，毗湿奴将化身迦尔吉下凡救世，铲除恶人，创建新秩序。他身骑白马，手持利剑，寓意斩断一切邪恶。

最早造物予文明。

最早浸于形色味，

最早收获智慧果。

而今落于众人后，

啊！印度惨状未曾见。

释迦①友邻与迅行，

赫利谢金德尔王②，

罗摩坚战与富天③，

娑尔亚提④所现地。

迦尔纳与阿周那，

怖军闪耀光辉处，

同一土地今徒留，

愚昧争斗与暗夜。

痛苦之余无所现，

啊！印度惨状未曾见。

吠陀耆那两相争，

宗教典籍尽数毁，

内斗之际复招致，

强大威勇异族军。

智慧力量与财产，

接二连三被摧毁，

---

① 释迦（शाक्य），即佛陀释迦牟尼。
② 友邻（नहुष）、迅行（ययाति）、赫利谢金德尔（हरिश्चंद्र），都是史诗或传说中记载的印度古代国王。
③ 富天（वासुदेव），黑天之父。
④ 娑尔亚提（सर्याति），相传是摩奴之子。

而今复又笼罩在，
惰邪争盲阴影下。
眼瞎腿瘸人潦倒，
卑微凄苦不堪言。
啊！印度惨状未曾见。

而今英国统治下，
皆被幸福粉饰新，
财富滚滚流他国，
此地凄凄极破败。
高价弥漫似死神，
哀鸿遍野痛苦增。
赋税祸临众人身，
啊！印度惨状未曾见。

（幕布落下）

第二幕

地点：火葬场，残破寺庙

（乌鸦、野狗和豺游荡，四处骸骨散落）

（印度[①]入场）

印度：哎！曾经在这片土地上，勇士难敌面对作为使者到来的黑天说："黑天啊，若不用打仗一较高下，针尖之地亦不相让。"而今在同一片土地上，我们却眼睁睁看着它沦为火葬场。哎！这里的才能、知识、文明、勤劳、高尚、财富、力量、尊严、坚定、真理都

[①] 衣衫褴褛，头戴半截桂冠，手握拐杖，四肢瘫软。——原文注

到哪里去了？可恶的杰耶金德[1]！当初你若没有投胎，今天的我又该是怎样一番景象？哎！现如今，已经没有谁能给我庇护。（哭道）母亲啊，胜利之母拉贾拉杰斯瓦莉[2]！救救我，也是维护你自己的荣誉。恶神毁了我的一切，仍不满意。本以为，落入英国人之手，还能靠书籍聊慰我苦闷的心灵，佯装快乐，残度余生，可恶神竟连这些也不容。唉！没有谁能拯救我了。

（唱道）

一臂之力无人助，
虽有子民两亿众，
哀叹连连无可依。
说救我者反伤我，
无人倾听我悲歌。
穷困潦倒受诅咒，
四处游荡屡碰头。
苦难俱增福俱减，
日复一日无相伴。
万劫不复入苦海，
神主快来施拯救。

（后台传来严肃冷酷的声音）

时至今日，你还相信你的神主？站好了！不把你的奢望连根挖

---

[1] 根据中世纪经典《地王颂》（पृथ्वीराज रासो）的记载，杰耶金德（जयचंद）和地王（पृथ्वीराज）同为12世纪印度教国王，二人互为敌手。相传，杰耶金德之女违抗父命，执意与地王私奔，加剧了两人之间的敌意。杰耶金德后联合信奉伊斯兰教的古尔王朝推翻了地王的统治，为北印度穆斯林王朝的建立铺就了道路。在后世流传于印度教徒的传说中，"杰耶金德"常作为"叛徒"的同义词使用。

[2] 拉贾拉杰斯瓦莉（राजराजेश्वरी）是萨克蒂教派神祇体系中萨克蒂女神的威武相之一。

起，我改名换姓。

印度：（因害怕而颤抖地哭诉）是谁在说这样可怕的话？是谁在向我步步逼近？啊，我该如何才能逃走？他一口就能将我吞噬。毗恭吒[1]的至上主，七海之滨的拉贾拉杰斯瓦莉，我该如何自处？谁来救我性命？现下已无计可施。完了，全完了。（昏倒在地）

（无耻[2]登场）

无耻：在我面前，还担心什么性命。嗤！活下去，大不了讨吃要饭，只有懦夫才会白白送命。就算财富和尊严全没了，又能如何？命最要紧，俗话说"一命抵千金"。（打量一番）嚯，当真晕过去了。还是先把他扶起来再说。不行，不行！我一个人可扶不动他。（朝后台）希望！希望！快来。

（希望[3]上场）

无耻：瞧，印度快死了，快扶他回家。

希望：有人当着我的面送命？走，让我把他救活。

（双双扶着印度离场）

第三幕

地点：战场

（军队的营帐清晰可见，印度恶神[4]上场）

印度恶神：印度这蠢货到哪里去了？都什么时候了，还相信至上主和拉贾拉杰斯瓦莉？瞧他现在都沦落到什么地步了。

（边跳边唱）

---

[1] 毗恭吒（वैकुंठ）是大神毗湿奴的天宫。
[2] 下身短裤，上身胸衣，虽有披肩，但四肢和头都露在外面，穿着与妓女无异。——原文注
[3] 姑娘装扮。——原文注
[4] 面相凶恶，穿着一半基督教徒、一半穆斯林的装束，手里握着出鞘的利剑。——原文注

生自神之怒，降临印度间，
印度化灰烬，高贵变卑贱。
切勿轻视我，奉我为罗刹，
夺走众人财，使之无分文。
摄取饥饿命，我乃真大王。
我……
将携死亡来，涨价与疾病，
降下倾盆雨，悲恸罩大地。
我……
将唤分歧至，恶斗与萎靡，
家家皆弥散，懒惰与悲恸。
我……
鄙视异教徒，捣烂其手足，
奉承使自满，一并予孱弱。
我……
召唤亡灵至，毁国涨粮价，
征税于众人，幸得财满盈。
切勿轻视我，奉我为罗刹。
（起舞）

印度跑到哪里去了？还是被谁带走了？他现在已所剩无几，两手空空。除了我，还有谁还能让印度即便在英国治下也无所发展，反而净学了英国人的缺点？哈哈！几个读书人凑在一起，就想革新国家？可笑！一粒鹰嘴豆怎么能撑破一个炉膛？镇压这些人，我只消让地区长官以不忠之名把他们抓起来，再用各种手段把这类人群遣散。无论是谁，与我有多大的交情，我就赏给他多大的奖章和头衔。这群蠢货，竟敢与我的政策作对！否则何以至此？我这就派大军摧毁一切。（朝后台看了一眼）有人吗？去把毁灭将军叫来。

（后台传来一声"遵命"）

见识见识我的厉害吧！看你还往哪儿逃。

（毁灭将军上场）

（起舞）

毁灭：

我的名字叫毁灭，

来到大王他身旁。

拥有形色数十万，

整片国度尽摧毁。

我让正法广传扬，

强化种姓之业行。

杰耶金德我所变，

印度门户我所开。

成吉思汗旭烈兀，

复有帝王帖木儿，

此众于我不过是，

低贱矮小之藤蔓。

艾哈迈德杜兰尼，

纳迪尔沙亦在列，

此众于我军阵前，

分量微薄不足言。

计谋力量与诡计，

三者兼具克万物，

我以美酒善款待，

今朝即将灭一切。

印度恶神：啊！是毁灭来了。来，现在就命令部下，集结起来包围印度斯坦。除了那些已经被围困的地方，还要继续包围其他疆域。

毁灭：大王！"因陀罗耆所受命，先前尽数已做完。"您方才的指令，吾等已在执行。其他命令，您尽管吩咐。

印度恶神：说说看，都是谁做了哪些事？

毁灭：大王！正法率先出击。

创造说辞千千万，
纷纷篡入往世书，
湿婆萨克①毗湿奴，
各类思想竞纷呈。
制造若干之种姓，
划分贵贱与高低，
餐食饮品相关事，
恪守规则与禁忌。
只因生辰八字冲，
婚姻大事便无门，
孩童时代早成婚，
力量毁于情爱事。
贵族频婚多妻妾，
臂力气魄不复存，
剥夺寡妇再嫁权，
助长邪淫糜乱风。
禁止国人赴异邦，
将之变成井底蛙，

---

① 即崇尚女神信仰的萨克蒂教派。

断其域外之联系，

损其寰宇之威信。

众多神鬼任其拜，

背离天意印度衰。

印度恶神：啊哈哈！甚好！甚好！正法还做别的了吗？

毁灭：是的，大王。

他创不可接触论，

饮食爱情行区隔，

三六九等细划分，

轻而易举毁众人。

印度恶神：还有别的吗？

毁灭：当然。

他创吠檀多思想，

遂将人人变大梵，

印度教徒做人杰，

不惜手折脚也断。

大王，吠檀多帮了大忙。所有印度人都成了大梵，不留丝毫责任感。他们表面上更具智慧，实则与天神背道而驰，变得死气沉沉、傲慢无礼、无情无义。一个人连感情都没有，又何谈为国家解放效力？不得不说，湿婆万岁！

印度恶神：很好，还有谁出了力？

毁灭：大王，满足也做了许多事。从国王到子民，全都被它收为门徒。现如今，印度人只关心饮食之事，根本不为国家出力。国将不复，可抚恤金照拿。生计不保，但利息照收。就算这些都没了，再不济还有自己的家当。他们赞不绝口地吃着名叫"知足常乐"的烙饼，根本不朝劳动的方向瞧上一眼。懈怠给满足提供了很大的帮助，他俩一定能荣获勇士勋章。正是他俩，扼杀了印度的商业。

印度恶神：还有谁做了什么？

毁灭：大王，为了战胜财富的残余部队，我派出了一众勇士。挥霍、法庭、时髦、情面这四员大将率兵把敌军尽数歼灭。挥霍大肆洗劫，法庭强取豪夺，时髦用账单炸弹狂轰滥炸，情面让对方备受折磨、东躲西藏。礼品、贿赂、募捐的炸弹炸出一番"四面八方处处破产"的盛大景象。这些人一个个装成大哥模样招摇撞骗，其中就有这么一个最是蠢笨，别看他总是弹着响指，受人巴结，令人生畏，为公平而战，收获各种赞誉和头衔，实则像大象啃过的木苹果——外强中干。财富的大军仓皇逃窜，连墓地都无法藏身，只好到大洋彼岸寻求庇护。

印度恶神：听说你还暗中在敌军阵营中安插了人手？

毁灭：没错。我让分裂、嫉妒、贪婪、胆怯、麻痹、自私、偏见、顽固、悲哀、懦弱等一众使者混入敌军，制成五美液①，无须杀死他们，只消使他们变为任由铃铛摆布的迦楼罗鸟。到最后，我们的使者和本地人几无差异，他们像苔藓一样腐蚀一切，在语言、宗教、习俗、举止、饮食中制造出千差万别。来啊，来拯救你们的统一啊！我倒要看看，还有什么能耐！

印度恶神：印度有个名叫庄稼的将领，如今是死是活？他的军队情况如何？

毁灭：大王，他的势力已经被您的暴雨、干旱两员大将彻底瓦解。紫胶虫、蠕虫、蝗虫、霜冻等士兵立了大功。虫斑化身尼罗，在田地间燃起楞伽之火。②

印度恶神：很好！很好！听到这些，我心甚慰。好了，你去吧。

---

① 五美液（पंचामृत）用牛奶、凝乳、白糖、酥油、蜂蜜混合而成，多用作敬神时的祭品。

② 本句中，नील 一词被使用了两次。一处指"斑、污点"，此处指害虫啃噬庄稼留下的虫斑；另一处指《罗摩衍那》中猴王须羯哩婆麾下大将尼罗，他在营救悉多、战胜罗波那的过程中扮演了重要作用。

不必担心，眼下已无大碍。我要继续享用剩下的美酒了。至于印度的下落，你要保持警惕，再陆续派疾病、高价、税收、美酒、懒惰和黑暗到我这儿来。

毁灭：遵命。

（退场）

印度恶神：现下他已无处可躲。财富、威力、智慧，三者尽失，看他还能倚仗谁的力量？

（幕布落下）

第四幕

（英式装饰的房间，摆着桌椅，印度恶神坐在椅子上）

（疾病进场）

疾病：（唱着歌）

世人皆认我威信，

我把天神屡戏弄。

除去死亡我无敌，

至高主宰医生命。

世人都知道我的厉害。我是歧途的朋友、正道的死敌。三界之中，谁可以不受我掌控？眼邪、诅咒、幽灵、鬼魂、妖术、魔法、女神、男神，这些都是我的别称。是我让巫师、祭司、精明之士、婆罗门学者、苦行僧统统上当受骗。（可怖地）谁能阻挡我强大的威力？呵！税务委员会想用清洁卫生的法子把我消灭，殊不知，街道被清扫得越开阔，我的法力就越厉害，正如"须罗娑之口不断张大，哈奴曼之躯亦随之变大"①。（注视着印度恶神）大王！有何吩咐？

印度恶神：有什么可吩咐的？从四面八方把印度包围便是。

疾病：大王！现如今，我只有进入印度，才能让他毙命。只靠包围有何用？现在已经不是天神御医和迦尸王帝婆陀娑②的时代，也不是妙闻仙人③、伐八他④、遮罗迦⑤的时代。维持生计成了医学残留至今的唯一意义。由于死神的威力，药物的属性和人的性情均发生了变化。谁现在来跟我作对，我就派出印度人闻所未闻的大军，看他们如何抵抗！天花、霍乱、登革热、中风，印度人拿什么阻挡？他们不去了解从哪里进攻、该如何战斗，而是轻易缴械投降。大王，他们将被这些疾病杀死，却反倒把它们奉为神明，加以膜拜。尽管我的敌人——医生和学者——已明确表示，接种疫苗是消灭天花的良方，但他们却出于对清凉女神⑥的畏惧不肯接受这一方法，竟亲手杀死自己心爱的儿郎。

印度恶神：好了，你去吧。高价和税收也会来这里，带他们同去。暴雨和干旱的部队已经抵达那里。有分裂和黑暗的驰援，你将所向披靡。拿着这个槟榔包。⑦

（递出槟榔包，疾病接住，致意后离开）

---

① 该典故出自《罗摩衍那·美妙篇》。悉多被罗波那劫往楞伽岛，罗摩派神猴哈努曼前去侦察。渡海途中，哈努曼遭到蛇母须罗婆的阻拦，任何人都必须从她的口中进入，若能成功出来便可渡海。机智的哈努曼钻进须罗婆口中，身体不断变大，须罗婆的体形也随之增长。突然，哈努曼把身体变得像拇指那样小，趁须罗婆还未缩小之际，从她的口中（一说是耳洞）飞了出来。须罗婆被哈努曼的智慧折服，准许他继续前往楞伽。参见蚁垤：《罗摩衍那》（五），季羡林译，人民文学出版社，1983年，第29~34页。

② 帝婆陀娑（दिवोदास），据说是印度传统医学阿育吠陀的创始人。

③ 妙闻仙人（सुश्रुत），是生活于公元前7世纪到前6世纪的古印度外科医生、阿育吠陀学者，他是《妙闻本集》的主要作者，被誉为"印度外科医学之父"。

④ 伐八他（वाग्भट），是生活于公元7世纪（一说是公元前1世纪）的古印度医家。

⑤ 遮罗迦（चरक），是贵霜帝国时期的著名医学家，据说曾任迦腻色伽王的御医。

⑥ 清凉女神（शीतला），是杜尔迦女神的化身，也是印度影响最大的疾病女神。清凉女神具有双面性，印度人一方面视她为瘟疫清除者，一方面又把天花看作清凉女神的化身，把感染天花者视为清凉女神加以膜拜。

⑦ 槟榔包（पान का बीड़ा），是一种用蒌叶包裹槟榔制成的食品，常被引申为"责任、任务"。

印度恶神：这下没什么可担心的了。我军已从四个方向把印度包围，他还能躲到哪里去？

（懒惰入场①）

懒惰：哈哈！一个烟鬼说——烟鬼抽大烟，九天走了两个半柯斯②。另一个烟鬼回答说——喂，人家不是烟鬼，是邮差。烟鬼一旦抽了大烟，便无所谓身处垃圾堆这边还是那边。有一次，我的两个门生双双躺着，恰巧有路人经过。第一个喊道："路人大哥！这枚熟透的芒果落在了我的胸口，放一些到我嘴里吧。"旅人说："老兄，你也太懒了，懒到连芒果都落在胸口，也不愿抬手。"第二个说："您说得太对了，这家伙就是个大懒蛋。狗在我脸上舔了一整夜，他就在旁边，也不说把狗轰走。果真是，与其忍受生活的痛苦，不如享受生活的快乐。"幸福存于懒人中，"懒人之井方有安逸。"（唱道）

身处尘世间，不喜挪手足，

告别尘世后，不喜被搬动。

死后之尸体，单上随意放，

不喜猕猴般，熙攘又吵闹。

让我地面躺，就地享闲暇，

动则留脚印，不喜费力擦。

何人愿起身，离家赴友宅，

一死了之好，不喜劳心智。

若将外人藏，围裤亦可穿，

达官显贵者，不喜动手脚。

脑袋沉甸甸，虽烦尚可忍，

不喜口中舌，最令思者厌。

宁可斋戒死，勿唤我做事，

---

① 一个胖子打着哈欠缓缓进入。——原文注

② 柯斯（कोस），印度长度单位，1柯斯约等于2英里。

世界不甚好，时代亦糟糕。

顶礼入天堂，停止此说教，

不喜把头低，地狱又何妨。

印度成灰烬，与我有何干，

懒人独静坐，不喜空悲叹。

还有什么？忙碌之人为何消瘦，说是在城市里担惊受怕的结果。嗐，老话说得好："管他谁称帝，都是我遭殃，摒弃女奴身，亦无皇后命。"开心过活就好。莫卢卡·达斯也说过："巨蟒不干活，飞鸟不劳作，圣者赞罗摩，赐予万物者。"①典籍有言："精进是死，不精进亦死，何须劳碌履职责？"种姓之中婆罗门最好，正法之中遁世最好，职业之中厨师最好，玩乐之中吹牛最好。就该安坐家中，度过一生，哪儿也不去，只是吃饭、拉屎、撒尿、睡觉、吹牛、唱歌、享乐。富人身上有什么稀罕玩意儿，只有什么都不做的人，才是真正的富人。常言道："富足在心不在财。"意思是，惬意分两种，一种因财富而惬意，一种因心境而惬意。（看到印度恶神，走到他身边致敬）大王！我本睡得正香，接到您的命令，无论如何也得赶来。您有何吩咐？

印度恶神：你的同伴们已被尽数派往印度斯坦，你也到那里去，用魔法般的睡意将所有人制服。

懒惰：甚好。（喃喃自语）老天爷呀！派我去印度斯坦。要去，我也要慢慢去。若不领命，别人也会拿"荣华享尽财散光，灵魂璀璨战场上"之类的话激我。算了，去吧。事情自有神灵打理，哪轮得到我操心。出发。

（懒惰嘟嘟囔囔离开，与此同时，美酒②进场）

美酒：我是苏摩酒神的女儿。最早，吠陀中称我为"莫图"；后

---

① 莫卢卡·达斯（मलूक दास）是16世纪北印度虔诚派诗圣。
② 棕肤色女性，穿红衣，戴金首饰，佩脚铃。——原文注

印度惨状

来,我成了神灵的情人,被唤作"苏拉"。①正是因为我的威力,人们创造了酒祭。在圣传文献和往世书中,我的流动被视为永恒,而坦特罗密教则全因我的缘故而存在。世上有四种极富影响力的思想——印度教、佛教、伊斯兰教、基督教,每种思想中都有我神圣可爱的形象——苏摩饮、英雄饮、圣饮、施洗饮。但是,总有人称它们不洁,这些人怎么不说动物不洁?在渴望我的人面前,这类人为数不少,百中有十,但放眼世界,我依然无所不在。我的门徒总是这么说。不仅如此,我还是政权之上唯一的装饰。

  牛奶酸奶皆是酒,
  粮财家宅亦是酒,
  吠陀是酒神是酒,
  酒乃天堂之别称。
  种姓知识皆是酒,
  没有醉意谁人活,
  酒乃至臻之自由,
  酒香四溢满世间。
  梵仙吠舍刹帝利,
  锡克帕坦穆斯林,
  且说云云此众中,
  何人不把美酒饮。

  婆罗门中饮者众,
  古吉拉特亦成群,
  乔达摩仙饮酒欢,
  饮罢快乐似火焰。

---

① 此处,莫图(मद्य)和苏拉(सुरा)都是酒的意思。

酒店之中享美酒，

颜面无伤体面存，

躺倒也好站也罢，

悉数事务神打理。

有人劝说勿醉酒，

否则片语写不出，

有人宣称我酒力，

徒使律师钱袋鼓。

恰因美酒之情感，

无数典籍得问世，

恰因美酒之光辉，

正法道路得书写。

诃利①遵从饮酒道，

醉意之中持世界，

吉祥之主湿婆神，

饮酒之后毁一切。

毗湿奴巴鲁尼②酒，

人中之杰③波特酒，

复有诛穆罗者④酒，

大神湿婆香槟酒，

群山之主⑤甘蔗酒，

---

① 诃利（हरि）是毗湿奴名号之一。
② 巴鲁尼（वारुणी）是一种酒的名称。以下几句均是印度教大神名号与某类酒的拼合。此处，大神名号或许被用作酒的品牌。
③ 人中之杰（पुरुषोत्तम）是毗湿奴的名号之一。
④ 诛杀穆罗之神（मुरारि），मुर，阿修罗的名字，毗湿奴诛杀之，得名"穆罗诛"。
⑤ 群山之主（गिरीश）是湿婆的名号之一。

梵思者白兰地酒。
我有财富智与力，
家族荣誉夫与宅，
父母子女与正法，
皆对美酒无疑虑。
消除悲伤享欢愉，
众人热情齐歌唱，
放弃苦行施毁灭，
诃利独将美酒现。

政府授意我存在，
众皆大举征酒税。
人人将我视作为，
政权至高之标志。
光荣柱般矗大地，
稳定恒久如日月，
世间王宫旗帜倒，
打碎酒瓶得荣耀。

我们无须为与生俱来的东西做任何努力。《摩奴法论》称，"此乃人之常情"。《薄伽梵往世书》有言，"无须提醒世人做爱、吃肉、喝酒，他们天生喜欢这些东西"。因此，我就是当代文明的根本经典。我让五感官的乐趣成倍增加，我是音乐和文学唯一的母亲。究竟有谁会背我而去？

（唱道）

（卡菲拉格，特纳室利音阶，特马尔节奏）

畅饮美酒陷疯狂，

人生就此渐流逝，
不醉世界无本质，
我等言辞亦卑微。
开怀豪饮醉醺醺，
如此度过昼与夜，
摇头晃脑步蹒跚，
尊严廉耻皆抛弃。
庞然巨象视作蚊，
太阳看作萤火虫，
为何放弃此成就，
心甘情愿傻吃亏。

（见到大王）大王！有何吩咐？

印度恶神：我已派遣我方众多勇士到印度斯坦，但我对你的希冀胜过其他任何人。你也前去印度斯坦，了解一下那里的人吧。

美酒：我一向瞧不起印度人。不过既然您下令了，我就去好好布下我的罗网，将老少妇孺的脖子紧紧拴牢。

（离场）

（几盏剧院的灯被熄灭）

（黑暗入场）

（响起风暴来袭的声响）

黑暗：（一边唱，一边摇晃起舞）

（卡菲拉格）

迦利时代王必胜，
伟大幻境王必胜，
稳固华盖悬头顶，
世人尊崇彼功行，
纷争蒙昧与无知，

灭除一切作装饰。

我乃兼司创造和毁灭的闇德之神所生。我的生活与贼、鸦、色鬼无异。我栖身于深山中的洞穴、哀恸者的双眸、傻子的大脑和卑鄙者的灵魂。碍于我的淫威，心灵哪怕张开四只眼睛也无济于事。我有两种形象，一种是精神的，一种是物质的，人间称它们为无知与黑暗。听闻我最可敬的朋友——恶神大王今日宣我，要派我去印度之地。去听听他怎么说。大王万岁！有何吩咐？

（上前）

印度恶神：快来，朋友！没有你，一切都了无生机。虽然我已派了很多自己人去征服印度，可没有你，所有人都没有力气。我对你无比信赖，现如今你也得去趟那里。

黑暗：有了您的部署，区区印度算什么东西！您若吩咐，我可以去征服其他国度。

印度恶神：不，还不到去其他国度的时候，那里正处于三分时代和二分时代。

黑暗：也对，我曾说过，只要那里有低劣知识的影响，我去又能做些什么？何况那里有瓦斯和氧化镁，没准儿会破除我的威力。

印度恶神：好，那你就去印度斯坦吧，只要是于我等有益之事，但做无妨。"无须赘言来叮嘱，我知你乃大智者。"

黑暗：甚好，那我走了。临走之际，让您瞧瞧我的能耐。

（后台赞诵诗人的歌声和音乐声趋于完结，舞台随之变暗，大幕落下）

今日定把印度灭，
你与大王背道行，
以己之愿创光明。
现今已无庇护者，
全部力量将粉碎，

智识财富与粮食,

而今统统化尘埃。

罗摩达摩阿周那,

释迦辛格①毗耶娑,

此等英豪今不存,

何人施力予希望。

兰吉辛格②西瓦吉③,

今不复存剿蛮夷,

试为印度挣名誉,

所有国王默不语。

乌代普尔斋普尔,

雷瓦本纳等王国,

丧失独立不思考,

以己力行皆徒劳。

沦为英国治下奴,

愈发蠢笨又糊涂,

自身利益尽数忘,

印度愚蠢之翘楚。

世间国家皆发展,

于此时代弄潮头。

唯独他处暗夜中,

郁郁苦闷如此般。

心胸狭隘极怯懦,

思想不定快乐缺,

---

① 释迦辛格（शाक्यसिंह）即佛陀释迦牟尼。
② 兰吉·辛格（रंजीतसिंह）是18~19世纪西北印度国王。
③ 希瓦吉（शिवाजी）是17世纪西印度马拉塔帝国统治者。

印度惨状

沉迷果腹悖神意，
国王臣民皆如是。
彼等希望丝毫无，
智慧力量尽数失。
团结智慧与艺术，
无此三者万法空。
身驮重担腿脚绑，
自身幸福受损伤。
似若驴子不言语，
仿佛承蒙大恩惠。
利害关系鸟兽明，
彼等对此无所知。
沉浸声色忘自我，
深陷愚昧难自拔。
不听良言不行善，
彼等复有何指望，
大王亲自下指令，
即刻整装全军行。

第五幕

地点：图书馆

（一个由七位绅士组成的小委员会。主席戴着圆帽和眼镜，持手杖；还有六位文化人，其中有一个孟加拉人、一个马哈拉施特拉人、一个手拿报纸的编辑、一个诗人和两个当地知名人士）

主席:（起身）各位绅士！今天委员会讨论的主要对象是印度恶神，听说他发动了对我们的攻击。为此，你们应齐心协力想出应对办法，让我们得以抵御这即将降临的灾难。我们的主要职责是尽一切可能保卫我们的国家。希望你们都能予以赞同。

（坐下，掌声响起）

孟加拉人：（站起身）主席先生所言极是。在印度恶神给我们带来麻烦之前，想出应对措施非常必要。但问题是，我们能否对付得了一个力量在我们之上的人。为什么不能呢？毫无疑问是可以的，但需要所有人的意见达成统一。（掌声响起）看，在我们孟加拉，就有很多手段来应对这一难题，还有许多像英属印度协会联盟这样的组织。哪怕是某个小问题，我们也能聚起来制造大混乱。只有混乱才能让政府害怕，除此之外还没听说过其他的办法。不仅如此，所有的报业人员也都一起制造喧嚣，政府一定会被迫听话。可我们现在看到的是，没有一人发出声音。今天，你们这些尊贵绅士们聚在一起，是该就此想出一些法子了。

（坐下）

当地人甲：（低声地）委员会里讨论的一切仅限于此，千万别拿到外面说。

当地人乙：（低声地）怎么，老兄，难道长官大人会因为我们参加这个委员会就把我们从政府中除名吗？

编辑：（站起身）我已经做好了冒生命危险将印度恶神赶走的准备。我曾在自己的报纸上就这一问题写过评论，但在座诸位却没人愿听。如今灾难临头，你们这些人倒开始想应对措施了。好在现在还不算太糟，不管你们有什么主意，抓紧想便是。

（坐下）

诗人：（站起身）弄臣们曾告诉穆罕默德·沙[①]一个极绝妙的方

[①] 穆罕默德·沙（Muhammad Shah）是莫卧儿王朝第13位皇帝，1719~1748年在位。他是奥朗则布的曾孙，巴哈杜尔·沙一世的孙子。在他统治时期，来自波斯的纳迪尔·沙（Nader Shah）入侵并洗劫了德里，大大加快了莫卧儿帝国衰落的速度。

法摆脱敌军。他们说，不应派军队正面对抗纳迪尔·沙，而应在叶木拿河边支起帐幕，命一些人戴上手镯站在帐后。当敌军渡河来到这边，便将手伸出帐幕，边摇边说："天杀的，莫再靠近，这里都是女人"。如此一来，所有敌人都会离开。为了躲避印度恶神，为什么不采用这个办法呢？

孟加拉人：（站起身）当然，这也是一种解决之道，但倘若那些没教养的家伙不知尊重妇女而突袭帐幕的话，那……

（坐下）

编辑：（站起身）我想到另外一个办法。应该组建一支受过教育的军队——委员会大军，用报纸的武器和言论的炮弹去杀敌。你们怎么看？

（坐下）

当地人乙：但如果统治者对此感到愤怒，那该怎么办？

（坐下）

孟加拉人：统治者为何愤怒？我们从来没想过结束英国人的统治，我们不过是想自救而已。

（坐下）

马哈拉施特拉人：可我们首先必须在心中明白一点，统治者是不会与印度恶神的大队正面交锋的。

当地人乙：争论这种事情一点儿意义也没有。别再东拉西扯了，还是好好看看自己能做些什么吧。（坐下，自言自语）否则，明天又要好好挨一顿责骂。

马哈拉施特拉人：不如召集群众大会吧。明天就找人做衣服，到时都穿上咱们印度自己的服装。这是我能想到的全部办法了。

当地人乙：（故意拖长音）放着好好的羊毛衫不穿，偏要去穿汗衫，甚好，甚好。

编辑：但现在已经没有时间了，得赶紧想个办法出来。

诗人：那就考虑考虑这个办法吧——所有印度人都把传统服装脱掉，换上西裤之类的衣裳，这样印度恶神的军队打来时，就会把我们当成欧洲人而放过我们了。

当地人甲：可是，要从哪里才能弄来一副白皮肤呢？

孟加拉人：我们那儿最近上演了一出名为《拯救印度》的好戏。戏里有不少把英国人赶走的法子。恶神将至，我们为什么不采纳这些法子呢？戏里写道，五个孟加拉人就赶跑了英国人。他们中的一个用面粉堵住苏伊士运河，一个砍下竹子做成名叫"帕瓦里"的特质水枪，还有一个用这种水枪把泥水喷进英国人的眼睛里。

马哈拉施特拉人：行了，行了，净说些没用的。还是想个行之有效的办法吧。

当地人甲：（自言自语）诶！这个办法好像还没人说过，那就是所有人团结一致，一心一意发展教育，通过学习艺术，实现真正意义上的兴盛。如此一来，一切都会好起来的。

编辑：你们这样思来想去不过是徒劳，还是让我来写些文章吧，印度恶神看一眼便会落荒而逃。

诗人：我也来写些这样的诗歌。

当地人甲：事到如今，谁还有阅读和理解那些东西的修养啊？

（从后台）

（别跑，我来了）

（所有人都惊惧地向四周看去）

当地人乙：（胆战心惊地）老天爷啊，我来委员会之前就在打喷嚏。现在这是怎么了？

（躲入桌子底下）

（不忠[①]上场）

[①] 身穿警察制服。

委员会主席：（毕恭毕敬地走上前）您为何大驾光临？我们聚在一起又不是为了反对政府，我们聚在一起全都是为了国家好啊。

不忠：我看不是这样吧，你们几个就是在聚众反对政府，我要把你们抓起来。

孟加拉人：（走上前，十分气愤地）你凭什么抓人？当法律不存在是吗？我们何时说过一句反对政府的话？吓唬我们是没有用的！

不忠：我能做什么？这是政府的政策。那份叫《诗之甘霖》[①]的杂志里难道有什么反政府的内容吗？那为什么还让我们去查抄它呢？我也没办法。

当地人甲：（躲在桌子底下哭泣）没有我，没有我，我只是来看热闹的。

马哈拉施特拉人：嗐！真是一群胆小鬼，一帮懦夫。有什么可害怕的！依法行事便是。

委员会主席：你们今天凭的是哪项法律条文来抓人？

不忠：名为"英国政策"的法案中那条叫"政府意欲"的条款。

委员会主席：就凭你？

当地人乙：（哭道）哎呀！你怎么口出狂言？这下死定了。

马哈拉施特拉人：你不能抓我们，我们有手有脚。走，我们和你一起去，把话问个明白。

孟加拉人：对，走！说得没错——你不能抓我们。

委员会主席：（自言自语）我必须抛开主席身份先为自己辩护。这样一来，我就不是各种事件的领导者了。

不忠：那好，走吧。

（所有人离开）

[①]《诗之甘霖》是帕勒登杜于1867年在瓦拉纳西创办的杂志，主要发表诗歌文学，同时也常常刊登暗讽英印政府的内容，并因此受到了英印政府的打压。帕勒登杜在此处借戏剧人物之口讽刺了这件事。

190　帕勒登杜戏剧全集

（幕布落下）

第六幕

地点：密林中央

（印度倒在一棵树下，神志不清）

（印度命运入场）

印度命运：

（唱道，颉蒂高利拉格）

兄弟速速醒过来！

祛除悲伤昼与夜，

兄弟速速醒过来。

谁说白昼已消逝，

漆黑夜晚已到来。

是非利弊看不清，

以至落入敌人控。

不识自我解放道，

捶击脑袋徒懊悔。

如今所剩仍众多，

恢复神志予庇护。

否则将无何所悔，

嘴巴大张空垂涎。

（印度命运呼唤印度，只要印度一刻不醒，他便竭力呼唤下去，最后却无果而终，印度命运沮丧失落。）

嗐！印度现今是怎么了？莫非天神对他如此愤懑，以至于他曾统傲立于世的时代再也无法重现？

印度臂力估世界，

印度知识启世界。
印度荣耀遍世界，
印度威严慑世界。
他把眉毛稍紧皱，
众王畏惧瑟瑟抖。
他之胜利光明歌，
世人欢喜齐声唱。
印度光彩照世界，
印度生命育世界。
吠陀故事与历史，
印度智慧传统耀。
腓尼基人埃及人，
叙利亚人希腊人，
皆受印度之馈赠，
变身渊博大学者。
高贵头颅淌血液，
国王熠熠似火光。
此般勇武无人及，
长久屹立世界场。
何等过错你所犯，
天神愤怒如此般。
世间男女皆欢乐，
造物独让印度苦。
罗马你享大幸运，
蛮族得胜将你灭。
捣烂众多光荣柱，
拆毁城堡履誓言。

庙宇宫殿皆倾颓,
一切遗迹隐尘埃。
你之土地不留痕,
之于我心甚满意。
印度情状未曾见,
惨遭削发被践踏。
捣毁杜尔迦神庙,
彼众就地建其宅。
此皆印度之污点,
至今仍存数十万。
普拉亚格阿逾陀,
迦尸潦倒似穷人。
旃陀罗[①]般被憎恶,
灰头土脸苟于世。
帕尼帕特[②]旁遮普,
仍立于世有荣光。
无耻至极基道尔[③],
仍安居于印度内。
彼日你未履使命,
为何不遁大地中。
瓦拉纳西你为何,
玷污印度好名声。
抛弃一切痛苦逃,
而今居于幸福地。

---

① 旃陀罗(चंडाल)属印度教不可接触群体,专事狱卒、屠宰、渔猎等职,受人歧视和压迫。
② 帕尼帕特(पानीपत)位于德里以北约50英里,是印度历史上的著名古战场。
③ 基道尔(चित्तौड़)位于今西印度拉贾斯坦邦,是中世纪时抗击穆斯林的重镇。

印度惨状

圣地之王阿格拉，
抛弃尊严你幸免。
罪人名色拉朱①者，
今仍流经阿逾陀。
恒河叶木拿岂枯，
且以急浪尽奔流。
洗刷污秽聚集地，
顷没迦尸马图拉。
兴都库什卡瑙季，
鸯伽国与孟加拉，
为何不用湍急浪，
尽数将其吞噬光。
明早淹没印度地，
我心之痛得抹除。
海洋兄弟你骇人，
汇聚浪涛力至极。
淹没诸多山与林，
却将印度福祉忘。
兄弟何不掀激流，
速让印度沉水底。
喜马拉雅文底耶，
围之隐之水汇集。
冲刷印度耻与罪，
印度大地污点除。
唉！这里的人们曾世世代代闻名于世——

---

① 色拉朱（सरजू）是阿逾陀附近的一条河。

曾几何时所有人，
孔武有力持宝剑。
彼时所有世间者，
东奔西跑求救援。
掀翻世界怒气盛，
战胜寰宇行政事。
睹其雄威世人颤，
我之所爱今为奴。
黑天族用美妙音，
吟唱不死吠陀歌。
沃林达①之众男女，
聆听妙音皆陶醉。
耳闻彼之竹笛声，
世间众生享滋味。
彼之美德慰众人，
族出那罗陀②丹森③。
彼之愤怒生光明，
地空两界均战栗。
彼之恫吓声恐怖，
闻之四方群山抖。
手握短刀作战时，
世界于彼如秸秆。
战场听罢彼军乐，
何人内心不畏惧。

---

① 沃林达（वृंद）是黑天童年生活的地方，位于今印度北方邦马图拉一带。
② 那罗陀（नारद）是印度神话中的重要仙人，乃神与人的中介，善诅咒。
③ 丹森（तानसेन）是阿克巴大帝时期著名的宫廷乐师。

宝石芒果与棉花，

皆于此地得盛产。

此处雪峰恒河水，

诗篇颂歌有光彩。

贾巴利① 与阇弥尼②

波颠阇利③ 与揭瞿④，

复有苏迦提婆⑤仙，

皆乃印度怀中贤。

黑天牟尼毗耶娑，

印度歌耀印度颜。

苏多⑥ 敝衣⑦ 迦毗罗⑧，

释迦辛格修行者，

摩奴婆利古⑨ 等众，

生于印度世无恨。

因诗昂首立于世，

君王渴望政力法。

罗摩毗耶娑族嗣，

我之印度彼德形。

彼族血脉彼信仰，

彼欲彼心彼乐趣。

亿万圣贤功德魂，

---

① 贾巴利（जाबालि），罗摩衍那中的一位智者，十车王的谋士。
② 阇弥尼（जैमिनि），印度教六派哲学中弥漫差派的创始人。
③ 波颠阇利（पातंजलि），古印度哲学家，相传为《瑜伽经》的作者。
④ 揭瞿（गर्ग），古印度仙人。
⑤ 苏迦提婆（सुकदेव），古印度仙人，相传为毗耶娑之子。
⑥ 苏多（सूत），古印度宫廷歌手，集体名词，据说是史诗《摩诃婆罗多》的初创者。
⑦ 敝衣（दुर्वासा），古印度仙人。
⑧ 迦毗罗（कपिल），印度教六派哲学中数论派的创始人。
⑨ 婆利古（भृगु），古印度仙人。

亿万智者如太阳。

亿万学士妙诗人，

此地芸芸似烟尘。

印度今日之惨状，

无人思得破解法。

（尝试了很多办法试图把印度转过来扶起，但都无果而终）

啊！印度被昏迷笼罩，毫无醒来的希望。诚然，谁能叫醒一个存心睡觉的人呢？神啊！瞧瞧你非比寻常的功行。昨天统治国家，今天却要靠赊账缝补鞋子。昨天骑着大象，而今却赤脚踩着尘土在林间游荡。昨天家中儿女的喧嚣声震耳欲聋，而今已无继承家业的子嗣。昨天家中满是粮食、钱财、子嗣、吉祥，而今你连个点灯人都没留下。啊！曾经的印度，毗耶娑、蚁垤、迦梨陀娑、波你尼、释迦辛格、波那等诗人的名字，至今仍响彻世界之巅，而今却是这副惨状！曾经印度的国王旃陀罗笈多、阿育王，其统治连罗马、俄罗斯都认可，而今却是这副惨状！曾经的印度有罗摩、坚战、那罗、赫利谢金德尔、兰提提婆、尸毗等圣行之人，而今却是这副惨状！喂，起来啊，印度兄弟！瞧，智慧的太阳已从西方升起而来。现在不是睡觉的时候。在英国统治下都不醒，要等到什么时候才醒？愚人的骇人统治的日子已经过去。现在的国王意识到了人权，有关知识的讨论四处传播，所有人都获得了谈论一切的权利。国内外的崭新知识和技术纷至沓来。而你却还保留着那些淳朴的话语、大麻丸、乡村音乐、童婚习俗、鬼魂崇拜、占星算命、苟且偷安、夸夸其谈等这些毁灭性的行为！唉，如今的印度还是这副惨状！难道现在只能将其推向火葬场了吗？印度兄弟！起来，看啊，现在痛苦已经无法再忍受。你到底要昏迷到什么时辰？起来，看啊，你的子民已经消亡。所有人分崩离析，正在忍受地狱之苦，即便这样，你都不愿醒来。唉，这光景我已不忍再看。亲爱的兄弟，快起来！（一边呼唤一边切脉）嗬，烧得这么厉害！无论如何也醒不来了。印度啊，你怎么落到这般田地！啊，仁慈无涯的大神，看看这里吧！拉杰斯瓦莉女神啊，握住他的手吧！（哭着）这时候竟没有一个人施以援手。那我活着还能做什么？我的挚友印度已是此番光景，我又无法帮他获得自由，那我的生命里也有诅咒。既然我与印度的关系已如此之近，目睹他的处境还要活下去，那我岂非忘恩负义之人。（哭道）造物主啊，你非要这么做吗？（惊恐地）嗤！为何如此软弱？这时候了还这么惊慌失措。够了，冷静！（从腰间取出匕首）印度兄弟，我不再欠你的了。我既不能履行英雄的正法，那就用这种懦弱的方式来偿命吧。（抬起手）洞察一切的至上之主啊，愿我生生世世都能遇到印度这样的朋友，居住在恒河、叶木拿河畔。

（亲吻印度的脸颊，拥抱他）

兄弟，再会，我就此别过了。你为什么不挥挥手？我难道如此可恶，以至于陪伴一生此刻诀别，你都不想再见见我。我就是这么不幸，要这不幸的生命又有何用？拿去吧！

（用匕首刺入胸口，随即幕布落下）

印度母亲

（舞台监督[1]上场）

（佩拉夫[2]、独拍[3]）

舞台监督：世界之主请唤醒万物，展示你那吉祥的面目。

把你的子民悉数唤醒，就从他们的沉睡之处。

现在不醒便一事无成，心慵意懒将在此常驻。

印度之神，大地正在沉没，快把那尊严重树。

这部《印度母亲》的目的是展现印度大地和印度子女的凄惨境况。在今天观看这部戏的、血管中流淌着雅利安血液的观众当中，如果有一位能够为印度的发展付出哪怕只有短短一天的努力，那我们的辛苦便没有白费。

（下场）

地点：满目疮痍的废墟

---

[1] 在印度的戏剧传统中，舞台监督（सूत्रधार）是一个重要的角色。他通常在戏剧的开头、结尾处出现，标志着整场戏剧的开始和结束。除此之外，舞台监督还负责演员安排和剧情编排等工作，在维持演员、观众和戏剧之间的联系方面发挥着重要作用。

[2] 佩拉夫（भैरव），印度拉格（राग）的一种，通常在凌晨4~7点演唱。

[3] 独拍（इकताल），印度塔拉（ताल）的一种，是一个可以以多种节奏演奏的节拍。

（印度母亲穿着肮脏的纱丽坐在一座破败寺庙的庭院当中，披头散发，昏昏欲睡。印度子女在四下各处沉睡着。月光惨白，萨拉斯瓦蒂女神[1]上场）

萨拉斯瓦蒂女神：（唱着歌）

（图姆里[2]）

母亲啊，你为何灰头土脸，内心忧愁沮丧，
为何离开家庭、摘下首饰，坐在荒野之上。
那从前脸上的光辉与荣耀究竟遗落在何处，
以往的力量、智慧与热忱今日已不再显现。
宫殿在何处消失，圣洁的寺庙在何处毁损，
灿烂与荣光在何处黯淡，辉煌在何处隐遁。
你的面庞曾经愉悦而光辉，头发闪耀光芒，
但往日如谷物一般的金黄今日却黯淡无光。
看到你那披散的头发沾满灰尘，我心颤动，
每日在华盖下摇着拂尘的身影已无影无踪。
"吠陀""次吠陀""往世书"等经书[3]散落，
怎样的远见卓识才能将你的荣耀唤醒重铸，
现如今你形单影只、伤心失望、哭泣悲伤，
为何坐在此，为何智慧美德知识都已消亡？

（走到印度母亲身边，叫了好几次，试图叫醒她）

（帕拉杰和卡林戈拉拉格[4]）

---

① 萨拉斯瓦蒂（सरस्वती），又称辩才天女或妙音天女，是印度神话中梵天的妻子，代表着知识与智慧。

② 图姆里（ठुमरी），印度音乐中一种轻古典音乐流派，起源于19世纪印度北方邦。该流派的歌词以民间故事或古典诗歌为主，常用来歌颂黑天与罗陀的爱情故事。图姆里的歌曲通常旋律优雅，具有虔诚、抒情的风格。

③ 次吠陀（उपवेद），是由四部吠陀衍生出的分支典籍，包括《医方明》（आयुर्वेद）、《射方明》（धनुर्वेद）、《音乐明》（गंधर्ववेद）和《建筑明》（स्थापत्यवेद）等。

④ 帕拉杰（परज）和卡林戈拉（कलिंगडा）都是印度拉格，通常在晚上10点后到凌晨演奏。

母亲啊！你为何迟迟不开口讲话，
听不到你甘露般的声音我心牵挂。
你没有犯下过错却为何闷闷不乐，
为什么你的双眼始终没有睁开过。
你听不到我的恳求，也不再思考，
为何沉默不语？快醒来吧沉睡者。
张开金口，说奉献祷告的话语吧，
白天该做的祭祀为何要晚上再做？
现在要和你分别，再见阻碍重重；
母亲请加快脚步，把那胜利收获。

（萨拉斯瓦蒂一边唱着最后一韵，一边哭着离去）

（杜尔迦女神[①]上场，红色的月光洒下）

（沃森德[②]拉格）

杜尔迦女神：印度母亲啊，为何心忧伤。

　　　　　　独自坐于此，无人在身旁。

　　　　　　是否也看到，这季节之光，

　　　　　　娇嫩的花儿，美丽而鲜亮。

　　　　　　田中的稻谷，饱满而成熟，

　　　　　　摘下放入口，香甜滋味足。

　　　　　　季节不停转，神明在注目。

　　　　　　世上的智者，将知识传述。

　　　　　　冬天已过去，让人心欢愉，

　　　　　　众人喜相逢，歌唱春之曲。

[①] 杜尔迦女神（दुर्गा），印度教萨克蒂教派信奉的主神，被视为邪恶的摧毁者和信徒的保护神。印度每年都会举办声势浩大的杜尔迦祭（दुर्गा पूजा）来对表达对杜尔迦女神的崇拜和敬意。

[②] 沃森德（वसंत），印度拉格的一种，较为欢快和喜悦，通常在春天，尤其是洒红节（होली）时演唱。

印度母亲　　201

藏红之大地，天空之边隅，

二者相连结，亦有无穷趣。

（印度母亲）

（洒红节[①]）

印度庆祝洒红节啊。

幸运的不幸的人们，都聚在一起热闹啊，

姑娘们都暗下决心，要在这节日夺魁啊。

女伴们喧闹不停啊。

五彩粉末漫天飞舞，填满人们的视线啊，

水枪装满悲苦之泪，将每个人都打湿啊。

把土地也变松软啊。

落叶的季节已过去，春天刚刚露了头啊，

曾经耷拉着脸的人，现在也已笑开怀啊。

冬天已经结束了啊。

不被注意的芒果花，就快要结出芒果啊，

杜鹃鸟"咕咕"叫不停，带来了漆黑一片啊。

伸手却不见五指啊。

幸运不幸的失败者，见到胜利心欢喜啊，

幸福、财富和智慧，都带到节日里来啊。

什么都不要剩下啊。

唱起欢快的跳舞曲，别再想那异教徒啊，

愚蠢吝啬又信异教，学也只上了一半啊。

常常一问三不知啊。

快起来啊快起来吧，别沉浸在失败中啊，

罗摩坚战的那勇气，你们也快拿出来啊。

[①] 洒红节（holi），印度规模最大也最热闹的节日之一，在该节日期间，人们会相互泼洒颜料，迎接春天的到来。

　　　　　　　　　　把那忧伤都赶走啊。
刹帝利们都去哪了，男子气概已不见啊，
戴上手镯装模作样，哎呀哎呀叹不停啊。
　　　　　　　　　　矫揉造作是为何啊。
啐上一口那些父母，养出你们这懦夫啊，
啐上一口那些主妇，生出你们成耻辱啊。
　　　　　　　　　　一出生就该死掉啊。
吃饭喝水读书写字，一窍不通是常态啊，
别再这样懒散下去，做真理的坚持者啊。
　　　　　　　　　　时间所剩无几了啊。
快起来吧下决心吧，把武器都磨锋利啊，
把那胜利之鼓敲响，迈开大步向前进啊。
　　　　　　　　　　绘出美丽的色彩啊。
怠惰只会一事无成，一切都会被毁掉啊，
德才兼备的国王们，徒留虚名无踪影啊。
　　　　　　　　　　把他们全都忘掉啊。
杜鹃不停说着办法，失败者却听不见啊，
饱读诗书的那些人，归于黄土无处寻啊。
　　　　　　　　　　终究是一事难成啊。
已玩乐了这四十天，还是没有玩尽兴啊，
用各色的泥泞颜料，将一切都涂上色啊。
　　　　　　　　　　没有限制与约束啊。
早晨戴的手钏手镯，把它们都摔粉碎啊，
拂晓便让思想坚定，昂首阔步向前走啊。
　　　　　　　　　　洒红节乐趣无穷啊。
胆小鬼们当了逃兵，揪住他们的耳朵啊，
从此消灭卑鄙无耻，在紫红色中浸润啊。

印度母亲

        涂上美丽的颜色啊。
一轮满月升上天空，狂欢从此刻开始啊，
粉罐水枪俯仰皆是，红粉在处处飞舞啊。
        铃鼓演奏着拉格啊。
人人都把洒红节庆，眼含热泪祭拜神啊，
人人拿出家中木柴①，唱响动人心弦曲啊。
        欢快舞蹈跳不停啊。
智慧财富力量勇气，英雄品质皆如此啊，
这日焚毁一切仇恨，举行美妙的祭祀啊。
        所有人都在玩乐啊。
洒红节后的第二天，熊熊烈火已熄灭啊，
那些焚为灰烬之物，都已只剩烟与尘啊。
        耶木肯特②是其名啊。
一切都已焚烧殆尽，如今印度手空空啊，
泪流不止的女士们，现在把加耶迪③唱啊。
        洒红节多么美好啊。④

（哭泣着用手托起印度母亲的下巴）

（加耶迪拉格）

现在我要去往他乡，生活在此困难重重，罗摩啊。
无人开口对我说话，无人愿意予我尊重，罗摩啊。
梦中不见金色孔雀，无法将它拥入怀中，罗摩啊。

---

 ① 在庆祝洒红节时，人们会各自从家中拿出木柴堆成堆，随后在晚上生起篝火，念诵咒语并以此祈福。
 ② 耶木肯特（यमकंट），印度一种邪恶的瑜伽，在其中没有任何的善行或善举。
 ③ 加耶迪（चैती），印度民歌的一种形式，主要流行于北方邦，通常在印历一月，尤其是洒红节期间演唱。由于印历一月是罗摩出生的月份，所以加耶迪的每一句也通常以"罗摩啊"（रामा）结尾。
 ④ 这首诗的6~9节、15~16节、17节以及19节中的其中一些在发表的不同版本中存在着不同的删减情况。——原文注

人们已经不再思考，他们早已陷入疯狂，罗摩啊。

子民失去我的庇护，陷入痛苦不断死去，罗摩啊。

我哭泣着去往他乡，再也不会回到此处，罗摩啊。

得不到子民的敬爱，我哭泣着去往他乡，罗摩啊。

（杜尔迦女神哭泣着将手中的剑折成了两半，随后离去）

（拉克希米女神①上场，月光洒下）

（索尔塔②拉格）

拉克希米女神：

唉哟印度母亲啊印度母亲，你的面庞上全都是尘土哟。

日日夜夜都在不停地流泪，你的眼神看起来十分痛苦。

我看着你那月盘般的面容，心中的苦海不断积蓄奔腾。

今日看到你脸庞上的苦楚，我心仿佛要裂成碎片无数。

（马尔哈尔③拉格）

请听印度人民之歌：

没有一人意识清醒，都喝醉了把眼睛合。

云朵哭泣降下大雨，于他而言灾难已至，

蠢笨之人却不警觉，仍如往常愚钝少智。

浓密黑暗四下弥漫，铺天盖地遮其形骸，

不知羞耻没有友爱，听我呼唤不愿醒来。

对待他们再无办法，我的心意如今改变，

抛弃他们让其沉睡，我独去往大洋彼岸。

（拉克希米女神一边唱着最后一韵，一边哭泣着离去）

---

① 拉克希米女神（लक्ष्मी），又称吉祥天女，是印度神话体系中毗湿奴神的妻子，代表着幸运与财富。

② 索尔塔（सोरठा），印度拉格的一种，在锡克教传统中使用较多，通常有着传达信念的效果。

③ 马尔哈尔（मल्हार），是印度拉格的一种。据印度传说，马尔哈尔与降雨有关，一旦唱起马尔哈尔，就会天降大雨。

印度母亲

印度母亲：(睁开眼睛)哎呀，发生什么事了？拉克希米女神已经走了吗？啊！我是何等的罪人啊，女神来到眼前我却视而不见，我却认不出她！（思考着）不，不，女神还没走，她刚刚还在对我说着些什么。她批评了我许多，也给了我很多启示，但是她为什么还是边哭边念叨着离开了呢？她说了什么？（思考片刻）"我要去大洋彼岸"。哎！（哭了起来）没有了拉克希米女神，我，还有我孩子又会变成什么样子？（思考片刻）要把孩子们叫醒吗？要把所有的情况都告诉他们吗？不，不，还是不叫了，他们已经沉睡了很久，让他们继续睡下去吧。（思考片刻）不对，不对，也许他们根本不是在睡觉。无知的黑暗已经降临，他们可能因此陷入了混沌，所以才紧闭双眼，变成了这个样子。哎呀！我的孩子们因为无水无食，已经像饥渴难耐的蛇一样发出深深的喘息了。哎呀，我是何等的罪人，何等地残忍狠心，竟眼睁睁地看着自己的孩子变成这样！哎，创世主！为什么不让我死去！即使在梦里，一个母亲也不会如此铁石心肠。我知道了，因为还有事情没有做完，所以神才没有结束我的生命。（擦了擦眼泪，抓住一个孩子的手）孩子，起来吧，这样睡下去只会一事无成。现在不是以前了，之前的日子已经过去，快快起来吧，咱们齐心协力、心智清明地想想办法，结束这场灾难！再让这场疾病蔓延下去，我们便是日暮穷途了。（拉起一个孩子，另一个随之睡倒；拉起另一个，前一个又倒下去。印度母亲就这样将所有孩子拉起一遍，可最终，他们还是像之前一样沉睡过去。）哎呀，这是怎么回事？他们这是什么情况？孩子们！你们这是怎么了啊？这么多年以来我都在沉思，却没有注意到，你们怎么叫都叫不醒了。（思考了一会）啊，我知道了。现在还没到他们清醒的时间，所以再怎么努力都没有用。这不，拉起一个，睡下一个；拉起这个，又倒下那个。可尽管绝望，又怎能放任他们这样下去呢？有没有能够叫醒他们的办法呢？好吧，我再试一次。

地王和杰耶金德的战斗招致穆斯林侵犯屠杀[①]，

帖木儿等诸多外族统治者草菅人命杀人如麻。

阿拉乌丁[②]、奥朗则布[③]沆瀣一气毁灭掉正法，

将那难以忍受的穆罕默德教义在这大地传达。

你们这些沉睡的孩子，那时没有办法能叫醒，

现在啊维多利亚女王，请唤醒被遗弃的子民。

供奉湿婆克里希那的庙宇曾矗立于索姆纳特[④]，

如今阿克巴在那里建起的清真寺将安拉拜膜。

曾是久西[⑤]乌贾因[⑥]阿瓦德[⑦]卡瑙杰[⑧]所在之处，

如今却无人领导统治，目及之处皆废墟荒芜。

曾经遍布财富智慧的土地，如今却停滞不前，

无助的命运不断落下，英勇的人请别再长眠。

孩子甲：（揉了揉眼睛）妈妈，为什么喊我？

孩子乙：我睡得正沉正香，为什么无缘无故地喊我起来？

孩子丙：让我们继续睡吧，妈妈，我们好困。为什么平白无故

[①] 该典故出自印度经典《地王颂》（पृत्वीराज रसो）。故事梗概如下：地王（पृत्वीराज）是印度德里地区的统治者，杰耶金德（जयचंद）是卡瑙杰（कन्नौज）的国王。为了争夺杰耶金德的女儿，地王向杰耶金德发起战争，并最终将杰耶金德的女儿带回了德里。在此之后，地王开始沉迷女色、不理朝政，直至受到穆斯林军队的侵略，他才重整旗鼓，与穆斯林展开了战斗。地王一时战败、被刺瞎了双眼，但是，他最终还是用计杀死了穆斯林军队的统帅。但不久后，地王陷入国家内斗被杀。

[②] 阿拉乌丁·卡尔基（अलाउद्दीन खिलजी，1296~1316年），德里苏丹卡尔基王朝的第二位统治者，征服了印度中北部的许多印度教王国。与此同时，他也是印度经典《莲花公主传奇》（पद्मावत）中的反派人物。

[③] 奥朗则布（औरंगज़ेब，1618~1707年），莫卧儿王朝的第六任统治者，在任期间采取了一系列打击印度本土宗教、宣扬伊斯兰教的措施，引起了印度本土宗教信徒的不满和反叛。

[④] 索姆纳特（सोमनाथ）位于印度古吉拉特邦，当地有一座著名的湿婆神庙。随着穆斯林进入印度，这座神庙经历了数次的拆毁和重建，也因此被视为印度教兴衰历史的象征。

[⑤] 久西（हुसी），位于印度北方邦恒河北岸，印度教的圣地之一。

[⑥] 乌贾因（उज्जैन），位于印度中央邦，印度历史文化名城。

[⑦] 阿瓦德（अवध）地区现位于北方邦，古称乔萨罗（कोसल），是史诗《罗摩衍那》中罗摩统治的国家所在的区域。

[⑧] 卡瑙杰（कन्नौज），印度历史文化名城，中国古书中称之为曲女城。

地扰人清静？

印度母亲：孩子们！你们要这样无精打采到何时？现在可不是睡觉的时候。把眼睛睁开，好好看看这片土地的境况吧。你们不知道你们周围正在发生着什么，认真看看你们身处何种境地吧，看看这里发生过什么、经历过什么。仔细用心想一想，睁开眼睛看一看你们这无依无靠、肝肠寸断、命途多舛的母亲的悲惨状况吧。孩子们哪，我的财富、首饰、衣服等等一切都被那些暴徒强盗掳走了。现在的我无根无基、飘摇不定，连一点发油都求之不得。这身打满了补丁的破烂衣裳，我究竟要穿到什么时候！要不是英国人来做主，我也许根本活不到今日今时。孩子们，你们都起来吧，把你们这悲伤的母亲从锥心的痛苦中解救出来吧。

孩子甲：妈妈，那我们应该做些什么呢？

孩子乙：我们怎样才能驱除妈妈的忧愁呢？

孩子丙：妈妈，你在对谁说话呢！我们现在已经不再是人，而是懒惰的化身了。如今的我们，被无知的黑暗笼罩，身处深井之底、恶魔环绕之中，我们还做什么呢？

印度母亲：哎呀，哎呀！难道我的孩子们真的已经沦落到什么都做不了了的地步了吗？天哪，在我的这副躯体里，从前曾出现过多么伟大之人，他们的美名与芬芳，让整片大地都变得馥郁馨香。在我这副躯体的土洼里，曾生长出多么美妙的如意神树[①]，纵使十个方向也不够它那吉祥的树枝生长。在我的这副躯体里，曾养育过多么可爱的人们，他们的名字全世界都带着敬意听闻，他们用自己强大的力量，使我在全世界的国家中一枝独秀，卓绝群伦！

[①] 如意神树（कल्पतरु），印度神话中搅乳海所得物之一。

阇婆厘[①]、阇弥尼[②]、揭瞿[③]、波颠阇利[④]和苏迦提婆[⑤]，

已不记得何时曾有这样的智者存于我身。

我的身体里曾生活着克里希那和毗耶娑[⑥]，

他们曾把这里的光辉荣耀唱成胜利之歌。

我的身体里曾出现迦毗罗[⑦]、苏多[⑧]、敝衣仙人[⑨]，

也曾有过释迦族的圣人[⑩]在这里苦行修身。

我的身体里还有摩奴[⑪]、婆利古[⑫]等圣人先贤，

全世界的人民无不将这些伟人尊敬纪念。

正是在当初的那片印度大地上，如今却是无知愚昧在不断扩散，没有人能够阻止。曾几何时，这片土地上的女性都学识渊博、勇气十足、受人尊敬、慷慨激昂，并以此闻名于世，为人熟知。然而，就在这同一片土地上，如今的人们却游手好闲、无所事事，仅为一点蝇头小利或一个工作机会便洋洋得意，忘乎所以。"勤奋努力"是哪一种鸟儿的名字？他们即便到了梦里恐怕也不会知道。

哎呀！那名扬四海的时代的子孙都去哪里了？现在没有人呼喊我这不幸的、痛苦的母亲，难道连他们的魂灵也已不在此处了吗？

---

① 阇婆厘（जाबालि），印度仙人、哲学家，是《罗摩衍那》中十车王宫廷中的婆罗门之一。他的事迹还出现在"往世书"和"奥义书"中。
② 阇弥尼（जैमिनि），据传是毗耶娑仙人的弟子，从毗耶娑仙人处学习了《罗摩衍那》。同时，他也是传说中印度哲学弥漫差派的创始人。
③ 揭瞿（गर्ग），雅度族的祭司，曾主持黑天和大力罗摩的命名仪式。
④ 波颠阇利（पतञ्जलि），印度作家、哲学家，据传是《瑜伽经》以及其他许多梵语文献的作者。
⑤ 苏迦提婆（शुकदेव），印度仙人，传说中《摩诃婆罗多》的作者毗耶娑仙人之子。
⑥ 毗耶娑（व्यास），印度仙人，相传是印度史诗《摩诃婆罗多》的作者。
⑦ 迦毗罗（कपिल），传说中印度哲学数论派的创始人。
⑧ 苏多（सूत），种姓名称，为婆罗门妇女和刹帝利男子所生，一般从事驾驭战车等工作。
⑨ 敝衣仙人（दुर्वास），印度仙人，传闻他法力高强且易怒，曾出现在《沙恭达罗》《摩诃婆罗多》等多部印度经典中。
⑩ 释迦族的圣人（शाक्य सिंह），在这里指佛陀乔达摩·悉达多。
⑪ 摩奴（मनु），印度神话中人类的始祖，同时也是《摩奴法论》的作者。
⑫ 婆利古（भृगु），古印度神话中的七大仙人之一，梵天之子，生主之一。

大步①、博杰、罗摩、伯力②、迦尔纳、坚战都已消失,
旃陀罗笈多、考底利耶等不知在何处隐遁无踪。
刹帝利战士们在何时何地消失不见、堕落不止?
古时以骁勇善战而闻名的国家今天已不存于世。
堡垒军令财富力量都去了哪里,如今只剩烟尘,
快醒来吧我那不可战胜的孩子,守护一国之人!

孩子甲:妈妈,我好饿。

孩子乙:我饿的肚子好痛。

孩子丙:妈妈,给点吃的吧。

印度母亲:(独白)可你们十分强壮。对你们而言,没有什么做不到的事情,你们分明无所不能。我不相信你们的话。(对所有人)孩子们,我还有什么可以给你们吃的东西啊?

所有孩子:妈妈,给我们牛奶吧,我们要喝牛奶。

印度母亲:孩子们啊!你们的母亲手里哪里还有牛奶给你们喝啊。孩子们,你们为什么还要这要那的?现在我的身体里连血液都不剩了,穆斯林们早就把一切都吮吸殆尽。孩子们,你们要这样躺倒到什么时候?看一看自己的未竟之事,即刻就开始努力吧。

孩子甲:妈妈,那我们应该做些什么呢?怎样才能把这咕咕叫的肚子填饱,好让自己的灵魂得到满足呢?

孩子乙:妈妈!我们倒是想要加入军队,代表女王向那些敌人宣战,然后以此来养活自己。可是,我们做不到啊。

印度母亲:孩子们,你们在说些什么?哎呀,我是多么铁石心肠啊,即便听到我的孩子们这么说,也依然恬不知耻、沾沾自喜地活到了今天。但是现如今,这种锥心痛苦我却再也无法忍受了。(深

---

① 大步(विक्रम),印度教主神毗湿奴的一个称号。
② 伯力(बलि),印度教神话中的阿修罗王,曾通过修苦行获得巨大的力量,战胜了因陀罗等诸神,控制了三界,最终被毗湿奴化身侏儒击败。

呼吸）孩子们，你们现在可以做什么？你们手中现在还有什么呢？你们现在只能去找一找那名震四海的、莲花般美丽的、英雄般光辉的、让各国都俯首称臣的、心灵纯洁的、皮肤温润的、予人欢愉的、矜贫恤独的雅利安女主人，那万王之王——伟大的维多利亚女王了！跪倒在她的莲花足下，向她陈述你们的痛苦吧。她是那样的矜贫救厄、悲天悯人，她是如此善于为民解忧、纾解民困。她只消用同情的目光向你们投去温柔的一瞥，就可以像投山仙人①一样，将你们的忧愁之海顷刻吸干。

孩子甲：妈妈，我们呼唤过她很多次了。我们一直扯着嗓子呼救，把嗓子都喊哑了。但我们的哭泣声还是没能传到大洋彼岸女王陛下的耳中。可是妈妈，这哪里是女王陛下的错？错的不过是我们的命运罢了。女王陛下如果能够听到我们的呼救，一定会出于她那怜悯的天性为我们做些什么。

印度母亲：孩子们，那你们还能做什么呢？你们的生活本就如此。唉，造物主啊！我的命运为何如此悲惨？身为母亲，却只能眼睁睁地看着自己的子女陷入这般境地。哎，我的眼睛为什么不就此瞎掉！可这一切又怎会是造物主的错？这一切都是我的命运的错啊！（独白）曾几何时，我曾用手臂把自己这些赫赫有名的孩子抱在怀中亲吻，那时的我骄傲得几近疯狂。我曾以为自己愉悦而优雅，将自己视为光辉家族的荣耀、尘世虔诚的信徒、点在额头的吉祥志、新娘头顶的首饰、璀璨夺目的珍珠，我也曾无比欣赏自己的命运。可现在，天神已经让我那过去的荣耀变得渺小难觅。经书的作者曾写道，罪行或美德结出的果到了天堂中才能尝到，可这是错误的。在我看来，我犯下的罪行在这一世、这个世界中便已结出了恶果。（对所有人）孩子们，你们就照我说的，再用最大的声音，竭尽全力

---

① 投山仙人（अगस्त्य），印度神话中最具威力的仙人之一。传说他曾喝光整个大海的水，帮助众天神消灭了躲藏在海底的阿修罗。

地呼唤一次那慈悲善良的女王陛下吧。只要她愿意，她就一定能听到，也一定会全神贯注地听完我们的倾诉，帮助我们驱散所有的忧愁与悲哀的。

孩子甲：好，那我们就再呼喊一次吧。造物主送我们来到这世界，似乎只是为了让我们哭泣，这一点又有谁可以否认？（高声地）那圣途的保护神、居于伦敦的人、万王的王者、英格兰之神，我的维多利亚母亲！母亲啊！您的这些印度子女正在向您虔诚地祈祷，请您大发慈悲，用您那温柔的目光看一眼这些无依无靠的印度儿女吧。母亲啊！我们听说您宽仁慈悲，极具恻隐之心。就请您乔装打扮、微服私访，来这城中转一转，驱散我们这些困苦之人的痛苦吧。如果您能用您那充满怜悯的眼睛的一角瞥上我们一眼，那我们的苦难与悲伤将会须臾间消失不见，到时我们的幸福和您的慷慨将填满整条经度线。不要再等待了，母亲啊！请立刻施予这些印度儿女怜悯吧。我们正被病痛折磨得苦不堪言，除了您还有谁有力量将这病痛消灭！

（一位绅士上场）

绅士：（咆哮着）啊呀，你们这些居心不良的人！道德败坏的家伙！我们为你们打开知识之眼，是让你们做这个的吗！啊呀，无耻之徒！卖国贼！你们这样叫嚷着呼喊女王，难道一点都不害怕吗？呼！早知道会这样，我们就应该教你们读写。好了，从现在起给我闭嘴！要是再敢吵闹，你们就要当心了！

孩子甲：妈妈，还要我们继续喊吗？

孩子乙：妈妈，要是这样的话，我们还是什么都别说了。

印度母亲：（哭泣）神啊，你在哪里啊！我的孩子们现在甚至都不敢叫喊和哭泣了。

（第二位绅士上场）

绅士二：哎呀，你这个英格兰之耻，离这儿远点！

（将第一位绅士赶走）

绅士二：（来到印度母亲身边）母亲！请别再哭了！看到你如此痛苦的样子，就算是石头也要被融化了。看到你那一串串流淌不停的泪珠，还有谁能那么铁石心肠、不为所动呢？看到你那随风飘扬的、散乱的长发，看到你那瘦弱的鬓角，看到你那曼妙不再、不加装饰的单薄的身躯，又有谁不会沉浸在痛苦的海洋中呢？在这方面，是会有一些人让你徒增烦恼。但是母亲啊！这种人是不会出现在英国的。在这个国家，很少会有人看到你掉泪自己却不掉泪的。这里的人善良、公平、公正、友爱举世闻名。母亲啊，这里是会有一些不开化的野人，但是他们只是九牛一毛，也是我们族人的耻辱。母亲！我们的女王陛下有着无可比拟的同情之心和怜悯之情。她为了自己最亲爱的子民们的幸福甚至可以献出生命，更不用说做其他事情。她的美德无穷无尽、恒河沙数。像她这样品行高尚、德才无双、忠贞不贰、信仰虔诚的女子能够降生于世，简直是千载难逢、空谷足音。她一心一意地对待人民，在这方面甚至比罗摩神还要投入。母亲！不要再痛苦了！你这悲伤的长夜即将结束，幸福的太阳马上会让你那未绽放的莲花般的面庞喜笑颜开。母亲啊！你还没有听说过格莱斯顿[1]、佛瑟特[2]、孟尼尔·威廉士[3]等伟大人物的名字！他们为了消除这些不幸的印度子女的痛苦，投入了自己的全部身心，夜以继日地不断努力着。（对着印度子女）我的兄弟们！的确，你们目前身处绝境。一直以来，你们遭遇了许多不幸，承受着巨大的痛苦。但是兄弟们，在这方面，一个人又能做什么呢？这一切都是至高神造物主在管理啊。去呼喊造物主吧，他是这个世界的守护者，也是

---

[1] 威廉·尤尔特·格莱斯顿（William Ewart Gladstone，1809~1898年），曾四次出任英国首相。

[2] 亨利·佛瑟特（Henry Fawcett，1833~1884年），英国学者、政治家和经济学家。

[3] 孟尼尔·威廉士（Monier-Williams，1819~1899年），英国牛津大学教授，杰出的梵文学者和语言学家。

所有痛苦之人的保护神。让至高之主将你们从这张灾祸之网中解救出来吧。

（第二位绅士离开）

（忍耐登场）

忍耐：母亲，你为何哭泣？请保持忍耐，赶走哀愁吧。看哪，我，忍耐，正在安慰你。可是，尽管我是忍耐本身，尽管我是为了给予灾祸时代的人们以耐心而生，但看到你们这般悲惨的境况，我的耐心却先耗尽了，我再也无法保持耐心了。我要怎么做才能消解你们的痛苦呢？（对孩子们）嘿，兄弟们，现在快快起来，尽力地平息母亲的痛苦吧。警惕起来，将傲慢、贪婪、耻辱、孤芳自赏、怨天尤人都统统抛弃吧。开始忍耐吧，每个人都要保持忍耐。兄弟们，你们的愿望定会实现。保持耐心吧，要保持耐心啊！

（忍耐下场）

印度母亲：嘿，我亲爱的孩子们！现在快起来，将忍耐那保持热情、同心协力的劝诫①牢记心中，然后全身心地投入到为这个世界驱散痛苦的事业中吧。一直以来我都逆来顺受，强忍着已经发生过的一切到了今天。现在，就请你们想想办法，让我的痛苦别再蔓延。（双手合十）至高之主啊！你无所不能。对你而言，天底下没有办不到的事情。现在，就请你施予我这女子怜悯，驱散我的痛苦，接受我的祈求吧——

请不断赐予我的孩子们无穷的美德、知识和力量，
请再次用智慧的光芒将人心中那无知的黑暗点亮。
如果有朝一日，仇恨妒忌背叛争斗在这国家生长，
唯愿你能够向世间众人讲述那往日的富饶与荣光。

---

① 这里可以看到，"保持热情"和"同心协力"这些词汇已经进入了孟加拉语，然而在这个国家，目前既没有"保持热情"，也没有"同心协力"，因此在这里，这两个词无戏可唱。——原文注

（所有人下场）

（幕布落下）

(《印度母亲》发表于《赫利谢金德尔之光》[1]杂志1877年12月刊，并且载于《诗之甘霖》[2]。在此之前，帕勒登杜的某位好友翻译了其孟加拉语戏剧《印度母亲》，这部作品便是改编自该翻译作品。——编辑）

---

[1]《赫利谢金德尔之光》(हरिश्चन्द्र चन्द्रिका) 是帕勒登杜于1873年创办的月刊类杂志，该杂志前8期名为《赫利谢金德尔杂志》(हरिश्चन्द्र मैगजीन)，自第9期起更名为《赫利谢金德尔之光》(हरिश्चन्द्र चन्द्रिका)。

[2]《诗之甘霖》(कविवचन सुधा) 是帕勒登杜于1868年创办的杂志，该杂志主要以刊登诗歌为主，同时也刊登新闻、旅游、科学知识、宗教、政治和社会政策等方面的内容。

尼勒德维

蠢人，再咆哮一会吧，等我喝完这一杯，
待我把你亲手血刃，诸神们就会欢呼了！①
因陀罗要重掌三界，诸神必须重享供奉，
你们若想继续生存，就须重返地底世界。②
就像这样，每当来自檀那婆的危险出现，
那时候我都将降临，彻底消灭所有敌人。③
这个世界所有的女人，都是你的一部分，
女神啊，你一人便使整个世界得以充盈。④

她给他的吻是他的第一次也是最后一次，
乃匕首之吻，刺向他的心脏，然后消逝。
在她脚下，他沉湎，被邪恶的血液窒息，

---

① 出自萨克蒂教派核心经典《女神荣光》（देवीमाहात्म्यम् / Devi Mahatmyam）第3章第38颂。
② 出自《女神荣光》第8章第26颂。
③ 出自《女神荣光》第11章第55颂。
④ 出自《女神荣光》第11章第6颂。

在他的胸口，卡塔尔匕首正在那里战栗。①
他的手指在刀柄上徒劳地、疯狂地努力，
然后它们僵硬无力；去死，你这个杀手！
从他的珠宝刀鞘中，她拔出了谢里夫剑，
将穆斯林领主的颈骨一分为二完全割断。
在这星光之下，好一个可怕可怖的景象！
她带着头颅来了，十足像迦梨女神一样。
来到她的兄弟们看守被杀首领的那地点，
整个营地寂静无声，但夜短暂行色匆匆。
她把头颅扔在他脚下，扔下那可憎负担，
苏利耶！我守承诺！兄弟，砌火葬堆吧！②

戏剧角色表

苏利耶德沃	旁遮普地区的国王
苏摩德沃	苏利耶德沃的儿子
阿米尔·阿卜杜谢里夫·汗·苏尔	德里政权的统帅
沃森德	变疯的国王苏利耶德沃的仆从
潘·毗湿奴·夏尔马	国王的大祭司，伪装的伊斯兰教学者
尼勒德维	苏利耶德沃国王的王后
其他	倒霉蛋·汗和吐盂·阿里两个吃白饭的人
	德沃辛格等士兵，拉吉普特军官

---

① 卡塔尔（Katar），印度次大陆特有的一种推式匕首，以H形水平手柄为特点，是印度匕首中最著名和最有特色的。

② 出自英国诗人埃德温·阿诺德（Edwin Arnold）的诗作《拉吉普特妻子》（*The Rajpoot Wife*）（1881）。阿诺德曾任英属印度政府梵语学院的院长和孟买大学的老师。

穆斯林亲信、伊斯兰教法官、客店老板娘、神仙、飞天女神等

前言

母亲、姊妹、女伴，雅利安的女人们！

今天是圣诞节。对于基督徒来说，没有比这更值得高兴的日子了。但我今天的心情却相反，很难过。究其原因，就是人天性容易嫉妒。我不能谎称自己没有怨念。每当我看到英国的漂亮女士们精心洗护过的、卷曲的假发，珠光宝气和各种颜色的服饰、束紧的腰部，与自己丈夫一起到处起舞时愉悦的身体，像洋娃娃一般，我就想到这个国家淳朴的妇女们地位如此低下，这是我难过的原因。毫无疑问，我甚至在梦中都希望，我们所有的女性应该抛弃她们的羞耻，像那群欢快幸福的女士一样，和她们的丈夫一起娱乐。而在其他方面，也能像英国妇女一样，接受良好教育，操持家务，教育孩子，认识自我，了解自己民族的苦难和国家的财富。有了这些，就不会在徒劳的琐事和争吵中失去如此先进的人类生活。同样，我们家里的半边天们也应该通过抛弃现在的自卑而获得一些进步，这就是我渴望的。阻碍这条进步道路的正是我们民族的全部传统，而不是其他什么东西。我们的同胞们只愿相信妇女地位一直如此，便习以为常。为了消除这种幻觉，我创作这本书，献给你们这些人。这些女性贤良正直，你们应该阅读、聆听，并尽可能地逐渐做出自己的贡献。

1881年12月25日

作者

第一幕

地点：喜马拉雅山顶

（三个飞天女神唱着歌出现）

飞天们：（在三弦琴上快速地弹着钦乔蒂拉格[①]）

英勇女性，印度财富。
英勇少女，英勇产妇，英勇新娘，已经觉醒！
萨蒂[②]殉夫，制度核心，吞灭智慧，摧毁毅力。
三界之中，她们享誉，圣洁旗帜，高高举起。

一起歌唱，祝福爱情。
世上珍宝，唯有爱情，此外皆为，虚妄智慧。
无情之语，苍白之言，纵使千遍，亦无实惠。
瑜伽冥想，诵经苦行，斋戒祭拜，无爱皆毁。
卖弄风情，添味着色，法式诗歌，娴于玩乐。
不配食盐，不加调料，所有爱情，空乏无味。
大梵已醒，纵然如此，为解无爱，诃利[③]降临。
彼之眼里，爱之本质，即此世界，别无他法。

（幕布落下）

第二幕

地点：战场军营里

[①] 拉格（राग）是印度音乐中与调式有关的旋律程式，一般通过5~7个固定不变的音组成音群，形成特定的调式和旋律风格。印度音乐中有数百种拉格，目前常用的约60余种。钦乔蒂（चिझोटी）是一种轻快、活泼的拉格。

[②] 印度教焚身殉夫妇女的总称，本尊为湿婆大神的妻子，因维护湿婆大神名誉而自焚。

[③] 诃利（हरि），印度教大神，多指毗湿奴大神或其化身黑天。

尼勒德维

（阿米尔·阿卜杜谢里夫·汗·苏尔坐在一个遮棚下，侍从亲信们坐在他周围。）

谢里夫：（对一个亲信说）阿卜杜斯默德！小心点。这里的拉吉普特人都是大异教徒。真主保佑你远离这些该杀的。（对另一个亲信说）马利克·萨贾德！你不应该负责守夜，那样的话，苏利耶德沃会杀了你。①（对法官说）法官先生！我应该怎么向您描述？真主啊，苏利耶德沃就是唯一的变数！整个旁遮普没有第二个这样的勇者。

法官：毋庸置疑，统领！听说他总是待在营地里。天空就是他的帐篷，地面就是他的地板。成千上万的拉吉普特人每时每刻都围绕着他。

谢里夫：真主伟大！您说得太对了，碰上这个诡异的混蛋，小命就悬了。无论如何要把这个该杀的抓住，那样其他拉吉普特人自己就土崩瓦解了。

一个亲信：真主啊！抓住他太难了，出于防范，即使住在自己的营地里，也禁止吃东西或睡觉。

谢里夫：与这个混蛋打仗，我从来没有赢过。我现已下定决心，抓住时机后，趁着睡觉的时候把他抓来。如果有一天真主同意在印度的黑暗夜色中展现伊斯兰的光芒，我的愿望便一定会实现。

法官：如果真主愿意，它便会发生。

谢里夫：我对《古兰经》发誓，从现在起我的餐食在这种恐惧中减半。（对所有人说）听着，现在我去睡觉了，你们所有人都要小心谨慎！

（加扎勒②）

（站起身环顾四周后）

---

① 苏利耶德沃（सुर्यदेव）意太阳神，此处为人名。
② 加扎勒（ग़ज़ल）是抒情诗的一种形式，流行于阿拉伯语、孟加拉语、波斯语及乌尔都语地区，中心主题是爱。

提防这个拉吉普特人，当心；

不要犯任何错误，当心当心。

真心发誓，了解我们的敌人；

旁遮普将领是异教徒，当心。

是巨蛇，大火，地狱，天灾，

他的剑是雷电与灾难，当心。

王庭上那把短刀未锋芒毕露，

家里家外，时时刻刻，当心。

诚实的敌人，要被欺骗所陷，

永远不要正面对战他，当心。

（所有人下场）

（幕布落下）

第三幕

地点：山脚下

（苏利耶德沃国王、尼勒德维王后和四个拉吉普特人坐着）

苏利耶德沃：嘿，兄弟，这些穆斯林现在可真是成了大患。

拉吉普特人一：是啊，大王！只要我们活着，就会一直战斗下去。

拉吉普特人二：大王！胜利与失败掌握在神手里，但只要我们还活着，就一定会坚守自己的正法。

苏利耶德沃：嗯，嗯，这一点毋庸置疑。我说的意思是所有人都要保持警惕。

拉吉普特人三：大王！所有人都警惕着。为正法而战，这世上还没人能打败我们。

尼勒德维：听说，为不义而战，这些恶徒很是凶猛。

苏利耶德沃：亲爱的，他们为不义而战，我们可不能这样。我们雅利安王族抛却正法还怎么作战呢？关于眼下的战斗，我只知道这些：赢了，就守住了自己的土地；死了，就上天堂。我们两边都得利，而且不管胜与败，我们都将获得盛名。

拉吉普特人四：大王，这一点毋庸置疑，而且我们将迅速地战胜不义，连一顿饭的工夫都不要。

尼勒德维：尽管如此，还是要时刻警惕这些恶徒。你们都是极聪明的人，除了爱，我说不出什么特别有用的话。

苏利耶德沃：（尊敬地）亲爱的，不要担心！等着看看将会发生什么吧！（对拉吉普特人）

所有兄弟，保持警惕，一如既往；
保持清醒，即使夜里，莫要睡去。
所有英雄，如何保持，深夜白天；
马背之上，稍作休息，勿卸马鞍。
火枪导线，保持阴燃，扳起枪机；
剑鞘枪套，切勿拿下，始终如一。
看吧勇士，外来者们，罪恶卑鄙；
来吧懦夫，正面交锋，全体出击。
就让他们，快来品尝，战争滋味，
彼时彼刻，冲锋陷阵，绝不后退。

（幕布落下）

第四幕

地点：客店

（客店老板娘、倒霉蛋·汗和吐盂·阿里）

倒霉蛋·汗：怎么回事，老弟，今天不是有庆祝活动吗？今天那个印度教徒不是不打仗了吗？

吐盂·阿里：我听到了可靠消息。今天正是大摆宴席的日子。

倒霉蛋·汗：老弟，正因此我有三四天没去王庭了。听说那些人准备要打仗了。我说那有点命悬一线。在此地，总是要么逃跑，要么被杀。话说得尖刻些，是上万人白白送命。

吐盂·阿里：老兄，正因此，我也有好几天没去军营了。一个星期之前，在一个村子里，我从一个妓女那里出来，五个印度教骑兵抓住了我，开始嘲弄我。我当时身陷险境，但是谢天谢地，我说了很多鄙视我出身与教派的话，不停地盛赞印度教徒们，最后他们放了我。在这样的境地里，还能做什么？守在穆斯林的身份背后，然后付出自己的生命吗？

倒霉蛋·汗：正是，谁是穆斯林，谁又是异教徒呢？现在人人为保命自顾不暇。

客店老板娘：那大爷，你今天去参加宴席的话别忘了我。无论你得到什么赏赐，都给我一点。对！你看，我都服侍你们好几天了。

吐盂·阿里：一定一定，我明白。这说的什么话？正是为了你我才冒着生命危险来这里的。（凑近倒霉蛋的耳朵）听着，我们蒙过老板娘吧，吃个白饭。她不知道她都已经被骗了成千上万了。

倒霉蛋·汗：（低声说）唉，要我说，只是口头说给也等于几乎不给。老板娘再怎么样也就是个娼妇，什么至今都没给呢，相反还吃这些人的。（对老板娘说）知道哈，知道哈！你什么时候要，我们就什么时候给。钱财算什么东西，已经准备好了。只要你发话，赴汤蹈火我也送到你面前。（直勾勾地盯着）

客店老板娘：（挤眉弄眼）那我无论如何也要一直服侍着大爷。

（两人齐唱）

吐盂碗，倒霉蛋，只是我俩的名字；

吃白饭，吃白食，我俩永远做的事。

显贵言，夜晚见，我们举杯邀明月；

甜蜜语，阿谀话，填满我们酒杯里。

某人衣，某处食，今夜睡哪最安适；

拿别人，用别人，全仗他人来安置。

伤心人，难过地，从来不往彼处去；

闲适人，享乐地，我们定去那揽事。

金钱道，金钱教，又是古兰与先知；

金钱神，我的主，能与罗摩等视之。

客店老板娘：好，那我为大爷做饭去。

吐盂·阿里：走吧老兄，我们也去"十万年来把酒饮，安乐酒馆不愿醒"。

倒霉蛋·汗：走吧。

（幕布落下）

第五幕

地点：苏利耶德沃的营地外围

时间：夜晚

（士兵德沃辛格在值守巡逻）

背景音乐

（格林加纳拉格[①]）

睡吧美梦一场，亲爱的心上人。

爱抚你的眼眸，我的亲爱宝贝，

睡吧美梦一场，亲爱的心上人。

兄弟现已夜深，忽然"沙沙"作响，

谁人脚步飞鸟，请勿前来打扰。

---

① "कलिंगड़ा राग"，演奏于夜晚的最后一段时间。

  世间本质真谛，内心安定如常，
  降落永无可能，旭日东升时分。
  头顶闪烁灯光，写就命运祭文，
  挚爱飞蛾扑火，化作叹息一声。
  几许愤怒之感，刺激倦怠之心，
  嗖嗖微风吹拂，撩动额前饰品。
  世间疲惫马匹，全都入眠沉睡，
  清醒依然鹧鸪，仍在为爱烦忧。①
  相思病困思妇，巡夜人防小偷，
  为彼夜叹片刻，明日俱将成空。

士兵：离开家已经很多年了。看看这些恶棍什么时候兵败逃走。国王还乡之后，国家将再次兴旺发达。上次见拉穆的妈妈已经是好久前的事了，还没收到过孩子的消息。（惊觉后大声道）谁？警惕起来，即使是有人搞恶作剧也得紧盯着提防着。（正常声音）也是，并没有人知道德沃辛格现在在思念老婆孩子。先别想了，刹帝利的子孙。如果想家了，就舍生忘死地投入战斗。（喊道）警惕起来，保持清醒！

（四处巡视后在一处坐下唱起来）

（格林加纳拉格）

  没有爱人如何度过漆黑夜晚，
  每分每秒内心难以平静安然。
  身体疼痛逐渐全部释放加剧，
  说话寥寥几语抑或口中无言。
  内心渴望甚切仿佛浑身灼烧，
  啪嗒啪嗒掉泪悲伤盈满双眼。

---

① 传说大鹧鸪食火并为月亮所爱。

背井离乡身居他处何等伤感，

又有谁能将这苦痛为我驱散。

做好准备不再与这世界做伴，

告别一切苦恼迷恋罪恶快感，

没有爱人如何度过漆黑夜晚！

谁？这是什么声音？小心了！

（后台响起特别的吵闹声）

（慌乱起来）这是怎么回事？咦？为什么一下子这么吵？比尔·辛格！比尔·辛格！比尔·辛格，快醒醒！戈温德·辛格，快跑！

（后台发出巨大的喧闹声，并传来喊杀声。许多拿着武器的穆斯林闯入，口中喊着"真主至上"。德沃辛格加入战斗，倒下。穆斯林进入帐篷。）

（幕布落下）

第六幕

地点：阿米尔的营帐

（阿米尔·阿卜杜谢里夫·汗·苏尔坐在大坐垫上，四周的穆斯林都手持武器，捋着胡须，得意洋洋，骄傲地坐着。）

阿米尔：一切赞颂全归真主！总算抓住这个该死的异教徒了。他剩下的军队也将被收拾掉。

军官一：统领啊，当国王自己都沦为阶下囚的时候，他的军队又算什么东西！伊斯兰教是在真主和使者的指示下征服四方、无往不利的。印度教徒算什么东西？一边是真主的打击，一边是傻瓜在顷刻间全都下地狱。

军官二：真主！在伊斯兰教的太阳面前，异教徒的黑暗何时停留过？统领，您要坚信，总有一天，整个世界都将树立起伊斯兰信仰。所有的异端都将下地狱，我们的宗教信仰将遍布整个大地。

阿米尔：愿真主保佑！你们说得对！

法官：但我认为，在进一步的谈话之前应该表达感谢，因为正是真主的恩典让我们取得了这场胜利。首先必须要向真主致以谢意。

所有人：一定的，一定的。

（法官起身，在众人前面领先跪下，然后阿米尔等人也一起跪下。）

法官：（抬起手）让穆斯林战胜异教徒！

所有人：（抬起手）一切赞颂，全归真主！

法官：您的力量无穷无尽，我的真主啊！

所有人：一切赞颂，全归真主！

法官：为崭新的、高贵的麦加、麦地那牺牲，为阿里的后代牺牲，为先贤们牺牲，从我的敌人那里拯救我们的军队！

所有人：一切赞颂，全归真主！

法官：清空了那神庙中被禁忌的偶像，展示了宝剑，推倒了庙宇，建成了你的内宫。

所有人：一切赞颂，全归真主！

法官：让异端的黑暗离开这片印度斯坦，这是真主的恩典，为每一个被压迫者敲响信仰的大鼓。

所有人：一切赞颂，全归真主！

法官：行为不端的异教徒们被打倒之后再也无法站起，就这样被摧毁了。说，愿真主保佑！

所有人：愿真主保佑！

法官：我最亲爱的人，我的真主啊！

所有人：一切赞颂，全归真主！

（幕布落下）

第七幕

地点：囚牢

（国王苏利耶德沃躺在一个铁笼里，昏迷不醒。一位天神站在他面前唱歌）

（拉沃尼①）

天神：

天神总不作美，反而如此摧毁；
如今放弃勇毅，印度全部希冀。
如今幸福旭日，此地不复升起；
犹是此地此日，大梦破灭如斯。
争取独立毅力，行将全部消逝；
吉祥印度大地，陷于火葬场里。
曾经四方华丽，悲戚唯有悲戚；
如今放弃勇毅，印度全部希冀。
冲突争斗不和，常驻人们心里；
愚昧无知压抑，四面八方传递。
英勇团结爱心，将要远远分离；
放弃所有努力，本能遵做奴隶。
四大种姓之人，沦为首陀罗里；
如今放弃勇毅，印度全部希冀。
所有鬼魂恶魔，将被此地顶礼；
人人皆可成神，只顾闪耀自己。
摧毁一切正法，不灭性与真理；
妄自尊大弃神，遍布印度大地。

---

① 一种流行的民歌曲调。

百姓背离正道，邪路视为乐事；
如今放弃勇毅，印度全部希冀。
自家之物何在，全于别处可觅；
自我道路丢弃，转求他人之基。
促伊斯兰福祉，破印度教联系；
循穆斯林脚步，献项上头不惜。
放弃自家亲人，转与低贱共室；
如今放弃勇毅，印度全部希冀。
我们也曾独立，持雅利安之力；
赖以生存之物，现已全部忘记。
无正法弃诃利，减财富徒悲戚；
人懒散体瘦削，世所苦民所急。
甘受异族之欺，恐惧报以欢喜；
如今放弃勇毅，印度全部希冀。

（下场）

苏利耶德沃：（抬起头）他是谁？他为什么要把不死甘露和毒药都洒在这个垂死的身体上？哎呀，他刚才还站在这里唱歌，现在到哪里去了？毫无疑问，刚才是某个天神。否则，谁能在这般严密看守下进来？又有谁能有如此美丽的外在和如此悠扬的声调？他说了什么？这句"如今放弃勇毅，印度全部希冀"。唉，这句神谕真的要成真了吗？如今印度独立的太阳不会再次升起了吗？我们这些刹帝利子孙们现在也要被迫做奴隶了吗？唉！难道我们在将死之时也不得不听这钻心之言？还说什么"甘受异族之欺，恐惧报以欢喜"。唉！难道这一天如今要降临此地吗？难道印度母亲如今不愿生出哪怕一个英勇的儿子吗？难道天神如今要给这片完美的土地如此卑贱的下场？神啊！为什么我临死前没有听到雅利安族人取得了胜利，将外族人全部从印度大地上赶走了呢。唉！

（边叹着气边哭着，逐渐昏迷过去）

（幕布落下）

第八幕

地点：空地树下

（一个疯子上场）

疯子：杀杀杀，咔嚓咔嚓，拿下拿下拿下，噫吁嚱，穆斯林穆斯林穆斯林，哎呀来了来了来了，快跑啊快跑啊！（跑起来）杀杀杀，杀了又杀，不要走不要走，罪恶的旃陀罗①、吃牛肉的异教徒，哎对，异教徒，红胡子的异教徒，没有发髻的异教徒，②将我们彻底摧毁。我们，我们，我们。就是他，就是他，拿下，别让他跑了。罪恶的非雅利安人！让我们做国王吧。华盖、饰缨、障扇、宝座，全都给了异教徒，杀杀杀，没有武器就用咒语来杀。杀杀杀。哐啷哧啪咔嚓，异教徒咔嚓，咔嚓，刺溜，昂咦唔，天空系着地狱，割掉发髻出现。是，对，行，异教徒异教徒，杀了杀了，揪出揪出……刺穿刺穿……摧毁摧毁……吊死吊死……恐吓吓唬……彻底毁灭吧！嘣！所有异教徒，彻底毁灭吧！轰！现在还不走？杀杀杀！我们的国家，我们是国王，我们是王后，我们是大臣，我们是国民。还能有谁？杀杀杀。挥剑挥剑。破损了、坏了，就用破损的剑杀。用石头砸。徒手拼杀。拳打脚踢，棍棒砖石，勇气最能杀敌，我们是国王，我们的国家、我们的面貌、我们的树木、枝叶、衣服、破布、雨伞、鞋子，全都是我们的。拿上出发，拿上出发。杀杀杀，不要走不要走，走向太阳，走向月亮，走向星星，走向渡口，走向水星，走到哪里就在那里捉拿，杀杀杀。老爷老爷老爷，酸豆酸豆

---

① 印度最受压迫的、被认为最低贱的族群之一。
② 保守/传统的印度教男性教徒头顶上留有小辫子（चोटी）。

酸豆。安拉安拉安拉，突袭呐喊嘶杀。杀杀杀。用铁的子孙的尾巴杀，在山村妇女的灯下杀，杀杀，神蛋、神剑、闪光布、三角豆、珍珠，印历八月、十月、十一月，衣服、破布，多姆人[①]、恰马尔[②]，杀杀。象军、猴军，杀杀杀，一个一个一个，遇到遇到遇到，躲着躲着躲着，开开开，杀杀杀……

（看到一位穆斯林学者过来）

杀杀杀，穆斯穆斯穆斯，林林林，问候问候问候，杀杀杀，先知先知先知，图画图画图画，骆驼、蠢驴，拍着纸、蛇的头，杀杀杀。

（走到先生身边）

异族异族异族，呼噜呼噜呼噜，叽里咕噜叽里咕噜，扑棱扑棱扑棱。时间晚上，人群军队，军队击鼓。

（跑去追赶学者）

学者：（自言自语）感觉这是个天杀的。我该如何脱身？（清楚地喊道）走开，走开！

疯子：走开走开走开，累了累了累了，先生的胡子里有地狱的天仙，枪炮砰砰，噼里啪啦，呼，先生的母亲，杀杀杀，先生化为灰烬。

（走到学者身边"咯咯"大笑）

罗波那那混蛋把难敌的弟弟变成了五赛尔重的番石榴树，好的好的，如果不是，你那天就把我们杀了，不是吗！是的是的，就是他，别让他跑了。杀杀……

（抓住学者的脖子，摔倒他，坐在他的胸上）

真是个混蛋！德里的纳瓦布[③]，吠陀的书籍说，我们是国王还是

---

① 北印度的达利特群体，属于不可接触者，专门从事焚尸及搬运死牲畜工作。
② 印度最庞大的达利特群体之一，从事皮匠、鞋匠、清洁工等工作。
③ 莫卧儿帝国时代省级世袭统治者。

你是国王,(抓住学者的胡子,扯下了假胡子。认出是毗湿奴·夏尔马后起身了。)恶魔混蛋是先生的伪装,毗湿奴的耳朵旁是夏尔马的头发。我的力量、师尊的虔信,咒语神谕火烧胡子是先生的真理。

(眼神暗示着)

学者:(重新把胡子贴上)真是个傻疯子。他的家人们都在等他回去呢,他却待在这里。

疯子:待着、打着、抽着、旋转、灾难、击打,都是一样的事,生命七大元素,摧毁摧毁摧毁,小草、小叶、小花。

学者:千真万确、的的确确,这真是个无药可救的大疯子。

疯子:千真万确摧毁,天王啊,无论喝没喝酒,先生都大醉了。(眼神暗示走到远处。学者向前走,他在后面优哉地跑着)杀杀杀。倾盆大雨下。拿下,莫让他跑了。这个杂种。

(两人走到僻静地,站住)

学者:(环顾四周后)哎,沃森德!真的彻底被摧毁了吗?

疯子:大祭司啊!昨夜凌晨时分大王去世了。

(哭)

学者:唉!大王啊,您把我们抛弃给谁了呢!现在我们将不得不忍受这些卑贱者的奴役!唉唉唉!(环顾四周后)好吧,说些新消息,发生了什么。

疯子:昨天那些罪恶的穆斯林对大王说:"如果你成为穆斯林,我们就立即放了你。"当时,万恶的阿米尔也站在那里。国王从铁笼里往他脸上吐口水,愤怒地说:"恶棍们!知道我现在被你们控制着,关在笼子里,就说这种话。刹帝利怎能因为贪生怕死而接受低贱?呸!去你的,去你的宗教!"

学者:(害怕起来)然后呢,然后呢?

疯子:听到这话,所有穆斯林都非常愤怒,他们开始从四面八方向笼子里扔武器。大王说,在这种束缚中死去是不好的。他用力地拉动铁笼子的一根支柱，把它连根拔起，从笼子里出来，用这根铁棍击杀了27个穆斯林，最后死在那些恶人手里。唉！

（哭）

学者：（环顾四周后）那现在形势如何？大王的尸身现在何处？你是如何知道这一切的？

疯子：都是从这些恶棍嘴里听到的。我伪装成这样到处游走。大王的尸身现在还被关在笼子里。明天会有庆祝宴会。到时人们大肆饮酒后都会喝醉。（环顾四周）明天是唯一的机会。

学者：那我到苏摩德沃王子和王后那里去，告知他们这一噩耗。你就待在这些人中。

疯子：好的，我就在这里。（哭）我们现在没有了主人，去别处又该干什么啊！

学者：唉！如今印度大地将会是怎样的情形？现在这个邪恶的穆斯林将肆意消灭这三界中最美丽的女孩——印度之莲。现在独立的太阳将不会再照耀我们了。唉！至高大梵，你在哪里沉睡？唉！正义英勇之人落得这般境地！

（用哀伤的嗓音唱道）

（比哈格拉格①）

慈悲美发者②你现在在哪个地方沉睡？
片刻未醒来，纵使众多印度子民哭泣。
期盼这一天，你一刻都不忘印度福祉；
会焦虑奔忙，看到这里受伤大象生灵。
你痛苦不安，为一个个失去信仰之人；
知自身财富，仍然置于一旁立即动身。

---

① "बिहाग"，曲调较悠扬，约夜里两点奏唱。
② "केसव"，美发者，同 "केशव"，黑天神的别称。

尼勒德维　233

值世界末日，你用神轮①取阿修罗性命；

我的穆罗敌②，锋利边缘如今已然变钝。

异族野蛮人，杀戮你的后代如割草般；

每日千千万，被砍之人头颅遍地铺满。

寡妇悲恸哭，家无主人只得孤苦伶仃；

她们做信徒，赋予力量神啊莫难为情。

诵经今何在，那些歌声彰显荣耀盛名；

信徒受关爱，你去何处造就千万尊敬。

听不得残酷，又缘何向慈悲至尊呼求？

千方百计败，吾土吾国如今无法拯救。

（两人齐哭）

（幕布落下）

第九幕

地点：苏利耶德沃国王的营帐中

（尼勒德维王后在内帐坐着，刹帝利士兵们在外帐值守）

尼勒德维：（边唱边哭）

夫君将我抛弃至何处？

丢下我一人而离去只剩孤儿寡母。

永远记得你炽热眼神把我手握住，

今天他放下所有依恋我孤苦无主。

唉，为何会将爱人忘记？

因你的死讯我们悲痛又恐惧战栗。

---

① "सुदर्शन"，妙见神轮，即一个旋转的法轮，有108个锯齿状的边缘，是毗湿奴大神的重要标志。毗湿奴大神的常见形象是左上手举海螺、右上手擎法轮，左下手握神杵、右下手持莲花。

② "मुरारी"，穆罗敌，黑天的别称。穆罗是一个被黑天杀死的恶魔。

何日再赐福亲手抚摸你爱人身体？

如今困境中亲爱之人又如何得知。

恩宠的身体是否会在你大腿上置；

她如今陷于尘埃你怎能无睹熟视。

爱人啊，此爱多少已逝？

残忍离开将我抛下就是护爱方式？

千言万语信誓旦旦仿佛片刻不离；

为我生命带来不幸相反乃是实际。

（苏摩德沃王子和四个拉吉普特人一起进入外帐）

苏摩德沃：兄弟们，你们都已经听说了大王的消息。现在告诉我，使命何在？我因为哀悼心神难以平静。只要你们同意，什么都可以做。

拉吉普特人一：殿下，您要是说这样的话，什么因为哀悼而心神不定，那么印度还指望着谁呢。我们对这份哀伤的回应不会是眼泪两行，而要手握利刃回击。

拉吉普特人二：非常好！！！温姆德·辛格，你说得非常好。我们向殿下发誓，除非我们用这些邪恶低贱的异族人的血来祭祀我们的先人，否则我们永远不会摆脱祖先债[①]。

拉吉普特人三：说得好！维杰耶·辛格，就是如此。就算我们所有人死了，但我们用世界末日铁与血的笔写就的这个誓言，将永远烙在那些罪恶的异族人心上。如果有刹帝利中的败类不尽全力彻底消灭这些旃陀罗们，他们将受到诅咒。

拉吉普特人四：诅咒一百次！诅咒一千次那些在思想和行为上不知为何恐惧害怕的人。诅咒十万次，诅咒千万次，诅咒那些打击这些旃陀罗人都能犯错的人。（左脚伸向前）我的这只左脚踩在异族

[①] "पितृऋण"，祖先债，印度教法典中人生五债务之一，得子后此债便可免除。五债：梵债、神债、祖先债、客人债、精灵债。

人和他们的追随者头上,即使上身碎成千块,也像山一样一动不动。哪个下贱的有点能耐就踩死哪个。

苏摩德沃:祝福英勇的雅利安男人们!除了你们,还有谁会说这种话?我们正是靠着你们的臂膀来统治国家的。我说这些只是为了看看你们的心意。哪个刹帝利会沉沦于父亲的英勇牺牲?对,我们如果不镇压这些罪恶的异端者,反而接受奴役,那么肯定只剩悲哀了。(拔出剑)兄弟们,出发吧,就现在,让我们用低贱的异端者的血来告慰雅利安人的祖先。

所有英雄:印度必胜!雅利安族人必胜!苏利耶德沃大王必胜!尼勒德维王后必胜!苏摩德沃王子必胜!刹帝利后代必胜!

(王子走上前,刹帝利们持剑走在后面。尼勒德维王后来到外帐)

尼勒德维:我儿必胜!刹帝利部族必胜!儿子,听我说一句,然后再出发去打仗。

苏摩德沃:(向王后敬礼)母亲!谨听您吩咐!

尼勒德维:儿子,你很清楚穆斯林军队有多么不计其数,你也很清楚,大王遇袭那天,许多拉吉普特人都绝望地回家去了。因此我认为,与其和他们面对面地打一场,不如用技巧和他们作战。

苏摩德沃:(有些生气)那难道我们没有足够的力量在战场上打败异族人吗?

所有刹帝利:为什么没有?

尼勒德维:(平静地)儿子,你永远都会胜利。在我的祝福下,你在哪里都不会被打败。但母亲的命令你也应该听从。

所有刹帝利:肯定的,肯定的。

苏摩德沃:(双手合十)母亲,您吩咐什么我就做什么。

尼勒德维:听好了。

(唤上前,凑近耳边说了全部的想法)

苏摩德沃：谨听您吩咐！

（王子从一边下场，王后从另一边下）

（幕布落下）

第十幕

地点：阿米尔的议事厅

（阿米尔坐在宝座上，三四个仆人站着，三四个亲信坐着。面前摆着酒杯、酒壶、槟榔小盒和香水瓶。两个歌手在座前唱歌。阿米尔醉醺醺地摇晃着）

歌手们：

今天是一个胜利的宴会，恭喜啊；

你成为这个国家的国王，恭喜啊。

敌人被打倒了恶魔之首，抓住啊；

征服胜利永远属于我们，恭喜啊。

我们的统领要日日夜夜，快乐啊；

异教徒们永远遭受诅咒，恭喜啊。

自旁遮普征服整个印度，有望啊；

高尚的穆斯林们好运气，恭喜啊。

印度教徒入歧途变潦倒，奴役啊；

祝愿我们未来一切顺利，恭喜啊。

阿米尔：愿真主保佑，愿真主保佑。好啊，好啊，我的真主啊，唱得真好！来人哪，赏给这些人每人一套毛披肩。（狂饮起来）

（一个仆人过来）

仆从：真主天赐珍宝！有一位外国歌手现在在宏伟的帐篷门前站着。她想要为统领展示一些独门绝技。您下令我就去带来。

阿米尔：快快带来！让她带上乐器速速过来。

仆从：遵命。

（出去）

阿米尔：听到今天盛宴的消息，大老远的舞者、歌手都赶来了。

亲信：一切都听从您的指令，而且这些人还能得到那么多的赏赐，怎能不来？

（一个歌女和四个伴奏者进来）

阿米尔：（自言自语）这个婊子倒如此好看！（清清嗓子）你叫什么？（狂饮一杯）

歌女：我叫昌迪迦[①]。我在远方听闻您的名声而来。

阿米尔：多好啊！快开始唱吧！我对听你唱歌的渴望每分每秒不断增加。你这么美，你的歌一定一样美。（狂饮一杯）

歌女：遵命。

（唱）

（三弦琴伴奏图姆里歌曲）[②]

对啊将我抬上床后莫要离去；

没了爱人像被蛇咬孤寂度夜。

每分每秒身体痛苦都在加剧；

无法熬过这艰难的分离之夜。

没有祠利便会极端不安痛楚。

阿米尔：哇哇，我该夸什么好！（狂饮一杯）喂，菲达·侯赛因，她唱得多好啊！

亲信：神圣的真主啊！统领所言极是。真主啊，我该如何形容，我的祖辈们在梦里都从未听过这样的歌唱。

[①] "चंडिका"，昌迪迦，难近母杜尔迦女神的称号之一。
[②] "ठुमरी"，图姆里是印度一种声乐流派与流行音乐风格，该词来自印地语动词（ठुमकना），意思是"以跳舞的方式行走，使脚踝的铃铛叮当响"。这种歌曲与舞蹈、戏剧、爱情诗和民歌紧密相关，歌词书写浪漫爱情，多取材自帕克蒂文学中的诗歌，对拉格的使用非常灵活。

238　帕勒登杜戏剧全集

（阿米尔取下戒指想要给她）

歌女：我现在可是有很多东西要从您那儿拿的。现在您还是戴着它吧，最后我再一起拿走。

阿米尔：（狂饮后）好的！没问题。好，就用这个曲调再来一首，但是别唱这个离别的主题了，因为今天是个喜庆的日子。

歌女：遵命。（用同样的曲调唱道）

来吧来吧亲爱的溜走吧；

走吧在隐蔽处见面说吧。

心里真心话你要说清楚；

为了谁你团团转着围住。

如此看到诃利我的少年；

我们知道你为什么迷恋。

阿米尔：（狂饮后欣喜地手舞足蹈）向真主发誓，我到今天都没听过这样的歌曲。印度斯坦真的是知识的宝库啊！真主啊，我太高兴了。

（亲信们说着"真主啊""所言极是"等话，晃着脑袋，捋着胡须）

阿米尔：你不喝酒吗？

歌女：不喝，统领。

阿米尔：那今天为了我们，喝吧！

歌女：今天就是为了您才来这里的。为什么这么着急？统领说什么我全都会照做。

阿米尔：好吧，不打紧。（狂饮一口）来，稍微上前一点。

（歌女上前坐下）

阿米尔：（仔细打量了一番）哎呀呀！看了她之后我的心完全控制不住了。无论如何，今天一定要把她征服。（清清嗓子）真主啊，你的歌声让我完全缴械了。再唱一首这调子的歌。（狂饮一口）

尼勒德维

歌女：遵命。（唱起来）

好啊，持山者①，

荣耀归于你；

看啊，女友们，

世界的荣辱。

快放下羞耻轮番吻脸颊；

诃利陶醉其中无法计数。

我拒绝美男子甘愿献身；

现去哪做啥我羞愧万分。

阿米尔：（狂饮一口，像发酒疯一般）哇！好哇，太棒了！（举起酒杯）这一杯酒，你现在必须喝了！你要向我发誓，真主啊，拿我人头发誓，如果你不喝的话。

歌女：统领啊，我至今从来没喝过酒。我一喝就会完全昏过去。

阿米尔：没关系，喝！

歌女：（双手合十）统领啊，我为什么要为了喝一口酒而放弃自己的信仰呢？

阿米尔：不，不，从今天起你已经成为我们的仆人，你会得到你想要的一切。好吧，到我这里来，我会手把手地喂你喝酒。

（歌女贴着阿米尔坐下）

阿米尔：尝尝吧，心肝宝贝！

（就在阿米尔拿起酒盏递给歌女之时，伪装为歌女的尼勒德维从胸衣里取出卡塔尔匕首刺向他，四个伴奏者扔掉乐器掏出武器杀向亲信们）

尼勒德维：尝尝吧！万恶的贱种！尝尝如此恶心喊我的后果，尝尝杀害大王的报应！我唯一的愿望就是亲手杀了这个贱种。正为

---

① "गिरिधारी"，托山者，黑天的称号之一。

此我才阻止王子去战斗，从而得以完成心愿。（再刺一刀）现在我将成为幸福的萨蒂！

阿米尔：（最后一口气）骗我，啊，昌迪迦！

（尼勒德维王后拍着手，举起武器捣毁帐篷，苏摩德沃王子和拉吉普特人赶来，对穆斯林们杀得杀，捆得捆。刹帝利武士口中喊着"印度必胜""雅利安族人必胜""刹帝利后代必胜""苏利耶德沃大王必胜""尼勒德维王后必胜""苏摩德沃王子必胜"等口号）

（幕布落下）

黑暗的城邑

黑暗的城邑，
堕落的国王；
蔬菜和甜食，
价格都一样。

砍掉檀香、芒果树和金乔木，保护森林中的竹笋；
杀死天鹅、孔雀与布谷鸟，一心偏爱乌鸦的唾液；
卖掉那大象、买来这驴子，樟脑和棉花一视同仁；
一国贤人若能有此想，这个国家便值得尊敬向往。

献诗

空有职位之人不会受到世人的认可，
一心奉献之士才会得到大众的接纳。
健康的人不爱狡猾的天鹅而爱乌鸦，
他使身边人免受伤害因此永远伟大。

世间好传统似已结束正法消散而去，
不过人们并不对欺骗感到过度恐惧。
苦难和悲伤与人类血液相生且相伴，
乐器和风箱会奏响享受与幸福之声。
沉睡未醒那些人现在就要快被唤醒，
喧闹声中的印度将前行并永无止境。
愿世上再无表面刚正背地虚伪之人，
愿国王转变真正伟大从而虔心敬神。

第一幕

地点：偏远的边境

（莫亨德大师和两个弟子一起唱着歌走来）

人们啊！
信罗摩信罗摩，兄弟信罗摩吧。
只要虔信罗摩，艺伎亦可解脱，
正因虔信罗摩，兀鹫风驰电掣。
颂念罗摩之名，诸事皆可实现，
因为敬奉罗摩，人皆获得福运。
颂念罗摩之名，双眼明亮无比，
苏尔达斯圣者，成为诗人之王。
颂念罗摩之名，草木森林生长，
杜勒西达斯师，祭祀罗怙之主。

　　莫亨德：那罗延达斯，我的孩子！这座城市远远看去多么美啊！哎呀，要是能得到些好的施舍，大神会愉快享受的。除此之外，还能求些什么呢！

那罗延达斯：师父啊，我的大人！这座城市在那罗延①大神的庇护下才如此美丽！想得到什么能得到什么，得到什么都好，都使人愉悦。

莫亨德：戈波尔丹达斯，我的孩子！你向西走，那罗延达斯向东走。如果能得到些食物，便是大神赐予的早餐。

戈波尔丹达斯：师父啊！我会带回来很多吃食的。这里的人们看起来都十分富有，您不要担心。

莫亨德：孩子，不要贪心。记着——
贪婪是罪恶之源，贪婪让人失去尊严。
贪婪若不复存在，地狱便也消失不见。

（所有人唱着歌离去）

第二幕

地点：市场

卖烤肉的小贩：香喷喷、热乎乎的烤肉啊，撒了84种香料，烤了72遍，香喷喷、热乎乎的烤肉噢，吃了要舔嘴唇，不吃会咬舌头噢。买烤肉吧，来一份烤肉吧，一塔卡②一赛尔③。

卡西拉姆：

烤鹰嘴豆诶——
卡西拉姆烤的鹰嘴豆，他带的包袱是个商铺。
鹰嘴豆哗啦啦来回碰，请先生们张大嘴享用。
陶姬麦娜吃了我的豆，直夸真是美味鹰嘴豆。
戈芙伦蒙娜④品尝了它，直言世界上再无其他。

---

① 那罗延（नारायण），大神毗湿奴的一个名号。
② 塔卡（टका），英印殖民时期的一种铜币，相当于2拜沙（पैसा）。
③ 赛尔（सेर），印度重量单位，约为一千克。
④ 陶姬、麦娜、戈芙伦、蒙娜都是迦尸著名的舞者。

孟加拉人都离不开它，他们的围裤松松垮垮。

织布工们吃了我的豆，时时撑着胡子晃着头。

一国之主吃了我的豆，马上就要翻倍那税收。

烤鹰嘴豆诶，一塔卡一赛尔。

卖橘子的小贩：买些橘子吧，橘子哦，锡尔赫特的橘子、布德沃尔的橘子、拉姆巴格的橘子、阿南德巴格的橘子。看哪，和柠檬一样大的橘子。我迷恋它那可爱的颜色，忘掉一切我也忘不了它。买几个橘子吧，卖橘子嘞，软乎的橘子，鲜甜的橘子，又大又圆，又圆又大。伸出双手吧——别在背后悄悄搓手了。买几个橘子吧，卖橘子嘞。一塔卡一赛尔的橘子嘞。

卖甜食的小贩：热乎的糖饼嘞。来吧，这里有炸糖圈、糖球、玫瑰奶球诶。粉丝布丁、甜鹰嘴豆、奶糖糕、咖喱角、糖饼、炸面饼、炸扁豆、炸丸子、糖面饼、土豆饼嘞。酥糖诶酥糖，来点美味的酥糖吧。满是酥油的炸油饼、脆生生的酥糖、软乎乎的吃食嘞。在酥油里浸过，在白糖中滚过，在糖浆中泡过。来吧，买些棕色的糖球吧。不吃一定后悔，吃了也会后悔没早买。将那芝麻糖糕掰开，将那糖饼下锅油炸。朋友们哪，卖甜食的人年纪36，这黑暗城邑中的在下，正如那加尔各答奢华神庙的内部祭司。这里所有的吃食都是新鲜的，买吧，买些甜食吧，卖甜食嘞，一塔卡一赛尔诶。

卖菜的小贩：来吧，新鲜的蔬菜，芫荽、葫芦巴、荸荠、菠菜、苋菜、藜麦、空心菜、橄榄果、马齿苋、草豌豆、鹰嘴豆诶。来买菜吧，买些菜吧。来吧，茄子、葫芦、南瓜、土豆、芋头、槲寄生、丝瓜、象脚山药、棱角丝瓜、角瓜、萝卜嘞。来吧，还有辣椒、大蒜、洋葱、生芒果嘞。买点朴叶扁栏杆、铁线子、芒果、番石榴、柠檬、豌豆、鲜鹰嘴豆吧。想要什么有什么，此处应有尽有，普通蔬菜和稀有果品，价格都是一塔卡一赛尔。买点吧，来自印度的坚果、甜瓜、青枣呦。

莫卧儿人：成箱的杏仁、开心果、核桃、石榴、番石榴果、葡萄干、无花果、煮葡萄干、梨子、松子、香梨、甜瓜、葡萄嗍。英国人来了我们的国家，我们挨打受罪，无缘无故地废除卢比，结果我们变成傻瓜，都骨瘦嶙峋。而我这里的东西都好，颗颗饱满，质量上好。来吧，买吧，所有的坚果都是一塔卡一赛尔呦。

卖消食粉的小贩：

纯净粉末有吠陀之力啊，
吃下能坚信克里希那神。
我这消食粉最助消化哟，
吃下使你迷恋上黑天神。
消食粉尝起来辣辣的哦，
细细品还有些酸溜溜的。
不管谁将它尝上一口喔，
以后便再也难以离开手。
它的名字是印度消食粉，
它要让祖国永不被拆分。
当消食粉从印度送过来，
印度财富力量都降下来。
这消食粉就是如此强大，
要让那敌人全都酸掉牙。
消食粉去了各地的市场，
所有的妓女都要来争抢。
法官们吃了我的消食粉，
翻了倍的贿赂马上侵吞。
演员们吃了我的消食粉，
要把自己的画像撕成粉。
商人们吃了我的消食粉，

就把那些积蓄全都侵吞。

欲望大人们吃了消食粉，

消化不良就不会再犯错。

编辑大人们吃了消食粉，

他们消化不了这好东西。

老爷们吃了我这消食粉，

能把整个印度一口吞下。

警察们吃了我这消食粉，

所有法律条文往肚里咽。

消食粉嘞，快来买啊，一塔卡诶一赛尔。

卖鱼的小贩：卖鱼嘞，卖鱼嘞，买鱼只要一赛尔嘞。

百万富翁，年轻小伙，所有的顾客都来买我的鱼嘞。

他们的眼神就像那网里的鱼，看上一眼就离不开嘞。

离开了水鱼儿就不能活嘞，不买上一条人心不安嘞。

高种姓婆罗门：卖种姓嘞，卖种姓，一塔卡一赛尔的种姓。给一个塔卡吧，卖我自己的种姓嘞！随便花上一塔卡，婆罗门变洗衣工，洗衣工变婆罗门，你心中怎么想，制度就能怎么变。只要一塔卡，谎言变真理。只要仅仅一塔卡，婆罗门也能变穆斯林，仅仅只要一塔卡，印度教徒信基督。信仰和荣光，只卖一塔卡，给你作伪证，一塔卡足够。花上一塔卡，罪行变美德；花上一塔卡，下人变上人。吠陀、宗教、界限、真理、圣洁，这些统统一塔卡。来花上一塔卡，买走这些无价之宝吧。

商人：面粉、豆子、柴火、盐巴、酥油、白糖、香料、大米嘞，统统卖一塔卡。

（大师的弟子戈波尔丹达斯走来，听到小贩们的吆喝后沉浸在对美食的期待当中。）

戈波尔丹达斯：商人兄弟，这面粉怎么卖？

商人：一塔卡一赛尔。

戈波尔丹达斯：那大米呢？

商人：一塔卡一赛尔。

戈波尔丹达斯：白糖呢？

商人：一塔卡一赛尔。

戈波尔丹达斯：酥油呢？

商人：一塔卡一赛尔。

戈波尔丹达斯：所有东西都是一塔卡一赛尔？真的吗？

商人：是的，大师，我为什么要骗你呢？

戈波尔丹达斯：（走到卖菜的小贩旁）婶子，菜都怎么卖啊？

卖菜的小贩：大师，都是一塔卡一赛尔啊。丝瓜、萝卜、芫荽、辣椒，所有的菜都是一塔卡一赛尔。

戈波尔丹达斯：所有的菜都是一塔卡一赛尔。太好了，太好了，真是天大的好事。这里的所有东西都是一塔卡一赛尔呢。（走到卖甜食的小贩旁）兄弟，甜食怎么卖啊？

卖甜食的小贩：大师啊！糖球、酥糖、糖饼、玫瑰奶球，甜食统统一塔卡一赛尔。

戈波尔丹达斯：太好了，太好了，真是天大的好事。孩子，你不是跟我开玩笑吧？当真所有的甜食都是一塔卡一赛尔？

卖甜食的小贩：当然了大师，所有的甜食都是一塔卡一赛尔，这座城市的传统就是这样的，这里所有东西都一塔卡一赛尔。

戈波尔丹达斯：孩子啊，这座城市叫什么？

卖甜食的小贩：叫黑暗。

戈波尔丹达斯：那国王叫什么？

卖甜食的小贩：叫堕落。

戈波尔丹达斯：太好了，太好了！

黑暗的城邑，堕落的国王；

蔬菜和甜食,价格都一样!

(兴高采烈地唱着)

卖甜食的小贩:那就买点吧,老爷。

戈波尔丹达斯:好,我有别人施舍来的七个拜沙[1],就来三个半赛尔的甜食吧,我们师徒都会高兴和心满意足的。

(卖甜食的小贩称出相应重量的甜食,大师拿起甜食,一边吃一边唱着"黑暗的城邑"离开。)

(幕布落下)

第三幕

地点:树林

(莫亨德大师和那罗延达斯唱着"敬奉罗摩吧"等从一边走来,戈波尔丹达斯唱着"黑暗的城邑"从另一边走来。)

莫亨德:戈波尔丹达斯,我的孩子!说说看,你带了什么施舍回来?你的包袱看着沉甸甸的。

戈波尔丹达斯:我的师父啊!我带了许多施舍回来——整整三赛尔半的甜食呢。

莫亨德:孩子,让我看看!(将装着甜食的包袱拿到自己面前,打开看)天哪!天哪!孩子!从哪弄来这么多甜食?是哪位大施主施舍的?

戈波尔丹达斯:我的师父啊!我在路上讨到了七个拜沙,用那些钱换来了这些甜食。

莫亨德:孩子!那罗延达斯之前告诉我,这里所有东西都是一塔卡一赛尔,那时我还不相信他的话。孩子啊,这座蔬菜和甜食都卖一塔卡一赛尔的城市叫什么名字,这里的国王又是谁啊?

---

[1] 拜沙(पैसा),印度货币单位,旧制64拜沙等于1卢比,新制100拜沙等于1卢比。

戈波尔丹达斯：

黑暗的城邑，堕落的国王；

蔬菜和甜食，价格都一样。

莫亨德：孩子啊！这座蔬菜和甜食都卖一塔卡一赛尔的城市不适合久居啊。

（双行诗）

白色的东西都一样，有如那棉花和樟脑。

这里不会是栖身地，是没有制度的国家。

布谷鸟无异于乌鸦，潘迪特等同于傻瓜。

提到药西瓜和石榴，无人能分辨其异差。

莫要落脚这个国家，金色的雨在此落下。

落脚于此只有痛苦，还要付出生命代价。

哎呀孩子，咱们离开这里吧。就算在这能免费得到一千满①的甜食，那又怎样呢？一刻也不要在这停留了。

戈波尔丹达斯：师父啊，世界上再无这样的国家了。住在这附近，只要两个拜沙便能惬意地填饱肚子。我不会离开这里的。在其他地方，乞讨一整天也吃不饱一顿，只能每天忍饥挨饿。我不会走的。

莫亨德：哎，孩子，你以后会后悔的。

戈波尔丹达斯：在您的庇佑下，不会有什么痛苦的。要我说，师父，您也留下来吧。

莫亨德：我不会在这里多停留一刻。孩子，听我的话吧，否则你一定会后悔的。我这就走。不过，孩子，如果你遇到什么困难，一定要记得念着我。

戈波尔丹达斯：向您致敬，师父。我会时时刻刻念着您的。但

---

① 满（मन），印度的重量单位，40赛尔为一满，一满约40千克。

是我还是要说，师父，您留下来吧。

（莫亨德大师和那罗延达斯一起离开。戈波尔丹达斯坐着吃起了甜食。）

（幕布落下）

第四幕

地点：宫廷会议

（国王、大臣和一众仆人出场。）

仆人一：（大声地）陛下，请吃槟榔。

国王：（从打盹中惊醒，猛然坐起身来）你说什么？"陛下，首哩薄那迦①来了"？②

（跑过来）

大臣：（抓住国王的手）不，不，他说的是，"陛下，请吃槟榔"。

国王：邪恶的恶棍！无缘无故地吓我！大臣，打他一百鞭子！

大臣：陛下，他何罪之有啊？他既没有包好槟榔给您，也没有叫卖啊。

国王：那好，打卖槟榔的两鞭子。

大臣：但是，陛下，您害怕的并不是"吃槟榔"啊，您害怕的是"首哩薄那迦"这个名字，所以应该惩罚首哩薄那迦啊。

国王：（惊恐状）又提那个名字？大臣，你真是个大坏蛋。我要告诉皇后，你多次说她是个小妾。仆人，仆人，拿酒来！

仆人二：（从一个壶中舀出酒倒到一个杯子中给国王）给，陛下，请用。

---

① 首哩薄那迦（सुपनखा），印度大史诗《罗摩衍那》中的女魔头，十首王罗波那的妹妹，生性险恶。

② 印地语中，"吃槟榔包"（पान खाइए）和"首哩薄那迦"（सुपनखा）发音相近，所以国王听岔了。

黑暗的城邑　251

国王:(板着脸一饮而尽)再上。

(后台传出"救命啊""救命啊"的声音)

谁在嚷?抓来!

(两个仆人将一个告状人抓上台)

告状人:救命啊,陛下,救救我吧。陛下,您一定要为我做主啊。

国王:安静!我这里比阎王那里还要公正。说,发生什么事了?

告状人:陛下,商人葛卢的墙塌了,把我的山羊压死了。救救我吧,陛下,请您一定为我做主啊。

国王:(对仆人)把商人葛卢的墙抓来。

大臣:陛下,墙是抓不来的。

国王:那好,那把它的兄弟、孩子、朋友、熟人,无论是谁,统统抓来!

大臣:陛下!墙是用砖头砌成的,它没有什么亲戚朋友啊。

国王:那好,那把商人葛卢抓来吧。

(一群仆人将商人从外面抓来)

商人,怎么回事啊!你怎么把他的墙山,不是,羊山给压死了?

大臣:陛下,不是羊山,是山羊。

国王:哦,哦,对。为什么把山羊给压死了?如实说来,否则现在就把你绞死。

葛卢:陛下,错不在我啊。墙是工匠砌的。

国王:那好,把这葛卢放了吧,把工匠抓来。

(葛卢离开,人们将工匠抓进来)

嘿,工匠,他的羊是怎么死的?

工匠:陛下,错不在我啊,泥工没有和好泥,制出的砖头不结实,所以墙才会塌。

国王:那好,把这个工匠叫来吧,不,不,放走吧。把那个泥工叫来。(工匠离开,泥工被抓进来)究竟怎么回事啊?和泥的!他的羊是怎么死的?

泥工:陛下!错不在我啊,水工添的水太多了,导致泥和不好,砖头不结实。

国王:好吧,把和泥的放了,把水工抓来。(泥工离开,水工被抓进来)怎么回事,运水的!恒河、叶木拿河上的能人!为什么要加那么多水?以致羊倒了,压死了墙!

水工:陛下!错不在小人啊!是屠夫把水袋子做得太大了,所以水放多了。

国王:那好,把屠夫抓来,把运水的放了吧。

(人们把水工带出去,将屠夫抓上场。)

怎么回事,屠夫!为什么把水袋做的那么大,导致墙倒压死了羊?

屠夫:陛下!是我用一塔卡向牧羊人买羊,他给了我那么大的一头绵羊,羊皮太大,以致水袋做大了。

国王:那好,把屠夫放了,把牧羊人带来。

(屠夫离开,牧羊人进来)

怎么回事,赶着羊的牧羊人!为什么卖给屠夫那么肥的一只羊,使那山羊被压死了?

牧羊人:陛下啊!那时候警长老爷正好骑着马过来,一看到他我就辨不清羊的大小了,错不在我啊。

国王:那好,把他放了,把警长抓来。

(牧羊人离开,警长被抓上场)

怎么回事啊,警长!你的马匹怎么扬起那么大的尘,以致那牧羊人害怕起来,把肥羊给卖了,最后导致山羊塌了,压死了商人葛卢?

警长:陛下,陛下!我一点过错都没有啊,我是按照城里规划

黑暗的城邑 253

好的道路走的啊。

大臣：（自言自语）太糟糕了！千万别犯傻，否则全城人都要为这事被折磨，乃至被绞死。（对警长）不说路的事，问你骑马为什么要扬起那么大的尘土？

国王：是啊，是啊，你骑马为什么要扬起那么大的尘土呢？

警长：陛下，陛下……

国王：啥都不是！别再"陛下陛下"的了，来人，立刻把警长拖去绞死。散会。

（一边，人们将警长抓走；另一边，国王拽着大臣离开）

（幕布落下）

第五幕

地点：荒野

（戈波尔丹达斯唱着歌走来）

（卡非拉格[①]）

黑暗的城邑，堕落的国王；蔬菜和甜食，价格都一样。

低贱和高贵，都一视同仁；有如皮条客，等同潘迪特。

家族的荣光，并不算伟大；在人们心中，一切都无差。

种姓和信仰，无人会问起；祭拜毗湿奴，就是其信徒。

妓女和正妻，都等量齐观；山羊和神牛，都同等喜欢。

真理被质疑，道理被动摇；欺骗他人者，反而变高大。

真诚和欺诈，二者之差异；拥有权力否，宫廷会议里。

永远说真话，只会遭毒打；满嘴皆谎言，职位高高挂。

骗子之面前，于骗子而言；话说一万遍，一事不会成。

[①] 拉格（राग），印度音乐中与调式有关的旋律程式，一般通过5~7个固定不变的音组成音群，形成特定的调式和旋律风格。印度音乐中有数百种拉格，目前常用的约60余种。卡非（काफी）为拉格中的一种。

内心里肮脏，黑漆漆一片；外表却鲜亮，闪耀直发光。
正法与非法，看起来无差；国王高在上，他便是律法。
内心被毁灭，外表很沮丧；法官和士兵，支撑起国家。
城中所有人，视力都不佳；低下的国王，在别的国家。
再生的荣耀，此处未曾闻；国王太愚蠢，正法无处存。
高贵与低贱，全都一个样；就像婆罗门，把知识传布。
黑暗的城邑，堕落的国王；蔬菜和甜食，价格都一样。

（坐下吃甜食）

师父无缘无故地拒绝住在这里。我知道，这不是什么好地方。但好不好与我有什么关系呢？我又不去掺和他们的国事，有什么可害怕的？我只不过每天心满意足地吃点甜食，然后敬奉罗摩罢了。

（继续吃甜食。四个士兵同时从四个方向走来，抓住了他）

士兵甲：走，跟我走。吃了这么多甜食，变得这么胖。今天你的日子到头了。

士兵乙：大师，您再最后颂一下大神吧。

戈波尔丹达斯：（惊惶不安）啊！这是哪里来的无妄之灾？哎呀兄弟啊，我是哪里妨碍到你们了？为什么要抓我啊？

士兵甲：你妨碍还是帮衬了我们，那都无所谓。走，上绞刑架吧。

戈波尔丹达斯：绞刑！我的天啊，天啊，绞刑！我是抢了谁的东西吗，你们要绞死我？还是我夺了谁的性命，你们要绞死我？

士兵乙：你太胖了，所以要绞死你。

戈波尔丹达斯：因为我胖所以要绞死我？这是哪门子的法律！哎呀，别跟出家人开玩笑了。

士兵甲：你上绞刑架的时候就知道我们说的是玩笑话还是真话了。你是想要自己走过去，还是让我们拖着你过去？

戈波尔丹达斯：哎呀，大人，何必要无缘无故地杀人呢？到时神问起来，你又要怎么回答啊？

士兵甲：我们的国王会回答的。跟我们有什么关系？我们不过是奉命行事的奴仆罢了。

戈波尔丹达斯：但是，大人，到底是怎么一回事，要无缘无故绞死我们这些出家人啊？

士兵甲：事情是这样的。昨天，国王下令绞死警长。但是当警长被带到绞刑架那里，却发现绞刑架的绞索太大，因为警长实在太瘦了。我们汇报给大王，大王于是下令，要我们抓一个长得胖的人绞死。毕竟，总得有人为山羊被压死而受到惩罚，否则法律就形同虚设了。因此，我们必须让你代替警长被绞死。

戈波尔丹达斯：那这么大一座城，你们就找不到另一个长得胖的人了吗？何必非要绞死我这个孤苦伶仃的出家人呢！

士兵甲：有两个原因，第一，因为害怕国王的律法，整座城里已经没有胖人了；第二，如果抓别人的话，不知道他们又会生出什么事端，到时又要忙得我们晕头转向；再有，在这座城里，僧侣的境况一向如此。因此，今天要绞死的就是你。

戈波尔丹达斯：神哪，救救我吧。天哪，我要被莫名其妙地杀死了。老天爷，这座城市太黑暗了！老天爷，我没有听师父的话，我这是自食其果啊！师父啊，您在哪里啊，请您快来吧，快来救救我吧！哎呀，我无罪无责，却要被绞死！师父啊，师父啊……

（戈波尔丹达斯叫喊着，士兵们将他抓住带走）

（幕布落下）

第六幕

地点：火葬场

（四个士兵抓着戈波尔丹达斯上台）

戈波尔丹达斯：哎呀，天哪，老天爷啊！我要被不明不白地绞死了。哎呀兄弟啊，至少考虑考虑咱们的信仰吧。哎呀，绞死我这可怜人对你们有什么好处啊？哎呀，放了我吧。唉！唉！

士兵甲：哎哟，不要吵了！大王的命令岂有不遵从的道理？趁着你还有最后一点时间，不赶紧念诵几遍罗摩的名号，反而在这里毫无意义地吵闹？闭上你的嘴吧。

戈波尔丹达斯：啊哈？我不听师父的话，到头来只能吞下这苦果。师父曾说，不要住在这城里，但是我却没有听进去。天哪！这座城市叫作黑暗的城邑，国王的名字叫堕落，现在我一点得救的希望都没有了。天哪！这座城里再没有善人能救我这个可怜的出家人了。师父啊！你在哪里？救救我吧，师父，师父啊，师父……

（哭喊着，士兵们拖着他走。大师和那罗延达斯上场）

莫亨德：天啊，戈波尔丹达斯，我的孩子！这是怎么一回事？

戈波尔丹达斯：（抓住大师的手）师父啊！山羊被墙压死了，他们要因此绞死我。救救我吧，师父。

大师：哎呀，我的孩子！我先前就告诉过你，这座城市不宜居住，你不听啊。

戈波尔丹达斯：我之前没有听您的话，现在只能自食其果。除了您，再没有人能保我平安。我是您的弟子，我只有您，别无他人啊。（抓住大师的脚哭喊着）

莫亨德：别担心，神是万能的。（扬起眉毛对士兵）听着，你们稍微往旁边站些，让我给我的弟子传授最后的教诲。不听我的话，对你们可没有好处。

士兵：不会的，大师，我们这就退后。您放心传授便是。

（士兵们退到一旁。大师在弟子耳边说了些话。）

戈波尔丹达斯：（故意大声）那么师父，我现在就上绞刑架了。

莫亨德：不，孩子，我要上绞刑架。

黑暗的城邑　　257

戈波尔丹达斯：不，师父，我要上绞刑架。

莫亨德：不行，孩子，我上。我跟你讲了那么多，你怎么就是听不进去呢！我年纪大了，让我上绞刑架吧。

戈波尔丹达斯：同样是上天堂，年长年幼有什么分别？您都得道了，解脱不解脱有什么关系。我要上绞刑架。

（像这样，两个人一直争吵不休。士兵们面面相觑，十分惊讶）

士兵甲：兄弟！这是什么情况？我一点也看不懂。

士兵乙：我也完全弄不懂他们在吵些什么。

（国王、大臣和警长走来）

国王：这里怎么这么乱？

士兵乙：陛下，这对师徒争着上绞架，弟子说"我要上绞架"，师父说"我要上"。真搞不懂他们是什么意思。

国王：（对大师）大师！请您告诉我，您为什么要上绞刑架？

莫亨德：大王！在现在这个时刻，无论是谁，只要死去，便可直通天堂啊。

大臣：那我要上绞刑架。

戈波尔丹达斯：我，我！大王下令让我上绞架的！

警长：是我要上绞架，我的罪名是墙塌了。

国王：都安静，你们啊，除了国王，这世上还有谁能去往天堂呢？来，绞死我吧，快点，快点。

莫亨德：没有正法、没有智慧、没有道德、没有学者的社会，
在此人只能自寻死路，就像堕落的国王一样。

（人们把国王推上绞刑三脚凳）

（幕布落下）

烈女的威力[①]

第一幕

地点：喜马拉雅山脚下

（三个仙女坐在绿草茵茵的山丘上唱歌）

仙女一：

（钦乔迪拉格[②]）

艳光王后[③]万岁！

似影围绕丈夫三界主毗湿奴。

头上珍珠美丽仁慈美德皆俱，

唤醒了原初之力[④]和虔信欢愉。

仙女二：

（金格拉或比鲁拉格）

[①] 本剧前四幕由帕勒登杜完成，后三幕由拉达克利希纳达斯完成。
[②] 拉格（राग）是印度音乐中与调式有关的旋律程式，一般通过5~7个固定不变的音组成音群，形成特定的调式和旋律风格。印度音乐中有数百种拉格，目前常用的约60余种。钦乔迪（चिंजोटी）为拉格中的一种，具有轻松欢快的特点。
[③] 艳光王后，毗湿奴大神化身黑天的妻子。
[④] 萨克蒂（शक्ति），通常译为性力，不可取，译为原力或原初之力更为准确。

世上除了对丈夫的爱与奉献，
再没有其他正法能与之比拟。
阿奴苏耶悉多莎维皆是典范，[①]
尊敬丈夫的妻子是世间至宝，
"吠陀"及"往世书"有颂。
忠贞德美妇女所在家庭国度，
婚姻美满子孙生于吉祥时分。
虔爱丈夫的妻子贤能无人及，
其品行在天界为所有人称颂。

仙女三：

（波哈尔拉吉尼[②]）

树藤绽放出嫩叶开出了新花，
随风摇曳芳香馥郁灼灼其华。
自然如宝石华服之新婚女子，
裙裾飞扬私语正如爱旗飘荡。
蜜蜂嗡鸣鸟儿飞舞欢颂自然，
翩翩彩蝶寻香飞来曼妙起舞。
水波荡漾荷花摇曳叶子飞落，
四季之王到来世界热闹喧哗。

（幕布落下）

[①] 阿奴苏耶、悉多和莎维德丽三人是印度古代传说中的女性典范。

[②] 拉吉尼（रागिनी），印度音乐中由拉格派生出的曲调。一般认为常用的基本拉格为6个，为男性曲调（राग），由它们派生出一些女性曲调，名为拉吉尼。拉吉尼被人格化为拉格的妻子，波哈尔（बहार）为拉吉尼中的一种。

第二幕

地点：静修林

（萨谛梵坐在一处藤亭下）

（毗卢－特马尔 抒情诗拉格①）

为什么要成为一个苦修者呢孩子啊？

为什么要在年轻的身体上涂抹圣灰？

父母对你苦修没说让你不悦的话吗？

请说为何情绪不稳为何还未得爱妻？

（斋蒂高里慢板）

不知道爱的法则在别处也无法获得，

爱的法则难解至爱的人也很少懂得。

萨谛梵：这是哪里传来的甜美歌声？袅袅余音让我粗鄙的语言都变得神圣。其间孔雀的低鸣与歌声的回响交相呼应（想了想）哎！我的内心现在也不甚平静，过去在宫殿里，在水晶路面上行走我都嫌不舒服，如今却要一直赤脚走在崎岖的小径上，以前睡在白色绵软的花园地毯上，如今却在鹿皮上躺卧。唉，父母年迈无力，上天还让他们失明。唉！不幸的萨蒂梵还经常不能好好地照顾服侍他们。有时候甚至觉得他们慈爱的话语没有安慰到自己，这不应该。我出生就注定要苦修。神灵啊！让穷人变富，让富人变穷，是你常玩的把戏，但是让他们变得穷困之后你为何还要给他们许多痛苦呢？穷困就穷困吧，就不能让他们内心更安定一些吗？至少让他们能好好地侍奉年迈的父母一段时间吧？（担忧地）

（唱着歌的马图卡里、苏尔瓦拉和拉文吉簇拥莎维德丽走来，众女采花）

---

① 毗卢（पीलू），一种拉格，一般在一天中的第三个波赫尔（一天分8个波赫尔，一个波赫尔相当于3小时）演唱。特玛尔（धमार）是春季演唱的一种民间乐曲。

（高里拉格）

女伴：

看啊野蜂围绕着芒果树疯狂起舞，

盘旋乱飞沉醉狂舞诉说生命无常，

哦，看啊，野蜂正疯狂舞个不停。

（斋蒂高里拉格）

天啊，繁花盛开诸多花树已长成，

结满果子的芒果树枝条风中摇摆，

天啊，这里野蜂正疯狂沉醉起舞。

（高里拉格）

清风徐来，树枝晃动，树叶随风飘动不止，

仿若路人耳边呼唤诉说着充满爱意的密语。

低垂的卷发轻扬在这林中身心俱清凉舒爽，

看到这景象让人不禁想要在此度过这夜晚。

苏尔瓦拉：姐妹们，多么美丽的森林啊！

拉文吉：这个花园也很迷人啊！

马图卡里：啊！净修林里的修行仙人们多么幸福呀！

莎维德丽：姐妹，不只是修行仙人们，净修林让所有人都感到幸福惬意。

苏尔瓦拉：因为这里永远美丽如春，对吧？

莎维德丽：不仅仅是因为春天，静修林就是这样，总令人惬意舒适。

马图卡里：啊，看那！这个藤亭多美啊！姐妹们看，春天里的枝条在这个亭子上交织成郁郁葱葱的一片！

莎维德丽：自然的一切真是太迷人了！看，这边的花开得多美啊，就像有人给神造了座花亭。

苏尔瓦拉：还有，那边吹来的风多么凉爽啊。

拉文吉：风中还飘荡着香气呢。

马图卡里：姐妹，为何一直望向那边？

苏尔巴拉：对啊，姐妹，那里有什么，她为什么一直向那边看？

拉文吉：你知道什么，净修林里有许多这样美好的东西。

莎维德丽：(索尔特拉格)

快来看哪，众姐妹！月亮降落到地面上来啰！

害怕罗喉和计都[①]丢下妻子罗希尼来这里隐躲。

为了超越胜过湿婆大神，爱神在此定居修行，

所以某位森林之神可能在这藤亭中漫步休息。

马图卡里：真的，有这样修行的修行者！

苏尔巴拉：算了吧，净修林怎么会有这样的修行者？

莎维德丽：别这么说，都是造物主的创造，城市里有的森林里也有。

(朝萨谛梵方向投去渴望的目光)

苏尔巴拉：看到了吗？她这么全神贯注地在想什么？

拉文吉：(欢快地)在想他现在如果不是苦行僧，而是个王子的话，那就应了"人在家中坐喜从天上来"的俗话了。

马图卡里：姐妹，没有哪条规定说公主一定要嫁给王子啊？

莎维德丽：不管是国王的儿子还是修行者的儿子，都是造物主怀着同样的情怀创造出来的。修行者不比国王差啊。

萨谛梵：(自顾自地说)这是森林里的女神们来了吗？

马图卡里：我们过去向他问好吧！

(马图卡里朝着亭子的方向走去，萨谛梵从藤亭中走出来，席地而坐)

[①] 月亮的南交点，星宿之一，也被称为"龙尾"，据说它具有扰乱内心的能力。

烈女的威力

马图卡里：（走到萨谛梵身边）向您致敬。（拱手低头）

萨谛梵：愿您长命百岁！请问你们是？

马图卡里：作为女伴，我们陪伴摩德罗国贾阳提城的国王阿谢沃伯迪的公主莎维德丽，一起来这里采花。

萨谛梵：（表示欢迎）是公主殿下！向神致敬，问候你们！

马图卡里：您客气了！请问您一直住在这里吗？

萨谛梵：我一直住在这里，直到愉悦了天神。

马图卡里：由此得知，您应该是抛弃了某个王宫来到这里的吧？

萨谛梵：女士，这件事就不要问了。

马图卡里：我都求问了，你就得告诉我呀。仁慈的贤者不会让客人的请求落空，特别是第一次拜访的客人。

萨谛梵：我是沙鲁瓦国国王耀军的儿子，我的名字叫画马，也叫萨谛梵，在这个名叫派特亚勒奈的森林里侍奉我的父亲。

马图卡里：（自顾自地说）原来如此，除了大海，恒河从不向任何其他水域低头。（对萨蒂梵）那么请允许我们现在告辞！

萨谛梵：（有些失望）这是为何？还未接受我待客之礼？

马图卡里：这个嘛，让我问一问我的女友，然后再回答您。（来到莎维德丽身边）姐妹！这位苦修王子说要以待客之礼接待我们。

（莎维德丽望向姐妹们）

拉文吉：（欢快地）好啊，好啊！这有什么不妥？

莎维德丽：（有些害羞）姐妹，请向他转告，我们向父母请命改天再来拜访，今天已经有些晚了。

马图卡里：（来到萨蒂梵身边）公主说，向父母请命之后，改日再来，到时候再受您待客之礼。您也知道名门贵女什么时候都不得自由肆意。所以，今天请原谅我们不能接受您的招待。

萨谛梵：（有些失望）好吧。（莎维德丽与女伴们一起离开，萨谛梵仍看向她们的方向）这是怎么回事？头脑中为什么会有这种想法？难道黄金和宝石中也有杂质？火中也能生出虫蚁吗？噢？然后这禅修！这是在干什么！直到现在内心仍不能平静。算了，往前走走，看看那隐藏在云中的月亮的光辉，平复一下心情吧。

（下场）

（幕布落下）

第三幕

地点：贾阳提城的一处庭院里

（苦行者装扮的莎维德丽正在禅修）

（幕后赞颂诗人唱诵）

赞颂者一：
满眼红花绿树绽放笑意，
脖间的花环如流苏垂落。
蜜蜂嗡鸣诵神声浪如海，
夜莺啼哭唱着分离曲调。
赫利金德啊！
秋天一切珍宝抛开离去，
花开花落这样循环往复。
你的离开就像冬季①结束，
你的爱人扮作春季来临。

赞颂者二：
长着长着花儿凋落身躯变黄，

---

① हिमन्त，印历八至十月的时间段，相当于印历的冬季。印历一年分六季，即春季、夏季、雨季、秋季、冬季和凉季。

不知不觉就带来秋天的气息。
呼吸总是像三种风忽慢忽急，
眼中甜蜜的泪水像瀑布流下。
赫利金德啊！
花的心里隐藏有爱神的痛苦，
起伏不定的心情如孩童任性。
你离开时刻正是冬季的结束，
你的爱人扮作春季随后来临。

赞颂者一：
我慢慢闭上这双眼睛，
在上面遮上红色衣衫。
我日夜清醒泪流不停，
离苦灼烟雾头顶笼罩。
眼泪如断裂珠链滴落，
舍下女伴们独自离开。
请让我看见"神"吧，
请让我与丈夫一起行，
苦行女满眼渴望相聚。

赞颂者二：
一心一意，全身心投入，
四周弥漫着激动的乐声。
世界变样我的春天已到，
身心二者日夜不停修行。
赫利金德啊！
修行证得了苦修的法宝，

抛弃纷扰履行爱的正法。

忍受万千苦恼不求回报，

苦行女奉分离苦为证果。

（莎维德丽从禅定中睁开眼睛）

莎维德丽：啊，新的一天来临了！女伴们现在还没来，这样我的精力也能集中起来了。我的愿望是真实的，那么察知内在一切的萨蒂家族的女神帕尔瓦蒂一定会成全我的爱。通过心念、言语和行动，归顺到丈夫的莲足下表达我的虔爱，那我一定会得到他。如若不能，那我这一世也不会有另一个丈夫了。履行女性的正法非常难，在这个世界上，除了以赤诚之心对待被她称作丈夫的那个人，女人的身体能如何呢？父母都是恪守宗教伦理的人，他们听完女伴们的话，一定知道怎么做正确。如果不能，那这一世对我来说再不会有其他男子了。（看着自己的衣衫）哈！我很喜欢这件衣服，它能够显出我的神的形象，怎么能不喜欢呢？在它面前那些珍贵的宝石项链和闪闪发光的衣服都微不足道。只有心爱之人喜欢的东西才是心欢之物。否则，一切财富之源的帕尔瓦蒂女神为什么还要穿上这样的衣服来服侍夫君湿婆呢？相比阿约提亚城中华丽的宫殿和稀有的居家物品，对萨蒂家族的女神遮那竭的女儿悉多来说，与丈夫流放森林后的草屋和山岩更能令她心悦，因为快乐只在于丈夫的庇护之中。自己独自一人的快乐，没有爱的情感。妻子的幸福只在于对丈夫的奉献，丈夫喜欢的，也是同修的妻子所喜欢的。啊！那幸福的一天也将到来，我也将被庇护到自己崇拜的神——最亲爱的丈夫的脚下，学会煮饭等家务侍奉公婆。与丈夫一起采花寻草，漫步在森林里，用自己的裙角为劳作中疲惫的夫君擦去汗水，用树叶温柔的风为他带去清凉，为他按摩双足放松身心。

（眼中流下泪水）

（女伴们唱着歌到来）

（图姆里）

女伴：

看哪，

我们的苦行女来了，心里全是爱人，

飘逸的头发和雪白的脸颊容光焕发。

新披巾新腰带加胸前念珠灼灼放光，

绰约身姿加闪亮橙色衣服倍增风华。

看哪，

我们的苦行女来了，心里全是爱人。

（来到莎维德丽身边）

（拉瓦尼[①]）

拉文吉：

姐妹！

年纪轻轻艰难修行以求得爱人，

苦修衣衫穿在柔软娇嫩的身上。

之前你最喜欢在这里玩耍嬉戏，

父母期汝若公主样住在宫殿里。

母亲为女儿穿戴整齐感到欣慰，

如今抛开幸福财富享受去苦修。

丢下一切改换模样全身心修行，

苦修衣衫穿在柔软娇嫩的身上。

马图卡里：

姐妹！

这世间之女子成功的奇妙方法，

全部权力出自于其父母的手里。

---

① 拉瓦尼（लावणी），一种流行于印度马哈拉施特拉邦的民间音乐流派，一般与传统歌曲和舞蹈相结合，配以打击乐器奏出强劲节奏进行表演，具有活泼挑逗的风格。

如果你想可以献出自己的花园，
这样说出无须感到羞愧和难堪。
理解我们不必要无谓付出内心，
苦修衣衫穿在柔软娇嫩的身上。

苏尔巴拉：

姐妹！

还有很多王子内心在爱你慕你，
他们展现出了智慧美德力量等。
他们对你诉说热烈长久的爱恋，
世间没有什么人能与他们比拟。
你抛弃了王家的财富以及快乐，
苦修衣衫穿在柔软娇嫩的身上。

莎维德丽：（愤怒地）

好了好了够了够了不要再多说！
我将用正法驱赶自己内心恐惧。
身为王室女贪恋财富寻觅夫君，
为什么要放弃花蜜品尝毒液呢？
你们三人为何都在指责我愚蠢？
我把苦修衣穿在柔软娇嫩身上。

拉文吉：姐妹，你为什么如此生气？

莎维德丽：听到不合时宜的话谁不生气呢？

苏尔巴拉：姐妹，我们许下的誓言必须履行。

莎维德丽：什么誓言？

苏尔巴拉：姐妹，您的父母让我们发誓，我们将尽可能地劝您放弃这种愿望。

莎维德丽：放弃？放弃修行这条路？放弃用爱见证真理？还是放弃这具肉身？

苏尔巴拉：姐妹，冷静点。我们是您的女伴，不是别人。只要是能让你获得幸福的事，我们就要去做。我们所说的、所告诉你的话，都源自于天神的授意。

莎维德丽：那就没什么担心的了。走，我们到母亲那里去。不过去了之后，在我面前说的这些话你们就不要再说了。

女伴：好，走吧！

（幕布落下）

第四幕

地点：净修林中耀军的住处

（耀军夫妻和修道人坐着）

耀军：我已经承受了各种各样的痛苦，都不知从何讲起。

第一位修道人：这是您秉性温和的后果。

（恰拜拉格）

为何要出生在这人世间？

为何要生在这乡间野地？

茂密叶子为何带来阴凉？

甜美的果实为何能结出？

而后枝条为何又垂下头？

已经结果低垂那就得忍受这世间许多灾祸。

正如大树永远不能避免石头投掷扭断伤害，

真正贤人智者也无法避免这样惨境和痛苦。

第二位修道人：别这样说！要这么说——

使杜鹃远离痛苦后，

予之人世生活重负；

注满江河湖海之水，

如同农民一样幸福。

予世间树木葱郁幸，

让自己花园充满乐；

七月雨云播撒光芒，

我用赞美填满空阔。

耀军：

不曾迷金贪银钱，财富有命定，

贫穷并非是过错，如有诸美德。

遭到故爱人抛弃，神伤又心碎，

如若缺钱又少财，小狗也不悦。

故友众皆叛离去，亲友也疏远，

遇到故有家中仆，自己离遁远。

第一位修道人：对你来说这有什么关系呢，这样的人不见才好呢。

耀军：不，我倒是没想过不碰见这些人。我反倒对这样卑微的人产生了同情。只有当我看到某个出身高贵的善人因穷困而悲伤时，我才会因自己的贫困厌弃自己。每当那个时候，我就会感叹，如果这会儿我有钱，我就能帮他了。

第二位修道人：您心里为这件事难过遗憾，那么在精神上您就圆满了。您怀有这种情怀，早晚有一天会结出善果。

第一位修道人：高尚的人即便自身遭受着痛苦，世间也会借由他带来各种福运。

耀军：现在我能带来什么福运！上了年纪身体不再硬朗，只剩一只眼也瞎了，不能去圣地朝圣，也不能拜见神明。

第一位修道人：您的视力因为什么原因变得这么弱了呢？您现在还算不上年迈呀。

耀军：个中原因我刚刚已经提到了。（沮丧了起来）世界上没有比哀悼儿子更悲伤的事了。算命先生说过:"你家孩儿短寿。"听了这话后我更加心碎了。就因为这样,即便是那样好的家庭,能得到像拉克希米一样好的儿媳妇,我到现在也没敢把这桩姻缘定下来。

第二位修道人:啊!所以马主国王和他的王后才会为这桩姻缘如此忧心,只是应女儿的请求来求联姻。

(唱诵着天神之名的那罗陀仙人走了过来)

(那罗陀仙人边跳舞,边演奏维纳琴)

那罗陀:

(节奏:马哈拉施特拉的吉尔坦①风格)

致敬仁慈之主美发者②,致敬牛得③那罗延。

致敬牧区之主④罗陀夫,吉祥莲眼⑤黑天神。

神主十首诛者⑥摩陀婆,悉多之夫雅度主⑦。

佛陀人狮持斧伐摩那⑧,神鱼巨龟救世主⑨。

野猪迦尔吉和穆功德⑩,致敬仁主美发者⑪。

消除信徒恐惧毗湿奴⑫,沃林⑬天堂娱乐地。

---

① 吉尔坦（कीर्तन）,印度的一种宗教表演流派或唱颂方式,一般用带有音乐伴奏的吟诵方式进行表演。其歌词通常包涵神话传说或社会主题,主要表达对神的热爱。

② 美发者（केशव）,黑天的称号之一。

③ 牛得（गोविन्द）,黑天的称号之一。

④ 牧区之主（गोपीपति）,黑天的称号之一。

⑤ 莲眼,印度诗歌中常用莲花比喻眼睛。

⑥ 十首王罗波那（रावण）,为神主（सुरपति）毗湿奴大神的化身罗摩所杀。

⑦ 摩陀婆（माधव）,毗湿奴大神的称号之一;悉多之夫（सीतापति）指罗摩,雅度主（जदुपति）指黑天,二者均是毗湿奴大神的化身。

⑧ 佛陀（बुद्ध）、人狮（नृसिंह）、持斧罗摩（परशुधर）和伐摩那（बावन）,都是毗湿奴大神的化身,伐摩那即其侏儒化身。

⑨ 这里的鱼（मच्छ）和龟（कच्छ）都指毗湿奴大神的化身。

⑩ 迦尔吉（कल्कि）、野猪（वराह）都是毗湿奴的化身,穆功德（मुकुन्दा）是毗湿奴的称号之一。

⑪ 与第一句的前半句相同,为字数所限而缩略。

⑫ 胜利、致敬（जय जय）,向毗湿奴大神致敬,或胜利属于毗湿奴大神;信徒（भक्त）,指毗湿奴大神消除信徒的恐惧。译文中二词从略。

⑬ 沃林达温森林（वृन्दावन）,毗湿奴大神化身黑天的凡间生活地之一。

世尊诛刚沙者全世颂[1]，耶雪达提婆吉子[2]。

持有海螺神轮金刚杵[3]，撕碎钵迦持笛者[4]。

致敬沃林达温林之月[5]，致敬仁主美发者；

致敬牛得那罗延。

（大家打过招呼后坐下）

耀军：您大驾光临我这穷苦之境，我三生有幸。

那罗陀：国王啊！您富有真理、苦行和坚韧，何来穷苦之说呢？我今天给您带来了一个天大的好消息。我刚刚定下您家儿子的姻缘。我劝莎维德丽的父亲说，他的女儿莎维德丽将凭借忠贞女德，战胜重重困难，过上幸福的日子，凭借她圣洁的品性为两个家族增光添彩。我来也是为劝您，打消疑虑，定下姻缘吧。

耀军：我一向不会违背您的指示，但是……

那罗陀：但是什么？没有但是。多余的话这时候我也不能说。要知道有一点是确定的，结局将一切美满。

耀军：遵命。

那罗陀：那我走了。

---

[1] 摩揭陀国国王刚沙为黑天带领般度兄弟所杀，所以，黑天又有"诛刚沙者"之称号。
[2] 耶雪达是黑天的养母，提婆吉是黑天的生母。
[3] 海螺（शंख）、妙见神轮（चक्र）和锤形金刚杵（कौमोदकि）都是毗湿奴大神的法器。
[4] 钵迦（बक）一罗刹名，为黑天所杀。持笛者（वंशीधर）是黑天的称号之一。
[5] 沃林达温林之月，指黑天。

烈女的威力　273

（歌曲节奏：在佩拉夫[①]、伊戈达拉和巴乌尔[②]塔拉[③]等伯杰恩[④]之间转换）

黑天黑天罗摩罗摩，至尊甜美名号颂；

牛得牛得牛护牛护，名号另有美发者；

摩陀婆以及诃利神，持笛者和希亚姆[⑤]；

那罗延以及瓦苏神，难陀之子世至尊；

如沃林达温林美月，似脖颈上之花环；

赫利谢金德庇护所，幸福甜美欢愉相；

罗陀之主永永远远，满足信徒心中愿。

（载歌载舞）

（幕布落下）

第五幕[⑥]

（森林之神和森林女神降临）

（二神唱着歌，布尔维风格[⑦]）

罗摩啊！

[①] 佩拉夫（भैरव），北印度最常用的拉格音阶之一，也称"黎明拉格"，多在黎明时分进行表演，常作为印度古典音乐会的开场曲目，通常情况下演唱时要保持肃穆、虔诚的态度。此处指佩拉夫拉格曲目所用的节奏。

[②] 巴乌尔（বাউল），北印度的民间流浪艺人群体，他们大多为低等种姓的底层民众，离群索居。通过歌声传播独特的神秘主义信仰，多活动在孟加拉地区。这一群体表演的民间音乐歌调被称为"巴乌尔歌曲"，具有纯朴、自然和粗犷的风格特征，其歌曲多表达对神的歌颂。

[③] 塔拉（ताल），印度音乐的节拍或节奏体系，代表音乐节拍的基本计数时间或循环周期，印度音乐的节奏一般根据塔拉的固定模式进行循环往复。拉格和塔拉共同构成印度音乐的两大要素。

[④] 伯杰恩（भजन），印度音乐中一种轻古典音乐流派。源自于15世纪宗教虔诚运动中游吟诗人的演唱，后多用于宗教仪式上的颂歌。该流派的歌词主要以印度的两大史诗、神话传说为主题，表达对神的崇敬，在音乐风格上具有抒情性。

[⑤] 希亚姆（श्याम）等都是黑天的名号。

[⑥] 第5~7幕由拉达克里希纳达斯续写完成。

[⑦] 印度北方邦东部及比哈尔邦等地区流行的一种歌舞。

我们住在林中，是森林的居民，

过着修行生活，远离附近城市，

果充饥花为饰，住在山中洞窟，

只作爱的信徒，游走不入俗世。

森林女神：（唱着歌，布尔维风格）

来吧，亲爱的，我们坐到阴凉的树荫下面去。

森林之神：

在这个疲惫炎热的午后，咱们相拥而行吧。

（二神一起走到了一个花亭旁）

森林女神：这芒果树的影子散播着凉爽之意。

森林之神：你就这样把爱围绕充溢在我的颈脖间。

（二神在花亭里的一块石头上坐下来）

森林女神：看哪，这花园多么可爱，多么光彩照人啊！

森林之神：微风吹来你身体的每一处也都显得可爱迷人。

森林女神：夫君，看，当萨蒂家族的荣光圣洁的莎维德丽女神的圣足踏入这片森林，这里就倍加辉煌。

森林之神：这片森林的光辉，幼苗起初是由圣人萨谛梵种下的，萨蒂家族忠贞的莎维德丽为它浇水，让它完全成长起来。真是充满爱意！正如同你浇灌我们爱情的蓓蕾让它如花盛放。

森林女神：亲爱的夫君，对妻子而言丈夫是何等的神啊！

似丈夫尊神世间独一无二，

唯有丈夫才会助力弱女子。

丈夫予妻幸福财富无二人，

无夫生活女人就失去支撑。

森林之神：愿神把一切都赐予像你这般忠贞爱丈夫的妻子吧！

这世上没有人如女子这般的幸福，

虔爱夫女子获得的幸福无与伦比。

三男同行唯有丈夫成就美丽女性，

这样可爱女子是上天赐予的甘泉。

森林女神：啊！亲爱的，世界上没有像爱一样的无价之宝。看，爱意升起时你这莲花眼里涌出了珍珠般的花。（转过脸去擦眼泪，两人互相拥抱着流下充满爱意的眼泪）

二神：

大家共同为爱齐歌唱，

爱是幸福之海三界王。

爱之呼唤团结所有人，

爱之主于天堂有威名。

爱使世俗世界有生命，

爱使事业成就长美名。

有爱日夜同在穆罗敌[①]，

无爱即贫失夫少财富。

有爱生死解脱无畏惧。

森林女神：（看向幕后）亲爱的！看，萨蒂家族的珍宝莎维德丽女神正笑着和丈夫一起向花亭走来呢。

森林之神：看，萨谛梵正充满爱意地注视着爱人开心的脸庞，花落如雨，醉舞其中，多么美丽啊。啊！修行者的衣衫将这对新人装点得正如湿婆和帕尔瓦蒂那对爱侣一样。

森林女神：亲爱的！来，让我们在这个花亭的掩映下聆听他们俩那神圣的爱情故事，以让我们的生活更加美满幸福。

（二神躲在花亭的阴影处）

（幕落下）

---

① 穆罗敌（मुरारी），黑天的名号之一。

第六幕

(莎维德丽和萨谛梵坐在藤亭中的石头上)

莎维德丽:

你是我一生挚爱,

渴望见到亲爱的你,艰难时刻没有过去。

你是我的命和一切,就是我眼中的星星,

我不会让夫君离开,要把艰难时刻摧毁。

萨谛梵:(亲吻莎维德丽)

你脸如月,我眼如鹧鸪,[①]

眼不离汝,少你无生机。

日夜相守,仍似初相见,

神爱蜜语,无爱无法解。

两人一起:

爱的法则非常独特奇异,

人世原则皆会因爱改变;

谁人理解又有谁人明白?

赫利谢金德感知托山者[②]。

萨谛梵:亲爱的,自你来到这里之后,这片森林的光辉便与日俱盛。啊!这片森林因你而变得比那美丽的宫殿和所有幸福的事情都更令人愉快。

莎维德丽:夫君!这全是因为您。我这具身体哪有那么好运能够奉爱在您的身边,但是今天不知道是哪位天神的垂怜,让我能够成为您脚边的仆人,这是人们穷尽数生都未能获得的幸运。(眼里噙着泪)

[①] 传说鹧鸪鸟深爱月亮。
[②] 托山者,黑天的称号之一。在印度教中,黑天犹如爱神,汉语中一般所说的爱神(कामदेव)实际上是欲神,即欲望爱欲之神。

萨谛梵：（深拥）我亲爱的！能拥有像你这样的女人我是多么幸运，我这样的好运在天堂的人都未见能有啊。啊！

这世上没人像我这般幸运，

回到家中有这样光辉女人。

美丽有德可爱是我的生命，

你是财富聪慧爱人至上知。

莎维德丽：亲爱的！你这么说真是让我感到羞愧，我永远配不上你。不知道我是哪辈子修来的福分，让我有幸奉爱在您脚边。啊，亲爱的，我这皮革一样的笨舌头永远也无法描述我的心所感受到的您的美好品质。（充满爱意）

萨谛梵：走吧，不说了，谦恭的话已经说太多了。（向上看）啊！我俩说着话不知不觉过了这么长时间，父亲快要进行火祭了，亲爱的，现在我们得采集些木头。你留在这里，我去弄些木头就来。

莎维德丽：不，亲爱的，我不想让你走，不知道为什么今天心里总是有点发慌，不知道怎么办才好，你别走。

萨谛梵：女人天性温柔细腻、多愁善感，所以你的心里才惴惴不安，不会有什么事的，我去去就来。

莎维德丽：（展示自己的右眼皮一直跳）不，不，你别走。你看，我的右眼皮一直在跳，不知道今天会有什么事，我不会让你走的。

萨谛梵：这是因为女性天生柔弱，你才总是有各种担心。什么都不会发生的。心里想着什么就总觉得会怎么样。你别固执了，让我走吧，时候不早了，父亲会生气的。（萨谛梵走了，莎维德丽阻拦，放心不下内心不安的样子）

莎维德丽：（非常悲伤）今天心里为什么会这样不安？总觉得今天会有一场大灾祸。（震惊）对了，难不成今天就是僧人所说的那可怕日子吗？唉，我错了，我让我的爱人独自一人离开。哎！现在我该怎么办呢，去哪里呢？我是不是真该死？夫君啊，你去哪里了？

听我说句话再走啊。（停了一下）好像已经走远了，走，我去找他。我错了，今天让他独自一人离开。（非常不安地离开）

（幕后传来歌声）

哎，好人没有能够享受到快乐，

残酷的造物主让他的幸福崩塌。

还未享受过一两天的幸福安宁，

悲伤之海突然把她淹没不同情。

不要沉迷世间幸福和财富假象，

天啊！快去小路承其脚下荫蔽。

（幕布落下）

第七幕

（地点：一处茂密的森林里）

（一棵大树下，萨谛梵晕了过去，莎维德丽十分忧伤地坐在地上，把他的头拥在自己怀里）

莎维德丽：亲爱的，我的命，你怎么了？哎，刚刚还好好地和我告别来到这里，现在这是怎么了？啊，像玫瑰花那么漂亮柔软的脸为什么这么暗淡呢？啊呀，有人吗？快，快找个医生过来！（停顿一会儿）喂，附近有人吗？谁能帮帮我？啊，可怜的夫君啊，救命啊，救命！现在除了我没有人能帮你了。你看看，在这么可怕的森林里，在你面前，我一个弱女子像孤儿一样伤心。快救救我吧！

萨谛梵：（渐渐恢复意识，看向莎维德丽）亲爱的！你怎么在这里？我要走了，因为我，你不得不承受这么巨大的痛苦，请你原谅我，也请你偶尔记起我这不幸的人。（停了一下）代我向父亲致敬，告诉他我很遗憾，我为他做得太少了，请他原谅我的罪过。也代我问候母亲，临死时不能见她一面我很伤心。我死后，请你小心伺候公婆，在神明庇护下永远保持仁爱之心。（表现出特别痛苦恐惧的表情）。啊！我就要走了，我的喉咙好干，我好渴。水……水……

  莎维德丽:（害怕）天哪！这里连个能装水的器皿都没有。（跑到附近的池塘里，把裙裾浸湿，回来，水挤到萨谛梵的嘴里）

  萨谛梵:（镇静了一些）哦，我的女神，此时的你就像在抛洒甘露。

  莎维德丽：快别说这些了。告诉我，你刚刚还好好的，这一会儿工夫发生了什么？

  萨谛梵:（奄奄一息）我……和你……分开之后，就去捡木头。我进入灌木丛，刚要砍一棵干枯的树枝，突然感觉我的头好像要爆炸了一样。头痛欲裂，令我无法忍受，好不容易从灌木丛里出来，走到这里就昏倒了，之后的事我就不知道了，再恢复知觉时就见到你坐在这里！噢，好热，我的身子直不起来了……现在我要离开了……（晕过去）

  （幕后歌声）

  我们是阎魔使者是鬼魂，

  我们强大无比战力惊人，

  瞬间能把金屋化为灰烬。

  莎维德丽：啊，是阎魔使者来了吗？是要来夺走我的爱人了吗？不……绝不……如果我们真的彼此忠贞，那就看看阎魔使者有何能力触碰到我夫君的身体！

  （夜幕降临，阎魔使者上场）

  阎魔使者团:（唱着歌跳着舞）

  我们是阎魔使者是鬼魂，

  我们强大无比战力惊人，

  瞬间能把金屋化为灰烬。

  无论他是国王还是乞丐，

抑或他是智者还是罪人，
终有一日落入我们手掌，
任耍什么花招也逃不掉。
我们绑住胳膊把人带走，
我们用棍子狠命把人打。
不管是谁我们无所畏惧，
心里想做什么就做什么。
我们是阎魔使者是鬼魂，
我们强大无比战力惊人。

……

使者一：喂，你们是来唱歌跳舞的，还是来干正事的？

所有使者：（不安）是啊是啊，走吧兄弟，得马上把萨谛梵的魂魄带到尊主那里呢。（所有使者前行）

使者一：（害怕）啊，这里好像有一团火在燃烧，谁有能力跳得进去。（所有人都惊恐地看过去）

使者二：是啊，我们带走了无数人的生命，生来就是干这个的，但还从没见过这样的怪事。现在我们该怎么跟尊主交代呢？

使者三：切，一群懦夫，我们日夜待在地狱之火中的人，这点火又能把我们怎么样？瞧着吧，我现在就去索他的命。（来到萨谛梵旁边，突然大声尖叫"啊呀，我的天啊，要死了"，然后晕倒在地）

所有使者：（非常害怕地颤抖着）兄弟们！想活命就赶紧逃吧。看到这种情况只有喊救命的份了。

使者一：等等，我们应该试着跟她说一下，就说请她让让，看看她会怎么说。

使者二：你要是嫌命长那你就去说吧，我可不说。

使者一：（鼓起勇气，远远地，双手合十）女神！能否劳驾你稍微让让，让我们执行尊主的命令，然后回去复命。你在这白白地伤心能有什么结果呢？

莎维德丽（用锐利的眼神看向他）：听着，别过来！一步都不要往前走！回去跟你们主人说，只要我还有口气，谁也别想碰这具身体。

所有使者：（害怕）啊，天哪！要被烧着了。（全部逃走）

（幕后传来歌声）

（比鲁和孟加拉拉格）

世上没有与虔爱丈夫一样的美誉，

于女而言没有其他正法与此相仿。

阿奴苏耶悉多莎维德丽皆是典范，[①]

视夫为神之女吠陀往世书皆颂扬。

忠贞美德妇女居住之家之国幸运，

其出生时刻幸运结婚地点亦幸运。

虔爱夫君之妻那样荣誉无人能有，

她们的品行在天国也被传播称颂。

（阎魔拿着铁棍上场）

阎魔：（自言自语）啊哈！看看虔爱的力量是多么强大，就和熊熊烈火一般。这个残酷的工作我干了这么久，还从没见过这样的奇事。（大声说）女神，你何苦这样固执？阳限已到的人谁也救不了。你就让开吧，让我带走萨谛梵的魂魄。

莎维德丽：（双手合十）大王啊！别这么说！听到这些话我的心都要碎了。萨谛梵就是我生命的全部，离开他我还能去哪里呢？

阎魔：莎维德丽！你的虔诚和忠贞毋庸置疑，但是作为人也必须承受一生的罪孽之果。谁能修改造物主的法则呢？不要再做无谓

---

① 阿奴苏耶（अनुसूया）是阿低利（अत्रि）仙人的妻子，以贤良著称；悉多（सीता）是罗摩神（राम）的妻子；这里的莎维德丽（सावित्री）不是本剧中的女主角，是娑罗斯伐底女神（सरस्वती）的一个称号。

的坚持了，快走开吧。

莎维德丽：正法之神啊！如果您坚持，那就把我也带走吧。没有萨谛梵，我活着又能干什么呢？

阎魔：这我做不到啊，你的时日还没到呢。行了，现在我们已经晚了，误了时辰了。

莎维德丽：哎！你对我这样一个弱女子就没有一点恻隐之心？

阎魔：莎维德丽啊！我能做什么，能力之外的事你让我怎么办？除了你丈夫的命，你想要什么我都可以给你。

莎维德丽：大王啊！我年老公婆的眼睛都瞎了，请您让他们复明吧。

阎魔：如您所愿。行了，现在让开吧。（莎维德丽让开，阎魔王带着萨谛梵的魂魄走，莎维德丽也跟在后面）

（幕后歌声）
    你的生命时间会骤然停止，
    年轻享受阶段不能不在意。
    啥时啥地啥原因失去生命，
    一切未知期间身体消无踪。
    死神降临时无人可以幸免，
    唯留赫利谢金德享受神泽。

（帷幕升起，下一个场景阴森恐怖，阎魔走在前面，莎维德丽哭泣着跟在后面）

阎魔：（又看向莎维德丽）女神！你跟着我干什么呢？走吧，回家去吧。事已至此，木已成舟了。

莎维德丽：回那空荡荡的家里干什么呢？夫君萨蒂梵在哪里我就在哪里。

阎魔：我对你的忠贞非常满意，萨蒂梵命已不在。有什么想要的就向我索求吧。

莎维德丽：大王！您高兴的话，请帮我公公取回被敌人夺走的王国。

阎魔：好，如您所愿！好了，你现在可以走了。

（阎魔前面走，莎维德丽后面跟。幕布升起，下一个场景是阴森可怖的森林）

阎魔：（回头看）啊呀，你还没有走啊！为什么总是做无用功呢？走吧，记住，现在你不可能再与自己的丈夫重逢了。

莎维德丽：正法王！还有一件事要请求您。

阎魔：除了萨谛梵，都可以如你所愿。

莎维德丽：大王！我公公家族没有继承人，所以请给我一个恩赐，让我有100个与萨谛梵生育的儿子。

阎魔：如你所愿！

（阎魔前面走，莎维德丽后面跟。帷幕升起。下一个场景是天堂的大门，非常明亮。三个仙女手持花环站着）

仙女：走吧，莎维德丽的生命！

多日心愿满足过后品甘露，

用爱织成的花环留于己手，

无畏林中如云随行不分离。

阎魔：（看见跟着的莎维德丽后）你一直跟着我到现在吗？

莎维德丽：大王，难道您忘了刚刚承诺给我的恩赐了吗？请把萨蒂梵的魂魄还给我。

阎摩：祝福你女神！我输给你了。虽然有违造物主的法则，但我还你萨谛梵的魂魄。（让萨谛梵重生）从今天开始我知道了遵守忠贞正法的女人能做成任何事情，反之则无事能成。莎维德丽，这世间将永远传唱你圣洁的美名，关于你的圣洁的赞歌将永远让世界变得更加纯净，你的尊名将是忠贞女人们的荣耀。啊！在这种超越凡人的贞操面前我也不得不败下阵来。忠贞正法万岁！莎维德丽万

岁！（这句话四处回荡，花雨从天而降，三个仙女围着莎维德丽唱歌跳舞）

　　唱吧祝福祝贺刚刚获得的爱情，
　　以夫为命之女面前啥都不重要。
　　以忠贞之力战胜死神为夫续命，
　　她们的美名的旗帜在三界飘扬。
　　践行爱道向世界展现自己信念，
　　新郎新娘幸福地唱着爱情颂歌。

（莎维德丽走出来，她和阎魔王一起经历过的场景一幕幕再现，最后出现的是森林中的场景，地上躺着萨谛梵的尸体。莎维德丽将魂魄放入他的身体。萨谛梵苏醒，好像刚睡醒的样子）

　　萨谛梵：（舒展了一下身体）噢！我做了个多么可怕的噩梦。好像死神化身成一个巨大恐怖的形象带走了我的魂魄。一路上都是非常茂密的森林和可怕的地狱深潭，回想起来令人毛骨悚然。然后，好像那个死神把我带到了天堂的门口，那里站着来挑选我的三个仙女。就在这时，好像有一个天堂里的女神从死神那里要回了我的魂魄，而那个女神好像和你一模一样。哦！我的心还在颤抖，神灵保佑！

　　莎维德丽：夫君！别害怕了。现在不用担心了，所有都是真实的，并不是梦。但现在不用再害怕了。

　　萨谛梵：啊？这一切都是真的吗？是你把我从死神手里抢回来的吗？（表现出恐慌的样子）啊！头好晕，都搞不清现在是醒着还是在梦里。

（那罗陀仙人弹着维那琴唱着歌上场）

　　黑天黑天罗摩罗摩，至尊甜美名号颂；
　　牛得牛得牛护牛护，名号另有美发者；
　　摩陀婆以及诃利神，持笛者和希亚姆；

那罗延以及瓦苏神，难陀之子世至尊；

如沃林达温林美月，似脖颈上之花环；

赫利谢金德庇护所，幸福甜美欢愉相；

罗陀之主永永远远，满足信徒心中愿。

（萨谛梵、莎维德丽行礼）

那罗陀：愿黑天大神永远祝福你们。（向莎维德丽）莎维德丽！今天，你让萨蒂家族脸上有光，今天你让忠贞正法的旗帜飘扬，这旗帜将永远飘扬。仙女们将颂扬你的美名并从中得到福运，你的美德故事将让世界更加圣洁。

（拉文吉、马图卡里和苏尔巴拉上场）

女伴们：哇，姐妹，太棒啦！你有很多我们甚至没有意识到的美好品质。向你的忠贞致敬。

那罗陀：（向萨谛梵说）孩子！能找到这样一个忠贞的妻子是你的福运。（把莎维德丽的手放在萨谛梵的手上）来，今天我再次把这颗无价宝石交给你，好好保护它。

（三个朋友和仙女们围着莎维德丽和萨谛梵跳舞和唱歌。剧院里灯光明亮）

致敬致敬致敬伟大女性莎维德丽，

忠贞优秀形美仁慈拥有所有品德。

仿如影子紧紧跟随自己心爱之夫，

其名誉之精美旗帜在三界中飘扬。

贞洁定力建正法给世界带来幸福，

他们的爱情故事是忠贞者之荣光。

（天上撒下花雨撒，幕布落下）

第五位先知

（独白剧）

人啊，奔走相告吧，我是第五位先知，在我之前已有大卫、耶稣、摩西和穆罕默德四位。我叫朱萨，由寡妇所生，代表神来到你们身边。因此，相信我吧，否则神会发怒，对你们不利。

我到地球上已经许久，但在此之前神并未降旨，因此我一言未发。有什么可说的呢？我只能像动物一般游荡，等待时机到来。人们也将我称作野蛮人、猴子、楞伽魔军、低贱者。而现在，我成了那些人的导师，因为神已发出这样的指令。因此，你们要相信这一切。

就像穆罕默德有数个名字一样，我也有三个名字：先知朱萨是我的大名，德伯勒是我的第二个名字，苏非德是我的第三个名字，而我的全名是受敬·尊荣·哈兹勒德·德伯勒·苏非德·朱萨·阿莱胡斯拉姆先知。

神曾在西奈山上向我展示圣光,①降下神谕:我任命你为我的使者,你要为人们带去信仰;大卫奏响提琴之后看到了我,而你奏响风琴即可;摩西用我的神光燃亮了西奈山,而你要用自己的光芒点燃世界,使之焦黑;耶稣死后重生,而你将跨越生死;穆罕默德将月亮一分为二,而你将祛除月亮上的黑斑,使之成为你自己的标记。

神降下旨意:去,把偶像崇拜,也就是那些异教从世界上抹去吧。我已使世界半文明化,并让你全部开化。我授意先知们禁酒,对你,不仅不禁,还要使之成为你信仰的标志。在你回到天国之后,它仍会永存于世,可以说,尽管你的王国不会永存,但是这份信仰却会永远延续。

神说:我已让牛、猪、青蛙、狗等所有不合教规的动物对你而言变得合规,也已让为了宗教说谎对你而言变得合规。我命令你尊重妇女,不仅要平等对待她们,还要和她们成为伙伴;除了公共场所以外,我还让天使在西奈山上,也就是我向你展现圣光之地,建造了三个休息之处。我为你将它们命名为库勒西、楚勒西和德格里。

神说:去吧,保持警惕!不要露出包括脸在内的身体的任何部分,否则你将被魔鬼欺骗。要着黑色服装,同时为了纪念我,要把头露出来。

我接受了神的这些指令,然后来到了你们身边。记住我说的,接受我的信仰吧。我虽然不是神疼爱的儿子、心爱的妻子和代理人,但却是神的第二个形象。这种尊荣是其他任何先知都不曾拥有过的。

人啊!接受我说的吧,连神都畏惧我。因为我是伪装起来的无神论者,为了出使才变成有神论者。因此,神始终担心我的论证会让他走向消亡。既然连神都畏惧我,那作为神的囚徒的你们,就更应该感到恐惧。

---

① 根据基督教神话,上帝曾在西奈山上燃烧的灌木丛中向先知摩西显形,并向其传授了"十诫"。

我亲爱的英国人啊！你们不用感到害怕，我会宽恕你们所有的罪行，国籍可是大事。使者和你们是一个肤色，因此我会将你们的罪恶隐藏起来。

亲爱的穆斯林啊！我有些担心你们，因为要摧毁你们太过容易。因此，为了让你们变得更好，我会在我的宗教典籍中写下：我的继任者们必须给你们带去福祉，让他们为没有让你们读上书而感到悔恨，让他们为你们建造中学和大学。

但是，我那如羔羊般的印度教徒啊！我将你们视为最下等的人，因为这个国家正因神的怒火而燃烧，并且还将继续燃烧下去。因为神的愤怒，你们的名字将永远是半开化的粗鲁人、异教徒、不见光的野人、该死的家伙的代名词。

看哪，我预言：你们将哀嚎、跟跟跄跄地游荡于世；你们还没有学到智慧，力量便已消耗殆尽。除了钱财，世间将别无他物；这里将物价飞涨、久旱不雨，霍乱、登革热等各种新疾病将四处传播；相互指责、相互诋毁将成为你们的性情；懒惰将遍布整片大地。到那时，除了被神的愤怒之火烧成的灰烬之外，你们将一无所有。

但是，我亲爱的人们！诚心信仰我这个真正的先知的人吧，你们会得到救赎的。因为我不喜欢阿谀奉承，也不会收受贿赂，我是神的真正使者，也是世间的真正统治者。为了我，神赐予太阳光辉，给予月亮清凉。天空大地皆为我创造，众神天使也为我而生。

信仰我，为我献上礼品吧，将鞋脱掉后来到我的圣墓前吧，戴上头巾来到我的灵柩前吧；给我的祭司们献礼并听取他们的鼓动吧，因为，他们将是你能够得到救赎的原因。我说的，他们会认可听从，会发出正确的指示。遵守这些指示，无疑是正确的做法。那些包含真理的词句中，这样的或是那样的命令中，又有什么可怀疑的呢？事实正是这样，我的主人、我的天父，他的吩咐总是金口玉言，而我所言便是他（神）所言。如果受到我的轻视，你们要忍受。如果被人揪着衣领从我的神殿中赶出去,你们不要感到羞耻,要再走进来。因为,离开我的神殿就相当于离开这个世界。

喝酒吧,和寡妇成婚吧,建立儿童学校吧,再进一步,举行童婚吧,消除种姓歧视吧,在毁灭中得到贵族头衔吧,在酒店进餐吧,学着自由恋爱吧,去演讲吧,去玩板球吧,在婚姻中节约开支吧,成为会员吧,阿谀奉承吧,祭祀吧,做个狡猾的人吧,跟不懂的就说"我们不知道"吧,戴上圆帽、把头露出来吧,但是身上的衣服一定要紧啊。去舞厅、舞会、戏院吧,去充满了钱币的碰撞声的银行吧。因为这些事情都能使神和我愉悦。

喝酒吧,不要有任何疑惑。看哪,我喝酒,因为酒是神的血液,他曾令我喝下,而我现正在让世人喝下。酒是他统治两个世界的标志,今后我在世上的许多时日中它也将始终存在。神已经发出命令,要你们不必像其他人一样建造坚固的房屋,因为世界本身就是毫无根基的。那些装有神的血液的瓶子的碎片(神说)是我的脊骨,历经许多岁月仍不会溶解消失,它将作为我真正王国的标志永存。

我的名字是朱萨①,因为我会吞下所有人的罪恶——钱财。神吩咐说:我的信众都被钱财蛊惑,犯下罪行。如果他们没有钱财,就不会再犯下罪恶。因此,你首先要做的,就是将他们的财产统统吞噬。

我第二个名字是德伯勒②,因为德伯勒在印地语中意为"钱财",在英语中意为"两倍",在西部方言意为"容器",从中可以取出酥油和谷物。我的第三个名字是苏非德③,因为我是赐予光明的人,也因为我的心像纯净的白糖一般,我的肤色是白色的,因此,我也会让人们在我信仰的光芒下变得洁白无瑕。

---

① 此处是一个构词技巧,朱萨(चूसा)是动词"吞噬、吞下"(चूसना)的一种形式,其意义可以理解为"吞食者、侵吞者"。
② 此处是一个构词技巧,后文有解。
③ 此处是一个构词技巧,苏非德(सुफेद)是印地语单词"白色"(सफेद)的变体。

我的圣山的名字是西奈山，因为我要将所有罪恶的心灵、所有罪孽、所有偏见以及人的权力和财富统统粉碎。我的第一个休息处名为库勒西，现在那里的空气已经得到净化，不会再受到庸人的打扰。第二个休息处名为楚勒西，它处于燃烧的火焰之上，除了像我这样的先知，再没有人能在那里坐下。第三个名为德格里，那里充满欺骗，其中心便是我的座位。

神已使这一切合乎教法：酒、牛肉、羊肉、四轮马车、骗局、庄稼、民族灯笼、大衣、靴子、棍子、怀表、铁路、抽烟、寡妇、未婚姑娘、情妇、鞭子、雪茄烟、腐烂鱼虾、腐烂奶酪、腐烂咸菜、口臭、阴毛、大便不用水、手帕、姨妈、舅妈、姑妈、婶婶、自己的女儿孙女的表亲朋友、养子的儿媳、男佣、女佣，禁止抽水烟、偷摸干坏事和自由的不虔诚的异教徒；并使这些不再合法：偶像崇拜、说真话、伸张正义、穿拖地（围裤）、点教派符记、戴宗教串珠、沐浴、刷牙、无拘无束、慷慨大方、勇敢无畏、传说、"往世书"、种姓差异、童婚、和兄弟父母住在一起、祭祀、正统交往、真挚的感情、相互帮助、相互和解、不说坏话、不构陷、没有偏见等。

人啊！奔走相告吧，信仰我吧！回首过往然后感到后悔吧，搓手痛惜吧。我是神心爱的又一位先知，第五位先知，为了救赎你们来到世间。信仰我吧，接受我的指令吧。我在你们面前举起的右手便是神的手，对着它跪拜吧，低头吧，敬畏吧，遵奉吧。将这酒视作神的血液，畅饮吧，喝吧，喝吧！

以毒攻毒

（独白剧）

迷女色的罗波那被杀，贪财富的刚沙的下场一样；
罗摩克里希纳如日月永恒，沉迷贪恋则堕入毁灭。
（朋达迦耶上场）
朋达迦耶：（长吸了一口气）
女子是利刺，不可夺其身，
罗波那丢命，只因迷女人。
如今我们的情形也像罗波那一样了，那么到底发生了什么事呢，唉！
罗波那丢了十个头，只因迷悉多；
我只有一颗头可丢，其间何愧责。
你看，月亮迷恋其他女人虽有些羞愧，但仍给世界带来福泽（捋着小胡子），就像我，虽身名狼藉，但仍是这座城市的荣耀。哎呀，婆罗门大贤人哪，你怎么回事？把我所有的秘密都漏了底。不过呢，即使是这个秘密被你说透，我也不认输，不打败你和克里什纳巴依，我就不叫朋达迦耶。舞台叙述者可能要问了，现在还是坎德·拉奥的王朝吗？管它什么王朝呢，我们还是我们。（向上看）你说啥？"这场暴乱造成现如今这种境况"，谁的谁的？国王马勒哈尔·拉奥的？哎呀老兄，说一说现在什么情况嘛。（向上看）咳，走了，什么情况，我也就听说了一点，说什么几天前来了一个女官，也不知道谁派来的。咳，她不就是为这事来的嘛，国王的一些下属不好好听话这件事，然后呢？她来能干啥？自己的鼻子，捏住了想往哪个方向转就往哪里转呗。然后呢？为了帮她，她的三个半亲戚也都来了嘛——一个是爷爷，一个是兄弟，一个是丈夫（劳拉）和半个姐姐，那他们是不是也不能怎么样？（向上看）说啥，要是马勒哈尔国王允许他们做点什么的话，那么就……咦，老天爷，让干什么？国王是神哪，神不就是可以"让做事不让做事或者做一点事"的嘛，这是神的权力。所以都是他的羊，他想让喝哪个河口的水就喝哪个河口的水。我们不也是这样嘛，想做什么了就只管让仆人们没日没夜地去做。印度斯坦现在只有三个人能享乐——一个是穆罕默德·沙[①]，第二个是瓦吉德阿里[②]，第三个就是我们的国王了。穆罕默德·沙的王朝腐朽昏庸不已，瓦吉德阿里也丢了勒克瑙，现在看看我们自己的这位会有什么境遇。这就是他的结局，但是谁不是深陷这声色浮世中呢，大仙人，修行人，国王，新的老的皇帝，所有人都深陷其中。啊哈，对，女人这东西就是这样的——

  为了吸引男人造物主让其造化特殊，
   以爱神之美火神之力雕琢创造了她。
  柔韧的腰肢和美丽的秀发为其装饰，
   岁月流时间移所有人为她心悦神迷。

[①] 莫卧儿帝国的皇帝。
[②] 勒克瑙和阿瓦德的纳瓦布，1847~1856年在位。

以毒攻毒

这是昨天意义上的说法了，且听如今印度斯坦吟诵的女人是怎样的：

为了吸引男人造物主让其化身吉祥福乐，
播撒爱的种子那密语让所有人心悦神迷。
灯节时十四个黑夜不眠不休的修行所得，
证得圆满的人也痴迷的她的名字叫女人。

（抬头）你说什么？礼遇这类女人的后果就是让那么重的责任落到头上。谁的谁的？谁，谁支持我们你不知道吗？啊，国王的？怎么了？发生了什么事？（抬头看）你说什么？"你不知道吗"？我只知道先是来了一个委任书，然后我们听到了一些眉来眼去的乱七八糟的事。咦，咦，女人就是这样的物件，她又还是个没结婚的。这不是闪电遇铁斗吗。不管是女人还是闪电，谁触到谁就会死。（抬头）你说啥，"死就是再也回不来"，啊呀，谁啊谁啊？说什么？那就是你一早就开始念叨的事吗？啊！啊！国王！啊，发生了什么事？被废黜了？啊！太不幸啦。国王没有死，印度斯坦却没了。你倒是把所有的事都告诉我啊！（停了一下抬起头）哦，我明白了。唉，太糟糕了，不怕老死，就怕这些妖魔鬼怪的事？瓦吉德阿里·沙也就是因为这样的事情下台的。"母亲和兄弟为了从女王那里获得公正去了英国，结果两人的命都丢在了那里""议会里听到这个事情一下子炸开了锅""老兄啊，那些有福幸运的人，都是一些家世显贵、博学又善施、仁慈的人，身上有一切好的品质"。当我们听说一个叫《诗蜜》的报纸，在国王下台的那天用红金色的字体印发的时候，我们非常生气。啊，这马屁精！老天，拍马屁也得有个限度吧。一个国王下令寻找一个特别会拍马屁的人来。马上有三个人来应征。国王问，你会拍马屁吗？第一人回答，尊敬的国王我当然会啊。国王把他赶了出去。国王问第二个人你会拍马屁吗？第二个人回答说皇上我将尽我所能。国王把他也赶了出去。国王再问第三个人你会拍马屁吗？第三人回答说仁慈的大神啊，我哪有这样的能力能够奉承国王之一二啊。国王说好，这是真正的会拍马屁的人。情况正是如此，生存也如这般。哪怕付出了千万条性命，不会奉承就什么都得不到。命没有了连王位也没有了，但是老弟啊会奉承就能有幸福。"我现在就只说国王的好，他笑我就笑"，但我做不到啊！看看印度斯坦这阿谀奉承者的宫廷，看看像我这样的班迪特？"跟在神身边有吃有喝的人哪知道怎么修行"，这不是偏见抱怨啊，本来就是这样的。可以列出数以万计的证据，但谁会听呢。唉，没有人听啊，"心有爱意不说出来也不能把心掏出来给人看啊"唉，老兄啊！再多说就是浪费时间，"骰子扔到哪儿就接受哪种命运，国王想啥咱就做啥吧""他想听那些人那奉承那就让他们奉承吧"，国家没了又能咋样？奇怪的是这些并不是当今才有的事，自古以来就这样。政治也这样维持下来。同样地，政府[①]也不关心印度人民的死活。在拉姆普尔，外人杜兰特给印度教徒带来了多么大的痛苦，不让做祭祀，不让吹法螺，政府对此事却漠不关心，根本不理会百姓的呼吁。当然，这种不幸在之前就发生过，尽管前政府统治的时候也曾宣誓保护一切。宣誓书中写了什么根本不管用，任他什么官员，事情一样，该怎么办还是怎么办，没有任何改善。政府根本不会来看一眼这些可怜的人。神啊，祝福吧！那些1599年来做生意的人，如今把这些独立的国王弄得像是牛奶里的苍蝇一样。或者说这都是聪明的结果，也是他们良好的治理和拥有力量的结果。17世纪中叶，当克莱武被关在阿尔卡德的城堡里时，印度人说我们的粮食减少了，只剩些米了，结果白人吃米饭，我们喝米汤过活。1617年，当整个马哈拉施特拉全力抵抗政府（英国人）时，只有波劳达人与他们在一起。但看看他们家族如今的这个下场！我们在第一个任命书到来时

[①] 这里的政府指英国人的政府。下文的政府均为此意。

才明白了这一点。"当我听说大力罗摩和克里希纳全心全意献身于般度族时,我想把名叫不可战胜的这头牛送给他们,希望他们永胜"。不管怎样,马勒哈尔所做的坏事永远不会被忘记。有人问加尔各答著名的国王阿普瓦里亚·克里希纳他是什么样的国王时,他回答说就像象棋中的国王,让走哪里就去哪里。(抬头看)你说什么?说得都对,但谁会说出来呢?哪个老爷会那么执拗呢?不说,不说罢了。国王就和神一样,他们想做什么,咱们看着就行,没有说话的份。马勒哈尔要是听得进去,哪会发生这么糟糕的事呢。议会在讨论贝拿勒斯王公的权力时,黑斯廷斯先生关于是否委任居民这个事说得很对,他说若不在别的地区委任居民,他将为巴特那地区的公司带来土地税收益。他说委任居民之后,他们就会尝试对国王和土邦治理实施影响,在居民与王公之间产生争议的时候,居民们就会在议会中投诉王公,当然毫无疑问议会将听信居民们的话做出对王公们不利的决定,然后,这会为王公们带去伤害,并摧毁他们作为一般地主的威信。马勒哈尔就是与那些居民这样争执不休。好了,老兄啊,印度式的一些诡计花招,除了印度人自己,还有谁能理解得更透彻呢?最重要的是,这些事情的精髓只有印度人自己知道。"自己人了解自己人",唉,这么大个王朝就这样的下场。确实,坏儿子就是坏事,他的老父亲达玛吉·噶耶格瓦尔[①]该是多么痛苦,因达玛吉的强大才使得佩什瓦拉古纳特·拉奥[②]一直不足为惧。1768年,当玛特乌·拉奥[③]被拉古纳特·拉奥侮辱胖揍的时候,就是达玛吉派去了自己的儿子戈宾德·拉奥给予支援。听说达玛吉有四个儿子——小王后生的大儿子席亚吉,大王后生的小儿子戈宾德·拉奥,最小的王后则生下了佩德·辛格和马尼克。就是这个戈宾德·拉奥,在父

[①] 在印度历史上享有盛誉的马拉塔王朝的国王,该王朝约在1720~1740年获得统治地位。

[②] 1773~1774年在位,马拉塔帝国的第十一位佩什瓦。

[③] 1761~1772年在位,马拉塔帝国第四位完全掌权的佩什瓦。

亲死后签了一个协议，搞了军事政变，按协议他先付了550万卢比，之后每年付79 000卢比和3000骑兵，随着时间的推移涨到了5000骑兵。（向上看）你说什么？佩德·辛格也抵抗了？对，把席亚吉推上王位之后也一直在战斗抵抗，但是巴吉·拉奥当上佩什瓦后，把戈宾德·拉奥给压制住了，重要的是哈里发入侵的时候，巴吉·拉奥自己领着军队去了波劳达，然后戈宾德·拉奥当上了国王。英国人政府则让这两人冰释前嫌，达成协议，三个月内戈宾德·拉奥给佩什瓦拉古纳特·拉奥260万卢比，然后佩什瓦拉古纳特·拉奥给他一块南部价值100万卢比的封地，并划出价值21万3000卢比的土地给噶耶格瓦尔的政府。（向上看）你说什么？考尔上校曾经占领过波劳达的部分地区？对，佩德·辛格干了一些荒唐事，但因此考尔上校从他这里夺走了胡马雍这个城市。（向上看）说什么？然后怎么了？然后就这样，玛依河北部的土地归佩什瓦佩德·辛格，英国人的政府得到了布罗奇的28个波尔格纳[①]、辛诺尔波尔格纳以及其他一些土地。这佩德·辛格在娜娜法伦维斯出去巡视期间，给了佩什瓦155万卢比、首相10万卢比，发动了政变。1791年，可怜的佩德·辛格摔死了，他的弟弟马尼克吉打着哥哥席亚吉的名号当上了王公并管理起国家。但是那会儿住在浦那旁边的凯勒村的戈宾德·拉奥对佩什瓦说，现在应该把我的国土还给我。听到这个要求，马尼克吉以现付娜娜法伦维斯331万3000卢比现金，并后续逐渐给付380万卢比的约定换得了国书承认。但是另一边，戈宾德在塞提亚大君出访浦那期间也从大君那里拿到了国书。在这个过程中，马尼克吉死了，然后娜娜法伦维斯要戈宾德付第一笔现金，否则便不让他走。看看，这些英国人将其视作是对先前已决定的事情的反叛，因而去帮助了戈宾德，并且劝娜娜法伦维斯说已决定的事情他现在为什么

---

① 莫卧儿帝国时期的行政单位。

要反悔，还因此向可怜的戈宾德要求新达布蒂河南部的地区？由此，可怜的戈宾德1792年12月19日当上了王公，但在1799年与孟买省省长乔纳森·邓肯会面时，他把苏拉特（Surat）的四分之一以及84个波尔格纳作为礼物送给了邓肯。（向上看）说啥？再说点关于波劳达的情况？听着，我是这个王朝以前的祭司。我告诉你所有的事。对，首先呢，是戈宾德坐上王位，然后是阿巴·沙鲁克尔，就是那个和娜娜一起被关起来的那位，他后来花了100万卢比才被释放，并当上了艾哈迈德巴德的首领。巴吉·拉奥呢，他不停地挑拨戈宾德和阿巴·沙鲁克尔，让这两个人没日没夜地斗个没完。但是，邓肯先生为了和戈宾德交好，打压得阿巴·沙鲁克尔逐渐衰弱了。可怜的戈宾德·拉奥死于1810年，他不如马勒哈尔·拉奥这般有英雄气概。戈宾德·拉奥时代就这样了，因为他有四个儿子和七个庶子。阿南德·拉奥最大，被认为是王位的继承者，但是他不太聪明，其他的儿子就想除掉他取而代之。戈宾德·拉奥知道另一个儿子刚赫·拉奥有这个心机之后，就把他在自己面前关入了牢房；后来在阿南德·拉奥的多次请求下，以及一些军队将领的调解之下被释放，成为主要的大臣。但是刚赫·拉奥对此并不满足，并逐渐在全国发展自己的势力，最后拉奥吉的老将领阿巴·博尔普壮大起来之后扳倒了他。这两人都想得到英国政府的支持。其中刚赫表示除了旧的协定，还可以将吉克利送给政府。阿南德·拉奥和他的首相向阿巴·博尔普提出了给7000阿拉伯骑兵作为对他的支援的回报，因为阿巴的哥哥巴巴吉是这支部队的首领。刚赫的支持者是格利地区的地主马勒哈尔·拉奥·嘎耶格瓦尔，这个人非常狡猾。当他在阿南德·拉奥的治下挑起了许多事端并夺取了他不少城堡时，阿巴也向孟买省省长写信求取支持，他请求支援5支部队，全部花销由他承担。孟买省长在没有和下辖的将军们商量的情况下，怎么能提供全面的帮助呢？这么一想他从巴克尔少校的亲信中派去了1600人，这支部队和阿南德·拉奥的部队相遇后登上了格利城堡。那个时候马勒哈尔·拉奥，我漏掉了，又改变了口风，说他寻求和解。但是他的心里还是不服气的。这样在大家都不知道的情况下，他发起了对英国人的偷袭，但巴克尔少校凭借其聪明救出了军队。不久之后得知马勒哈尔和阿南德·拉奥一方的许多人见过面，这让当时的巴克尔少校除了自保，无暇他顾，不得不写信给孟买的古穆克。4月23日孟买的援军来了，他们挖了一条壕沟将格利城牢牢地围起来。阿南德的军队和政府的军队合力拿下了格利。这场战斗中有113位政府兵被杀，马勒哈尔·拉奥归顺了政府，每年从纳里亚德的收入中给出2.5万卢比，不过，他同时被软禁了起来。格利城堡也归阿南德一方所有。马勒哈尔·拉奥的支持者坎纳博德·拉奥曾与噶耶格瓦尔①军队在波劳达附近交战并被围困在森格勒的城堡中。政府趁机夺取了那座城堡，然后坎纳博德·拉奥与戈宾德拉奥的庶子（和婢女所生的孩子）穆拉·拉奥两人逃到了塔尔地区，并在那里得到了王公波瓦尔的庇护。不久，阿拉伯人以没有领到工资为由发动兵变，将阿南德·拉奥关入牢房，把刚赫放了出来。巴克尔少校先是安抚规劝他们，然后和他们战斗了10天，最后当城墙被攻破时，阿拉伯人得胜并要求和谈。这次战斗中死了许多英国军官，双方签署协议达成一致，支付剩下的175万卢比工资之后，这群阿拉伯人退到自己的国家或土邦之外。有许多人走了，但是阿布贾玛达尔却跑去了宾波利土邦和刚赫会合。刚赫又开始了烧杀抢劫，最后被霍姆斯打败，跑到了乌贾因。对，对，除此之外还有一件事。一次巴吉·拉奥对波劳达的律师阿巴·迈拉尔说，波劳达人还欠我们1000万卢比，我们可以放弃其中的170万，但是剩下的快让他们给付。巴吉·拉奥只能想出个办法，以无耻的手段插手波劳达的事务。波劳达人说我

---

① 此处指戈宾德·拉奥的父亲达玛吉·噶耶格瓦尔一方。

们为佩什瓦吉做了很多事情，作为交换我们也要一些回报。在政府的保护下，噶耶格瓦尔把根噶塔尔·沙斯特里派到佩什瓦那里。佩什瓦倒什么都没说，还出于礼节带着沙斯特里和自己的顾问特勒言博格一起去了本图尔布尔。在那里，他用欺骗的手段于1815年7月14日指使士兵杀死了沙斯特里。英国人对这件事特别生气，从四面八方派兵把佩什瓦包围了起来，佩什瓦战败并将特勒言博格交给了英国人，之后向波劳达人举起了掠夺之手。这就是那样一个波劳达，身上永远都有英国人政府的影子。

（向上看）你说啥？"嗯，继续讲。"算了吧，谁还会唱着这些过去的悲歌哭泣。但是老兄啊，艾奇逊先生在自己的宣誓书里写着呢，说除了坎德·拉奥和马勒哈尔·拉奥之外，嘎耶格瓦尔的嫡子或庶子血统里再没有别人了。那么阻止马勒哈尔·拉奥家族的人坐上王位，是不合理不公平的吧。为什么不公平呢？1802年的宣誓书里，用噶耶格瓦尔自己的话说英国人对此有绝对的权力呢。所以现在哭什么！我还知道马勒哈尔·拉奥和拉克什米巴依结婚之后，她的姐姐德利德拉巴依一直觊觎马勒哈尔·拉奥，一有机会就到自己姐妹身边来。经典中写着拉克什米和德利德拉是姐妹。但是老兄啊，她不是豆蔻少女，是恶魔中的毒女啊。确实也太过分了。听说当国王到城中的富人家去的时候，妇女们因为害怕他都往井里跳。自古至今就是如此。火神的祭词里这样唱道：

何须改变就此沉沦，怀中的佳人空虚远遁，
美妙的琴音，和口出密语的拉克什米女神。

不然能怎样呢？不管怀里抱着的是月亮还是太阳，身边是倒酒婢女还是美酒佳酿，到底是罗波那比他更骄奢呢，还是他比罗波那更胜？有一点他比罗波那更厉害，那就是在这样的世道里，在英国人的这种统治下他还能搞出暴乱。啊，印度大地啊！你怎么生出这样一个儿子啊！啊，如果说穆罕默德·沙和瓦吉德·阿里是穆斯林可以放弃抵抗,但是作为印度教徒的马勒哈尔·拉奥如何消除他的印度教徒印记?谁都同意寡妇再嫁,而他却让有夫之妇再嫁。如果他是穆斯林,那可以让人离婚再和他结婚。但是她怎么离婚,拉克什米的丈夫都找上门来了。没错,就是这样的,他就是这么位君王。让他反抗英国人?说了也是浪费时间。如果对这样的人没有适当的惩罚,那么还不知道他们会搞出什么样的灾难来。要说就是:

惩罚不该受罚者,对该受惩罚者仁慈,

这是国王最大的恶政,最终会下地狱。

(向上看)说什么?确实,让穆斯林土邦的一个王子坐上了王位。看吧老兄,现在这是什么?哈哈哈!我们还在这里废什么话啊!啊哈,英国人政府万岁!从来没有这样的事。奶是奶,水是水,放一个穆斯林国王在那里,就把国家夺走了。他是他们的心腹。神啊,只要恒河、叶木拿河不断流,他们的王国就稳固。我们的祭司们又活过来了。马勒哈尔·拉奥和我们有什么关系?我们只与那个王位有关系,"谁当国王对我们有何坏处"?啊,英国人万岁!你们给我们带来了罗摩和坚战时期的理想王朝,哈哈哈!(向上看)你说什么?说说还想要什么?到底需要什么?让我们的谈话继续,波劳达王国再一次幸福地存活了下来,现在还需要什么呢?马勒哈尔·拉奥说了什么,谁还去想这个呢,求仁得仁吧,管它做甚。

"以毒攻毒",婆罗多仙人的这句话应验了:

别贪恋别人财富也别觊觎王位,

是牛就多产奶是云就多降雨水。

信奉天神保你无病无灾多福运,

神让英国人建立这个稳固王国。

听着啊好人幸福远离痛苦恐惧,

诗人用和平味唱印度万岁永胜!

(幕布落下)

附录一 论戏剧

序言

  当我翻译《指环印》的时候，就曾有过想法，想把戏剧创作这一题目与翻译文稿一起做出来。但是一来担心图书的发布，二来有朋友们建议，此题目还是单独成册付梓发行。所写内容取材于《十色》《印度舞论》《文镜》《诗光》《威尔逊印度戏剧》《几位名人的生涯》《戏剧家与小说家》《意大利戏剧史》《雅利安哲学》。我希望这本书能对印地语戏剧创作者有大用处。一来是人非圣贤，孰能无过？二来是正好写于我生病的时候，所以其中可能有不少谬误，希望读者们能取其精华，使我这番辛苦有所收获。在此书写作中，我所获得的支持，无须向他人表示感谢，因为右手之案头篇章正是左手之奋笔疾书，每一篇章皆为自己所成。

赫利谢金德尔
健日王纪元1940年，印历正月白半月15号

献词

　　神创造了如此广袤世间之戏剧并使之呈现于世间子孙之面前，子孙唯有向其敬献虔诚，尤其戏剧家更得如此，他更是神之骄子。

　　神！今天假如有一周时光，我的人生之终场依然落幕，但不知是何想法，仁慈降临，他的命令并未奏效。否则这本书不可能得以出版。这也是您开的玩笑吧，今天迎来了出版的日子。当书出版之时，理所当然要书写献词。故：

　　视为己物，欣然接纳。

　　尽管心灵一直遭受世间苦痛折磨，四个月来身体也遭受疾病之苦，但：

　　演员脚铃千次回响，
　　舞姿回旋心醉神迷。
　　黑天举灯步步照莲，
　　此刻心中尤为喜悦。
　　生命流转时光飞逝，
　　唯有言语才被铭记。

印历正月白半月望日
黑天本事剧末
健日王纪元1940年
你的赫利谢金德尔

戏剧或视觉诗歌

　　戏剧一词意指戏剧表演者的行为。戏剧表演者可以说成是用技艺改变自身或其他事物样式之人，或是能改变亲眼所见之意义。戏剧中的角色们通过改变自身的样式，呈现所想之样式，或是在化妆之后在舞台上改变个人之风格。诗歌分为两类——视觉诗歌和听觉诗歌。视觉诗歌就是诗人将内心的意图及个人情感直接用声音呈现出来。就像迦梨陀娑在《沙恭达罗》中描写豆扇陀来到静修林之后，沙恭达罗的目光从直视变为偷看的一幕，第一个场景描写了包括沙恭达罗在内的、化妆了的当地妇女，呈现了沙恭达罗的外形、青春气息以及丛林装扮，通过描写她的眼睛、头型和举手投足，展示她的迷人姿态和个人品行，并通过诗人插入的言语展示她的口才。调动观众之情绪是视觉诗歌的特性。如果您想通过听觉感受到同样的意趣，那么诗歌会带来乐趣；如果能有某种直接之体验，则能获得四倍之乐趣。视觉诗歌正名是诗剧。诗剧之中当属戏剧最为重要，所以我们又将诗剧称为戏剧。这项技艺又名歌者经。梵天、湿婆、婆罗多、那罗陀、哈奴曼、广博仙人、蚁垤仙人、罗婆与俱舍、黑天、阿周那、雪山神女、辩才天女等都是戏剧大师，其中婆罗多尊者是这一经论之大成者。

分类

如果基于舞台阐释戏剧一词的意义，我们可以分为三类：诗剧、笑剧和闹剧。笑剧用木偶或道具等展示场景，通过哑剧、魔术和遛马来模仿对话，展示鬼怪僵尸，嘲讽社会的不公。闹剧中几乎没有戏剧特质，包括小丑戏、宫廷戏、歌舞戏、拜神戏、本事戏及偷窥戏等。虽然波斯人的戏剧、马哈拉施特拉地区的演出也算是诗剧，但因为缺少诗歌，应该被视为闹剧。诗剧分为两类比较妥当，即古代戏剧和现代戏剧。

古代戏剧

古时候表演可分为戏舞、舞艺、舞技、湿婆舞和拉赛舞五个种类，其中舞艺被称为不带感情之舞，舞技仅仅只是舞动，湿婆舞和拉赛舞则是另一种形式的舞蹈。所以，戏剧中仅包含戏舞，其他四种舞被排除在外。戏舞分为正剧和非正剧两类，正剧包括以下十种。

1. 正剧

我们将包括诗歌所有特质在内的综合表演称为正剧。正剧的主角应该是某位国王（例如豆扇陀）、某位半人半神（例如罗摩）、某位大神（例如黑天），情味当为艳情味和英勇味，通常多于五幕、少于十幕。旁白应当引人入胜且积极正向，例如《沙恭达罗》《结髻记》等。

2. 俗剧

俗剧与正剧的故事应当可以媲美，但旁白是俗语。主角是大臣、富人和婆罗门，女主角是大臣之妻、某位情感复杂的居家女子和妓女。主角所说梵语与配角所说俗语混合杂糅，例如《茉莉与青春》《小泥车》。

3. 独白剧

独白剧通常只有一幕。演员抬头上望，好像与某人对话，自行将全部故事叙述完毕，自行展示笑、唱、怒、摔。独白剧的创作目标通常为逗笑，语言精练，其中夹杂音乐，例如《以毒攻毒》。

4. 打斗剧

此剧展示打斗，没有女性角色，通常是一天的故事。主角通常为大神的化身和英雄，剧本比正剧相比要短，例如《阿周那的胜利》。

5. 神剧

神剧通常分为三幕，演员可以多达12位。剧情为神之故事，诗

韵为吠陀体。神剧展示战争、大师和幻影。（暂无举例）

6. 闹剧

闹剧与神剧相似，但更侧重打斗、神迹。每幕有四位主角扮演神和神的化身。（无举例）

7. 四幕剧

通常有四幕，主角是神和化身，女主角是女神。通常描写爱情等，战争一般被女主角所终结。（无举例）

8. 独幕剧

只有一幕演出。主角是正面人物，旁白为俗语。

9. 双人剧

与独白剧一样，只有一幕。两名男子上场对话，用自己的语言及各种表情来讲述爱情故事，但主要目的是逗人发笑。（无举例）

10. 滑稽剧

滑稽剧主要表演滑稽味。主角可以是国王、富人、婆罗门、奸猾之人等，剧中包括多个角色。尽管按照古代仪式应该只有一个场景，但现在没有几个场景根本无法呈现，例如《生命的欢乐》《按〈吠陀〉杀生不算杀生》《黑暗的城邑》。

非正剧有以下八种。

1. 大剧

根据戏剧特征，全本如果有十幕，我们称之为大剧。

2. 短剧

短剧可分为十八类，包括宫廷剧、多幕剧、独幕剧、七人剧、单场剧等。

3. 宫廷剧

宫廷剧通常有四幕，其中女性角色众多，但女主角处从属地位，即处于宫廷剧的男主角的权力支配之中，例如《璎珞传》《金德拉沃里》。

4. 多幕剧

多幕剧通常有五、七、八至九幕，一般来说每幕都有丑角。男主角通常是天神，例如《优哩婆湿》。

5. 独幕剧

独幕剧一般有九个或十个凡间男子和五个或六个女子，由音乐伴奏表演，只有一幕。（无举例）

6. 七人剧

七人剧通常为俗语，没有开场献诗，其他演出方式与宫廷剧类似。

7. 单场剧

单场剧只有一幕，有男主角、颂诗者、奏乐的女主角和驼背的配角，其中有各种歌曲和舞蹈。

8. 其他非正剧

再若细分，还有其他类型的非正剧，但这些非正剧语言既没有特色，其功用也平淡无奇，所以没有必要对其进行详细阐述。

婆罗多尊者没有写全短剧的类型。写出的十类短剧可以分为两类——宫廷剧和多幕剧两类。《茉莉与青春》中的选段以诗韵混杂而闻名遐迩。

现代戏剧

最近受到欧洲影响以及按照孟加拉手法所创作的诸多戏剧都可以归入现代戏剧之中。与古代戏剧相比，现代戏剧最大特点就是背景的多次转变，所以每一幕必须创作出多个场景。因为随着戏剧情节的变化，有必要展示各种各样的背景。应该设想好这一幕及所有场景，例如有一部戏剧讲述五年的故事，每年的历史就是一幕，每幕的情节根据不同的特定时间的场景组成，也就是说由五件大事组成的戏剧，每件大事由完整的一幕来阐述，不同地点发生的、按照事件顺序的小事件构成每一个场景。现代戏剧可以分为两类——戏剧和歌剧。突出故事部分而歌咏部分占比较少的是戏剧，而歌咏部分占主导的则是歌剧。按照故事特质的不同，现代戏剧可分为好几类，大体可这样分：（1）喜剧，也即与古代戏剧一样，故事以圆满结局收场；（2）悲剧，故事结尾以男主角或女主角之死或其他悲剧事件收场（例如《爱的世界》）；（3）悲喜剧，也即一些角色离散结局收场而另一些则获得圆满结局。

这些现代戏剧的创作情味主要有：（1）艳情；（2）滑稽；（3）娱乐；（4）社会教化；（5）爱国。艳情和滑稽已经有许多知名作品，无须再举更多的例子。娱乐味戏剧通过特定方式展示神奇事件来愉悦人们的心灵。社会教化戏剧创作的首要目标是展示国家的积弊流俗，例如净化婚姻相关风俗或宗教相关弊端。他们巧妙改编古代戏剧故事片段，用此种方式使国家得到进步（例如《烈女的威力》《痛苦的女童》《童婚之毒》《种瓜得瓜》《人狮之胜》《施舍眼睛》等）。爱国戏剧的目标就是激发读者和观众心中的爱国热情，所以这些戏剧通常以悲悯味和英勇味为主（例如《印度母亲》《尼勒德维》《印度惨状》等）。除了这五种创作情味之外，也以英勇味、敬神味等情味来创作戏剧。

戏剧创作

在古时候，戏剧作家从梵语的《摩诃婆罗多》等史诗中选取知名故事片段或诗人新作，按照民俗来组织框架，发挥想象改编故事。正剧按照《十色》、非正剧按照《八色》来编排，要符合当时在场观众们的兴趣，包括正剧和非正剧在内的诗剧通常在某位国王或身处高位人士的剧场里上演。

当代诗人和观众群体对于古代的表演颇感兴趣，他们按此规则创作戏剧来娱乐社会大众，但当代诗人和观众群体的兴趣与古时候有了很大的不同，所以完全按照古代章法来改编、撰写戏剧并不合情合理。

当观众有了文学鉴赏力，创作手法也能恰如其分展开，那时候观众内心和社会流俗这两者之间能够包容兼蓄，戏剧创作方才可行。

戏剧创作没有必要抛弃古代所有的创作方式，因为古代创作方式也适用于当代社会民众，能够被吸收融合。展示戏剧创作能力尤其要关注国家、时代和角色。古代非凡的、令人难以置信的创作对观众所产生的吸引力，是当代戏剧创作所匮乏的。

当代具有鉴赏力的观众对于戏剧中那些不符合常理的素材堆砌而来的诗歌并不感兴趣，只有富有特点的创作才能吸引观众，所以继续关注那些神话题材进行创作并不妥当。在现代戏剧中，那些诸如"祝福""颂歌""引诱"等方式没有任何留存的必要性。如果按照梵语戏剧的方式，在印地语戏剧中继续研究这些方式，或试图将其置于某戏剧片段之中，只会徒劳无功。因为把古代戏剧特征置于现代戏剧之上，并试图为其增光添彩，结果是适得其反并白费功夫。不过，婆罗多尊者为了梵语戏剧创作所撰写的规则，其中一些规则仍然适用于印地语戏剧创作，也符合当代观众的兴趣，这些规则呈现如下。

场景

通过背景所展示的河流、山脉、森林和花园等影像被称之为场景，别名为幕、幕布、景和处所等。①② 尽管婆罗多尊者在《舞论》

---

① 现在景色随时发生改变，所以又被称为场。——作者注。
② 如果没有特别说明，本文的注释均为作者注。后文不再另做说明。——译者注

中并没有清楚地写明任何关于宫殿、森林、花园或岩石等影像的任何规则，但通过研究还是可以了解到，当时确是通过变换背景来展示森林、花园和山脉的影像的。如果不是这样，那如何展示罗摩与悉多分别的时候，一会儿阿逾陀王宫是冲突之地，一会儿蚁垤的静修林又是冲突地点？从这点可以判定通过变换场景就能展示所有的一切变化。同理，在戏剧《沙恭达罗》上演的时候，舞台监督身处一个地方而没有拉下幕布，如何一会儿呈现静修林，一会儿又能呈现豆扇陀的王宫？所有证据都证实，背景一定是存在的。这些背景对于戏剧非常实用。

幕布之升降

根据情节的需要，剧场中舞台前方需要遮挡之大图，其名为大幕或外幕。没有戏剧演出时这就是一块普通之布匹。当舞台上更换背景时，大幕就被降下。梵语戏剧中降幕规则还有这种情况：通过更换舞台内部幕布来呈现山岭、河流等影像。也就是说大幕没有被放下来，优哩婆湿等仙女们就进入了舞台，豆扇陀也在场。

开场

在戏剧故事展开之前，主演、小丑和助手与舞台监督一道所做的剧情介绍，与戏剧故事相关，被称之为开场。戏剧规则制定者婆罗多尊者写下了五种开场，这种五种方式都极为引人入胜并且言辞优美，其中四种方式在印地语戏剧中被沿用至今。我们将舞台监督的听差称为监督助手，他的作用比舞台监督还要重要。现在我们列出这五类开场方式，即：（1）介绍式；（2）言语式；（3）剧演式；（4）提醒式；（5）告知式。

介绍式：在戏剧正式开演之前，舞台监督上场介绍入场的角色，所以称为介绍式。例如:《指环印》：

舞台监督：亲爱的，我已经费尽苦工犁完了整整64垄地，有什么饭菜都端上来。今天是月食之时，可别有人骗你。因为：

月盈而亏，必有恶行，蛮力施展，月儿缺损。

（后台）天！我还活着，是谁用蛮力让月亮出现月食？

舞台监督：是您的兄弟所为！

这里，舞台监督本来说的是月食，但考底利耶却借"月亮"的含义引出旃陀罗·笈多①的入场，用此方式完成了介绍式入场。

言语式：角色听到舞台监督的话，知晓了话语的真实所指之后，再行入场，此种方式被称为言语式/对白式。如《璎珞传》中舞台监督说了这番言辞，因为神意，岛屿与大海之间的东西就会自然显现，而此时仙赐入场。舞台监督句中的真实所指就是海岛主角（璎珞）的到来，但为了增添戏谑色彩，别的主角（仙赐）明白含义之后登台入场。

剧演式：一场剧演正在进行，正好机缘巧合与另一种剧演相结合，另一种剧演的角色随之进场，被称之为剧演式入场。例如在一部叫《莲花环》的戏剧中，舞台监督呼唤自己妻子前来跳舞，以这种方式让悉多和罗什曼那上场。就是用这种方式完成开场之后，告知了角色登场和戏剧故事。②

幕间乐曲：当一场剧演即将结束，大幕落下之后，角色们要演出其他场的时候，在落幕的时候，舞台上必须要有幕间乐曲。如果缺少乐曲，表演就会枯燥乏味。多种乐音混合而成的演奏或歌曲被称为幕间乐曲。随着戏剧情节演奏歌曲或曲调是恰如其分的。例如《信守不渝的赫利谢金德尔》的第一幕结尾的乐曲是怖畏的晨曲，第三幕结尾的乐曲则应该是夜曲。

---

① "旃陀罗·笈多"中"旃陀罗"是月亮的意思。——译者注

② 此处似乎由于疏忽，遗漏了提醒式和告知式。舞台监督描述某种秘密事件，用意就是让某位角色入场，被称为提醒式。在一场剧演中，通过某种景象来告知某位角色入场，被称为告知式。——编者注

风格包括艳美风格、崇高风格、刚烈风格、雄辩风格。

艳美风格：艳美风格以华美、妇女和装饰为庄严，夹杂大量女性歌舞[1]，结合各种娱乐体验。这种风格适用于艳情味的戏剧。

崇高风格：崇高风格通过英勇、施舍、同情和光明的开端来呈现各种正义品行并且给人崇高情感之触动，其中多以激励人心和有英雄特质的男演员为主。崇高风格的戏剧主要以英勇味为主。

刚烈风格：刚烈风格以幻觉、魔术、斗争、愤怒、伤害、反击和结盟等使人产生暴戾情味的方式为主。这种方式应该关注暴戾味。

雄辩风格：以苦修者语言为主的风格被称为雄辩风格。这种风格多适用厌恶味。

戏剧创作者在创作之时，如是有意着重以某种情味为主创作，对他来说艳情味最为适宜。创作艳情味为主的戏剧，没有必要描述打拍子、舞刀弄枪等主题，崇高方式则恰好相反，以此为主。

报幕

演出的开始对戏剧的简介被称为报幕。以前没有印刷机，所以

---

[1] 舞蹈是印度斯坦最出色的艺术形式。这种艺术在印度国内如此流行，几乎所有人都在学习跳舞。这些技艺现在随处可见，重要性不言而喻。音乐是舞蹈艺术的一部分。乐、舞和歌三样都算音乐。当下，通晓音乐的人在印度没有受到丝毫尊重，人们也以从事此行为耻，但这都是过去苦难岁月留下的恶俗。现在印度地方所留存的音乐，都是佳作。正如在1871年，维耶克特·吉里土邦王资助了一名叫夏尔达的舞女，毫无疑问，她就是舞蹈艺术的专家。纯舞与剧舞两者都很重要。本国的舞者不能仅被用来供人消遣，更要展示自身才华，还要将"声名与才华"都视为真理。纯舞与歌舞有这样的区别：纯舞以手势为主，而剧舞以旋律为主；纯舞通过眼、眉、嘴、手等来展示，歌舞则以手、脚、喉和眉来展示。剧舞根据记载有108类，拉手、弯腰、打拍子等都是其组成部分，光舞动脚上铃铛就有7种类别。柔舞和狂舞是纯舞的最重要的两个类别，可由一至多人共舞。男女舞者都可以是纯舞的主演，但有些舞蹈只有男舞者，有些只有女舞者，有些则男女舞者皆有。我们向大神祈祷，希望舞蹈音乐艺术能够在我们之中广为流传，而将侮辱舞蹈音乐的愚蠢流俗交给我们的敌人。

舞台上由舞台监督或监督助手来报幕。现在由于印刷机[①]的影响，所以没有任何必要再做报幕，分发节目单便能完成此项工作。

古代戏剧中通常只有开场白是叙事的，但并没有这样的规则，因为不是所有戏剧都有开场白。《结髻记》中这样的说明是由怖军之口说出的。

提示：那些展示表演时风土人情的环节，其名为提示。提示通常由舞台监督、舞者、监督助手来呈现。

后场：舞台的后面那块隐秘的地方，其名为后场。演员的服饰、化妆就在这个地方进行。当舞台中有天界、神界或人界的配声时，就从后场中唱诵或吟诵出来。

主旨：各类人物独白的要义就是主旨。如果一个诗人没有主旨，那他的诗作就无法改编为戏剧。

情节：戏剧故事或特定背景就是情节。情节分为两类——主干情节和背景情节。哪个故事的主人公是男主角，此故事被称为主干；

---

① 尽管印刷术已经在印度流行了很长时间，但像今天这样能够印刷书报并将其出版，是否达到这个程度，还难以定论。在黑天时期，当国王沙鲁瓦向天帝城发起进攻，他就做了这样的安排，没有得到盖有国王名字印章的许可，任何人都不能出城，也不能进城。从这里可以清楚地看到，通过印章，一个地方的文字能够到达另一个地方。戏剧《指环印》创作于旃陀罗·笈多同时期或稍后时期，其中印有罗刹名字的指环就颇有名色。尽管印刷术的起源在雅利安经典之中就有记载，他国人民从此项技艺中获益良多，但却认为印度雅利安人与此无关，所有人都如此说辞。还有人说此项技艺从他国传入，非雅利安人才是印刷术最先的大师。我们必须公开批判这样的言辞。

许多人为了制造印刷机曾做出贡献，但实际上，印刷机最早出现在英格兰的哈莱姆市，几乎所有人都接受这一点。哈莱姆市统治者劳伦斯·孔帕尔先生于沙迦1440年建造了这台机器。他有一天在自己花园里，走到一棵树下，剥下湿树皮，将其做成一个姓名字母的小玩意儿。当他切割字母，并将其盖在一张纸上，那时候一阵雨水袭来，沾着树皮汁液的那些字母在纸上留下了印记。孔帕尔先生看到这一幕，经过分析开始进行其他样式的实验，他制作了木质字母，将他们在浓稠的液体中浸蘸，然后印刷的字就显得更为清楚。他还用玻璃、锡合金来制作字母，并且建造单独制造机器的作坊。这样，从那时候开始，印刷术就流传了下来。劳伦斯·孔帕尔有一个叫约翰·法斯特的仆人。他秘密地偷学了主人的手艺，后来去了一个叫曼特斯的城市，将印刷术传播出去。所以，这项技艺在当地因为专家和骗子之名同时闻名于世。

印度兴盛的时期及其之后，希腊和罗马繁盛的时期也到来了，当地的富人和大人物费尽辛苦，用手抄书的方式促进了（各项）技艺的发展，但今天通过印刷就能轻而易举地获得各项技艺的图书，所以人类社会呈现出一个全新的时代，这一点毋庸置疑。

呈现主干故事的情节就叫主干情节。为支撑主干情节的韵味而创作的故事情节，被称为背景情节，例如《罗摩衍那》中的妙项、维毗沙那等人物角色。

主要内容：戏剧中不管有多少条与情节相关的主线和支线，除了独白之外，每场都有特定内容需要呈现，这些达成其韵味之词被称为主要内容。

表演：根据不同场景而呈现出来的模仿叫作表演，场景例如罗摩登基、悉多被放逐、黑公主受辱等。

角色：那些妆成罗摩、坚战等人的样子，模仿当时情景的人被称为角色。戏剧中那些由女性角色展示的部分，其中如情境、风情、嬉戏等与性别相关的八种庄严，角色们都无法演绎，但男演员在穿上女性服饰的时候，通过练习也能展示情境。

表演类别

表演分为四个类别，即形体表演、语言表演、妆饰表演和真情表演。

形体表演：只通过肢体来进行的表演，其名为形体表演。例如《萨蒂》中的南迪。萨蒂大声谴责湿婆而赴死，听到这一切，大神南迪手持三叉戟进入舞台中央，那时就应该用肢体来表达愤怒。

语言表演：通过对话完成表演工作，其名为语言表演，如结巴的表演。

妆饰表演：通过服装、首饰等来表演叫妆饰表演，例如在《信守不渝的赫利谢金德尔》的看门人和侍从和国王一道进入舞台时，他们一言不发，但通过妆饰表演表现出心理活动。

真情表演：昏迷、出汗、打寒战、颤抖和眼泪等情境表演被称为真情表演。例如看到了萨蒂的尸体之后，南迪的行为和哭泣等。

主次区别：戏剧中男主角被称为全剧之主角，例如《信守不渝的赫利谢金德尔》中的赫利谢金德尔。辅助主角的角色群体被称为配角，例如《大雄传》中妙项、维毗沙那、盎伽陀等。

颠倒之错：在戏剧中将主角地位降低，而给予配角之主要地位，就是颠倒之错。

场幕编号：戏剧的各个部分被称为场。每一场都要展示男女主演的个性、行为和活动，不要提及非必要的活动。每一场包括过多的诗文便是一种谬误。

各场剧目：由于戏剧的场次太多，一个晚上表演将无法完成。因此反对超过十场以上的戏剧编排方式。第二场的剧目时长要相应地少于第一场剧目，按照这样的顺序，每次剧目依次减少，直至全剧结束。

禁忌：戏剧中所禁止描写的主题，被称为禁忌。例如：远呼、久战、国家暴乱、暴风、牙印、指甲痕、骏马等活物之飞驰、行舟、渡河等难以呈现之主题。

选角：只有具备文雅、高洁、口齿清晰、灵巧、敏捷、勇敢、喜言、亲和、雄辩等特质的年轻人才有成为主角的权利。女主角尽可能拥有与男主角同样的特质。闹剧等剧种的主角应当具有其他形式的特质。

服装安排：戏剧中什么样的角色穿何种服装，当代作者并没有提及，古代戏剧作家更没有涉及。戏剧中任何场景都会展示服装的变换，例如《信守不渝的赫利谢金德尔》中"赫利谢金德尔穿着破烂衣服入场"。关于服装的描述在戏剧中无法找到任何清楚的描述，所以需要根据角色的特质和情况来设计服装。为了保障幕后能够完成这项工作，需要设置一名有鉴赏能力的戏服设计师。

地点与时间：长时期的事件在整个戏剧中通过短时间来呈现，这种方式尽管算不上错误，但是对于地点与时间的特征呈现来说却是不合适的。

旁白：戏剧中设置旁白的意义在于戏剧情节中有一些非常无趣的内容，纳入这些内容会让观众觉得了然无趣，戏剧创作者将这些内容通过特定角色之口简短地说出来。

戏剧创作体系

当开始创作戏剧，即便是选择了符合主题和传统的、引人入胜的素材，若对于选材没有合适的视角，这些人的戏剧创作——这一视觉诗歌写作也将徒劳无功，因为戏剧不是与旁白一样的听觉诗歌。

剧本作者精心安排角色们的台词，哪个角色有什么样的性格，就给他创作什么样的台词。戏剧中能言善辩者也得沉默不语，沉默寡言者也得口若悬河，傻瓜也得口齿流利，学者也得缄默不语。听到角色的台词做出相应的反应是戏剧的主体特点。戏剧中有过多的语言是一种重要错误。通过基于某样情味的夸夸其谈来使观众情绪起伏通常都不可行。戏剧中除了慷慨激昂的语言，与沉默相伴的寥寥数语也应受到同等重视。在戏剧中，通过慷慨激昂的语言来表达某种情感是第二等的方法，通过演技说出寥寥数语表现情感是头等的方法。寥寥数语来表现主题是戏剧中的灵丹妙药。例如在《后罗摩传》中遮那竭国王到场后问道："罗摩，臣民何在？"此处"臣民"一词表现了遮那竭国王心中的多少伤感，罗摩心中自能体会。正如需要设备来展示背景和某地的高低起伏，通过演员的表情和表演流程也能极为美妙地展示背景，这样的做法值得赞扬。如果谁能够用这样的方式来表现情感，那他就可以被称为剧作家，他的剧本就能改编成戏剧上演。

戏剧中如何描述内心情感，有个极为优秀的范例就是《沙恭达罗》。沙恭达罗马上就要去公婆家，她的父亲干婆尊者用这样的方式表达了伤感——

啊！今天沙恭达罗就要去夫家，想到这点我们心中充满期待，但其中又夹杂眼泪和叹息，让我们无语凝噎，由于担忧快哭瞎了眼睛。哎！我们是修行的苦行者，当我们心里百感杂陈，平添与女儿分离的新的痛苦，那这些可怜的家人将是何种光景啊。

　　富有鉴赏力的读者们！您思考过后再看看，优秀的诗人迦梨陀娑在此处是否把握住了干婆尊者的情感并准确地表达了出来？

　　如果迦梨陀娑用相反的方式，描写干婆尊者捶胸顿足、嚎啕大哭，则其尊者之修为将会陷入何种窘境，或者不表现沙恭达罗离家时他的悲伤，那尊者将显得毫无人性。瑰宝诗人迦梨陀娑按照符合干婆尊者的情感方式描写了他的悲伤。

　　戏剧创作不应该有散漫的缺点。男女主角完成某个特定事件的呈现或完成某种行为的表演，这并不是戏剧的创作目标。若是哪部戏剧多幕连续不断上演，而观众则不断忘记剧中此前情节，这部戏剧将不值得称赞。那些仅仅选取高尚之素材而将其呈现的作家，比不上从高、中、低三种素材取材并能够将其以自然之情感融合表现出来的作家，因其更能将各种欢愉分配给懂得情味的观众群体。迦梨陀娑、薄婆菩提和莎士比亚等剧作家因此在世界上被永远铭记。戏剧不是材料的堆积，那些立下不切实际的愿望想要从事戏剧创作的人们，往往只会白费自己的工夫。如果有人想要创作戏剧，那就要理解戏剧的含义，戏剧创作者需要细微地、夹杂各种情感来评判人性。那些没有经过评判的人性，对其进行简单的修饰，这样的方式将不可行。所以，迦梨陀娑的《沙恭达罗》、莎士比亚的《麦克白》和《哈姆雷特》如此富有声名，在大地的每个角落备受推崇，流传广泛。如果要评判人性，就要在游历不同的国家，与不同的人们一道生活几日；前往不同的社会，与不同的人们交谈，并研读不同的典籍。不仅如此，还要与马夫、牧人、奴隶、村民和婢女等低等人、普通人一起聊天。如果不这样做，就难以深谙人性。人类的内心如此难以洞见，他们的心绪也同样深藏不露。只有通过深思熟虑，用细微之目光打量世间事物的表象，才能精于思考。如果仅仅想用其他器材来实现戏剧创作，戏剧创作可谓缘木求鱼。

只有具备用正确之形式分析下列要素——政治、宗教、逻辑、刑法、盟约、战争等国家大事，言语机敏、内心悲悯等味，别情、随情、不定情、真情等情，时、式、地三要素，才能掌握戏剧创作的方式。

细致探究本国及他国之社会习俗、行为方式的原因、结果和影响，这才是戏剧创作的上乘良法。

戏服与台词必须符合角色的特点。如果一个仆人的角色入场，那价值不菲的戏服并不符合他的身份，祭司那样充斥梵语的说教台词更不贴切。婆罗多尊者非常详尽地罗列了台词与角色个性搭配的种类，尽管他对于颂词创作的规则并不完全适用于印地语，但角色个性相关规则却能被广泛运用。

在戏剧阅读与欣赏中紧贴角色个性之良方，是能用情味之波浪使观众心潮澎湃之方法。

丑角

戏剧观众们并非不熟悉丑角，但丑角何时登场，人们却鲜有思考。许多戏剧作家认为戏剧中从头至尾都需要有丑角，但这只是一种误解。以英勇味和悲悯味为主导的戏剧中没有必要设置丑角。为了实现艳情味的效果，通常需要安排丑角，但也不是所有场合都需要有丑角，许多时机不需要丑角，有色鬼、奴仆、伶人等角色更为恰如其分。根据古代经典，有滑稽姓名、矮小、肥胖、侏儒、驼背、肢体残疾、外形奇怪、说话结巴、口齿不清、贪吃、愚笨、前言不搭后语并且语言滑稽的人当是丑角，他应当穿着能够逗乐观众的戏服。描写喜剧艳情味的戏剧与丑角之特质尤为相符。

情味描写

艳情、滑稽、悲悯、暴戾、英勇、恐怖、奇异、厌恶、平静、虔诚、爱情、慈爱和享乐。艳情味有喜剧与悲剧两类，如《沙恭达罗》的第一、二幕为喜剧，第五、六幕为悲剧。滑稽味例如独角剧和闹剧。悲悯味，例如《信守不渝的赫利谢金德尔》中焚尸场的恸哭。暴戾味，例如《阿周那的胜利》中的战场描写。英勇味有四类，即布施英勇味、真理英勇味、战斗英勇味和勤奋英勇味。布施英勇味，如《信守不渝的赫利谢金德尔》中的多次布施；真理英勇味，如《信守不渝的赫利谢金德尔》拿走妻子身上的褴褛布匹；战斗英勇味，如《尼勒德维》；勤奋英勇味，如《指环印》[①]。恐怖、奇异、厌恶味，如《信守不渝的赫利谢金德尔》中的坟场。平静味，如《觉月初升》；虔诚味，如《知月升起》；爱情味，如《金德拉沃里》；慈爱和享乐味，没有例子。

情味相反

戏剧创作中应该留意情味相反。例如艳情味与滑稽味、英勇味并不相反，但却与悲悯味、暴戾味、恐怖味、平静味相反，所以那些以艳情味为主的戏剧中不应该出现这些情味。普通悲悯味可以描写艳情味中的分离，但创作极端悲悯味的目标，如丧子等悲悯味就与艳情味相反。现代戏剧（悲剧）作者应该防止戏剧中情味相反。为了戏剧的美感，非常有必要避免相反的情味，不然诗剧的主要目标就难以达成。

其他杂项

戏剧创作除了上述论述的主题之外，还有必要掌握一些关于演员分类和庄严学的知识。这些主题在《情味之宝》《印度之宝》《欢

[①] 从《指环印》主要情味中无法确认属于何种，我设定为勤奋英勇味。

愉之光》等著作中有广泛论述。

按照今日之文明，非常有必要理清戏剧创作的目标与结果。如果不这样做的话，观众们就不会同样地尊重这些著作。也就是说，阅读或观赏戏剧要获得某种教诲，例如观赏《信守不渝的赫利谢金德尔》就可以了解雅利安民族的恪守真理，观赏《尼勒德维》就能得到爱国之教育。如今，戏剧创作吸收贤良之女主角和品德卓越之男主角可弘扬这样的美德。如果男女主角的品行与此相反，则会展示不良后果。如在戏剧《友邻王》中，友邻王由于迷恋因陀罗尼而遭受灭顶之灾，也就是说，品行端正的角色会有圆满的结局，而品行恶劣的角色要有悲惨的下场。由于戏剧之安排，观众和读者一定要得到顶级的教诲。

表演相关之其他杂项

戏剧故事——戏剧故事创作应该自始至终充满悬念，当你没有读完或看完最后一幕，就无法说出戏剧如何结尾。故事的内核不能是"有人有个儿子，他做了何事"。

演员的声音——悲伤、喜悦、大笑、愤怒时，降低或升高角色的声音是妥当的。如果角色改变原声，那配乐也应随之改变。说"就是您"这样的声音时，应当有意慢慢地说出，但也要提高音量，以便听众能够听得清楚。

演员的目光——尽管演员们对话时，应该对视而言，但在很多场景，演员们不得不看着观众说出台词。在这种情况下，尽管演员看着观众，但不要认为在和观众说话。

演员的表情——演员们没有必要像舞蹈一样，展示手势、脸、眼、眉的细微表情，应该展示声音和符合场景的肢体动作。

演员的走位——有一个普遍的规则，就是在舞台上行走或退场时，尽可能地不把自己的后背朝向观众。但当有必要后背朝向观众的时候，也可以这样做，不必墨守成规。

演员的对白——演员之间的对白不能写成诗人诵读的诗歌那样，也即男女主角不能像诵读"汝眼似青莲，汝胸若尖塔"等诗歌一样。对白时可以直抒胸臆，念出台词。冗长的描述某人或某地的诗歌创作方式并不适用于戏剧。

戏剧的历史

如果有人问我们，世界上在哪个国家最早出现了戏剧，我们可以不用片刻犹豫，脱口而出"在印度"。这点可以证明，在哪个国家音乐和文学最早发源成熟，哪里就最早会出现戏剧。我们可以断言，世界上没有哪个民族在戏剧领域能在印度面前夸夸其谈。雅利安人的最高经典——"吠陀"便是音乐和文学的典籍。我们民族中的音乐和文学充满乐趣，可敬的雅利安仙人们用这些经典欢天喜地敬奉大神，甚至我们第三吠陀——《婆摩吠陀》就是歌曲的代名词。还有哪个国家的宗教能有如此多的音乐和文学？

当我们的宗教根基就包括音乐和文学，那雅利安人也就最精于此种情味。除此之外，戏剧创作中所广泛使用的词汇，都能在古老的诗歌、词汇、语法以及宗教典籍中找到出处。这一点清楚地证明了戏剧创作在远古时期已经被雅利安人所通晓。

不仅仅是演员来通晓戏剧，雅利安王子公主们也学习戏剧。在《摩诃婆罗多》的《诃利世系》"毗湿奴篇"的第93章中有清楚的记载，明光（黑天之子，为欲神转世）、桑波等雅度族王子走上了金刚杵之桥，在那里成为演员后上演戏剧。其中还写到，当明光等英雄登上了金刚杵之桥，大神黑天派人下令王子们表演戏剧。明光是舞台监督，桑波是丑角，伽陀（黑天的弟弟）是监督助手。甚至有妇女带着乐器给他们伴奏。第一天他们上演了《罗摩出生》的戏剧，其中有一幕完整出现——妓女按照毛足国王的命令，欺骗了鹿角仙人。第二天演出了《兰巴幽会》的戏剧，他们先是搭起了后场，妇女们在里面用优美的声音歌唱。[1]明光、桑波、伽陀等人一起唱起了颂词[2]来赞美恒河，明光又读了开场诗篇[3]愉悦观众，戏剧于是开场。戏剧中一个名叫苏尔的雅度族人扮演罗波那，一个名叫马诺瓦蒂的妇女扮演兰巴[4]，明光扮演驼背人，桑波扮演丑角。此节证明了不光是戏剧演员，古代的雅利安家族的大人物也通晓这项技艺。[5]

中世纪戏剧

中世纪的戏剧作家中以诗圣迦梨陀娑尊者最为有名。薄婆菩提和戒日王属于第二等。王顶、胜天、婆吒·那罗延、檀丁等作家属于第三等。现在留存的这么多戏剧，其中以《小泥车》最为有名，《沙恭达罗》和《优哩婆湿》位居其后。此处有个重要的历史问题有

---

[1] 由此证明了幕布被升起之前就唱歌是自古就有的传统。
[2] 颂词的规则从那个时候就传了下来。
[3] 开场诗篇也就是现在的开场白。
[4] 由此可以力证，古时候妇女穿女性戏服参加演出。
[5] 现在的人们并没有热忱来钻研和模仿戏剧，相反将其视为无用和恶俗之物而躲之不及。人们将从事戏剧的聪慧之人视为只会敲锣打鼓的戏子，表达自己的憎恶。但令人悲伤的是，戏剧本来是最好的东西，戏剧从业者身处伟大文明的处所之中，但人们却因流俗积弊而对戏剧和戏剧从业者不屑一顾。戏剧表演能让民众热爱社会，能革除国家的恶俗，能让人博学，看过戏剧之后，这些优点便能显现出来。同样，戏剧欣赏宛若在园林中赏花，能使人摆脱抑郁心态之束缚，身心愉悦后将获得难以形容之快乐。戏剧中诗歌犹如凉爽之香风，能让人心田之花蕾盛开。戏剧演出中的自由能给国家极大的益处，能够表达我们不敢写的内容。如果一位国王、富人或祭司从事恶行，我们在大会上不敢给其教训，那些恶行就像森林之火一样点燃我们文明的森林，我们想要端坐家中指出其罪行来扑灭火焰，否则大火将经久不息。现在我们所有人都应种下文明与勤劳的种子，不会因为个别人的活动而无法生根发芽。如果戏剧表演一旦开始，所有恶行都会逐渐消失，所有人不会懊恼于好事，而会将其发扬光大。

如迷恋妓女的男子都会憎恶身着嫖客服装的戏剧演员，戏剧演员身穿下流的服饰能够展示嫖客的窘况进而消除淫荡的弊病；戏剧演员身着酒鬼服饰能够让人体会酒鬼的处境。同样，戏剧演员身着赌徒、说谎的欠债者、反对自己亲属的人、混日子的人、乱花钱的人、说话刻薄的人以及愚蠢的人的服装，模仿他们的语气说话，展示他们的窘境，让有过前科的人当众受辱，进而有所觉悟，从这些情味的戏剧教诲中对恶行产生警觉，进而避免做出恶行。如果上演戏剧是罪过的话，那些文明的、有艺术教养的英国人为什么允许戏剧存在，并且还有许多大人物在宏大的舞台上穿上戏服进行演出？如果有人说戏剧对印度来说是个新事物，那请您看一看，古代的黑天曾下令让自己的儿子桑波和明光、弟弟迦陀与众人一起表演戏剧。同样，超日王时期已有戏剧演出的完整记载，这不用大费周章就能证明。那时候的《沙恭达罗》《璎珞传》现在仍然是戏剧的范本，给读者带来前所未有之愉悦。嘿！那些反对戏剧的人！你们为何不对这项振奋人心的技艺有热忱，为何不在这片充满喜悦和情味的海洋中沐浴，为何不来看着如豆扇陀、坚战、罗摩等那些伟大的人物，为何没有心愿来听他们的功行故事？我们恳求您听完这番话后，不要耳中塞上棉球端坐原地，如果有可能，也一起来推动戏剧之进步，因为戏剧对国民的确大有裨益。

待探讨。通常所有历史学者都立著，主张戒日王在迦梨陀娑之前，因为迦梨陀娑在《摩罗维迦和火友王》中提到了喜增的名字，但在《王河》中有个名叫曷利沙的国王，他比超日王①晚了几百年。卡瑙季时期有一个叫日增的国王，其子为光增，治国八年。光增之子喜

---

① 超日王时期的历史看上去非常混乱。但以超日王为名号的纪元有了超过1900年的历史。根据"印度之星"希瓦·伯勒萨德国王创作的历史著作《日族王纪》第三章中的记载，公元57年信奉湿婆的优禅尼国王超日王一世占领了德里，把势力范围扩张到了克什米尔，沉重打击了佛教。婆罗门教再度占据优势。超日王一世任命了宫廷九宝，迦梨陀娑是其中最杰出的瑰宝。在他执政时，《战神的诞生》（又译为《童子出世》），《小泥车》也于公元初年创作而成，从该剧中能够了解当时的情况。剧中对妓女春军居住的房子赞誉有加：

  彩色的门框，里面清扫干净，还洒了水，上面系着鲜花编成的彩带，顶层房间明亮，周围飘着黄色的旗子，花盆里栽着芒果树。在第一处院子里，看门人朝着念经的婆罗门打瞌睡，吃剩的祭品散落一边，无人看管。第二处院子里有马厩，公牛被拴在车上，公羊和猴子打着架，被拴着的大象吃着米饭和酥油的饭团；第三处院子里年轻人正在赌博；第四处院子里有人跳舞、唱歌、演戏；第五处院子里有厨房，还有一张张浸透着油、散发着油烟气味的兽皮被人清洗，旁边正在制作甜食。第六处院子有拱形门，金银匠正在制作首饰。颜料匠正忙着自己的工作，有人在晾晒番红花的袋子，有人在挑拣麝香，有人在萃取檀香，有人正在制作香料；第七处院子是鸟舍，里面有鸽子、鹦鹉、八哥和杜鹃；第八处院子里，妓女的客人穿着丝绸衣服，上面的配饰闪闪发光，他笑得前仰后合，好像骨头都快散了。妓院的妈妈穿着刺绣的衣服，涂抹了油的脚穿着宽大的鞋子，坐在那里好像一堵墙一样。春军在花园里散步，她坐的车上盖上了帘布。一个叫善施的婆罗门是妓女春军的恋人。有人把偷盗也算成一项技艺！一个婆罗门小偷用圣线丈量墙壁，把万字符和陶罐摆在一边，正在墙上挖洞。国王在市场上追逐妓女将其打倚。一个出家人搭救了她。一位叫阿哩耶迦的牧人眼睛如同古铜一样，杀死国王后亲自登上了王位。

  毋庸质疑，这就是超日王时期的情况。希腊古代历史学家希罗多德曾有记载，塞种人认为自己是人头蛇身妇女的后代，所以国民非常崇拜蛇女。匈奴人、嚈哒人、鞑靼人时期，那里一直有一个民族与之抗衡。鞑靼人多次进攻这个国家，超日王多次战胜了鞑靼人。有超日王名号的国王如此之多（超过了八位），所以与超日王相关的历史非常混乱，甚至有人认为沙迦纪元与超日王无关。因为当时优禅尼国并没有相关的关于超日王的记载。另一名伟大的超日王在公元500至600年确立统治。他派玛德利·笈多征服了克什米尔。那里的国王多尔曼被俘，但当超日王死后，玛德利·笈多返回迦尸城之后，多尔曼的儿子帕拉瓦尔·森从克什米尔出来俘房了超日王的儿子希拉地迭。正如纳迪尔沙抢走孔雀宝座一样，他抢走了超日王的32铸像宝座。有人估计超日王朝从笈多统治开始，中途消亡，后期又有一名超日王建立王朝。有人认为这位超日王是旃陀罗·笈多二世。瓦拉赫·米希尔的历史时间已经确定是公元587年，他与这位超日王同期，都是在公元500年至公元600年。迦梨陀娑与瓦拉赫·米希尔一道是超日王的宫廷九宝。但是26年之前，信德、马尔瓦等地已经被鞑靼人所统治。从得到的钱币证明他们崇拜火。因为从他们的火神图片上可以看到从肩膀上燃起的火焰。此前湿婆的雕塑上，可以看到湿婆手持三叉戟，依靠在神牛南迪旁边，但两只眼睛和头上却升腾起火焰。另外，钱币上还有太阳、月亮和女神，《祭言法论》曾记载了这样的钱币（由此可证明此书在超日王之后成形）。桑奇国王的钱币上有佛陀的雕像，其上也有升腾的火焰。超日王再度启用沙迦纪元，有相关石碑记载的记录为证。旃陀罗·笈多二世的孙子塞健陀·笈多的功行碑至今留存在戈勒克布尔县萨拉木普尔马乔里区附近的唐哈瓦村中，碑文中记载有100古其丁之其低头臣服。塞健陀·笈多的父亲库马尔·笈多的形象也出现在钱币之上。笈多国王发行的钱币上通常会有湿婆、雪山女神、神牛南迪、孔雀和狮子（孔雀是塞健陀的坐骑，狮子是雪山女神的坐骑，南迪是湿婆的坐骑）。沙摩多罗·笈多和塞健陀·笈多都是虔诚的湿婆信徒。公元319年，塞种人国王把笈多人从古吉拉特赶了出去，建立了都城伐拉毗（据传，早在公元200年前，日族国王迦那迦森就曾离开奥德，统治伐拉毗）。这位塞种国王也是声名赫赫。到了玄奘时期，也即公元600年后，佛教仍然在中央邦残存，后来不断衰落，终于在十二三世纪在印度完全湮灭。玄奘记载贝拿勒斯有100座湿婆庙和10 000名湿婆信徒，而整个比哈尔仅有30座佛寺，僧侣不足5000人。卡瑙季的薄婆菩提也提到了佛教的衰落。他在公元720年创作了戏剧《茉莉与青春》，其中写到比哈尔国王之子青春为了习得正法，去优禅尼找佛教僧侣学习，大臣之女茉莉也在那里求学，但德里、卡瑙季等地的王族都已经是湿婆信徒和毗湿奴信徒了。

附录一 论戏剧   323

增仅仅治国几日。卡宁厄姆认为喜增在1088年执政，比尔森认为他在1054年执政。尽管《王河》把喜增写成了一名诗人，诗人毗尔诃纳也在这个时代创作诗歌，但是却没有提到戒日王与创作《璎珞传》有任何联系。《王河》中提到喜增的时代极为混乱，王子们和望族名门血流成河。喜增与斯瓦米·达亚南德·萨拉斯瓦蒂一样反对崇拜偶像，所以他被臣民们称为突厥人。通过这些事例可以清楚地证明，或者称为戒日王的喜增另有他人，或者《摩罗维迦和火友王》的作者迦梨陀娑不是举世闻名的《沙恭达罗》的作者迦梨陀娑。另外一件事也有较大的可能，可以体会到《沙恭达罗》与《摩罗维迦和火友王》的梵语不仅仅有差别，诗歌的档次亦有云泥之别。

《王河》中还有这样的记载，克什米尔国王顿金时期有一个叫月华的诗人，他能创作优美的戏剧。根据《王河》的记载，顿金时期在迦梨纪年3582年，距今约1402年，而特拉耶尔认为其在公元前103年，距今1986年；卡宁厄姆认为其在公元319年，距今1564年；比尔森认为其在104年，距今1987年；维尔弗尔德认为其在公元54年，距今1829年。

我根据自己所掌握的梵语戏剧的情况，制作了一个列表，其中加*号表示该戏剧已经出版并被我读过，加X号表示没有出版但我也读过，在印度也有其他戏剧我未曾读过。① 其中可能也有在《小泥车》之前完成的戏剧，但这一点并不能落实，因其完成时间有两千年之久。在此期间，我们吸取融合雅利安人的无数经典宝书，戏剧作品层出不穷。迦梨陀娑、薄婆菩提等伟大诗人的生平传记值得单独研究，此处将不赘述。

---

① 编者疏忽之故，表格式并没有出现"*"或"X"等符号。——译者注

梵语戏剧一览表

作品	作者
沙恭达罗	迦梨陀娑
摩罗维迦和火友王	
优哩婆湿	
茉莉和青春	薄婆菩提
后罗摩传	
大雄传	
璎珞传	戒日王
妙容传	
龙喜传	
雕像	王顶
迦布罗曼阇利	
小婆罗多	
般度五子	
小罗摩衍那	
欢喜的罗摩	胜天
无价的罗摩	牟罗利
花环	月顶
罗陀与黑天	
宝树	
莲池天鹅	王授
太阳女和森沃伦	布拉维恩廓尔·拉杰
雅度族的兴起	马尔曼格尔
大罗摩衍那	
盎伽陀戏剧	
哈奴曼戏剧	
指环印	毗舍佉达多
结髻记	婆吒·那罗延

续表

作品	作者
小泥车	首陀罗迦
搅动乳海	
三界之火	
辩才天女的吉祥点	辛格尔
明光之胜	巴尔·克里希纳之子辛格尔·迪克西特
波林之死	
地狱游戏	
黑天之胜	
情爱吉祥点	楼陀罗·婆吒
施舍之波	英迪拉·伯里纳耶
黑蜂嬉戏	
使者盎迦陀	
罗摩功行	萨玛拉杰·迪克西特
狡黠的舞者	
知月升起	克里希纳·米歇尔
觉月初升	迦尔纳普尔
日出之念	拉玛帕俞德耶
罗摩的兴起	
茉莉花环	
花顶之胜	纳尔莫瓦迪
寻欢游戏	
罗摩剧	
月艺	世主
帕尔瓦蒂选婿	
上当的罗摩	克里希纳·格温德
神通游戏	
正法的胜利	修格尔·普德沃

现代语言戏剧

　　印地语戏剧以成型文本出现也就25年时间。尽管有诗人纳瓦杰的戏剧《沙恭达罗》、以吠檀多为主题的话剧《时光之华》、布拉杰瓦西达斯的《月升醒悟》等这些名义上的戏剧和戏剧译本，但这些剧本都是按照诗歌的方式，也就是说没有按照戏剧方式引入任何角色。尽管瑰宝诗人德沃的《神之幻境》、由伽尸国王之命所创作的著名戏剧、维西瓦纳特·辛格·西瓦大王创作的《罗摩之喜》等戏剧符合戏剧创作方式，但却没有遵守戏剧的规则，更多是以韵文为主的著作。第一部按照角色入场规则创作的真实戏剧出于家父——诗人格里特尔达斯（真名为巴布·戈巴尔·金德尔）之手。戏剧中因陀罗因为杀害婆罗门，退位后被友邻王取代，友邻王获得因陀罗之位后利令智昏，对因陀罗尼起了色心，因陀罗尼自焚而亡，友邻王为了忘记因陀罗尼，让七仙为其抬轿，敝衣仙人诅咒友邻王，后来因陀罗复得王位，这些故事囊括在本部戏剧之中。我的父亲没有接受英语教育，但令人惊奇的是他能有这样的视野。他的所有思想全都得以改良。没有接受过英语教育，但他能够通晓当今时代的创作方式。此前他致力改良宗教，只遵循毗湿奴派教义，不在家中祭拜其他神祇。汤普森省督任职期间，在迦尸城建立了第一所女子学校，父亲让家姐正大光明地接受了教育。这种做法在当时实属不易，遭到人们不少非议。他还让我们都接受了英语教育。他有这样的想法，觉得所有事情要被改良，他清楚地认识到未来的时代将会如何。我还记得他创作《友邻王》的那个时段，距今也就25年而已，《友邻王》戏剧创作于我7岁的时候。我的父亲仅仅活到27岁就过世了，但他创作了40部作品，其中有《小罗摩故事甘露》《迦尔吉本集》《罗摩衍那蚁垤的语言》《妖连遇刺》《情味之宝》等。

　　印地语戏剧的第二个作品当属戏剧家罗什曼那·辛格的《沙

恭达罗》，由于语言优美，这部戏剧当属上乘之作。位于第三的戏剧当属我的《维蒂娅和松德尔》①。第四名当属我们的朋友谢利尼瓦斯·达斯的《太阳女和森沃伦》。第五名当属我的《按〈吠陀〉杀生不算杀生》。位于第六名的当属我的挚友巴布·多达拉姆的《盖达普之死》。此外还有几位作者创作的几部印地语戏剧。威廉·缪尔爵士执政期间，出现了几部作品，因为他给创作者颁发奖金。《璎珞传》也因此被译为印地语并付梓出版，但是作品水准不堪一提，和波斯人戏剧如出一辙。在迦尸城里，波斯人戏子在舞台上表演《沙恭达罗》，男主角豆扇陀如同杂耍艺人一样，手叉在腰间，一边展示细腰，一边载歌载舞，当时我们的朋友提布博士、巴布·布拉姆达斯一边说着"看不下去"，一边离席退场。这些人简直在迦梨陀娑的脖子上耍刀子。这些译本的状况非常糟糕。如果没有贴近古代诗人的所思所想就开始翻译，不仅仅会徒劳无益，而且有辱古代诗人的在天之灵。

拿《璎珞传》来举几个例子来看，有一处情节是这样的：负轭氏欢天喜地来到舞台，说完话后唱诵"玛德尼到了"。现在您讲一讲，这是罗摩故事还是戏剧？

看这个："王后的命令被忽视了。"②

再看，戏剧中多处有"角色跳落座舞蹈"的台词，剧中被译为"国王一边跳舞，一边落座"。"边舞边写"被译为"拿着笔墨跳舞"或"坐在近处跳舞"。

还有，"此处开场"被译为"后面来了开场演员"。真是要命的译者！更要命的是，政府居然相信这样的东西并将其付梓，来侮辱读者的智商！

---

① 该作已佚，似乎从未发表，因此未含于本全集之中。——译者注
② 此处是指《璎珞传》印地语版本中的错误翻译。原句正确翻译应为"王后发布这样的命令，应该按照她的命令来执行。"

"需要政府的关照"这样的想法大可不必。法隆先生的字典花去了50万卢比,这都不算什么事儿。但是这样的境况会让好人的工夫白费,因为"政府里都是弄权之人。

尽管印地语戏剧已经有了一二十部,但我们可以断言现在印地语还很缺戏剧。希望随着时代的发展,不断有新的著作成形。随着印地语的财富、学识的增长,借助孟加拉语宝库的帮助,印地语戏剧将能取得大的进步。

在此即将付梓之际,我们深感无限荣幸,伦敦市费雷德里克·平肖先生把《沙恭达罗》翻译成印地语。他在3月20日给我的信中写道:"我为了给人教授印地语,出版了几本书籍,其中一本就是印地语戏剧《沙恭达罗》。"

印地语中最先上演的戏剧是《吉祥的悉多》。在我仙逝的密友艾西瓦拉耶·纳拉扬·辛格的努力之下,沙迦纪元1925年正月白半月11号该剧在贝拿勒斯隆重上演。潘迪特·西德拉·伯勒萨德·德利巴提从《罗摩衍那》中选取故事,将其改编为戏剧。此后,在钵罗耶伽和坎普尔还上演了《勒伦提尔和伯列姆默黑妮》和《信守不渝的赫利谢金德尔》。在西北部地区,没有能够按照规则运行的雅利安贵宾们的戏剧社团。

印地语戏剧一览表

作品	作者
友邻王	格里特尔达斯
沙恭达罗	罗什曼那·辛格
指环印	赫利谢金德尔
信守不渝的赫利谢金德尔	
维蒂娅和松德尔	
黑暗的城邑	
爱的修行者	
种瓜得瓜,种豆得豆	
迦布罗曼阇利	

续表

作品	作者
尼勒德维	赫利谢金德尔
印度惨状	
印度母亲	
以毒攻毒	
烈女的威力	
金德拉沃里	
伪善	
新女王	
难得的朋友	
勒伦提尔和伯列姆默黑妮	
阿周那的胜利	
按〈吠陀〉杀生不算杀生	
伪善	
太阳女和森沃伦	谢利尼瓦斯·达斯
盖达普之死	巴布·多达拉姆
萨迦德与孙布尔	巴布·基肖拉姆
沙姆沙德与索恩	
属于杰耶纳尔·辛哈的	德沃给南登·德里巴提
禁止杀牛	
洒红节之乐	
施舍眼睛	
行人	巴尔格利生·帕德
多福公主	
月军	
黑天本事剧	马哈拉杰提拉杰·库马尔
莲花池	格内什·德德
红色	肯·巴哈杜尔·马尔，马乔里土邦王子
莲花池	拉塔杰伦·戈斯瓦米著，帕勒登杜编
罗摩本事剧	潘迪特·达莫特尔·夏斯特里
小泥车	潘迪特·格达特尔·帕德·马尔维尔
知识之光	潘迪特·贾尼·比哈利拉尔
神通游戏	潘迪特·安比咖·德德·比亚斯
吉祥的悉多	潘迪特·西德拉·伯勒萨德·德利巴提

续表

作品	作者
痛苦的女儿	巴布·拉塔·克里希纳达斯
小泥车	拉塔·马特沃
小泥车	巴布·塔库尔·达耶尔·辛格
威尼斯商人	
威尼斯商人	巴布·巴雷西沃尔·伯勒萨德
妓女的秘密	潘迪特·巴德利·纳拉扬·乔特里著，阿南德·卡德比尼 编

欧洲戏剧的发展

欧洲戏剧的发端要晚于印度。最先两个人之间的对谈被称为戏剧的开端。在古代基督教宗教典籍《约伯记》和《雅歌》中就有这样的对谈，除此之外，希伯来语中没有别的古代戏剧典籍。欧洲最早的戏剧出现在希腊，有较为肯定的推测，这项艺术是从印度传入的。在希腊城邦雅典戏剧尤为盛行，狄俄尼索斯[①]神的庙会上演出戏剧。据传，在祭拜巴克斯[②]大神的时候，就要上演戏剧。古希腊的戏剧可以分为喜剧和悲剧两大类。一个叫阿里昂的诗人在公元前580年完成了一部悲剧作品。悲剧（tragedy）这个词来自羊，因为巴克斯大神面前祭奉的就是羊，也就是这个时候开始了这项活动，所以表示离情的戏剧就有了悲剧的名字。喜剧（comedy）这个词来自乡村，也就是说描写乡下人生活的戏剧就成了喜剧。狄斯比斯于公元前536年在第一个戏剧舞台上给一个弟子穿上戏服，教授众人台词。弗里尼西斯在公元前512年让第一位妇女穿上戏服登台为众人演出。此后，在伊希拉西时代，悲剧没有取得任何进步。

与阿里昂同期的诗人苏萨里昂有一个小小的活动剧场，能够随

[①] 这位神祇是战神。
[②] 这位神祇是酒神。普林斯先生认为他是大力罗摩的化身。

他四处漂泊，将喜剧传播到了整个希腊。那时的戏剧与现在孟加拉戏剧的情味相似。当时悲剧因其严肃而引人深思，在受过教育的观众中流行；喜剧则在乡村观众中广受欢迎。埃庇卡摩斯、帕尔木斯、马格内斯、卡雷特斯、卡雷特尼斯、欧珀利斯、菲提卡雷特斯和阿里斯托芬这些人都是当时的著名喜剧作家。此间，人们还把喜剧和悲剧混合创作出悲喜剧，并写了新的经典，使戏剧取得了新发展。

悲剧有埃斯库罗斯、索福克勒斯和欧里庇得斯三位大师。这些诗人亲自上阵，扮演角色并向人讲授，他们努力展示自然而然的情节。亚里士多德曾在文中盛赞这三位诗人。

罗马戏剧中没有这样的大师。罗马人从希腊人那里学会了这项技艺。令人遗憾的是除了浦劳塔斯、特伦斯之外，没有任何值得提及的诗人和作品。在恺撒·奥古斯都时期，罗马的戏剧取得了进步，但除了《塞涅卡》之外，没有任何值得一提的典籍。罗马的戏剧与艺术与其雄伟宫殿和伟大英雄一道湮灭在尘烟之中，甚至连名字都没有流传下来。当基督教在罗马传播开来，根据律法禁止了戏剧和其他表演。只有阿波利纳里斯父子和格兰格里从《福音书》中选取故事片段编成对白来取悦基督徒。

意大利人是用恰如其分的方式复兴欧洲戏剧的先行者，让罗马人心中那些已经凋谢的戏剧种子再度发芽。在16世纪，一位名叫特里斯诺的诗人出版了悲剧《索福尼斯巴》。阿力阿斯托维比纳和麦希雅维利也创作了与特里斯诺风格相似的戏剧。16世纪末，吉埃巴提·斯塔利·波尔塔出版了喜剧，并用高超的技艺向观众展示诙谐的片段，人们开始欣喜地接受了这一风格的戏剧。同期，海希、博尔基尼、奥陀和布奥纳陀利致力于创作和传播讲述英雄故事的戏剧，来增强民族情感。在17世纪，李孥西尼开创了歌剧，其中加入许多以爱情、爱国、英雄和悲悯情味相关的歌曲，所有观众都忘记了其他形式的戏剧，被歌曲所吸引。一位名叫麦基的诗人在歌剧创作方面取得了很大成就，在西班牙、法国等地，歌剧也流传开来。此后，基诺、麦特斯特西奥、果尔多尼、莫里埃尔、李希比尼、果基、加尔多尼、阿尔菲欧、孟提、马恩贾尼和尼克里尼等著名诗人撰写了多部研究戏剧的高水准著作，意大利在戏剧方面被认为是全欧洲的老师。

教士们尽力阻止戏剧在欧洲其他国家传播。哪里有戏剧上演，教士们就奔走给人以宗教惩罚。维雷那、桑迪拉纳、纳赫罗和鲁埃达等诗人为避免遭受责难，开始创作宗教主题的戏剧。尤其是卡尔维特斯，他的宗教戏剧创作技巧如此高超，使人们完全忘记了要净化戏剧中存在的弊病。此后还有卡尔迪恩这样卓绝的诗人，尽管律法禁止创作戏剧，他还是设法得到了创作戏剧的诏书。这两位诗人都生活在17世纪前半叶。

在法国，戏剧创作一直争议不断，人们对于戏剧存在的形式也多有异议，也没有出现任何杰出的戏剧家。贾迪利最先创作了一部五幕的悲剧，此剧曾在亨利二世面前上演。按照顺序，高乃伊、莫里哀和拉辛一个比一个优秀。此后，伏尔泰也是著名的戏剧家。此外，另有四五位诗人也涉猎了戏剧创作。

就德国而言，到18世纪初期，仍然没有值得一提的成就。莱辛以剧评激发了德国观众的兴趣，此后，还出现了歌德和席勒两位著名剧作家。

英国的戏剧历史一脉相承。起先只有宗教相关戏剧，并由教士进行管理。宗教戏剧分为两类：一类是奇迹剧，一类是道德剧。英国观众对于这些陈旧话题没有任何兴趣。到了16世纪中叶，悲剧和喜剧各自有了很大发展。1557年，尼古拉斯·乌德尔创作了第一部喜剧。正好十年之后，诺顿和巴克赫斯特勋爵创作了英国第一部悲剧《高布达克王》，此后又出现了斯提尔、基德、拉吉、格林、莱利、皮尔、马尔里和纳什等剧作家。举世闻名的莎士比亚以优美的语言赢得世人的青睐。这位著名的诗人出生于1564年。他的父亲从事羊毛生意，家里有10个孩子，莎士比亚是长子。生逢天时的这位著名诗人被视为世界诗人中的瑰宝。他不仅诗歌才华横溢，而且自身传奇经历也不少。如果有哪位优秀的头脑能兼具二者，那他创作的戏剧肯定无人能出其右。他创作了多种情味的戏剧，毫无质疑，这位伟人是大神创作的一件瑰宝。

本·琼生、维俞·曼特和弗莱切这三位是与莎士比亚同期的著名剧作家。马辛杰尔、福特和夏尔利时期，英国原来的戏剧体系逐渐式微。约翰·德莱顿在17世纪末期开创了戏剧创作的新体系。在18世纪，有李、奥特贝、格雷、康格里夫、西贝尔、维查尔李、温布罗、法夸尔、爱迪生·约翰逊、杨·汤普森、里洛、谬尔、盖利克、果尔德·史密斯·卡尔门斯、甘波尔兰德、哈尔卡拉福特、英吉瓦尔德夫人、路易斯、麦图因和奈图英等剧作家。近代有谢里登·诺尔斯、布尔弗里顿、瓦兰勋爵、卡里奇、亨利、泰勒、塔尔福德杰拉德、布鲁克斯、马斯顿、塔姆特勒、查尔斯里德、罗伯逊、威尔斯瓦兰、吉尔弗特、坦尼森和布劳宁等剧作家，他们同时也是散文诗与韵文诗的诗人。

英国有一项法规适用于戏剧作家，生前他们可以享受著作权的利益，过世之后他们的继承者也可以享受著作权的利益。

附录二
印度近现代印地语戏剧之父帕勒登杜

帕勒登杜原名赫利谢金德尔，是近代最重要的印地语戏剧家，被誉为近代印地语戏剧文学之父，其作品数量多、质量高，代表着近代印地语戏剧文学的最高成就。

帕勒登杜1850年9月9日生于印度北方邦著名城市贝拿勒斯一富有的商人家庭，1885年1月9日卒于同地。帕勒登杜的祖上很富有，与当政者有密切关系，甚至在英国人进入印度初期曾帮助过他们。帕勒登杜的父亲格里特尔达斯即戈巴尔·金德尔（1833~1860年）不仅有钱有势，而且有学问，他从小就对诗歌感兴趣，造诣很深，13岁时就把梵语《罗摩衍那》译成了诗体印地语（已佚）。戈巴尔·金德尔只活到27岁，但创作颇丰。据帕勒登杜回忆，他共写有40多部著作，其中包括剧本《友邻王》。戈巴尔·金德尔是虔诚的印度教徒，属于毗湿奴教派，他把敬神看作是日常生活中必不可少的事情。在世时他常和两类人来往，即文人学者和修道士仙人，这对帕勒登杜很有影响。在父亲的熏陶和影响下，帕勒登杜在五六岁时就能作诗，在父亲召集的诗文讨论会上常常语惊四座；他对宗教也很有兴趣，长大后也像父亲一样成了虔诚的敬神者。不幸的是，这一良好的家庭氛围并没有维持多久，帕勒登杜在幼年就失去了父母，父亲去世时他只有9岁。帕勒登杜曾在英国人开办的学校中上过三四年小学，学习英语等科目，但他学习不努力，总以"通过"为原则，原因是他对印地语诗歌的兴趣太大，以致不屑于学习其他东西。这期间，他曾出过一本诗集，作品内容多与爱情和宗教有关。离开学校后，家人为他延请了私人教师，指导他学习印地语、梵语、孟加拉语等，收效很大，为他日后成为大学者奠定了坚实的基础。

长大以后，帕勒登杜并不像有些学者那样只满足于默默写作，他对国家、民族、社会极为关注，通过学习西方文化、反省印度社会的弊端，他深刻意识到改革本国社会、宗教的迫切性。于是，他加入社会改革家的行列，又成了一个极为出色的社会活动家。为了便于社会活动和文学创作，1867年他创办了《赫利谢金德尔杂志》（后改名为《赫利谢金德尔之光》）；1869年创办了《诗之甘霖》；1870年他成立了一个协会，目的在于宣传宗教、禁酒和提倡国货；1873年他创建"神社"，带头宣誓不杀生、不干坏事、不吃不喝麻醉品等；1874年他又创办《妇女知识》杂志，呼吁社会给予妇女受教育的机会，主张寡妇再嫁，反对童婚陋习。与此同时，帕勒登杜还自己出资开办学校，资助其他社会团体，以促进印度社会的改革。

与当时印度的其他社会改革家一样，帕勒登杜也没有看清英国殖民统治者的真实面目。他对英国人抱有很大的幻想，以为英国人能帮助印度复兴过去的光荣，因此他多次向英国王室表示忠心，如开会庆贺女王生日、欢迎威尔士亲王访印，等等。不仅如此，他还作文写诗为英国歌功颂德。由于其对英王室的忠心及他本人的突出才能和在社会上的影响，1870年他被英印政府授予"名誉县长"的称号，并成为市政委员，一度颇为得宠。不过，帕勒登杜又不同于一般的社会活动家,他更敏锐,也更贴近印度的现实,他虽然没有彻底弄清社会发展的规律和印度的最终出路,但他看到了社会上的一些罪恶和腐败现象,了解了人民的疾苦和民族的灾难;加之心直口快的个性,于是他通过撰文写诗、创作剧本来反映这一现实,力图唤起民众以振兴国家、改变社会状况。特别地,他还发表了讽刺英国总督的文章、出版影射殖民当局的著作。由于这些,他受到了英印政府的责难,他主办的几种杂志受到停刊的威胁。面对这种情况,帕勒登杜没有退缩,反而于1874年愤然辞去"名誉县长"的头衔,放弃市政委员的资格。从此,他更加接近人民,更加为印度的命运着想,他的民族主义爱国意识更强。在最后几年,他甚至在自己的文章里提出了"自己的国家,自己的政权"的口号,这一口号在当时是全新的,几乎没有人提出过,连后来领导印度人民取得印度独立的印度国大党也还没有成立,这不能不说明帕勒登杜的伟大。

在自己积极活动、奋发写作的同时,帕勒登杜还团结了一大批追随者。他不仅自己创办杂志、成立社团,还鼓励并资助朋友们出版杂志、建立社团。他从不拒绝上门求助者,对有志之士总是解囊相助,并鼓励他们从事文学、社会活动。正是由于这些,他庞大的家产不久便消耗殆尽。不过,他的努力与慷慨并没有付诸流水,这一努力与慷慨为印地语地区、为印度社会换来了一支优秀的人才集团。这个集团以他为首,以杂志、社团为阵地,以文学创作和宗教、社会改革为核心。集团虽然松散,但影响很大,是当时印地语地区社会改革的支柱和中坚力量,更是印地语文学创作的生力军,近代印地语文学作品主要出自这支生力军之手。

帕勒登杜"是第一个成功地运用了印地语的标准语——克利方言写作的学者",[1]印地语能有今天的辉煌、能成为印度文学语言和

---

[1] 刘安武:《印度印地语文学史》,人民文学出版社,1987年版,第219页。

印度的联邦级官方语言，与帕勒登杜及其周围的作家有直接的关系。"那时印地语没有任何地位，谁会花钱去购买和阅读用印地语出版的书和报刊呢？但具有爱国热情的赫利谢金德尔（帕勒登杜）毫不吝惜金钱，他自己出钱用最好的纸印刷出最好的书籍，并免费转送他人，书上的标价只是做做样子而已。在他面前，没有聪明人与愚笨人之分，只要向他要，他就亲自赠阅。他一生都保持着这个习惯。他在这方面花费了成千上万卢比，结果培养出了一大批热爱印地语的人，使阅读印地语书刊的人数大大增加。"[1]就这样，帕勒登杜提高了印地语在世人心目中的地位。在他的影响下，他的集团成员用印地语进行写作，使印地语得到了前所未有的发展。可以说，如果没有帕勒登杜的努力，印地语很可能现在还停留在印度地方方言的阶段。

　　人民是公正的，在帕勒登杜放弃英国总督授予的"名誉县长"称号6年之后，即1880年，有人在《甘露》杂志上撰文，提议给他以"印度之月"的称号（即"帕勒登杜"），"这个称号被人民所接受了，人们都用'帕勒登杜'来称呼他，以至于'帕勒登杜'成了他的别名"[2]。现在，印度国内外都习惯称他为"帕勒登杜"，他的真名"赫利谢金德尔"反而被人们逐渐遗忘了。人们乐于这么称呼他，其实还有另一层用意：当时印度有不少人竭力效忠英国殖民统治者，甚至不惜出卖印度的利益，英印殖民当局为了表彰这些人，便给其中的卓著者封以"印度之星"的称号。与此相联系，印度人民给予他这个"印度之月"（即"帕勒登杜"）的称号便有了与殖民当局相抗衡的意思，它表明了人心所向，同时也是帕勒登杜为印度、为印度人民所做贡献的标志，是人民对他的最大褒奖。

　　帕勒登杜活到35岁就去世了，但他在这短短一生中的著述翻译

---

[1]［印］拉塔格利生·达斯：《帕勒登杜的生平》，1976年版，第49~50页。
[2]［印］拉塔格利生·达斯：《帕勒登杜的生平》，1976年版，第85页。

颇为可观。除剧本外，他还写了大量的杂文和散文，内容涉及政治、社会、宗教、文化、历史、考古等各个方面，其中代表作品有《印度如何前进》《夏季》《要命的大会》《天堂的讨论会》《毗湿奴大神》《戏剧》等。他在诗歌方面的成就更突出，他的诗歌可以分为两类：（1）用伯勒杰方言创作的诗歌；（2）用克利方言即标准印地语创作的诗歌。前者与传统印地语诗歌有密切联系，多表现宗教、艳情等内容；后者多是有关社会现实的，是他的创新，代表着他的诗歌的最高成就，也是他对印地语诗歌的巨大贡献。

前面已经说过，帕勒登杜是近代印地语最重要的戏剧家，他是近代印地语戏剧文学的开拓者，甚至有不少文学评论家认为印地语戏剧文学是从他开始的，也是他掀起了印地语戏剧文学的第一个高潮。帕勒登杜一生共写了21个剧本，包括翻译改编的8个（一说10个）和创作的13个（一说10个）。

现将他的剧本按翻译改编或创作时间的先后顺序列表如下：

剧名	性质	时间	幕、场	备注
1.旅行	创作	1868年	不详	未完、未发表
2.璎珞传	翻译	1868年	只译开场献诗及序幕	未完
3.维蒂娅和松德尔	改编	1868年	3幕10场	
4.伪善	翻译	1872年	独幕1场	
5.按《吠陀》杀生不算杀生	创作	1873年	独幕4场	
6.第五位先知	创作	1873年	独幕1场	有人认为不是戏剧
7.阿周那的胜利	翻译	1873年	独幕1场	
8.指环印	翻译	1875年	7幕7场	
9.信守不渝的赫利谢金德尔	创作	1875年	4幕4场	有人认为是改编剧

续表

剧名	性质	时间	幕、场	备注
10. 爱的修行者	创作	1875年	独幕4场	未完
11. 以毒攻毒	创作	1876年	独幕1场	
12. 迦布罗曼阇利	翻译	1876年	4幕4场	
13. 金德拉沃里	创作	1876年	4幕4场	
14. 印度惨状	创作	1876年	6幕6场	
15. 印度母亲	创作	1877年	独幕1场	有人认为是翻译剧
16. 尼勒德维	创作	1880年	10幕10场	
17. 难得的朋友	改编	1880年	5幕20场	
18. 黑暗的城邑	创作	1881年	6幕6场	
19. 烈女的威力	创作	1884年	7幕6场	后三幕由他人完成
20. 新女王	创作	不详	不详	未完、未发表
21. 小泥车	翻译	不详	不详	未完、未发表

先来看看帕勒登杜翻译改编的剧本：

1868年是帕勒登杜尝试剧本创作的第一个年头，此时他只有18岁。他曾试图独立写作，并且已拟定题目为《旅行》，但后来他放弃了，也许是第一次创作感觉无从下笔。在同一年，他开始翻译古典梵语剧本《璎珞传》和孟加拉语剧本《维蒂娅和松德尔》。

《璎珞传》的作者是印度古代著名君主戒日王曷利沙（590~647年），他既是帝王，也是著名的古典梵语诗人和戏剧家。《璎珞传》表现的是犊子国优填王与锡兰国公主璎珞的爱情故事，剧情不复杂，内容也比较简单。但帕勒登杜只翻译出了其中的开场献诗和序幕部分，正文部分没有翻译，也许这也是因为初次翻译而有些"怯场"的原因。在译文前言中，帕勒登杜曾表明自己翻译《璎珞传》的目的和原因："有许多剧本都值得翻译成印地语，但目前却没有几部成书。特别地，除罗什曼·辛哈翻译的《沙恭达罗》外，没有任何一部读后能给人带来乐趣并能体现出印地语魅力的印地语戏剧译作。因此，我想翻译几部以实现自己的愿望。在所有的梵语戏剧中，除《沙恭达罗》外，《璎珞传》是最好的，它最能给人带来乐趣，这便是我首先选择它的原因。"[1]由此我们可以得出结论：一是当时还没有真正有影响的印地语剧本问世；二是《沙恭达罗》在西方的成功使印度戏剧家们重新审视起本国的传统文学，他们正在寻找《沙恭达罗》式的作品。

差不多在翻译《璎珞传》的同时，帕勒登杜注意到了孟加拉语剧本《维蒂娅和松德尔》。孟语剧本的故事源自梵语诗人觉尔的诗歌《觉尔五十颂》，作者是耶丁德尔·莫亨·泰戈尔，作于1853年。该剧受西方戏剧的影响很大，没有开场献诗、序幕等，语言也比较通俗，这就使帕勒登杜的翻译改编容易多了。经帕勒登杜翻译改编后的剧本仍沿用原剧剧名，分3幕10场，表现沃尔特芒国公主维蒂娅和桑奇浦尔国王子松德尔的爱情故事。比起《璎珞传》来，《维蒂娅和松德尔》译得相当成功，帕勒登杜自己曾说，"这是标准印地语戏剧文学的第四个剧本"[2]，在印地语戏剧文学史上有一定的地位。

以上两个翻译改编的剧本都没有什么社会现实意义，是帕勒登杜为发展印地语戏剧文学而做的近乎纯技术性的努力，从中看不出译者对社会、对生活的任何观点，这与他初涉印地语戏剧领域而又没有值得继承的印地语戏剧遗产供他借鉴有很大关系。此后直到1872年他才翻译第三个剧本、1873年才独立创作出第一个剧本；特别地，1873年的第一个创作剧《按〈吠陀〉杀生不算杀生》获得了很大成功。因此，1868年创作《旅行》、翻译《璎珞传》的失败以

---

[1] [印]帕勒登杜译：《璎珞传》，见[印]伯勒杰尔登·达斯主编：《帕勒登杜文集》（戏剧卷），1950年版，第43页。
[2] [印]帕勒登杜译：《维蒂娅和松德尔》，见[印]伯勒杰尔登·达斯主编：《帕勒登杜文集》（戏剧卷），1950年版，第1页。

及改编《维蒂娅和松德尔》的成功只是帕勒登杜戏剧家历程的开始，虽然这一开头不尽如人意，但其结果却出人意料，因为从上述的创作、翻译中谁也看不出他能成为一个戏剧大家。

1872年，帕勒登杜翻译了11世纪梵语戏剧家克里希那弥湿罗的哲学讽喻剧《觉月升起》的第三幕，取名为《伪善》。梵剧《觉月升起》共6幕，表现的是"明辨"战胜"痴迷"的故事，哲学味很浓。帕勒登杜的《伪善》摆脱了原剧的本意，与社会现实联系了起来。作品是独幕剧，只有1场，剧本通过项蒂（"和平"）和格卢娜（"仁慈"）两个少女，揭露了印度宗教的不少弊端，剧中的耆那教修士、佛教和尚和印度教仙人都不是好人：他们相互谩骂，都说自己的信仰才是正确的，说对方是低能儿、什么也不懂，并让对方皈依自己的宗教；而他们的实际行为却一样——喝酒、歌舞，都追求享乐，都是欲望的奴隶。最后，作者通过项蒂和格卢娜之口给他们下了定义：他们都是罪犯、流氓、骗子。这样，帕勒登杜毫无宗教偏见地揭露了三种宗教中不少人物的丑恶嘴脸。这时期，帕勒登杜的宗教思想还没有完全成熟，但他十分清楚什么是应该批判的东西，并借助文学形式表现出了现实生活中的丑陋。因此，比起1868年翻译的《璎珞传》和《维蒂娅和松德尔》来，《伪善》具有一定的社会意义。

《阿周那的胜利》是独幕独场剧，译于1873年。原作是用梵语写成的，作者是桑兼，写于1480年。译剧忠实于原文，有开场献诗、序幕，语言风格也是韵散杂糅，散文为克利方言（标准印地语），韵文为伯勒杰方言。剧本取材于大史诗《摩诃婆罗多》，写般度五子在摩差国避难期间阿周那和摩差国王子两人单戈独战俱卢大军的故事。帕勒登杜在译作的前言中说，这是为霍利节而作，主要目的是娱乐。

1875年，帕勒登杜翻译了七八世纪梵语戏剧家毗舍佉达多的7幕剧《指环印》。作品取材于历史传说，展现的是公元前4世纪孔雀王朝兴起时期的事情。剧本中的国王旃陀罗笈多（月护王）和宰相贾那吉耶（阇那伽）是历史人物，其政敌即旧朝宰相罗刹缺乏历史依据。剧本的主要情节是这样的：婆罗门政治家贾那吉耶推翻了摩揭陀难陀王朝，杀死了国王难陀及其8个儿子，立难陀王与首陀罗女人生的平日不被当作王子的旃陀罗笈多为王，建立孔雀王朝。剧本的主要故事由此开始，新王朝初建，以罗刹为首的前朝旧臣勾结外国势力，企图复辟旧朝。贾那吉耶想隐退净修，但放心不下旃陀罗笈多。他深知罗刹深明大义且有治国之才，希望他能接替自己当宰相辅佐旃陀罗笈多。于是，贾那吉耶和罗刹便开始了一场斗智斗勇的斗争，结果罗刹失败，接受了宰相之位。原剧和译本都没有以成败论英雄，认为人只要有才有德，成败都值得推崇，都堪委以重任，这表现了作者和译者的远见卓识。

《迦布罗曼阇利》是帕勒登杜翻译的第六个剧本，译于1876年。原剧用俗语写成，作者是九十世纪的王顶。译剧与原剧一样分为4幕，表现的是爱情故事，与《维蒂娅和松德尔》同属一类，没有什么社会意义。

1880年，帕勒登杜完成了他的最后一部发表的翻译改编剧本《难得的朋友》（有关他最后翻译的剧本《小泥车》的情况不明），这个剧本编译自莎士比亚的《威尼斯商人》。说是翻译，因为《难得的朋友》与《威尼斯商人》的内容、情节一样，幕、场都没有任何变动。说是改编，因为帕勒登杜将它印度化了：剧本的名字改了，不少人名、地名也改成了印度式的人名、地名；剧本中的基督教徒与犹太人之争也被改成了印度教徒和基督教徒团结一致同耆那教徒之争，其中突出了印度教徒（即雅利安人）的正统地位；还有一些其他小的改动，如将"一磅肉"改成了"半赛尔肉"、将"那不勒斯王子"改成了"尼泊尔王子"，等等。帕勒登杜是有意这么做的，他希望该剧具有印度特色，能很容易地为印度人所接受。帕勒登杜使剧本印度化还有一个更重要的目的，就是批判印度社会的高利贷者。

就印度当时的社会现实而言，高利贷是农民所受的"三大压迫"之一，城市里的无产者也深受高利贷之苦。在帕勒登杜看来，印度也有夏洛克，他对这类人进行了有力的谴责，并提请他们注意，他们不会有好下场。不过，他把夏洛克写成耆那教徒并让他最后皈依印度教却欠妥当，这一方面归因于他是一个虔诚的印度教徒，不愿把印度教徒写得太没人性；另一方面，他认为基督文明比较先进，基督教徒也不宜成为夏洛克。实际上，印度社会的夏洛克属印度教徒的居多，这是帕勒登杜的误笔，否则，《难得的朋友》将更为印度化、更有战斗力。

比起翻译、改编的剧本来，帕勒登杜的创作剧更有现实意义，反映社会问题更深刻、更尖锐。他的剧本创作始于1868年（未成功，实际始于1873年），止于1884年。这期间他共创作了13个剧本，其中《旅行》《新女王》未完，也未发表，已不可得；另11个剧本涉及面很广，主要可以分作两类：（1）社会剧——《按〈吠陀〉杀生不算杀生》《爱的修行者》《以毒攻毒》《第五位先知》《印度惨状》《印度母亲》和《黑暗的城邑》；（2）传说剧（包括历史传说剧和神话传说剧）——《信守不渝的赫利谢金德尔》《金德拉沃里》《尼勒德维》和《烈女的威力》。

下面将分别论述：

"帕勒登杜创作剧本的动力来自他自己的觉醒，他用深邃的目光看清了印度国内外的社会发展现实。"[①]通过接触西方全新的思潮和文学，他开阔了视野，看清了长期统治印度社会的上层人物们的嘴脸，并在不少剧本中批判了他们。《按〈吠陀〉杀生不算杀生》和《黑暗的城邑》在这方面比较成功，两个作品都是笑剧。"可怕的残酷现实

---

① ［印］拉默古马尔·古伯德：《现代印地语戏剧和戏剧家》，1973年版，第3页。

使他非常痛苦、失望，他寻找着摆脱这种困境的方法，由此，他找到了'笑'，除此以外他毫无办法。"①确实如此，面对国家的不幸、民族的悲哀，帕勒登杜内心有一种无法形容的苦痛，他有一种欲哭不能的冲动。因此，他采取了"笑"的态度。英国大诗人拜伦曾经说，"如果我讥笑某件事，只是因为我不该哭"，其实还有一个原因，那便是讥笑有一种无形的力量，它能给人一种启示，它能提请人们该如何行动，帕勒登杜之所以创作笑剧，原因正在于此。

《按〈吠陀〉杀生不算杀生》写于1873年，为独幕4场剧，是帕勒登杜的第一个创作剧本。作者在序幕中以舞台监督（导演）的口吻说道："啊哈！今天傍晚的景色真是特别，到处都被晚霞映成了红色，好像有人正在举行大祭，以致牲畜的血染红了大地一样"②，作者由此引出了全剧的话题——杀生。印度的宗教如印度教、佛教、耆那教等都反对杀生，教徒都以杀生为主要戒条之一，并以素食为主。但剧本中的主要角色国王、大臣、祭司等却不如此，他们在"吠陀""往世书"等经典中寻找片言只字，论证吃肉、喝酒、进行不正当的性交等都是无罪的；并说自古以来印度教徒就吃肉、喝酒。国王非常高兴，下令准备10万只山羊和很多鸟，以备第二天祭祀用（第一场）。第二天，大家都在举祭场所等待大吃大喝一顿，这时来了3个人：一个吠檀多派的信徒、一个毗湿奴派的信徒和一个湿婆派的信徒，他们3人主张不杀生、不吃肉、不喝酒，被大家嘲弄羞辱了一顿后相继离开。此时来了一个婆罗门，大家都非常欢迎他，说他是寡妇·达斯（达斯意即奴仆）③，原来他与他们的观点、生活方式

---

① [印]贡沃尔昌德尔·伯勒格谢·辛哈：《戏剧家帕勒登杜和他的时代》，1990年版，第107页。
② [印]帕勒登杜：《按〈吠陀〉杀生不算杀生》，见伯勒杰尔登·达斯主编：《帕勒登杜文集》（戏剧卷），1950年版，第69页。
③ 从名字上可以看出作者帕勒登杜在讽刺这个婆罗门，意指他作风不正派，讽刺他经常纠缠寡妇。

一致（第二场）。杀生大祭以后，吃饱肉、喝足酒的国王、大臣、祭司和婆罗门等醉醺醺地边唱边舞，夸赞印度教是世界上最好的宗教，因为行祭时有酒有肉（第三场）。他们死后都到了阴间，阎王根据他们在世上的行为把国王、大臣、祭司和婆罗门都送进了不同的地狱，把上述的毗湿奴派信徒和湿婆派信徒送进了天堂（第四场）。

剧本的最后一场即第四场是最精彩、最重要的。在这一场中，帕勒登杜让阎王的主簿官一一地列举他们的罪状，他们的丑恶嘴脸暴露无遗：

阎王：主簿官，看看国王都干了些什么？

主簿官：（看看簿册）陛下，这个国王自生下来起就和罪恶结下了不解之缘，他把正义当作非正义，把非正义当作正义，为所欲为。他和祭司们相勾结，在正义的幌子下杀死了数千万头牲畜，喝了数千坛美酒。不杀生、讲信用、圣洁、同情、维护和平、苦修等正义的事情他一件也没干过，干的尽是可以满足酒肉欲望的毫无意义的事情。他从不真心敬奉神灵，（对他来说），敬奉神灵只是为了捞取名声和荣誉。

阎王：什么荣誉？正义和荣誉有什么关系？

主簿官：陛下，英国政府给那些按他们的意思行事的印度人授予"印度之星"的称号。

阎王：噢！那这个国王是个非常下贱的东西了！①

这里的国王实际上是印度土邦的最高封建主，他们和中国封建社会的大小诸侯差不多，各霸一方，往往拥有自己的内阁和军队等，有很大的势力，是统治人民的印度第二级统治者（第一级是中央政府，如莫卧儿朝廷、英印政府等）。这类毫无正义感的国王能为人民做些什么呢？值得一提的是，帕勒登杜通过阎王的口说出了自己想

---

① ［印］帕勒登杜：《按〈吠陀〉杀生不算杀生》，见伯勒杰尔登·达斯主编：《帕勒登杜文集》（戏剧卷），1950年版，第89页。

说的话——为英印殖民政府卖命的印度人不是好人，是"下贱的东西"！我们都知道，他自己因对英王的忠心和出众的才学于1870年获得印度总督授予的"名誉县长"称号，并成为市政委员，而1874年他辞去了这一"荣誉"。这说明在1870~1874年间帕勒登杜的思想有了很大的转变，他由盲目地寄希望于英国而变得实际起来。他看到了英国的发达文明，也看清了英国人统治印度的真正目的——获取经济上的好处。于是他以前的信条——英国能帮助印度复兴——发生了动摇。不仅如此，他对其他以英国统治者为主子而忘记印度自身利益的印度人开始痛恨起来，剧中的国王就是这种人的代表。

在同一场戏里，帕勒登杜还借主簿官之口列数了国王的帮凶们的罪状：祭司是个无神论者，他从来没有诚心诚意地敬过神，常和国王一起吃肉喝酒，杀了成千上万头牲畜。大臣是个阿谀奉承、阳奉阴违的家伙，他靠贪污受贿发家，只知给人民增税却不知为人民办事。婆罗门在神庙中敬神只是为了装装样子，实则为了调戏来拜神的妇女。可笑的是，当阎王问他们服罪与否时，他们都喊冤枉，说自己没有犯罪。大臣的行为更可笑，他竟企图贿赂主簿官：

大臣：（双手合掌做敬礼状）陛下，让我想想。（想了一会儿，对主簿官）请您让我去执政，我把费尽心机通过不正当手段获得的钱财都送给您！①

天下竟有这样的人！在人世间贪污受贿，到阴间却要贿赂主簿官以求免罪！而统治印度人民的正是这样的人！

在帕勒登杜所处的时代，这种人确实不少，因此，这个剧本的主题思想不在杀生或不杀生，而在展示统治者的真实面目，在于公开鞭笞讽刺他们。国王、大臣、祭司和婆罗门都是封建上层或印度教社会的高等种姓，属剥削阶级，他们不思为国大计，不顾人民死

---

① [印]帕勒登杜：《按〈吠陀〉杀生不算杀生》，见伯勒杰尔登·达斯主编：《帕勒登杜文集》（戏剧卷），1950年版，第93页。

活，却只知自己享乐，只知讨好英印殖民统治者，是作者和印度人民所不齿和不能容忍的。

《黑暗的城邑》创作于1881年，也是个讽刺笑剧。其主角是一个昏庸无知的国王，他主张一切公平，为人民主持公道，实际上却非常不公，在他的统治下，人民连身体胖也不敢胖，因为他让大家一样瘦。特别可笑的是，国王愚蠢地在处理墙倒压死一只羊的案件的过程中竟自己争着上了绞刑架。这个剧本讽刺的对象主要是国王，他的大臣、警长等助手也一样糊涂，作者对他们也不无嘲讽。这个剧本和《按〈吠陀〉杀生不算杀生》一样，都是对印度封建上层的揭露和批判，相比起来，后者的批判性更强，更能显示出作者朝气蓬勃、富有战斗性的精神。这首先是由于《黑暗的城邑》是为儿童创作的缘故；其次，《黑暗的城邑》的题材来源于民间传说，作者在写作时少了大胆想象的自由；第三，《按〈吠陀〉杀生不算杀生》中的许多内容是作者对现实社会的亲身体验，不像传说那样缺少真实感。

《以毒攻毒》是独白剧，创作于1876年。独白剧"与笑剧一样，也是一种滑稽戏，它由一个角色演出，是独角滑稽戏"[①]。《以毒攻毒》表现的也是印度封建上层的事，并对其进行了揭露和批判。剧本只有一场，全部台词由朋达迦耶一人说出，他以"天音"为对话者，叙述了波劳达国王马勒哈尔·拉奥政权倒台的经过。他提到了英国人对待印度土邦的政策，即参与土邦的内政，直到最终剥夺土邦王（国王）的权利，使他成为英国人手中的傀儡，或干脆废掉他，拉奥属于后一种。不过，帕勒登杜并不同情他；相反，他认为王马勒哈尔·拉奥是个毒瘤，他全不顾及人民的生活，只图自己享受。不仅如此，他还为非作歹，竟抢占有夫之妇，"听说当国王到城中的富人

[①] 季羡林主编：《印度古代文学史》，北京大学出版社，1991年版，第308~309页。

家去时，妇女们都因怕他而往井里跳"①，"谁都同意寡妇再嫁，而他却让有夫之妇再嫁！"②这样的国王要他何用？帕勒登杜深知痛苦麻木的印度百姓是不会起来推翻他的，因此，他对英国人推翻他并不反感，认为他是罪有应得。不过，"很清楚，英国人并非真的想改善印度土邦的状况"③。这一点，帕勒登杜也很清楚，所以，他认为这是以毒攻毒，认为英国的殖民统治也是个"毒瘤"，"感谢英国人，你们给我们带来了罗摩④和坚战⑤时期的理想王朝"⑥。显然，帕勒登杜说的是反语。

上述3个剧本中的国王及其助手帮凶们都一样愚昧无知，不顾百姓冷暖，但他们却一直统治着印度人民，一直作威作福。人民为什么不起来反对他们呢？事实告诉我们，印度人民还没有觉醒，他们还没有力量来打倒统治者。这一点，帕勒登杜也看到了，他在剧本中表现了人民颓废的精神状态，指出了人民的缺点。

《爱的修行者》就是这方面的剧本，作品创作于1875年。其前身是1874年帕勒登杜在《赫利谢金德尔之光》上发表的《迦尸城的剪影或两幅普通的照片》。该剧一直没有最终完成，现有4场，每场都可独立成剧。有人认为这个剧本之所以未完，是因为作者根本无意再续，因为作品本身不是一个完整的故事，续不续没有什么意义。在这个剧本中，帕勒登杜把视线转移到了小人物身上，把注意力放

---

① ［印］帕勒登杜：《以毒攻毒》，见伯勒杰尔登·达斯主编：《帕勒登杜文集》（戏剧卷），1950年版，第366页。
② ［印］帕勒登杜：《以毒攻毒》，见伯勒杰尔登·达斯主编：《帕勒登杜文集》（戏剧卷），1950年版，第367页。
③ ［印］贡沃尔昌德尔·伯勒格谢·辛哈：《戏剧家帕勒登杜核他的时代》，1990年版，第110页。
④ 罗摩是印度大史诗《罗摩衍那》中的人物，他是印度教大神毗湿奴最为重要的凡界化身之一，是凡界阿逾陀国的国王。传说他在位期间是印度历史上的黄金时代之一。
⑤ 坚战是大史诗《摩诃婆罗多》中的人物，他是正法之王阎王的凡界儿子，是天帝城的国王，被誉为正义的化身。
⑥ ［印］帕勒登杜：《以毒攻毒》，见伯勒杰尔登·达斯主编：《帕勒登杜文集》（戏剧卷），1950年版，第367页。

在自己日常所处的社会现实上,剧中表现的都是迦尸城的事情。迦尸城即贝拿勒斯①,是作者出生、生活的地方,是印度教的圣地之一,也是帕勒登杜时代印度最有名的城市之一,在印度很具有代表性。但这里的情况如何呢?第一场,一大群人在议论拉姆金德尔,有人说他好色,有人说他喜欢拍英国人的马屁。但当拉姆金德尔来到他们中间后,他们立刻笑脸相迎,阿谀奉承,极尽献媚之能事。拉姆金德尔则摆出一副不可一世的样子,口里念念有词,说着不少人的坏话(那些人不在场),还当场骂了两个谈论女人的人,说他们俩不正经。第二场,几个迦尸城的诗人正在开诗会,一个外地人来,唱述迦尸城的情况:半个城市充满乞丐,半个城市充满妓女和无赖。这里的人们什么都不干,只知道享乐,富人背信弃义,满嘴谎言,士兵胆小怕事,警察害怕小偷,法庭判决不公,整个城市乌烟瘴气……几个诗人不满,但无言反驳,因为对方说的是事实。第三场,一个外地学者问当地人迦尸城的情况,当地人大吹特吹,说迦尸城比天堂还好,在这里讨饭也是圣事。第四场:婆罗门参加祭祀,场面大、花费多……

帕勒登杜很客观地画了这几幅画,只在第二场以一个剧中人的口气叹道:"唉,难道这个城市会一直这样下去?人们如此愚昧,这个城市还如何向前发展?这些人什么也不懂!无缘无故地说别人坏话,以为信口雌黄就是男子汉气概,想到什么就乱说什么,却没人去学点什么或写点什么!唉,神灵什么时候才能来拯救他们!"②统治者愚昧无知,普通老百姓也这样不开化!帕勒登杜非常痛苦,他多么希望他所敬奉的神能早日出来拯救这些人、拯救印度!

在《爱的修行者》中,帕勒登杜的心情和鲁迅写《阿Q正传》

---

① 即今天的瓦纳那西。
② [印]帕勒登杜:《爱的世界》,见伯勒杰尔登·达斯主编:《帕勒登杜文集》(戏剧卷),1950年版,第336页。

时的心情如出一辙,他们都不希望自己同胞那样落后无知,但他们又都十分了解实际情况,他们不得不客观地描写他们。不过,他们又都不甘就此罢休,因此,鲁迅让阿Q大喊"二十年后又是一条好汉",而帕勒登杜希望神灵早日出现拯救同胞。

面对如此腐败的统治者,又生活于这样落后的群体中,帕勒登杜对国家的未来、对民族的命运极其关心和忧虑,《印度惨状》和《印度母亲》两个剧本集中地体现了他的这种关心和忧虑。"帕勒登杜的剧本充满爱国情感,对祖国的爱是他剧本创作的活的动力。他用自己的作品呼唤民族意识并唤醒了沉睡的社会,《印度母亲》《印度惨状》等剧作中就充满着对祖国的这种虔诚。前者向我们展示了印度极端悲惨的境况,后者则饱含印度过去的光荣历史、现在的令人心酸的现实和未来的繁荣。"①

《印度惨状》是象征剧,写于1876年,是帕勒登杜的代表作,被认为是印地语文学中的第一部爱国主义作品。剧本韵散杂糅,分6幕戏,主要剧情是这样的:第一幕,一个修道人唱述印度过去的光荣历史和现今的悲惨状况。第二幕,"印度"出场,他叙述自己的辉煌过去,慨叹眼前的可悲现状,希望有人来拯救他。这时有人发出威胁,扬言要彻底消灭他,他昏倒过去。第三幕,元帅"印度恶神"升帐,他说"印度"还在挣扎,应该再去攻打,于是召来"毁灭"将军询问情况。"毁灭"将军表功说自己已先后派"满足""失业""挥霍""法庭""时髦""情面"等将领去正面进攻印度,并让"分裂""嫉妒""贪婪""胆怯""麻痹""自私""偏见""顽固""悲哀""懦弱"等混入"印度"内部,从内部瓦解"印度"。"毁灭"还说"印度"的"庄稼"大军也让他用"暴雨""干旱"两位勇士带领各种虫子士兵干掉了。"恶神"非常高兴,他决定再把"疾病""高

---

① [印]拉默古马尔·古伯德:《现代印地语戏剧和戏剧家》,1973年版,第3~4页。

价""税收""美酒""懒惰"和"黑暗"等大军调拨给"毁灭"将军领导,给"印度"一次更大的打击。他认为"印度"已经丧失了"金钱""威力""智慧"三支大军,这次他一定完蛋。第四幕,新将出征前,"恶神"元帅一一召见,向他们面授机宜。他先后召见了"疾病""懒惰""美酒""黑暗"等将领,各位都有自己的绝招,如"疾病"有"天花""霍乱"等副将,"美酒"犹如漂亮的小姑娘,谁见谁爱,等等,"恶神"见此更加信心十足。第五幕,七个印度人在开会协商如何躲过"恶神"发动的新的进攻。会议上,大家意见各异,两个当地知名人士担心政府惩罚,怕引火烧身;孟加拉人说可以召开群众大会抗议;编辑说将写文章抨击;诗人说将作诗揭露……他们这样争执了好久,谁也说服不了谁,谁也想不出既能达到目的又能避开政府惩罚的方法。这时,政府警察"不忠"进来,说他们犯了法,硬把他们抓走了。第六幕,"印度命运"出场,他企图唤醒昏迷的"印度",见他不醒,就唱过去光荣、现实可悲的歌来刺激他,希望他起来自己拯救自己,结果"印度"仍然没有反应。"印度命运"失望之极,在悲伤中用匕首自尽,全剧结束。

这个剧本里面忧国忧民的思想感情是很明显的,作者怀着悲愤的心情和对民族命运的忧虑,把印度的悲惨情况通过漫画式的表现手法展现在读者和观众面前,使人清楚地看到天灾、人祸、社会的腐败和种种民族弱点给印度带来的苦难。印度惨状即印度的现状,这一现状是如何产生的呢?自然是"印度恶神"一手造成的,他是蹂躏印度的罪魁祸首。那么,"印度恶神"是何许人?"穿着半基督教徒、半穆斯林的衣服,手里拿着剑",原来他是基督教徒和穆斯林的混合体!这是可以理解的,帕勒登杜是个非常虔诚的印度教徒,在他看来,印度自然是印度教徒、雅利安人的印度,伊斯兰教是外来的,穆斯林和英国人差不多。因此,帕勒登杜认为造成印度目前惨状的罪人不仅有英国人(基督教徒),而且有穆斯林,而目前最主要的是英国人,所以剧本中的反英情绪更大。

在第二幕开头,"印度"叹道:

"唉,我早就知道,在英国人的统治下,我们只能以书本来慰藉痛苦的心灵,并且得把它当作幸福。可就连这'恶神'也不让!唉,没有任何人能来救我!"①

此前,作者在第一幕里还提到英国人把印度的财富都运出了印度。此后,在第五幕中,作者通过七个印度人进一步揭露了英国殖民统治者的本质,诗人说"所有的印度教徒都换上了西装等,这样,'恶神'军队就会把我们当作欧洲人而放过我们";政府警察"不忠"来逮捕七个人时,说依据的是"英国政策·政府意欲"条文,这表明英印殖民政府根本不让人们从事任何反对"印度恶神"的行动,包括讨论等。这样,作者的意思就更清楚了:原来英国殖民者和"印度恶神"是串通一气的,他们是站在同一立场上的。

然而,在第六幕中,"印度命运"对"印度"说:"看,智慧的太阳从西方升起来了,现在不是沉睡的时候。在英国统治下还不觉醒,什么时候才醒!愚昧人统治的时代过去了,现在统治者认识到了人权,人们获得了言论自由的权利。"②显然,这里的愚昧人指的是莫卧儿王朝时期的穆斯林统治者。这又表明了帕勒登杜的另一面——对英国人抱有幻想。与穆斯林统治者相比,他更接受英国人的统治。确实,他感激英国人给印度带来了科学技术,也感谢他们带来了现代的工作作风,并幻想英国人能帮助印度复兴,这种心态差不多左右了他的一生。不过,上述的"人权""言论自由"等却不是出于帕勒登杜的真心,因为第五幕早已否定了这一切,人们连开会讨论问题的权利都没有,又哪里来的"人权"和"言论自由"呢?这就使

---

① [印]帕勒登杜:《印度惨状》,见伯勒杰尔登·达斯主编:《帕勒登杜文集》(戏剧卷),1950年版,第471页。
② [印]帕勒登杜:《印度惨状》,见伯勒杰尔登·达斯主编:《帕勒登杜文集》(戏剧卷),1950年版,第496页。

剧本具有很强的讽刺意味，也正是作者的高明所在。

所以，《印度惨状》自始至终都充满着反英思想，它之所以被认为是近代印地语的第一部爱国主义作品，原因正在于此。

表现印度人缺少骨气、软弱成性也是《印度惨状》的目的之一，这主要体现在第五幕中：七个印度人表面上在商量如何对付"印度恶神"的进攻，实际上却心怀各异，前怕虎后怕狼，根本不敢真正行动。其中两个当地知名人士的表现尤为令人吃惊，当警察"不忠"来抓人时，他们竟又哭又叫，有一个甚至钻到桌子底下，并说自己是来看热闹的……在第六幕中，作者通过"印度命运"之口说印度人现在愚昧成性、墨守成规、不思改革等。如果说在《爱的修行者》里作者只是客观地描述的话，这里则是呐喊了，"印度命运"多次呼唤"印度"醒来，希望他起来实行自救。这里的"印度"就是印度人民，作者是在向全体印度国民呐喊，希望他们起来自己拯救自己。

回忆光荣的过去、哀叹眼前的耻辱以使国人觉悟是《印度惨状》的第三个目的。在第一、二、六幕中，作者用对比的手法回顾了以前的辉煌，历数了今日的凄惨。"作者对古代太美化了，对古代的人物和事实过分夸张，复古主义色彩较浓。"[①]这是可以理解的，作者是要用过去的美映衬现在的丑，激起印度人的荣誉感，使他们恢复原有的自豪，为自己的未来而觉醒。

《印度惨状》的结尾是悲剧，这说明作者还没有看清历史发展的方向，却也增强了作品的艺术感染力，使印度的有识之士再也没有理由继续沉默下去。实际上，《印度惨状》一出版，就掀起了轩然大波，许多人为之动容，对它评价很高，还有不少人模仿它创作剧本等。

《印度母亲》是帕勒登杜于1877年创作的，和《印度惨状》是属

---

① 刘安武：《印度印地语文学史》，人民文学出版社，1987年版，第211页。

于同一类型的剧本。在作品的序幕中,作者明确写道:

"表现印度和印度人民的惨状是《印度母亲》这个剧本的职责,今天出席观看的雅利安人中,如果哪怕只有一个人为改善印度现状即使做一天的努力,就是我们的成功。"①

有人认为《印度母亲》是译作,原作是孟加拉语的《印度母亲》,②其实并非如此。实际上,《印度母亲》可被看作是《印度惨状》的姊妹篇或续作。剧本是独幕独场剧,剧中主要有象征印度母亲的妇女、智慧女神、财富女神和战斗女神,还有一大群代表印度人民的孩子等。作品中的印度现状十分形象:"印度母亲"衣衫褴褛、披头散发、肮脏不堪,她痛苦地坐在尘埃中,孩子们则横七竖八地躺在地上!母亲企图使孩子们醒来,但拖起这个那个躺下,拉起那个这个躺下;等到睡眼惺忪地醒来后,他们又争着要吃要喝;母亲没有办法,只好让他们一次又一次地请求英国女王发慈悲;他们的恳求声引来了两位老爷,一个骂他们无知,是叛乱分子,另一个让他们向天祷告,说上天使他们如此。外求无人应,母亲只好再劝孩子们,希望他们自己起来拯救自己,别再增加她的痛苦。

作品中出现了上述提及的著名的印度教三大女神,她们都高唱印度过去的赞歌,悲叹现今的状况,她们都希望印度母子能即刻醒来,恢复过去的荣耀,但得到的却只是印度母子的沉睡。结果她们都哭着离去,说此地已待不下去,而到异地又得不到尊重……印度人是信神的,他们对三大女神非常虔诚,帕勒登杜让她们出场不无用意:他希望以受人敬仰的神来教化印度人,使他们真正感到危机四伏,并起来消除危机,否则连他们虔信的女神也会离开。这足见帕勒登杜为国为民之用心良苦。

---

① [印]帕勒登杜:《印度母亲》,见伯勒杰尔登·达斯主编:《帕勒登杜文集》(戏剧卷),1950年版,第501页。
② 参见[印]伯勒杰尔登·达斯主:《印地语戏剧文学》,1949年版,第80~81页;[印]贡沃尔昌德尔·伯勒格谢·辛哈:《戏剧家帕勒登杜和他的时代》,1990年版,第89~90页。

在《印度惨状》中，帕勒登杜的反英情绪强烈。在《印度母亲》里又如何呢？首先，他仍然对英国人抱有希望，让印度母亲对儿子们说，"要不是英国统治，我早就没命了"[1]。可是，在稍后一些，同一个母亲却又痛苦地发觉，在英国人的统治下孩子们全都失去了往日的能力，成了一群只知道叫嚷着填肚子的弱者，她非常奇怪："唉，我的闻名世界的儿子们哪儿去了！"[2]原来英国的统治具有很大的麻痹性，可惜就连帕勒登杜自己也没有完全摆脱这一麻痹！由于孩子们饥渴难耐而自己又没有办法满足他们，"印度母亲"便让孩子们向英国女王求助，因为她听说英国女王是个大慈大悲、救民于水火的人，结果却一无所获。至此，"印度母亲"才真正发觉英国女王也救不了他们！

《印度母亲》的结尾比《印度惨状》稍好一些，在这里，帕勒登杜让《印度惨状》中的"印度"坐了起来，并让她向儿子们发出呼吁：

我的亲爱的孩子们，现在起来吧，听从"忍耐"大师的鼓励和建议，准备消除我的痛苦！长期以来，我忍受了一切，现在你们该起来干些什么了，别再增加我的痛苦了！[3]

这是帕勒登杜的一个进步，他虽然没有正面提出"反英抗英"的口号，但对英国的幻想比创作初期要少多了，他逐渐明白了只有印度人自己才能复兴印度的道理，除此以外，印度别无出路。

在帕勒登杜的传说剧中，《信守不渝的赫利谢金德尔》[4]最为著

---

[1] [印]帕勒登杜：《印度母亲》，见伯勒杰尔登·达斯主编：《帕勒登杜文集》（戏剧卷），1950年版，第508页。
[2] [印]帕勒登杜：《印度母亲》，见伯勒杰尔登·达斯主编：《帕勒登杜文集》（戏剧卷），1950年版，第509页。
[3] [印]帕勒登杜：《印度母亲》，见伯勒杰尔登·达斯主编：《帕勒登杜文集》（戏剧卷），1950年版，第514页。
[4] 又译为《信守不渝的国王》。

名。作品创作于1875年，曾多次被搬上舞台，受到印地语地区人民的普遍欢迎，影响很大。印地语著名文学评论家舒格尔认为这是个从孟加拉语翻译过来的剧本，[1]也有人认为这是个改编剧，前一种看法不属实，后一种观点不确切。这个剧本实际上是帕勒登杜的创作剧，但中心内容取材于印度神话传说中关于赫利谢金德尔国王的故事，这个传说在印度古代的几部"往世书"中都有，《佛本生故事》中也有。作品共有4幕，主要剧情如下：

天神和修道士仙人听说凡界国王赫利谢金德尔有乐善好施和信守诺言的品德后，就来考验他。婆罗门、修道士、众友仙人求他施舍了全部国土，他已经一无所有了，无法再付出礼金。为了弄到一笔礼金，他出卖了他的妻子，让她做人家的奴隶；也出卖了自己，替人充当看守焚尸场的守护人。他由享受荣华富贵的国王一下子变成了一个像乞丐一样一无所有的人，但他毫无怨言，始终尽责尽职。后来，他的儿子死了，妻子悲痛欲绝地抱着孩子的尸体来到焚尸场。可是她无钱交纳焚尸的费用，而赫利谢金德尔竟替自己的主人向妻子索取了她身上仅存的一件衣服的一片布作为费用。这时天神和修道士仙人出现了，由于他通过了考验，修道士仙人归还了他的国土，让他儿子复活。天神要赐福给他，他首先向天神要求的是让他的人民都升入天堂，而不是自己的荣华富贵。

剧本表现一个国王的乐善好施、信守诺言和逆来顺受的品德。从印度现实看，当时英国人统治着印度，印度人民过着悲惨的生活，难道帕勒登杜希望国民们对英国人施舍一切，甚至包括自己的国家？难道他希望印度国民忍受英国殖民统治者的一切胡作非为？不然。作者在前言中说这个剧本是为年轻人而写的，说对他们大有裨益；在序幕中他又说当时大多数印度人都忘记了印度光荣的过去，

---

[1] 参见［印］贡沃尔昌德尔·伯勒格谢·辛哈：《戏剧家帕勒登杜和他的时代》，1990年版，第88~89页。

忘记了过去高度发达的物质文明和精神文明,忘记了印度历史中的精英人物,他写此剧是为了提醒人们,激发印度人民的自豪感和自信心。从某种程度上说,剧本确实收到了这样的效果,它向人们展示了印度先人赫利谢金德尔的高贵品质。剧本中的赫利谢金德尔以仁治国、坚守正法、信义为本,并为人民着想,这在客观上起到了反驳当时流行的印度不如西方、东方愚昧西方文明的观点,对印度人重新认识自己的文化有启发作用。不过,帕勒登杜在当时的情况下向同胞们宣传这种谦恭的文化是不合时宜的,其消极影响不容忽视。

1880年,帕勒登杜创作了10幕历史剧《尼勒德维》。在写这个剧本时,作者吸收了印地语民间音乐剧的某些特点,作品中的韵文多于散文,音乐效果很强。该剧假托历史事件,讲述了一个可歌可泣的故事:伊斯兰教军队在阿米尔·阿伯杜谢里夫·汗的率领下入侵印度西北旁遮普地区,受到当地国王即尼勒德维的丈夫苏利耶·德沃率领的印度教军队的英勇抵抗。侵略军用夜间偷袭的方式俘虏并杀害了苏利耶·德沃,尼勒德维没有像传统印度教妇女那样殉夫,而是设计为夫报仇。在她的领导下,阿米尔·阿伯杜谢里夫·汗被杀,印度教军队取得了最后胜利。剧本表现了印度教刹帝利种姓中拉杰普特民族抵抗入侵者的顽强精神,展现了他们兴正义之师、视死如归的大无畏英雄气概。"活着解放国土,死了生入天堂"[①],这就是他们的信条。不过,剧作家的主要目的在于塑造尼勒德维这个巾帼英雄形象。她机智、沉着、勇敢,丈夫被害后,她在敌强我弱、敌众我寡的情况下和儿子等一起乔装成艺人,混入敌人内部,杀死了敌军头目,为国、为民、为己报了大仇。值得一提的是,在印度的历史或传说中,优秀妇女的例子虽然很多,但像尼勒德维

---

① [印]帕勒登杜:《尼勒德维》,见伯勒杰尔登·达斯主编:《帕勒登杜文集》(戏剧卷),1950年版,第523页。

这样随夫驰骋疆场、手刃仇人的例子却很少。帕勒登杜之所以要刻画这样的女中豪杰形象，是因为他要向印度妇女宣告，她们也能成为英雄，也是完整的人，鼓励她们走出家门，为国家为民族尽一份力量。这一点，他在前言中说得十分明白：

"希望我们的妇女能改变目前的低下状况，也能像英国妇女一样认识自我、了解自己民族和国家的现实，并力争做出自己的贡献……"①

此外，帕勒登杜也是在向男人社会发出呼吁，要人们正视妇女的存在，要人们明白妇女和男人一样重要，男人们能干的事她们照样能干。

还有一点值得一提，《尼勒德维》写的是印度人民反抗外族入侵并取得最后胜利的故事，帕勒登杜是否有意鼓励印度人民觉醒起来、行动起来，与当政的英国殖民者做斗争呢？这个问题虽然尚待商榷，但剧本的客观作用却不容置疑，从这方面说，《尼勒德维》的社会意义更大。

《烈女的威力》是帕勒登杜最后发表的一个剧本，写于1884年，共7幕，但他只写了前4幕，后3幕由他的姑表弟弟拉塔格利生·达斯完成。作品取材于大史诗《摩诃婆罗多》中的著名插话《莎维德丽》，属于神话传说剧。剧本主要表现了女主角莎维德丽的执着精神，她以顽强的毅力和机敏的头脑，说服了死神阎王，使自己的丈夫萨谛梵得以重生，使公婆的眼睛得以复明，使公公得以恢复王位。这和剧本《尼勒德维》的主旨是一样的，作者要为印度妇女塑造一个榜样，希望她们首先能在精神上战胜世俗的偏见，并希望有识之士都来为提高印度妇女的社会地位做点什么。此外，作者还表现了萨谛梵孝敬父母的美德，他父亲失去王位后，一家人穷困潦倒，而

---

① [印]帕勒登杜：《尼勒德维》，见伯勒杰尔登·达斯主编：《帕勒登杜文集》（戏剧卷），1950年版，第519页。

且父母又相继成了瞎子，面对这种局面，萨谛梵挑起了全家的担子，时刻伺候在父母身边。临死时他还不忘父母，嘱咐莎维德丽道：

"代我向父亲致敬，告诉他我很遗憾，我为他做得太少了，请他原谅我的罪过。也代我问候母亲，临死时不能见她一面我真伤心。（我死后）请你小心伺候公婆，并诚心敬神！"

忠孝是东方人的美德，中国如此，印度也同样。在近代，如果印度人能对"印度母亲"尽忠尽孝，不让入侵者恣意妄为，也许印度不会有亡国的灾难。

《金德拉沃里》也是个神话传说剧，这个剧本具有"黑天本事剧"的特点，宗教色彩很浓，神秘成分很多，是帕勒登杜的唯一一部神秘主义剧作。剧本分4幕，女主角是金德拉沃里，她是传说中黑天的情人罗陀的女友，她也深爱着黑天，把黑天当作一切。剧中写她不顾家人的反对和世人的嘲笑，整日整夜地苦等着黑天，并为他担惊受怕、憔悴异常；她的行为终于感动了黑天，最后他们相聚到一起。

单从世俗角度看，《金德拉沃里》中的爱情故事也是很成功的，作品对少女坠入情网后的刻画细致入微，充满古典梵语戏剧传统中的"情味"色彩。不过，帕勒登杜是个虔诚的印度教徒，他创作这个剧本并非为了讲述一个爱情故事，他的意旨是向世人宣传印度教教义，告诉世人人生的终极目标——梵我合一。因此，剧本中的金德拉沃里是广大印度教教徒的代表，是"我"的象征，黑天则是无所不在的梵，是"我"的追求者；剧本结尾的相聚是梵我合一的实现。梵我合一是印度教徒的终极目标，是印度教的最高教旨之一，也是印度哲学的重要内容之一，印度很多文学家如罗宾德拉那特·泰戈尔、杰耶辛格尔·伯勒萨德等都在很大程度上受到这一思想的影响。

总体看来，帕勒登杜的戏剧开创了印地语戏剧文学的新纪元，使印地语戏剧真正走上了文学舞台。他的剧本是近代印地语戏剧文学的重头戏，正是因为他，许多人才步入了印地语戏剧创作的行列，也才有了为人所称道的印地语近代戏剧文学。

帕勒登杜戏剧的思想内容大体是积极向上的。他的剧本触及印度社会的各个层面，其中有令人悲叹的印度社会现实，有想把印度彻底摧垮的异族统治者，有愚昧无知只知享乐的印度本土封建上层，也有穷困落后的广大劳动人民。在剧本中，他谴责、讽刺了高高在上的统治者，同情处于水深火热之中的印度人民。他还宣传了只有印度人自己才能拯救印度的真理，他通过"印度命运"之口呼吁"印度"，通过三大女神之口呼吁"印度母亲"，又通过"印度母亲"之口呼吁印度子民，呼吁他们起来改变现状，为未来不再痛苦而行动。此外，帕勒登杜还以印度过去的美对比现实的丑，以此激励印度人复兴印度；他还特别提醒印度广大妇女学习古代的巾帼英雄，希望她们冲破封建桎梏，走向社会，为国家、为民族贡献自己的力量。

从形式方面来说，帕勒登杜继承了古典梵语戏剧传统，他的大部分剧本都有开场献诗、序幕、结尾祝词等，语言全部采用韵散杂糅的方式。与此同时，他还受到孟加拉语、英语戏剧的很大影响，吸取了对自己创作有益的东西，创作出了省去传统开场献诗、序幕等内容的剧本，如《尼勒德维》《黑暗的城邑》等；《印度惨状》的悲剧结尾也是英语戏剧影响的结果。此外，他还借鉴近代以前的印地语戏剧、印地语民间戏剧的有用成分为己所用，增强了作品的艺术感染力。

还有一点需要指出的是，帕勒登杜的剧本中常有神的形象出现，即使是社会剧也如此，这往往不为外国人所接受。实际上，这是印度的文学传统，自古以来印度人就重视神话不重视历史。在印度人看来，他们的神话传说就是他们的历史，传说中的神话人物就是他们的祖先；加之印度是个宗教国家，人们都虔信神灵，这样，神在人们的心目中既远又近，既不可见又无处不在。对印度人来说，神和人差不多，他们也有七情六欲，也要娶妻生子，而且也参与世人的日常活动；他们与世人的区别只在于，他们可以长生不死，可以在宇宙间自由来去。因此，印度文学家们并不把神看作世外稀物，在作品中常借他们烘托气氛或让他们处理一些常人处理不了的事情；这和中国文人有时用梦等做预兆的道理是一样的，只是中国的更含蓄一些。不过，随着时间的推移，印度文人正逐渐放弃这一手法，印度当代文学中的神灵就很少。

译后记

第三次审完全部译稿及两个附录后，一种莫名的感觉油然而生。这种莫名中有轻松、有愉悦、有犹豫、有怀疑，甚至还有一丝丝的痛楚。

帕勒登杜是印度近代最伟大的文学家，是当时的文学运动和社会运动的核心人物。他不仅自己写作，还鼓励并资助他人写作；不仅自己创办杂志、成立社团，还鼓励并资助他人创办杂志、成立社团。由此，他成为他那个时代的灵魂，在印地语文学史上占有重要地位，"帕勒登杜时期"也成为印地语文学发展史上的重要阶段。从某种意义上说，帕勒登杜是印地语文学的分水岭性人物，在他之前，印地语文学创作者基本用方言书写，如伯勒杰语、阿沃提语和拉贾斯坦语等；由他开始，印地语最大方言克利语成为文学书写的最重要语言。此后克利方言逐渐走到印度语言舞台的中央，成为印度民族独立运动中的重要工具语言，直至成为印度独立后唯一的联邦级官方语言。就文学而言，帕勒登杜在戏剧方面的成就最大，一生创作/翻译了20多个剧本，留存于世的原创剧有11个，皆收录于此《帕勒登杜戏剧全集》之中，已然付梓，不久面世。按理说，译著即将与读者见面，是件令人高兴的事，但我为什么又有犹豫、怀疑，乃至一丝丝的痛楚呢？前面提及，印地语由克利方言发展而来，帕勒登杜是第一批吃螃蟹者的领头人，当时克利方言不如今天的标准印地语，文字、书写、语法皆有不规范、不成熟之处，作家们在创作过程中虽有意"标准化"自己的语言，但毕竟都是"新手"，其文学语言包含诸多当今标准印地语中不存在的拼法、用法和表达法，甚至，一个作品中除传统的梵语词汇及相关表达外，还包含多个地方的方言土语，如伯勒杰语、阿沃提语、旁遮普语、马拉提语等，词汇繁杂、拼写不一、用法不规范；另外，韵散杂糅写法普遍，散文多为克利方言，韵文则多为伯勒杰语，诗歌、民歌、乡间小调比比皆是。正是由于这类情况，我在翻译的过程中常会抓耳挠腮，思来想去，比如一个句子或者一个表达，似有多种理解及译法，不一而足，往往读来容易，下笔艰难，抉择痛苦。我多次请教印度德里大学、尼赫鲁大学和海德拉巴德大学及在中国国内的印度专家学者，所获也往往令人捉摸不定，真是公说公有理，婆说婆有理，我说我也有理。当然，不管是与印度学者讨论，还是与国内学者探讨，最终决定权在我，落在电脑里和纸张上的文字是我的翻译和选择。但也正是这个原因，在第一遍初译、第二三遍精译，第一遍初审、第二三遍精审的过程中，自己常会出现怀疑、犹豫乃至痛楚的偶尔和间歇："也许这样落笔不合适？""也许那样理解也可以？""要不这样句读？""那样句读似乎也行？"……

有一次，偶尔与贾岩博士（北京大学助理教授）和魏汉博士（北京外国语大学印地语外教）聊天，大家几乎同时发觉，大多数最为著名的印地语名家名著几乎都有西方语言（如英语）和其他印度语言译本，但帕勒登杜的戏剧至今没有，不仅没有英语译本，甚至没有其他印度语言译本，连标准印地语译本都没有！更"神奇"的是，相关网络解释也常常似是而非，有的解释竟用作品中的句子解释作品中的句子，解释者似乎不敢用自己的语言进行表达。而按照帕勒登杜的知名度和影响力，他早已成为印地语领域的"大神"级存在，可以说，没有他就没有标准印地语，没有他就没有近代印地语文学，当然也就没有当代印地语文学及印地语的印度联邦级官方语言地位。所以，不是他不重要，是印度国内外译者选择了集体沉默，选择了集体躲避对他作品的翻译和进一步阐释。由此，这部汉译本《帕勒登杜戏剧全集》便成了帕勒登杜戏剧的第一个源语言外全译本。这算是我无知无畏第一个吃螃蟹行为的成果。

当然，我只是做出决定的第一个吃螃蟹者。还有众多陪我一起吃的：贾岩、李亚兰、闫元元、毛磊、何赟、何杨、王子元、张雅能、魏汉等，他们帮忙查找资料，陪我翻译，跟我争论，跟他人理论，各出各力，和我一起被帕勒登杜折磨得"死去活来"。感谢他们！

原计划把这本书名为《按〈吠陀〉杀生不算杀生》，经中国大百科全书出版社社科学术分社曾辉社长提醒，并经过考虑，决定使用现名。《按〈吠陀〉杀生不算杀生》是本全集中的第一个剧本，也是帕勒登杜创作的第一个剧本，为讽刺剧；其中有国有家，有国王有大臣，有婆罗门有出家人，看似笑话，让人忍俊不禁，但细思极恐，叫人哑然失语。该剧揭露了社会上层人物的丑陋，讽刺意味浓重，既具有戏剧的文学特色，又具有社会的功能意义，是帕勒登杜戏剧作品中的佳作。但由于剧名中出现了印度教经典"吠陀"和"杀生"等词汇，书名只得平庸呈现。读者自行鉴赏吧。

笔者是"中印经典与当代作品互译出版项目"的始作俑者和执行主编，在催促其他译者的同时懒散了自己的翻译进度。因此，就完成翻译而言，我是个落后者，但就翻译认真程度而言，我应该是个先进者。把这一点写出来，与同仁们共勉。本项目已近尾声，25

种30本书，可以品赏，值得研究，希望读者能从中体悟愉悦，获得知识。

贾岩在他翻译的《献灯》的"译者序"中写道："本书献给师父。"他的师父是我，有他献礼，我很幸福。这里，在我自己的译著的"译后记"中，我也愿意写上："本书献给师父。"我的师父是已经故去的刘安武先生，是他领我走进了印地语文学的田野，没有他的指引，很难有这本书的呈现。怀念他老人家！

2023年8月29日

于双清苑